いまここを生きて

骨髄腫を抱えて8年半
あー面白かった！

著　安藤栄里子と
チームメイト
編　ガンプ太田

燦燦舎

いまここを生きて

骨髄腫を抱えて8年半　あー面白かった！

序章

２０１０年2月13日。京都市左京区の出町柳にあるカフェ「かぜのね」は笑顔で満ちていました。新聞記者やフォトジャーナリスト、中南米やアジアとつながるＮＧＯのメンバー、医療関係者に農家、出版社編集者、大学教員、書道家……。全国から集まった50人ほどの多彩な顔ぶれの輪の中心に安藤栄里子さんはいました。当時40歳。血液のがんで入院中の病院から外泊許可を得ての参加です。

同志社大学の女子寮の寮母、蒔田直子さんの司会でパーティーが開会。みんなが見つめる中、栄里子さんが立ち上がってあいさつしました。「本当に来て下さって、出逢って下さって、私の人生に現れて下さってありがとう。それが一番お伝えしたいことです。ここに来て下さっている方は、私がちょろっと出逢った人ではなく、私の中では、ちゃんと出逢った人、という思いがあるのです」

34歳の秋に多発性骨髄腫と診断され、2度の移植も含めて入退院を重ねた彼女は続けました。「今の私の状況をみなさん心配してくださるので、粗々言うておくと、私は6年前に発病して、骨髄移植も受けたんだけども再発して。まだ治癒がない病気です」

辛い話なのに柔和な笑顔で、瞳は輝いていました。「発病した時には、なんてこったい、と地面が割れたような気持ちになりましたけど、それから6年、7年目に突入していて、こんなこともしているわけです。自分の人生の優先順位を入れ替えて、できることからやっていけ、と思ったら、去年なんかはいろんなことができて、朗読劇までやっちゃいました」

朗読劇とは、イスラエルによる封鎖と弾圧、虐殺にさらされながら生きるパレスチナ・ガザ地区の人々の思いを伝える作品で、親友の一人の京都大大学院教授、岡真理さんが２００９年に脚本化し、栄里子さんらと市民劇団を結成して上演。この日の会場にはメンバーの若者もいて、笑いと拍手が響く中、彼女は続けました。

「34歳で宣告された時には、えーっと思ったけど、お陰様で40歳のおばさんになりました。今、日本では2・4人に1人ががんになって、３人に1人ががんでサヨナラの時代に突入しているんですよ。がん大国。そう思ったら、そんな大したことじゃないな、私だけが特別じゃなくて、まあ、ババを引いてもしゃあないかと思って、何とか受け入れられたんですね」

一言一言を彼女自身が改めてかみしめるようでした。「死というものを忌み嫌うのではなくて、死は生き終わり、だと思うんです。生き終わるまでの尺の長さではなくて、いかに面白く、やりたいことをちゃんとやって逝くか、ということが大事やなって。『ああ面白かった』って言って終わろうと思ってて」

心の中からそう思わせてくれたのが、集まった友人たちの存在でした。「今日なんかは、ほんまにそうですねえ」「ありがとうを一番お伝えしたいと思います。（みなさん、お互いに）たくさん出逢って下さい。面白い人たちです」

栄里子さんとは、どんな人でしょうか。略歴を挙げると、京都で生まれ育ち、大学卒業後に新聞記者となり、結婚後に記者を辞めて鍼灸師に。一方で中南米、特にグアテマラで内戦下に弾圧を受けてきたマヤ先住民族女性たちを支援するＮＧＯ活動にも参加。社交的で明るく好奇心旺盛で、出逢う人の輪をどんどん広げながら人生を展開させていく女性でした。ところが、その最中の２００３年に多発性骨髄腫を発病。心身ともに痛み苦しむ闘病生活を送ることになったのですが、そこからの歩みが、この本を遺す力となりました。

がんを抱えて、彼女はいかに日常を生きたのか。2008年3月、日本骨髄腫患者の会のニュースレター「がんばりまっしょい」に「患者の気持ち」として投稿した文章があります。タイトルは「〈二人三脚〉共に人として…『いまここ』を生きる」。抜粋で紹介しましょう。

〈治療はたくさんの肉体的苦痛を伴い、メニューの選択にも決断を迫られます。私は入院を「強化合宿」と位置づけることにしました。「強化選手」として参加するのだから、できるだけいい結果を出したい。その実績がどこかで誰かの役に立てることだってあるかもしれません。（略）サリドマイドやその他の多剤併用療法を繰り返し、2007年1月、ドナー（姉）からの同種造血幹細胞移植を受けました。この間、血栓予防の薬剤の影響でクモ膜下出血をきたすハプニングもありました。しかし、伴走する家族らサポーターも一丸で態勢を立て直し、常に新しい気持ちで一つひとつの時間を手にしてきたように思います。いまも副作用で手足の痛みと痺れに見舞われているし、2週ごとの外来検査の前夜は怖くてたまりません。そして再燃が確認されるたび、「現実」に引き戻される寝覚めの朝が息苦しい。でも、そのつど私が試みてきたのはワシワシと玄米を食べ、元気よく排泄をし、改めて「いまここ」という時空に意識を集中させることです。

平均寿命まで生きるだろう人にも、この私にも、自覚的に生きられる時間はいま現在この瞬間しかない。その真理をもう一度カラダで確認する作業、とでもいいましょうか。すると、あの息苦しさはいつしか和らぎ、葉先を揺らす庭木がなんともかわいらしく思えたりするのです。足元には寝息を立てる愛犬がいて、大切な人たちと想いを馳せあいながらそれぞれの「いまここ」を生きている。その実感が何よりの力です〉

医師や家族に加え、支えとなったのが友人たちとの交流でした。この1年後の2009年3月、彼女は友人たちにこんなメールを送っています。〈「人生はラグビーだ」とは（友人の）虫賀宗博さんの言葉ですが、最近はその真意を実感します。ぜんぶ自分でトライをあげなくてもよいのです。確かなボールをつなぐ人に出逢えていることは、トライをあげるのと同じくらい、いやいや、その波紋の広がりを考えるとそれ以上に大切なことなのかもしれないと感じているところです。いっぱい取りこぼしながらも、せめて受け取れたボールは隣人につなぎたい。ちゃんと自分が出逢ってきた人にパスをつなぎたい。……この熱い温度がどうぞ冷めませぬように。確かな力となりますように〉

　さらに2年後の２０１１年3月18日。東日本大震災と東京電力福島第一原発の事故から1週間が経った日、こんなメールを送りました。東日本を中心に放射性物質による被曝への不安・懸念が広がっている最中。〈怖い怖い、いうたかて、その針の振り切れたところに居るのがワタシですから。みんな何が怖い？　たぶん得体のしれない健康被害。がんになる可能性を理不尽に押し付けられることなんじゃないだろうか〉。実は栄里子さんは高校1年生で米国に留学した際、核関連工場から漏れた放射性物質で内部被曝していた恐れがあり、他に思い当たる発病の原因はありませんでした。〈がんになると大変やでー。怖いでー。という話も、がんになってもこんなんやでー、という愉快な話も、どっちもできます（笑）。ワタクシ、これでも「つばめ劇団」の女優ですから〉

　多発性骨髄腫を告知されてから、どう生きたのか。彼女の日記やメールをもとに紹介しましょう。

２０１７年5月　ガンプ太田

目次

第1章　2003年～2007年

発病と治療　気づいた「いまここ」

2002年11月、実家の漢方薬局で。左端が栄里子さん

【２００３年　告知】

安藤栄里子さんは１９６９年６月４日、京都の嵐山に生まれました。京都女子中・高校で学び、同志社女子大を卒業して京都新聞社に就職。97年に全国紙記者だった筆者と結婚し、新婚旅行先のグアテマラで日本人鍼灸師に出逢い、自らも鍼灸師になるため新聞社を入社５年半で退職しました。両親とも薬剤師で実家は漢方薬局。漢方と鍼灸という東洋医療の「車の両輪」を生かせるとの思いもありました。２００２年３月に鍼灸師の国家資格を取得し、03年１月に嵐山の自宅で鍼灸院を開業。東京に単身赴任中の編者（以下、元夫《ガンフ》）とその年の10月に離婚し、いよいよ嵐山に腰を落ち着け鍼灸師として本格的に歩み出した矢先に激しい腰痛に見舞われ、くしゃみで骨折。精密検査を受けたところ、11月14日に多発性骨髄腫と診断されました。宣告の際、医師は「平均余命２年」と述べたそうです。34歳の秋でした。

多発性骨髄腫は血液がんの一つです。白血球の一種のＢリンパ球が成熟した「形質細胞」ががん化し、免疫に関わるたんぱく質（免疫グロブリン）や赤血球、白血球、血小板などを正常につくれなくなります。骨の溶解や腎臓障害を伴ったり、感染症にかかりやすくなったりし、進行すれば死に至ります。原因不明で、白血病と異なり治療方法が確立されておらず、当時、治癒が確認された例はありませんでした。抗がん剤などで進行を抑える治療はあり、長期の延命も可能な場合がありますが、治療にはいずれも副作用があり、患者自身が様々な決断を迫られます。当時、国内の患者数は約１万人で、がん死の１・１％。毎年２０００人程度が発病しているといわれ、60歳前後に多いのが特徴です。30代での発症は異例でした。

栄里子さんは京都市内の病院に入院し、標準治療の一つとされていたＶＡＤ療法（抗がん剤のオンコビン、アドリアシン、ステロイド剤のデカドロンの併用）を受けます。第５、６腰椎に骨腫瘍、胸骨、鎖骨、肋骨、頭蓋骨に骨溶解による痛みがあり、座るのも横たわるのも困難な状態でした。

患者に高圧的な主治医との関係にも苦しみました。心身の痛みで涙を流す彼女に、主治医は「何で泣いてるんや」

と言う。身体の辛さだけでなく、精神的な痛みに全く配慮してもらえないことに歯がゆい思いをしました。「診断してもらってから時間が止まっている。何か質問しても、その質問を『違う』と訂正され、何も聞けない状態。病院スタッフ並の知識を求められているようで、一切質問できずにここまできて辛かった」。後に別の病院に移る際、彼女はそう振り返りました。

そんな中で巡り合ったのが「日本骨髄腫患者の会」でした。離婚の2カ月後に彼女の病気を知った元夫が、インターネットで骨髄腫について調べる中で見つけました。患者の会は患者や家族同士が情報を共有する場です。欧米で先行する最新の治療法やデータなどの論文を和訳し提供もしていました。元夫が事務局に相談すると、平均余命2年というのはあくまで平均の中央値であって、その患者が2年というわけではないこと、30代の患者はほとんどいないが、若い方が治療の選択肢が多く長く生きられることなどを説明され、励まされました。当時、患者の会のメーリングリスト（ML）には五百数十人が登録。電子メールを通じて全国の患者仲間やその家族とつながることで、彼女は自分の病態や立ち位置を客観的にとらえ直すことができるようになりました。

【2004年　転院、自家移植】

2004年1月。栄里子さんは治療の間の一時退院を利用して、京都府立医大付属病院のSC医師のセカンドオピニオン*を受けます。患者の会の顧問も務める血液がんの専門医で、その信頼性に加え、患者の言葉を丁寧に聞き、考えを尊重する姿勢に安心して、彼女はSC医師のもとへ転院することになりました。

前の病院でも方針が決められていたことですが、彼女はまだ若く、治癒を目指す選択肢の一つとして自家末梢血幹細胞移植（自家移植）を受けることになりました。簡単に言うと、大量の抗がん剤でがん細胞をたたく治療（大量化学療法）ですが、そのままでは正常な血球も損なわれて死に至るため、抗がん剤投与前に自分の末梢血中の造血幹細胞*を採取しておき、抗がん剤投与後に血中に戻すことで正常な血球の回復を図るものです。彼女は2月5日に府立医大病院に入院し、VAD療法を経て造血幹細胞を採取。3月末にいったん退院し、ゴールデンウィーク明けの5月6日に再入院しました。

この際も、患者の会の先輩患者さんたちに教わった智慧が生きました。例えば移植の副作用の一つに激しい口内炎があります。氷を口に含むと口内炎ができにくいとの体験談を試したところ、その通りでした。そんな先輩たちの経験を基に心の準備もして、5月17日に自家移植を受けました。

移植後は無菌室で何日も続く嘔吐や吐き気などに苦しみましたが、何とか回復して6月11日に退院。結果は「部分寛解*」でした。期待していた「完全寛解」には至りませんでしたが、2週間に1回、外来での経過観察で、普段は自宅で過ごせます。ひとまず日常を取り戻しました。

実家の漢方薬局を手伝い、少しずつ鍼灸師の仕事も再開。薬局のニュースレター編集も担当し、東洋医療の勉強会にも出かけるようになりました。ちょうどこの頃、日本で「緑の党」を目指そうと中村敦夫参院議員（当時）が立ち上げた「みどりの会議」で、参院選の比例代表候補となった友人の足立力也君を応援。6月27日には京都に遊説にきた中村敦夫氏と一緒に自転車タクシーに乗り込む場面もありました。

＊セカンドオピニオン……現在治療を受けている担当医とは違う医療機関の医師に第二の意見を求めること。

＊造血幹細胞……骨髄に存在し、分化して白血球や赤血球、血小板になる。

＊寛解……病状が落ちついた状態。症状が改善されたが検査では一部に異常が残る場合を「部分寛解」、異常がなくなった場合を「完全寛解」と呼ぶ。その後に再発することもあり、治癒とは異なる。

【グアテマラ】

栄里子さんの日常の一つに、中米グアテマラの先住民族マヤの人たちの支援活動がありました。彼女が初めてグアテマラと出逢ったのは1995年7月。日本ラテンアメリカ協力ネットワーク（略称レコム）というNGOの招きで来日した「マヤの権利を守る会」代表、ファン・レオンさんの講演を大阪で聴いたのがきっかけでした。当時、彼女は京都新聞の若手記者で、朝日新聞の記者仲間の藤井満さんに誘われました。藤井さんは大学生の頃に休学して中米に滞在した経験があり、レコムにも設立当初から関わっていました。グアテマラとの関係は彼女の生き方に大きく影響するため、ここでは詳しく説明します。

グアテマラでは当時、人口の6割を占めると言われるマヤ先住民族の人々が、16世紀のスペイン人による侵略以来の差別と抑圧にさらされ、貧困を強いられてきました。東西冷戦下の1960年に内戦が始まり、マヤの人々が多く暮らす農村部は反政府ゲリラの温床とみなされ、政府軍による徹底的な弾圧、掃討作戦にさらされました。80年代初頭にはマヤに対するジェノサイド（大量虐殺）にエスカレートし、400以上の農村共同体が地図上から消滅したと言われます。96年の和平合意後の国連主導の真相究明委員会の報告書によると、死者・行方不明者は20万人以上（9割が非戦闘員）、難民は15万人以上、国内避難民は150万〜200万人。その大半が民間人であるマヤの人々でした。

一方で、80年代末ごろから国際的な支援も受け、マヤの人々自身による人権擁護グループが立ち上がります。その代表的な一つが、内戦中に夫を奪われた女性たちの会「コナビグア」です。95年にはこのコナビグアや「マヤの権利を守る会」などが連携して初めてマヤ主体の政党「FDNG」を組織。ファン・レオンさんが副大統領候補、コナビグアの共同代表の一人、ロサリーナ・トゥユクさんが国会議員候補となるなど、11月に予定されていた大統領選・国会議員選に挑むところでした。

凄まじい暴力・抑圧を受けながら前を向くファアンさんらの姿に感銘を受け、栄里子さんはその95年の8月に藤井さんとグアテマラを訪問。現地でファンさんやロサリーナさんらの活動に触れ、帰国後に京都新聞の連載記事で紹介しました。この過程で、レコムの創設者の青西靖夫さんと梅村尚久さん、93年からロサリーナさんへの付き添い（外国人が同行することで軍や右派からの弾圧への抑止力となる「人間の盾」）を続けていた石川智子さんたちと知り合います。レコムがグアテマラからマヤの代表者らを招いて続ける全国講演会（スピーキングツアー）で、京都での開催を担当していた学生たちのグループ「中南米と交流する京都の会」にも参加しました（ちなみに「京都の会」を設立したのが、藤井さんの大学時代のサークルの後輩で、当時は京都大学生だった元夫でした）。

96年12月、グアテマラで和平合意が結ばれると、栄里子さんがレコムや各地の講演会受け入れグループに呼び掛け、日本からの「友情と連帯」を示す横断幕を作成し、梅村さんに託して現地に届けました。97年にはグアテマラの人権活動家で、姉を暗殺した軍の責任を追及したヘレン・マックさんの京都講演を担当。大学を卒業して新聞記者となっていた元夫と秋に結婚しました。新婚旅行先はグアテマラで、石川智子さんの発案でコナビグアでも披露パーティーを開いてもらった他、1年間休職してメキシコで鍼灸師として活動していた岩波書店の編集者、山本慎一さんと知り合います。鍼灸師になるため京都新聞社を退職すると、99年には自らが中心となってファン・レオンさんを招き、京都や夫の赴任先の長野などで講演会を開催。ファンさんと共に外務省や国会議員会館も

1996年10月、新聞記者としての転勤で一人暮らしを始めた自室で

1999 年 3 月、フアン・レオンさん（左から２人目）と記念撮影する栄里子さん（右端）

訪れ、参院議員の福山哲郎氏や土井たか子氏、福島瑞穂氏らと面談し、福山氏が参院経済・産業委員会でグアテマラへの政府支援を質すという成果もありました。

２０００年、グアテマラのカトリック教会が内戦中の人権侵害の真相究明と、正義に基づく和解を目指した「歴史的記憶回復（レミー）」プロジェクトの報告書の日本語版『グアテマラ虐殺の記憶　真実と和解を求めて』が岩波書店から出版されました。通訳者の新川志保子さんや山本慎一さんの尽力で、栄里子さんも協力。当時、レコムの会報「そんりさ」への報告の中で栄里子さんはこう書いています。

〈レミーの精神が普遍化し、あらゆる環境に生きる人々の問題意識につなぎ込まれている。講演者の「証言」を消費することなく、そこから何を編んでいくのか、繰り返し、考えたい。感じたことを自分の言葉で言語化し、語らえるような場づくりこそ、本当は求められているのではないか〉。それは、後の彼女の活動の柱となります。

彼女は「同じ平和や人権でも、市民運動はそれぞれにタコツボ化する（それぞれの領域に閉じこもる）傾向がある。縦だけでなく、横につなげることが必要」と感じていました。いろんな集会に足を運んではレコムを紹介してきた梅村さんに学んだことでもあります。そして翌年、レミーの講演会で知り合った、在日朝鮮人問題や従軍慰安婦問題、ハンセン病、平和学など様々なフィールドで活動する人たちと定期的に語り合い、枠を越えて交流する場を設けます。名付けて「よこいと（横糸）ネットワーク」。グアテマラを起点に、彼女の活動はさらに開かれました。

鍼灸師の道を選んだのもグアテマラで山本慎一さんと知り合ったことがきっかけでした。彼女が書きかけだった文章があります。

〈まだ、この世界に足を踏み入れる前のことですが、グアテマラのコナビグアの事務所を訪れた際、当時代表だったロサリーナさんに「日本人はみんなマッサージが得意なの？」とたずねられ、「試してみますか？」と腕まくり。にわかのマッサージを試みたことがありました。後からわかったことですが、彼女は同じ頃、日本からやってきていた鍼灸師の山本慎一さん（著書『国境なき鍼灸師をめざして』青木書店）によるプロの治療を楽しみにしていたので、私へのあいさつ代わりにたずねたのでしたが、そうとは知らずロサリーナさんの背に触れた私は一瞬、素人ながらに言葉を失くしました。硬い！　まるで板に指を押し当てているかのようで、筋肉のほのかな弾力すら感じ取ることはできませんでした。鍼灸・漢方では、ココロとカラダを「ひとつながり」と捉えます。診察では不安感やイライラといった患者さんのココロのありようにも着目します。同時に肉体に表れた症状や皮膚の張り・つや、脈の打ち方などから、その病が急性か長年の疲労からくるものかといったヒントをもらい、どのツボにどれだけの刺激が必要かを判断します。あの時のロサリーナさんの背中は、内戦を生き抜いてきた人たちの担ってきたモノそのものを表していたのかもしれません。今度は私もプロの施術家として受け入れてもらえたら。あるいは「もう治療はいらないわよ」と言われるくらい、健やかであってほしいと思うのです〉

また、自分が骨髄腫と宣告された時のことを振り返り、次のような文章を書いていていました。

〈05年10月1日「地下の水脈をめざして」安藤栄里子

一昨年の秋、駆け込んだ病院で耳慣れない病名を告げられた。医師は生存曲線を描いてみせ、「2年ってとこですな」という。ちょっと待て。それは私のこと？　瞬間、「ゴー」という耳鳴りを覚え、カラダごと壁に塗り込められていくような感覚に襲われた。さらに説明を続ける医師のペン先を追いながら、なぜか脳裏には次々と久しく遠のいていた人たちの顔が浮かんでくる。この10年間に出逢ってきたコナビグアのロサリーナさんや、姉を暗殺した軍の責任を裁判で追及したヘレン・マックさん、女性国際戦犯法廷の証言に立ったヨランダ・アギラルさんら。いずれも危険に身をさらしながらもあしたの平和を願って闘うグアテマラの女性たちだ。

「運命」と「絶望」にすくい獲られてはいけない。根を張ろう。彼女らのように根を張ろう。

それからの闘病生活は平坦でなかった。けれど、移植や東洋医療の恩恵を受け、何より仲間に支えられ、寛解を手に入れることができた。仕事にも復帰し、まもなく（最初の）主治医の示した「余命」を更新する。死と向き合うことは、孤独を知ることだと思う。ロサリーナさんたちはそんな孤独の床を割り、さらに深くと根を張った。その下には人びとの「祈り」が地下水脈のように流れているのだろう。想像を絶する彼女たちの強さを思うとき、いまはそんな絵が浮かぶ〉

自家移植から退院後、レコムの会報「そんりさ」の発送作業は、嵐山にある彼女の家（元夫との共有で、彼女は同じ嵐山にある実家で暮らし、京都に戻った元夫が独り住まい。「やもめ亭」と呼んでいました）で行うようになりました。元夫が作業をコーディネートし、彼女は作業後の宴の料理などを担当。レコムの会員に加え、友人知人も参加して活動を紹介し、語り合う場になりました。お酒も交え、何よりも楽しい宴でした。

【梅村さん急逝】

日常生活を取り戻して間もない2004年8月18日、レコム代表の梅村尚久さんが急逝しました。その数日前、やもめ亭に梅村さんを招き、元夫が学生の頃に中米で知り合った友人でフォトジャーナリストの宇田有三さんも交えて食事会を開いたばかりでした。動脈瘤破裂だったそうです。

梅村さんは青西靖夫さんと共にレコムの設立当初からの中心人物で、東京で小さな旅行会社「エストレージャ」を経営していましたが、02年に倒産して古巣の大阪の旅行会社「マイチケット」に戻っていました。レコムが関わる講演会などはもちろん、他のNGOが開く国際・人権・環境分野の講演会などに熱心に足を運んではレコムの活動を広報。それらの分野の書籍を買い集め、関心のありそうな友人知人にコピーや資料を送ることを続けていました。例えばグアテマラに関わる人に、パレスチナや東ティモールに関する文章を送るのです。直接のフィールドは異なっても根底ではつながっている。その「つなぐ」作業を丹念にされていました。栄里子さんがグアテマラの活動から「よこいとネットワーク」に展開したのも、梅村さんの影響が少なくなかったでしょう。その集まりにも梅村さんは参加してくれていました。

梅村さんの追悼文集を元夫が編集することになり、栄里子さんも書きました。

〈梅ちゃんとの付き合いは、友人の紹介でエストレージャに航空券をたのんだのが始まりだ。サービス業のくせに、電話の声にまったく抑揚がない。とにかく第一印象は「無愛想な人」だった。その翌年、96年の暮れ、グアテマラの和平合意のお祝いに「友情と連帯の横断幕」をコナビグアへ届けよう、と京都から呼びかけた。全国から、寄せ書きをほどこした白布のピースが続々と寄せられた。それらを一枚に縫い合わせ、縦1・2メートル、横4メートルの横断幕に仕立てるのだ。式典を祝う（グアテマラの首都の）憲法広場までの行進のなか、「JAPON　PRESENTE！（日本の仲間もいるよ！）」の文字と150人による友情と連帯のメッセージは、ひときわ目をひくに違いない。これを現地入りする仲間に託して届けてもらう計画なのだが、縫製作業は出発の朝まで続き、綱渡りで何とか間に合った。ところが午後になって、仲間の航空券を手配してくれた梅村さんから電話があった。「あのですね……、手荷物の横断幕をどうやら空港に置き忘れて行かれたようで……」「な、なんですとっ?」。唖然とする私に、梅ちゃんはたたみかけた。「それって困りますよね。誰かが届けないとね。もうこれ、私に行けってことだよね」。梅ちゃんは、翌日、空港の忘れ物をピックアップし、自らグアテマラへ飛んだ。「もうこれは立派な公務だよね」。身銭を切りながらも、うれしそうに繰り返していたのが印象的だ。

抑揚のない口調にかわりはないが、以来、「安藤さん」が「あんどちゃん」に変わった。その後、梅村さんが暮らしていた千葉・津田沼の家に宿を借りたことがあった。スピーキング・ツアーに招いたグアテマラの「デフェンソリア・マヤ（マヤの権利を守る会）」のフアン・レオン氏と全国行脚したときだ。タイトなスケジュールの終盤で、私はお邪魔するなり畳の上にのびてしまったが、梅ちゃんは足の踏み場もない書物の山の中にいそいそとフトンを敷いてくれた。しばしば、文献のコピーでパンパンに膨れた封筒をもらったが、ここでは彼の蔵書のバリエーションに驚いた。ラテンアメリカのビデオライブラリーもすごかった。その中にひと際目立つビデオ群があった。「闘魂伝説」「若獅子の咆哮」「四角いジャングル」……。正確なタイトルはうろ覚えだが、ともかく彼がこよなく愛したアントニオ猪木がそこにいた。あの日以来、antonio（梅村さんのアドレス）で始まるメールは来ない。お別れもした。しかし、パソコンや携帯電話のアドレス帳からantonioは削除できない〉

2004年6月、やもめ亭での宴。中央に座っているのが梅村さん

そんな梅村さんの遺志を引き継ぐ自覚が栄里子さんにはありました。梅村さんだけではありません。レコムの代表を引き継いだ古谷桂信さんをはじめ、周囲にはそんな気風・魅力のある人が大勢いました。栄里子さん自身も、「そんりさ」の発送作業や宴などで初めて出逢った相手も含め、人と人を結びつけることが何よりの喜びでした。

8月27日、栄里子さんは「10年日記」を購入しました。一度は平均余命2年の宣告を受けながら、10年は生きよう、できれば治癒を目指そうという決意の表れでした。

【同種移植と迷い】

半年あまり前の２００４年1月、京都府立医大病院のＳＣ医師のセカンドオピニオンを受けた際に、栄里子さんは自家移植に加える選択肢として「同種ミニ移植」を提案されていました。自家移植は自分の造血幹細胞を移植しますが、同種移植は他人の造血幹細胞を移植します。自家移植と違って元々のがん細胞が含まれず、さらにがん細胞がまだ抵抗性を得ていない他人の免疫系が働くことで、自家移植よりも再発しにくい利点があります。一方で、他人の免疫系が身体を攻撃するＧＶＨＤ反応という強い副作用もあり、その副作用を抑えるために移植の規模を小さくするのがミニ移植でした。

幸い、栄里子さんには白血球のＨＬＡ型*が完全一致の姉がいます。完全一致なら副作用が少ないとされ、姉から移植用の造血幹細胞を採取することになりました。姉は9月6日に入院して無事に採取。同種ミニ移植は10月に計画されました。しかし、9月10日、5週間ぶりの外来で栄里子さんは経過良好。無治療で過ごせる「いま」を手放したくなく、同種ミニ移植に踏み切れませんでした。

一方で9月16日の日記にはこんな記述も。「気のせいならいいのだが、胸骨の辺りにシカシカした違和感。皮膚なのか骨なのかわからないが、しばらく遠のいていた感覚だけに不安」「座敷で母と姉の話を聞くとはなしに聞きながら洗濯物をたたむ。そんな日常も愛しく感じる」。再発への懸念と、取り戻した生活を大切にしたい思いが交錯していました。

9月20日、京都で開かれた骨髄腫患者セミナーに元夫と一緒に参加しました。国立がんセンターのＫ医師の個別相談を受け、次のように助言されました。

「自家移植単独で10年後に生きている可能性は極めて低い。（骨髄腫の分類で栄里子さんが該当する）ＩｇＡ*タイプ（骨髄腫による異常な免疫グロブリン＝Ｍタンパク*＝の種類）では1割あるかないか」

「治す治療としてミニ移植は非常に有望だとみんなが思っている。それ以外では多分、治すポテンシャルはない。ところが副作用が強い。ＧＶＨＤという免疫反応で大体2、3割が亡くなる。治る公算も3割くらいで、一方で約2割が副作用で命を落とす。他人の細胞を体の中に入れ、体に合わなくても抜くことはできない。炎症、免疫反応が出れば出続ける」

（ＨＬＡがフルマッチでの移植で、先生がやった中で最も強い反応は？）「下血・下痢で亡くなる。フルマッチでも5％から1割くらい。患者が若く状態が良くても避けられないと思う。この治療はＧＶＨＤ反応が出て、正常な臓器も異常な臓器（がん細胞）もまとめてやっつける我慢大会みたいなもの。出たとこ勝負だ」

（フルマッチの場合に炎症反応が起こる可能性が低くなることは？）「それでそんなもの（死亡率５〜10％）だ。そうでなければもっと高くなる」

（現在、国内では何例くらい？）「日本全体のデータは私にはわからない。私のところではミニ移植は年間１５０件くらいで、うち骨髄腫は10件ほど。そのうち移植後に完全寛解に達するのは５割くらい。99年からなので早い方でまだ4、5年だ」

「骨髄腫の場合はミニ移植をためらう。白血病のように急に進む病気なら決めやすいが、骨髄腫は受けなくても１年か２年はこのままいける。ただ10年後に元気かというと可能性は極めて低い。で、移植を受ければ１年以内に１〜２割が副作用で命を落とすと言われたら、ためらう。私たちの病院では『もし悩むならやらない方がいい』と言っている。３カ月、半年たってもう１度考えて。悪くなってから移植を考える。成功率は若干下がるが、３割が２割になるくらい。８割が５割になるわけではない。もともとそんなに高くないから」

（若く発病し、再発した場合は進行が速いとの心配があるが？）「難しい。普通はこの若さではならない。50歳代、60歳代の人とは違う病気の可能性がある。環境だったり、遺伝だったり、また別の因子だったり」

「35歳で治すことを目指した場合には積極的治療が必要。ある程度の時期に移植になると思う。移植の成功率だけ言えば早く受けた方がいい。ただ、その成功率に影響する因子はプラスマイナス数％。後になれば医者の技量もうまくなるし、新薬も出てくる可能性がある。ものすごく悪くなると手遅れになるので、月に１回くらい外来でフォローする。悪くなったところで受ければいい」

「納得するまでは、自分だったら無理して受けないと思う。遅らせて、その間に考えがまとまるのと、技術の向上がある。何よりも時間を置けばいいのは、ご自身が迷っておられるから。悪くなれば迷わなくなる」

この説明を受け、栄里子さんはミニ移植を先送りすることに気持ちが傾きました。10月８日の外来でＳＣ医師に伝え、合意してもらいました。「再発の際にはミニ移植ではなくサリドマイド（かつて薬害が問題となりましたが、骨髄腫治療への効果があり、欧米で使われるようになっていました）を使う選択もある。選択肢ができているのは迷うことにもなるが。治癒を目指すなら同種移植が一番可能性があるが、まだ何が一番いいのかはわからない。経過をみていくというのでいいと思う」

＊ＨＬＡ型……白血球をはじめ細胞にある型のことで、造血幹細胞移植ではＨＬＡ型のＡ座、Ｂ座、Ｃ座、ＤＲ座という4座（8抗原）の一致する割合が重要とされる。両親から各座半分ずつを遺伝的に受け継ぐため、兄弟姉妹の間では4分の1の確率で完全に一致する。

＊ＩgＡとＭタンパク……免疫グロブリンと呼ばれる抗体タンパクにはＩｇＡやＩｇＧなど5種類があるが、骨髄腫では単一種類の免疫グロブリン（Ｍタンパク）が異常に増加し、他の種類の免疫グロブリンは減少する。栄里子さんの場合はＩｇＡが異常なＭタンパクで、骨髄腫の中でも「ＩｇＡ型」と分類される。

【平穏な月日　いまここを生きる】

9月26日、グアテマラについてレコムの古谷桂信さんの講演会があり、栄里子さんが司会を担当しました。10月には倉敷へ旅行。京都新聞時代の同期と十津川温泉にも行きました。11月5日の外来でＩｇＡは１８８で正常値（１１０～４１０ｍｇ／ｄＬ）の範囲内。免疫固定法でみると、Ｍタンパクは少しありました。

11月6日、実家で十数年前から飼っている愛犬プーの異変に気づきました。白い雑種です。とても賢く、番犬を超えた家族の一員として可愛がっていました。何年か前に大きな猟犬にプーが首をかまれ、見つけた栄里子さんが素手で猟犬の口をこじ開けて助けたこともありました。栄里子さんの手は流血しましたが、何の恐れも迷いもなかったそうです。そのプーが水を飲まなくなり、時折痙攣のように震えました。老衰でした。日記にはプーの記述が続きました。「11月7日、プーのことを想うだけで涙腺が緩む。この子がどれだけの癒しをくれただろうか」「9日、朝、プーは中之島（嵐山の自宅近くの公園）まで自力で歩く。川がどうしても見たかったよう」「10日、プー点滴、朝夕2回」「13日、プーとの時間を大切にしたい。あなたが私にくれたものをあますことなく数えよう」「14日、（自分の）告知記念日。ＭＭ（多発性骨髄腫）2年生へ！　プーの病院へ」「15日、プー、昨日より歩行距離が短くなる。足もとおぼつかず、腕の中でうずくまる」「18日、朝、プーが5回哭く。高く哭く。とにかくそばに」

そして19日の午前6時40分、プーは帰天しました。「命とはこういう風に終わるのだと、プーが私に見せ教えてくれたのだ。これ以上に伝える何があろう。ありがとう」

28日、友人の足立力也君の結婚式に参列するため、元夫も一緒に福岡へ向かいました。藤井満さんや熊谷譲さんら「中南米と交流する京都の会」のメンバーらとも再会し、二次会にも参加。中洲の屋台でラーメンも食べ、懐かしく楽しい時間を過ごしました。

12月10日の外来でＩｇＡは１８０。「比較的少ない数字。完全寛解とまでは言えないが、しばらくこのまま治まっている可能性もある。様子を見よう」。1月に親友たちと沖縄に行く計画をSC医師に打診すると「ゆっくりしてきても大丈夫。今は非常にいい状態」と言ってもらえました。

その少し前の12月5日。「よこいとネットワーク」のメンバーで友人の虫賀宗博さんが左京区岩倉で主宰する私塾「論楽社」へ出かけ、プラユキ・ナラテボーさんの話を聞きました。タイで修行を続ける日本人僧侶で、バンコクの北東350キロの森の中にある寺の副住職として住民の日常生活や心身の悩みをケアされていました。後日もプラユキさんの講演テープを聴き、「何とも言えない穏やかさが戻る。感情に振り回されたとしても疲れてはいけない。今ここにある自分を生きよう」。

この「いまここを生きる」は、やがて栄里子さんのキーワードになります。何かで不安や焦りを抱いた時、その言葉を思い出して心の平安を取り戻します。例えば12月25日の日記にはこう書いていました。

「少し気持ちが揺らいでいる。人と比べて幸せのスケールを測ろうとしてしまう自分が現れようと、地面の下から叩くのだ」。それは「いまここ」を冷静にとらえ直す営みでした。プラユキさんの教えは、その後も折に触れ、栄里子さんを導きます。

【2005年　沖縄へ】

2005年1月、沖縄に旅行しました。前年の9月1日、京都市内のライブハウス「拾得」で石垣島出身の歌手、大島保克さんのライブに行って以来、すっかり沖縄民謡に魅了されていました。三線も購入し、練習するのが何よりの楽しみに。もともと幼少からピアノを習い、中学校ではトランペットを吹くなど音楽好きで、大島さんと同じ高校だったBEGINの曲も集め始めました。また、沖縄は高校の修学旅行先で、沖縄戦について学んで以来、特別な思いを馳せる場所。この後も毎年のように訪ねることになります。

さて、今回は自家移植後まだ半年余り。単身訪れることは困難でしたが、元夫と岩波書店編集者の山本慎一さん、京都YWCA（Young Women's Christian Association）で在日外国人支援に携わっていた森田紀子さんら親しい友人たちが同行する心強い旅でした。

まずは那覇に飛び、本島を東村まで北上してカヌーを体験。マングローブに囲まれた河口から海へ、自らもオールをこぎました。さらに人家や車道から離れた浜辺でキャンプ。月明かりに照らされた砂浜を歩いて、寝袋にもぐりました。リゾートの他にも、米軍普天間飛行場移設問題に揺

2005年1月、沖縄・東村でキャンプ

れる辺野古、前年に米軍ヘリが墜落した沖縄国際大学を訪れて話を聴き、南部の摩文仁の丘などの戦争遺跡も巡りました。さらに石垣島、竹富島にも渡る盛りだくさんの日程。充実した時間を過ごすと共に、体力に自信を取り戻すことにもなりました。

沖縄から戻ってしばらく経った2月７日の外来でＩｇＡの値は１７９と横ばい。肝機能も腎機能も全く問題ありませんでした。12日には「アジア太平洋みどりの京都会議２００５」に参加。足立力也君や森田紀子さんに誘われ、元夫も新聞記者として取材しました。栄里子さんは同世代の働きに感動する一方、「自らの無力感に打ちのめされた」とも日記に書きました。病を得た体で、活動を限られる自分自身への歯がゆさ。逆に言えば、自らも、できることを積極的にやっていこうとの思いを新たにしたのでした。

3月21日、久しぶりの「よこいと」を開催。４月１日は大島さんのライブ。平穏な月日が流れ、７月には新しく雌のトイプードルを飼うことになりました。プー以来の愛犬で、沖縄が舞台の映画にもちなみ「ナビイ」と名付けました。「この子の世話をするために自分も長生きするのだ」。そんな決意の表れでもありました。やがてナビイは骨髄腫に向き合う上でも不可欠な存在となります。

８月にはレコム代表の古谷桂信さんの故郷、高知を訪問。古谷さんは元夫が大学生だった１９９４年に知り合ったフォトジャーナリストです。グアテマラを中心に取材を続ける一方、琵琶湖をはじめ環境活動にも取り組んでいて、京都新聞記者時代に滋賀県を担当した栄里子さんとも関心の重なりが多い大切な友人でした。連れ合いの里枝さんとの間に３人の息子がいて、次男の健人《けんと》君には重度の障害がありました。健人君も一緒に一家でグアテマラを訪れるなど、健人君の存在を力にしている古谷さんの人間性に、栄里子さんは感じ入っていました。その古谷さん一家と、青西靖夫さん一家、青年海外協力隊員としてグアテマラに赴任して結婚した秋山亘さん・エンナさん一家、やはり青年海外協力隊でグアテマラで活動後に高知で茶農家修業を始めたレコム事務局長の片岡桂子さん、そして栄里子さんと元夫が加わって一緒に過ごすレコムのファミリー企画。古谷さんの親類の古民家の庭でバーベキューをしたり、四万十川で泳いだり、手長エビを捕ったり。「河童になった夏休み」と心に刻みました。

11月13日、京都で開かれた患者の会のセミナーに元夫と参加。群馬大医学部付属病院の医師の「最新の治療法を考える」分科会では、自家移植は1回目の効果が良かった場合は2回目はやらなくていいというのがコンセンサス▽ミニ移植は欧米ではGVHDが多い一方でサルベージ効果が少なく、生存期間延長の効果は否定的結果が多い▽新薬のベルケイドは認可に向けて進んでいるが、サリドマイドはその後になりそう▽レブラミド(サリドマイドの次世代薬)はサリドマイドより効果があり副作用が少ない、などの報告がありました。この医師は「私見だが、移植または新薬のみでは治癒は不可能。有用な併用で長期生存または治癒が期待できるかもしれない」と述べました。

【2006年　再燃】

年が明けて2006年1月13日。胸に痛みを覚えました。1年半前の自家移植以来、抱き続けた再燃の不安が頭をよぎります。3日後の16日、外来の血液検査でIgAは251に上がり、再燃の疑いが強まりました。2月13日の外来でIgAは275に。日記に「再燃か。次の一手を考えよ」と書きました。

この頃にはミニ移植以外の選択肢としてサリドマイドを考えるようになっていました。かつて大きな薬害を起こした薬ですが、血管の新生を阻害する作用が有効として多発性骨髄腫の治療に導入されていました。

そんな中でも日々の活動は続けました。2月25日にはグアテマラを襲ったハリケーン被害の報告会が、古谷さんを中心に西宮市で開かれ、栄里子さんも元夫と出かけました。その2日後の2月27日。電気泳動検査の結果、骨髄腫の再燃が確認されました。移植後の04年8月時点と比べると異常タンパクが微量ながら増加。「増えだしてくると止まるとは考えにくい。まだ非常に少なく臨床症状は出ていないので慌てる必要は全然ないが」。SC医師は続けました。「いまは体調が非常にいい状態なので同種移植を考えてもいいと思う」。栄里子さん自身も意外に思うほど冷静に受け止めました。「次の一手をいよいよ考える時がきた」

3月13日の外来でIgAは361に上昇。SC医師からミニ移植を勧める理由を説明されました。20日には骨痛が悪化。ミニ移植に進む選択肢を思い浮かべた一方、先に移植を受けた患者仲間からは副作用GVHDの苦しさを聞きました。いずれにせよ辛い治療の選択に迷いつつ、だからこそ自宅で過ごせる日常のありがたさをかみしめます。「四六時中、ナビイがそばにいて、家族がいて仕事がある。いまのこの暮らしの愛しいことよ。これが幸せ。今が最高に幸せ」

4月2日。ホスピスに入っていた母方の叔母が亡くなりました。「死の瞬間を何度も想像。人々にとって『想い残すこと』はどんなものがあるのか」「子供のころ、死の瞬間を想像し、誰にも等しくやってくる逃れようのないものを思うと怖かった。今は死ぬ瞬間よりも、そこへ行くまでの過程が怖い」

10日の外来でIgAは830に。脊椎、肋骨、手指に焼灼感がありました。それでも「想定内」と受け止め、11日からデカドロン（ステロイド剤の一つ）のパルス療法を開始。13日には3年前にミニ移植を受けて順調な先輩患者に電話で話を聞きました。

18日には脊柱の骨痛が前日よりも強くなりましたが、日記にはこう書きました。「この痛みは痛みとして切り離してとらえることができている気がする。いたずらに不安に陥ることもなく、日常を笑って過ごすことのできる今に感謝」

21日には鍼灸師として自分の患者さんの一人への施術を完了。「平穏で心地よい日々。一瞬一瞬が輝いて見える。今まで私はなぜに生き急いでいたのか。なぜあんなにも苦しかったのかと、今は不思議に思う」「私の中で何かが大きく変わってきた。何もできない焦燥感から解放され、自分に力が蓄えられつつあることが嬉しい」。有機無農薬食品をそろえる近くの農園販売所で買い物をしました。「台所仕事が楽しい」

病の辛さは続いていました。27日には「この痛み、どこまで耐えればよいのだろう。どうかこれ以上悪化しませんように」。それでも28日には石垣島の唄者、大島保克さんのライブに出かけて楽しみました。

【グアテマラ女性の講演会】

この年の6月、レコムはグアテマラからマヤ女性活動家のアナ・ペレスさんを招いたスピーキングツアーを計画していました。5月に入ると栄里子さんも準備に動きます。GW中の2日、レコムのメンバーがやもめ亭に集合。友人を介してつながった従軍慰安婦問題に取り組む市民グループや、米国のアフガン・イラク攻撃を機に生まれたピースウォーク京都のメンバーたちにも呼び掛け、準備・運営に参加してもらうことにしました。その中には、後に交友を深める春山文枝さん、中嶋周さん、上杉進也さん、浅井桐子さんたちがいました。3日には実行委員会を開催。チラシ作りも栄里子さんが担当しました。講演は京都精華大学でも授業の一環で開かれることになり、その調整にも奔走。一方で8日の外来では、いったん下がっていたIgAが

８１６に上昇。９日からまたデカドロンの投与を受けました。

６月５日、37歳の誕生日の翌日の外来でＩｇＡは１１２１に。サリドマイドについて尋ねると、調達に２週間、処方してくれる京都大学病院への紹介準備に１週間かかるとのことでした。その間は治療が進まない不安に包まれつつも鍼灸の施術は続けました。13日には京都大学病院でサリドマイドの説明を受け、14日は講演会のミーティング。19日には講演会で配る資料集の折り込み作業をしました。

2006年５月４日、嵐山—高雄パークウエイのドッグランで愛犬ナビイと

26日の外来でＩｇＡは４０１３に急増。ＭＲＩの結果、骨病変が悪化し、特に腰椎の左の椎体、脊髄がやや圧迫されていました。速効性のあるＶＡＤ療法でＩｇＡを下げてからサリドマイドを始めるか、最初からサリドマイドとデカドロンの併用でいくか。後者で効果があれば、そのままミニ移植に進む選択も示されました。７月に元夫や新川志保子さんらと沖縄旅行を計画していたのですが、もちろん中止。ナビイとも離れ離れ。さすがに泣きたい気持ちになりました。「悔しい。想定内とはいえ悔しいのだ」

28日、グアテマラ女性の講演会の当日を迎えました。タイトルは「勇気を受け継ぐ」。暴力や困難に負けない女性たちの活動の継承がテーマで、栄里子さんが司会を務めました。一緒に運営を担った仲間は、その後も深く付き合う友人となります。29日には京都精華大学で学生１３０人が参加した講演を見届け、栄里子さんは翌30日に入院しました。

2006年６月28日の講演会で嘉村早希子さん（左端）と並んで司会を務める。右端がアナ・ペレスさん、右から２人目は通訳の新川志保子さん

【ＳＫ医師との出逢い】

グアテマラ講演会などで無理を重ねた上での治療再開でしたが、この入院ではＳＫ医師との出逢いに恵まれました。外来ではＳＣ医師に診てもらうのですが、入院中は「弟子」のＳＫ医師が担当。すぐに打ち解け、友人のような会話を交わせる関係となりました。

７月４日にサリドマイドとデカドロンの併用をスター

ト。5日夜には胸に差し込む痛みを感じ、腰痛部と合わせて骨病変の進行を自覚しましたが、病室では空き時間にグアテマラ講演会についてレコムの会報「そんりさ」で報告する作業を進めました。他にも新聞や本を読んだり、「ありのままを受け止めて過ごす1日」を重ねました。

17日には筋肉の収縮、身体のこわばり、麻痺、発汗に見舞われましたが、自分で鍼を打ち、灸をすえてしのぎました。25日、京都大でサリドマイド処方のための診察を受けました。

28日にいったん退院し、やもめ亭で「そんりさ」の発送作業に参加。作業後の宴の料理も作りました。論楽社にも出かけ、滋賀県の能登川図書館長（当時）の才津原哲弘さんの話を聞き、「今自分がある場所で想いを深めること」との言葉をもらいました。「出逢いが連なっていく」。8月の5、6日には元夫と近江八幡へ一泊旅行。舟での水郷巡り、ヴォーリズの建築巡りを楽しみ、夜は多賀神社まで足を延ばして万灯会も鑑賞しました。

9日、患者の会のメーリングリストで31歳の女性患者の書き込みを読みました。自分より若く発病した人がいると知り、同じ30代女性の患者としての役割があると考えました。11日夜は大島さんの沖縄民謡ライブへ。大島さんとはそれまでにも何度かライブ後に言葉を交わし、病気のことも知ってくれていて、この日も近況を尋ねてくれました。

20日、親しい友人たちと元夫とナビイを連れて清滝川でバーベキュー。会話を楽しみ、水に入って慌てるナビイや、釣りに夢中になる元夫の姿に目を細め、ゆったりとした休日になりました。

ところが21日の外来ではIgAが再び急増。「予感が的中した」。外来で投与するデカドロンを倍増することになりました。「ムーンフェイス*、激しい膨満感、足の萎え、昨日上れたはずの階段が上れない。言語障害と指の震えが出現」。進行する病と、抗えない症状、日常を慈しむ努力が交錯する日々でした。

28日、味覚がわからなくなってきました。とにかく苦く感じます。29日、よく働く母親を前に、無力感を強めました。「足の感覚がなくなってきた。すぐに目眩が起こる。無気力とのせめぎ合いが自分の中で始まっている」

9月4日の外来ではデカドロンとエンドキサン、エトポシド、シスプラチンを使う多剤併用療法のDCEPという選択肢を示されました。15日の外来でIgAは6047に増加。骨髄の中がほとんど骨髄腫に置き換わっている状態でした。赤血球や血小板がつくれなくなるため、血小板は前回の16万から8万に下がり、貧血も進行。腰椎も圧迫されていました。府立医大病院には空きベッドがなかったため、系列の社会保険庁京都病院（現京都鞍馬口医療センター）に緊急入院。「身の置きどころに困るほどの倦怠感。発病当時を思い出す」。サリドマイドでは抑え切れておらず、SC医師の判断でDCEPを始めることになりました。IVH（中心静脈へのカテーテル）を挿入し、丸4日間、毎日24時間の点滴です。エトポシドには口内炎、シスプラチンには吐き気の副作用がありますが、やむを得ませんでした。

16日にデカドロンの点滴を開始。それでも点滴2日目の17日には髪を切りに外出しました。「こざっぱり、よい感じになった。失うばかりの中で新しい自分を手に入れるのは嬉しい」。18日にも外出して論楽社を訪れ、「よこいと」のメンバーと会って「奇跡のような一日。明日から抗がん剤、がんばれる」。そして19日、DCEPが始まりました。

＊ムーンフェイス……ステロイドの副作用で満月のように丸くなった状態の顔

【クモ膜下出血】

9月24日の朝。泊まり勤務明けで職場にいた元夫に、病院から突然の電話がありました。「安藤栄里子さんが意識混濁に陥られました」。すぐに病院に向かうと、彼女はベッドに横たわっていました。

前日はDCEP1コース目を昼に終え、午後8時ごろから頭が痛いと言い出したとのこと。頭痛は強まって鎮痛剤でも収まらず、血圧も170くらいまで上昇。血小板の値が低く、ワーファリンという血液凝固予防剤の影響が疑われていました。先だって投与してきたサリドマイドには血液を凝固させる副作用があり、血栓予防にワーファリンを服用していたのですが、その副作用やDCEPによる血小板減少などで脳出血かクモ膜下出血を起こしている恐れがあり、血小板を輸血されていました。

CTで診る限り出血はなく、明らかな異常はなし。一晩経って血圧や酸素量などは落ち着いたのですが、精神・神経の症状が現れました。頭部のMRI検査をしようとすると、装置の中に入るのを嫌がり、両手を頭上の宙に突き出して、見えない何かを払いのけようとします。目は開いているものの虚ろな状態。暴れるほどではありませんが、けがをする恐れがあり検査できませんでした。姉と両親も駆けつけましたが、いずれの顔も認識していないようでした。その日の夜は元夫が病室に泊まり込みました。彼女はずっと何かにうなされたように苦しげで、何度もベッドから起き上がろうとし、その度に元夫が手を握って落ち着かせました。声をかけると元夫の顔をのぞき込むのですが、視線は虚ろなまま。ウゥと低い声が漏れ続けていました。

何とか受けられたＭＲＩ検査で、脳室が広がっていることがわかりました。25日に診察した脳神経外科の医師は、クモ膜下出血で脳室が拡大しているとの見立て。急性の水頭状態でした。その後の検査ではそれ以上の拡大はなく、出血は止まっている可能性もありましたが、輸血は続きました。１週間後から２～３週間後にかけて脳血管れん縮が起き、脳梗塞となる恐れもあり、脳外科のある府立医大病院に転送されました。「最悪の展開も想定しておかないといけない」と、両親は元夫に話しました。

幸い、その日の夕方になって母親の問いかけに答えられるようになりました。「何がなんやわからん」と話したそうです。やがて症状は落ち着き、話せるまでに回復。本人は23日夜からの記憶が全くありませんでしたが、「計算が苦手になった。数字に弱くなったのはクモ膜下出血の影響と思う」などと冗談も言えるようになりました。

【同種移植へ】

クモ膜下出血の後の１カ月余りの養生を経て、11月３日、外泊が可能となりました。離婚しているのに変ですが、この日は結婚記念日で、元夫の迎えで病院を出て、お気に入りのうどん店で鍋焼きうどんを食べ、嵯峨野・広沢の池の周りをドライブしながら帰宅。美しい里山風景を堪能しました。実家に着くと愛犬のナビイが出迎え。「何度も何度も膝にのぼり、ついてくるのが愛おしい。やはり一日も早く家に帰れるように頑張るのみ」

翌４日にはＩＶＨの管理のため病院に行く必要がありましたが、元夫の送迎でナビイも連れていき、京都御苑を散歩しました。ベンチで昼食をとり、ピクニック気分。始まりかけの紅葉の下で写真も撮り、「ナビイと一日中一緒の幸せを実感」。５日は自宅で片付けものをし、午後は嵐山をナビイと散歩して「素晴らしく楽しい３連休。春にはまた手に入れたい日々」。夜、病院に戻るため荷物をまとめているとナビイがじっと見つめます。また留守にすることに感づいて残念そうな姿に「必ず良くなって帰ってくる」との気持ちを強くしました。

６日の血液検査ではＩｇＡが２１７に下がっていて「がぜん、やる気が出てきた」。翌日からまた４日間のＤＣＥＰ治療（点滴に96時間つながれっぱなし）が始まりますが、「目標に向かって」と日記に書きました。そして７日、ＳＣ医師とＳＫ医師は同種フル移植を提案。抗がん剤がよく効いていて若いことが理由で、ドナーとなる姉との白血球のＨＬＡ型の完全一致も大きなプラス材料でした。

フル移植はミニ移植よりも厳しい治療です。移植で死亡するリスクも２割ありましたが、この両医師の下でなら挑戦する気持ちになりました。移植についてもっと情報が欲しいとSK医師に要望。説明を受けるほどに骨髄腫の厳しさを思い知りましたが、SK医師は「よからぬことを考えないように」と助言。栄里子さんも「まずは寛解に入ること。見事に入ること！！！」と自らに言い聞かせました。

この間も病室には元夫と両親が交互に訪ね、時には駐車場の車の中でナビイと遊びました。移植のことを考えると思い詰めてしまうので、「毎日の自己管理が最大の仕事」。体調のいい時は病院の1階から病室のある8階まで階段で上りました。4階で息が切れるものの、足を踏ん張れるようになりました。週末や祝日は外泊で自宅へ戻り、「膝の上にナビイ。至福の時間」「足もとにナビイ。朝から眉毛をなめて起こしに来るのがかわいい。おだやかな休日」。

自宅でもじっとしているわけではなく、「そんりさ」の発送作業にも参加。大島保克さんのライブにも行きました。一方で病院に戻った際も「なぜか落ち着く」。SK医師のおかげでした。移植前に虫歯の治療を終える宿題が残っていましたが、SK医師は「すべてはプラスにとらえましょう」。クモ膜下出血後の3コースのDCEP治療でIgAは87にまで下がり、12月18日にいったん退院しました。

「気持ちを整えているところだが、思うようにいかない」「やはり移植の前処置が怖いのだ。この日常を手放すのも辛い」。そんな心の揺れもありましたが、20日は親しい友人がやもめ亭に集まって忘年会。「『分かち合い』という言葉がヒットした。安心して自分をはき出せることの大切さ。そこにいのちの尊さの気づきがあるのかも」。23日にはプラユキさんと虫賀さんが嵐山を訪問。「とても穏やかな一日。良き縁＝慈悲となるが、そのためには相手（受け手）の智慧が必要。受け手の智慧によって成立する世界、との話を聞いた」。24日には古谷さん一家が来訪しました。

25日、外来で病院を訪れ、両親と元夫も同席してSK医師から改めて説明を受けました。まず、骨髄腫での同種移植は一般に五分五分よりも厳しい。しかし、彼女は若く、ドナーとのHLA完全一致など有利な点が多い。また、化学療法では根治しにくく、延命しても生活の質を保てるかどうかはわからない。それならばリスク覚悟で根治を目指そうとのことでした。

次に移植に伴うリスクですが、前処置のエンドキサン大量投与と放射線の全身照射で、いずれも骨髄抑制がかかります。移植した造血幹細胞が生着した後も免疫抑制が必要で、感染症に弱くなります。エンドキサンには吐き気と下痢の副作用も。副作用の一つに出血性膀胱炎もありました。放射線ではステロイドで頭痛などを予防しますが、時間が経ってから腎障害や火傷様の皮膚障害が出ることも。目に当たれば白内障、肺に当たっても重い障害が出る恐れがあり、不妊にもなります。

さらに移植後に不可避な合併症としてＧＶＨＤがありました。最初は腸管障害（下痢や腹痛）、皮疹や肝機能障害も起こりえます。慢性期には肺障害が出て酸素ボンベが必要となる恐れも。これらを抑えるため免疫抑制剤を使いますが、感染症のリスクを高めることにもなり、まさに「さじ加減」の世界。免疫抑制剤による腎障害も心配で、長い目で見れば放射線の影響もありえます。あまり心配はないものの心不全の恐れも。そして放射線にも抗がん剤にも、二次性発がんのリスクがありました。

しかし、移植によって根治の可能性は広がります。それまで骨髄腫での同種移植の成績は良くなく、５年後の生存率が20～30％でしたが、彼女は若さで10％、フルマッチで10％、さらに現在の状態が良いことで50％を上回る「勝率」を期待できるのではないか。ＳＫ医師は続けました。「5年後に再発してもベルケイドがある」「ＧＶＨＤはある程度ある方が再発が少ない」。ミニとフルの違いを尋ねると、移植後早期に死亡する確率はフルの方が高いが、長期生存を目指すならフルが望ましい。移植後、４～６週間は無菌室に入り、入院期間は計２カ月が一般的とのことでした。

この年の年末所感を栄里子さんはこうつづっています。

「1月16日の外来で再燃の疑い。ＩｇＡが２００台に乗り6月30日に入院。そこから1カ月の治療を経た。9月15日にＩｇＡ６０４０をマークし再入院。クモ膜下出血を経験し〝生還〟。通算4カ月の入院生活を送った。1年の3分の1を治療期間とした年だった。この時間を経て、そしてＳＫドクターと出逢い、ようやく移植にすすむ決心がついた。不安を数えればきりがないが、姉にもらったチャンスをいい時期に生かしたいという気持ちがある。移植はまな板の上のコイと同じ状況だが、どうせ受けるなら信頼できるドクターと巡り会えた今が好機という気もする。２００７年は私にとってチャレンジの年になる。その下地をしっかりとつくれたと思っている」

【２００７年　同種移植】

年末年始は実家で両親や姉、甥や姪と過ごしました。元夫とも「やもめ亭」の大掃除を一緒にし、松尾大社に２００７年の初詣へ。ナビイもずっと一緒。1月4日からの入院を前に、みなが「待っている」「早く帰っておいで」と励ましてくれました。「帰ってこられる。待ってくれている、との言葉に、こわばっていた気持ちがゆるむ」「ナビイを抱いて眠る。あたたかく、やわらかく、くんくんいうナビイを抱いて眠る」

再入院の朝。病院に入るとＳＫ医師は「よからぬことを考えるな。移植で死ぬマウスではなく、すぐにエサを食べ始めるネズミに学べ」と助言。翌日は高校の恩師が見舞いに訪れ、栄里子さんは入院中で参加できなかった前年夏の同窓会の写真を見せてもらいました。「相手、周りの人の気持ちをくみとる力が人生を豊かにする。人の痛みを知り、くみとる力、感性の巾が豊かになるほど人生は豊かになる」

翌５日、ＳＫ医師から改めて説明を受けました。フル移植での治療関連死は１年以内が20％、２年以内で30％。３年以降の生存率は35％。彼女は若いので治療関連死はまずない。厳しいけれども２年間を乗り切れば治癒の夢も出てくるとのことでした。

10日、放射線科で事前の準備。合同カンファレンスもあり、移植スタッフにあいさつしました。

11日は婦人科へ。女医に「かわいそうですね」と言われました。移植を受ければ生殖機能を失い、妊娠・出産はできなくなります。「一度、ちゃんとそのことを口にして泣いておきたかった」と日記に書きました。12日には髪が抜けるのに備えて理髪店で１ミリにカットしました。

14日、移植の前処置のエンドキサン投与を開始。頭が重く、吐き気が強まり、２日目の15日は５回嘔吐しました。それでも「まずまず善戦ではないか。幹細胞採取の前処置よりマシ」。16日には下痢も始まり、検査に出かけたエレベーターの中で嘔吐しました。

17日、放射線照射が始まりました。照射時間を示す蛍光灯の下で目を閉じて過ごしました。「体中の細胞に、ありがとう、ありがとうとささやく」。むかつきはありましたが、比較的元気で、目に力があると自分で感じました。18日は放射線２日目で「さすがに少しグロッキー」。それでもスタッフはみな親切で、「ありがとうの気持ちに満たされました」。

19日朝、シャワーを浴びて無菌室へ移り、姉からの造血幹細胞４００㏄を移植。無事に97％の活性を確保できました。「ありがとう。今日から新しいカラダづくりです」「意思あるところに道はある」

22日、新川志保子さんと連れ合いのジョルダンさんが見舞いに訪れ、再会を喜びました。ところが夜になって口の中に血豆ができ、みるみる大きくなってつぶれました。午後11時半になってＳＫ医師が様子を見に駆けつけ、感謝と共に「遅くまで忙しいんだな」と慮りました。

移植から１週間が経った26日。朝から倦怠感。微熱が続き、節々が痛みます。27日は午前中から下腹部に痛みがあり、下痢で脂汗が出ましたが、漢方薬を飲むと改善。髪が抜け始め、「今回は抗がん剤から12日で脱毛開始」。28日は

38・2度の発熱。脈が116で呼吸が浅く、動悸も。29日、口腔内の粘膜が腫れました。頬も腫れ、洗顔時に手を添えるだけで痛みます。嚥下も難しく、「夜、食べたはるさめヌードルを見事に嘔吐。その際、のどに引っかかり痛み増強。残念」。

月が変わって2月1日。友人からの手紙に「幸せ日記」のことが書かれていました。誰でも身に付けられる技能がある。それはapreciateする能力との話に「納得だ」。SK医師も雑談で和ませてくれました。

移植から2週間となる2日。血液検査で白血球が1900に上がっていました。「生着!!!」。移植した姉の造血幹細胞が自分の体に生着したことが確認されたのです。「まずはひと山」を越えました。

同時に、これからはGVHDが課題となります。朝7時半にいったん目覚めたものの、午後3時半まで寝入りました。吐き気と下痢が顕著となり、腹部には圧痛。3日も嘔吐と下痢がひどく、身の置き所に困る感覚。「最初のGVHDだろう。うまく乗り切りたい」

5日、元夫が差し入れた小うどんを少し食べました。「吐かなかった。うれしかった」。味覚は3割ほどしかわかりませんが、歯ごたえに満足。「もう吐かない。そのつもりでいこう」

7日、吐き気が収まり、他の症状も落ち着いていました。差し入れのお好み焼きを食べ、キャベツなどは消化できませんでしたが、吐かずに排便がありました。「自分の苦しみの閾値《いきち》は自分で決める。今回でいえば今のところすべて『想定内』」。見舞いに訪れた両親にそう話しました。

8日、無菌室の外に出て久々にシャワー。身体を見ると、筋肉はかなり痩せていましたが、足元は思いのほか踏ん張れていました。ふらつくことなく「上々だ」。差し入れの鶏塩うどんを少し食べました。

9日。同じ病院で同種移植を2日に受けた26歳の男性患者が6日に急変して亡くなったと聞きました。「当たり前など何一つないということを改めて教えられた気がする」

11日、シャワーを浴び、元夫と差し入れの高菜ピラフを食べました。13日は親子丼。14日、朝は饅頭、昼は冷凍食品のそば飯、夜は差し入れの弁当を食べて「快調だ」。バレンタインデーで、SK医師に感謝のチョコレートを渡しました。この頃には病室のテレビで料理番組を見ることも増え、「レシピが増える。早く台所に立ちたい」。

17日、免疫抑制剤が点滴から内服のネオーラルに変わり、その朝は吐いてしまいました。耳の周り、首、太もも、手首に赤い発疹。18日は吐かずに済み、昼はカップラーメンに温野菜を入れてほぼ完食。その後もハンバーグサンドを

1・5切れ。食べられる量が少しずつ増え、点滴を外せる日が近づいていました。

ところが、19日朝、シャワーの後で嘔吐。ネオーラルを飲んで1時間後でした。「微妙」。それでも夜は元夫が差し入れた鮭入りのしょうが焼き弁当を半分食べて「上々だ」。吐き気は一進一退で、湿疹も目立ってきました。20日昼は差し入れの玄米弁当を6割、夜は野菜煮を食べ、吐かずにがんばりました。

そして21日、ようやく吐き気が消えました。昼はナポリタン、夜はおにぎりとえびピラフ、えびグラタン。22日、母親が見舞いに訪れ、シュウマイとヒラメ茶漬けなどを一緒に食べました。「ぜいたくな夕食。幸せな夕食。おいしかった」

24日、医師からＩＶＨを抜く話も出ましたが、水分を1日５００ccしか飲めておらず、継続することにしました。「明日は1リットルを目指そう」。25日、日記に書きました。「初診後の治療はすべてが手探り。なかなかメドも立たず不安をぬぐい去ることができなかった。今も状況は大差ない。けれど気分的に随分あの頃と違うところにいる。ひとつひとつ越えるべき目の前の山が明確に見えているからだろう」

27日、「腎機能の低下を懸念して水分の摂取を目標に掲げよう」。28日、「元夫がジュース、プリンを届けてくれた。明日は三線をひこう」。

月が変わって3月1日。三線を届けてもらいましたが、指や手のひらに皮疹が出て弦を押さえられません。指はこわばり、ピリピリ痛みました。

2日、ようやくＩＶＨが抜けて身軽になりました。「万歳!!」。外出許可も出て「明日は何を食べようか。楽しみが一気に広がる」。3日、加茂川沿いの中華料理店に元夫と出かけ、酢豚、きくらげの野菜炒めなどを食べました。野菜のシャキシャキ感がたまりませんでした。病棟の患者仲間にも分かち合いたいと、酢豚とシュウマイをお土産に買いました。

4日も昼過ぎに元夫と病院そばのイタリアンへ。免疫抑制で生野菜サラダを食べられず残念がっていると、店員が菜の花の温野菜サラダに替えてくれ、「うれしかった」。カラオケにも出かけ、コブクロの歌に挑戦。「大声を出してスカッとした」。帰り道、いい月が出ていました。

6日、ＳＫ医師が「最後の3段を踏み外さないように」と忠言。退院は3月25日と決まりました。「オーケー、もう一度ねじをまいておこう」。この頃にはパソコンのキーボードも打てるようになり、「移植日誌」をまとめました。「ひとつ仕事が進んでうれしい」。9日は三線を練習。夜にはかゆみが少し強まりましたが、12日の血液検査の結果は順調でした。

SK医師と「勝算」を話しました。移植を選んだからには根治を目指したい。「無治療でこの先何年飛び続けられるか」。長ければ長いほど「勝算」は高い。13日、「退院が見えてきた」と日記に書きました。一方で「同時に言いようのない不安がやってきた。本気で根治を願ってくれている主治医と、小さな変化も追ってくれる看護師さんたちに見守られた生活が一変するのだ」。15日、血液検査の結果、肝機能の数値が上昇。GVHDでしょうか。夜には胃も痛みました。

17日、実家の薬局のキャンペーンの宛名書きに励みました。病室にあっても確実に一日一日が過ぎていくのを実感。SK医師は「どんな一年を過ごすのか、ゆっくり過ごす方法を考えて下さい」。18日、高校時代の友人にメールを送り、宛名書きも完了。窓の外、暮れなずむ景色に見とれました。「今の自分が一番好き。胸を張ってそう言える。人生は何を持っているかではなかった」

そして移植65日目の3月25日、栄里子さんは無事に退院しました。

【新たな日常】

退院後の日常が始まりました。4月7日にはレコムの会報「そんりさ」の発送作業に参加。グアテマラから一時帰国中の石川智子さんらに退院を祝福されました。平日は実家の薬局の仕事。一方でGVHDなのか、10日ごろから体のあちこちにこわばりが出始め、背中や大腿部が筋肉痛に。触れるだけで痛く、布団をはだけるのに苦労するほどでした。13日には朝から嘔吐し、空えづきにも苦しみました。体が重く、背中の筋肉がこわばり、夕方まで座布団の上でへたり込みました。14日も吐き気と筋肉痛で朝から何一つ手につかず、ぼんやりと過ごしました。

それでもGWには高校の同窓生と恩師を招いた食事会、「よこいと」の集まりなどに参加。5月7日の外来で、1週間ほど前からの口腔粘膜のただれがGVHDと判断され、免疫抑制剤ネオーラルが増量されました。5月20日にはプラユキさんが来訪し、友人たちがやもめ亭に集合。「深め合った語らいの会。それぞれの近況がいとおしく感じる」。友人知人に退院を報告する手紙も書きました。

〈2007年5月吉日　親愛なるみなさまへ　山笑い、新緑の輝く季節となりました。みなさま方におかれましては、それぞれの場所でそれぞれの愛しき毎日をお健やかにお過ごしのことと存じます。たくさんの応援のおかげをもちまして、このほどドナー（姉）からの骨髄移植を経て、無事に〃生還〃することができました。今回は通算7カ月を病院で過ごしたことになります。いま振り返ると、決して短くはない入院生活でしたが、この間、私には優秀な主治医をコーチに迎えたオリンピックの強化合宿のような感じ（ってどんなものかも存じませんが……）で、ひとつひとつ自分の閾値の自己ベストに挑戦するような経験だったように思います。

いま、私の骨髄の中ではどんどん、移植した姉の血球が増殖をはじめています。これまで自分の末梢を流れている血液はA型でしたが、すでに姉と同じＡＢ型に入れ替わってきているのです。幸いにも、ＨＬＡという白血球の型が一致したドナーの血球は、限りなく私本来の血液と似た顔をしているのですが、微妙な違いをカラダの免疫システムは見逃しません。彼らが気付いた時、私のカラダを「異物」とみなして攻撃を始めます。これをコントロールするために、いまはまだ免疫抑制剤などの薬剤の力を借りています。（略）免疫が抑制されていて、感染症などへの抵抗力が低い状態です。外出時はもちろん、愛犬と遊ぶのにもマスクは手放せないアイテムになりました。

これから先もしばらくは、ドナーの血球と私のカラダが摩擦を繰り返していきますが、やがて免疫システムは「寛容」を体得し、両者が和解。私のカラダに姉の血球がなじんでくれる日もくるようです。漢方の助けもあってか薬剤の解毒がうまくいっており、この「和解」のスピードもおかげさまで大変順調に推移しているようです。こうして移植の山場は乗り越えることができたのですが、ただ、本来の「多発性骨髄腫」という疾患がこれで治癒したというわけではありません。まだ、全身各所に残存するだろう骨髄腫細胞を、これからドナーの血球によって退治してもらおう、というのが本来、移植の目的です。ここから先は別の感染症にさらされたり、ストレスで免疫低下を起こすなどのリスクを下げ、ドナーの血球にめいっぱい闘ってもらえる環境をつくることが私自身にできる「治療」になります。東洋医学の力も借りながら、今後1年なり2年なり、もしも無治療で病気の力を抑え込むことができたなら、その先に「治癒」の可能性を現実のものにできるかもしれません。道のりは長いですが、先を急がず、ゆっくりと歩いていくつもりです。

よくよく考えてみれば、何ひとつ先を急ぐ理由もないのでした。どうぞ、ＡＢ型になった新生安藤もよろしくお願いします〉

6月4日の誕生日は元夫とスペイン料理店へ。10日はやもめ亭でレコムの総会。口腔内はステロイドの服用で改善され、食欲も回復し、食べる量も増加。毎日のようにナビイと散歩もしました。

7月。中米のコスタリカでイラク戦争派遣の違憲訴訟を起こし勝訴した大学生、ロベルト・サモラ君の講演を足立力也君たちと計画し、友人知人に案内状を書き始めました。「毎日、一日に満足している自分がいる」「この日常こそ大事にしたい。この日常を手に入れるために7カ月を経たのだから」。講演会「私とコスタリカと平和憲法」は7月14日に開かれ、甥を連れて参加しました。

16日には丹後半島に元夫と一泊旅行。翌日は琴引浜を巡り、伊根町の舟屋をみて宮津へ立ち寄り、京都新聞時代の先輩を表敬訪問。「いい気分転換ができました」。22日、ロベルト君の講演を元夫が紹介した新聞記事をコピーし、友人たちに送る手紙を十数通書きました。

23日、外来で訪れた病院で、先に移植を受けた先輩患者の女性が昏睡状態に陥っていることを知りました。けれども帰りの車中では、なぜか落ち着いていました。死への恐れを、以前とは異質に感じている気がしたのです。その女性を案じながらも心は平安。「未来への不安と、いまここを分離できている自分がいる」。28日は「そんりさ」の発送作業で友人たちを迎え、31日の日記にこう書きました。

「幸福感、風、緑。店の片付けを頑張る。何をしていても楽しい」

8月13日、元従軍慰安婦の女性の証言集会に参加。グアテマラ女性講演会を一緒に運営した友人たちと再会、一緒に食事もして「自由を感じる」。16日には元夫の記者仲間と一緒に苔寺上流でバーベキュー。夜は渡月橋のたもとから大文字の送り火を見ました。ナビイもずっと一緒でした。

20日の外来でIgAが36に上昇。移植後の退院以来、正常値内ながら微増し、正常IgAが増えているのだと信じました。実は10日前にも薬局の仕事を張り切りすぎて疲れが出ていました。GVHDも少し強く感じ、口腔粘膜の痛みも鋭利に。24日、胸骨への差し込みを感じました。25、26日もだるさを感じましたが、改装オープンを控えた薬局の整理作業にいそしみました。9月1日、改装オープンで気分も新たに。ニュースレターの編集も担いました。

3日、整形外来で腰椎と胸椎のレントゲン写真を撮ると、L1(第一腰椎)が圧迫骨折していました。「ショック。背筋を鍛える必要が出てきた。負荷が面でなく点で下位の椎体に伝わってしまったからだ」。6日も左腸骨に違和感を覚えましたが、心配させないよう家族には話しませんでした。「たくさんの愁訴を抱えているが、口にせず生活している。言い始めたらキリがないから」

【西表島】

9月12日から3泊4日で元夫と沖縄の西表島に旅行しました。沖縄民謡には西表島が舞台の曲も多く、その数々を巡るのが主目的。石垣島から高速艇で渡り、元夫が運転するレンタルバイクの後部座席に乗ってツーリング。「まるまぼんさんの浜」には思い浮かべていた通りの丸いお盆のような小島があり、砂浜に座って目を閉じ、ウォークマンで「まるまぼんさん」の曲を聴きました。

2日目の13日。午前中は「星砂の浜」へ。「美しい浜。魚もたくさん」。栄里子さんもシュノーケルをつけて海に入り、色鮮やかな魚と珊瑚を鑑賞しました。午後は河口からマングローブの林を抜けて訪ねる「ピナイサーラの滝」へのツアーに参加。干潟を歩く途中、無数のコメツキガニの行進に目を見張りました。カヌーは元夫との二人乗りでしたが、自らもオールをこぎました。カヌーを降りてジャングルの小径を歩き、目的地の滝壺へ。ライフジャケットを着たまま冷たい水に入って泳ぎました。そんなアクティブな時間を再び過ごせることは大きな喜びで、自信につながりました。夜はホテルのそばのレストランでリュウキュウイノシシとガザミのスープなどを堪能。元夫にとっての旅の楽しみは豊かな自然とご馳走でした。

2007年9月13日、西表島のピナイサーラの滝壺で

3日目の14日。朝から「船浮」という集落を巡るツアーに参加。西表島の中でも、さらに船で渡る「僻地」です。やはり民謡の舞台の一つで、新進の唄者、池田卓さんの故郷。集落に渡る途中、太平洋戦争末期に旧日本軍が考え出した特攻艇「震洋」の格納・待機場所も目の当たりにしました。

震洋とはベニヤ板のモーターボートの先に爆薬を積んで敵船に突っ込む「海の特攻」艇です。元夫はその2年前の夏、震洋の乗組員だった立命館大学名誉教授の著書を読み、インタビューして記事にしていました。西表島の入り江の中の岩場には当時を示すロープがひっそりと張られているだけ。穏やかな日差しの下、穏やかに寄せる波を受け、白い泡ができては消える繰り返し。「60年間手つかずの場所がある。その地に封印されてとどまる〝気〟の力がある」。そんなことを栄里子さんは感じたそうです。

船浮では有名な民謡の一つ「殿様節」の舞台へ。曲のヒロインの「カマドマ」の碑の前でガイドのおじいの話を聞いて記念撮影しました。続いて「イリオモテヤマネコ発見捕獲の地」へ。何と池田卓さんの父・稔さんの自宅で、1974年3月17日、鶏を襲いに小屋に入ったところを見つけて捕獲したとのことでした。さらに「イダの浜唄」という曲の舞台の浜へ。ガイドのおじいが三線を弾きながら唄ってくれ、一緒に踊りました。西表の人の営み、歴史の一端を垣間見る充実したツアーでした。

最終日の15日。高速艇で石垣島に戻ってショッピング。行きつけの店、つぼや、あざみ屋へ。栄里子さんの旅のもう一つの目的は民芸品巡りで、焼き物をいくつか購入。「元夫のおかげで心丈夫な旅。ありがとう」。とは言え、さすがに疲れて、京都に戻って翌日は昼過ぎまで眠りました。

19日、整形外来で胸部CTの結果、胸骨は骨の外壁がほとんどないくらいに弱化。右鎖骨の内側は完全に折れたまま固まっていました。21日の血液外来でIgAは56。移植以来、微増が続いていて、PET検査を受けることになりました。活性化した骨髄腫細胞が見つかれば放射線か新薬のベルケイドを、というのがSC医師の方針。日記に「先の心配はしないことに」と書きました。

24日、滋賀県の彦根へ、京都新聞時代の先輩記者Aさんを訪ねました。チャンポンの名店で昼食を取り彦根城へ。人気のゆるキャラ「ひこにゃん」も見物し、西表島への旅をAさんに報告しました。29日にはやもめ亭で「そんりさ」発送作業。30日はナビイと過ごし、冷蔵庫の整理や部屋の片付けもして「幸福感を味わう。そう、この時間が必要」。一方で「先のことを考えると、いつもは封印している不安もよぎる」と日記につづりました。

【再々燃】

10月13日、大島保克さんの沖縄民謡ライブへ。18日、翌日の外来が気になります。「明日が近づいてくる。まぎらしつつも、その時には向き合う」。19日の外来でIgAは84に上がっていました。明らかに右肩上がりで、PET検査の結果も全身7カ所で骨髄腫細胞が活性化しているとの所見。再燃が示され、日記に書きました。

「わかっていなかったことがわかったということ。これでも幸せを味わうことができるか試されているなと思う。次のステップへ」

20日は元夫と過ごし、不安を打ち明けました。「不安をやすやすと肥えさせない。でも、不安を一度は口にしておきたかった」

22日、自宅近くのグラウンドで久しぶりにナビイと走りました。「この時間のいとおしさよ」。京都新聞の先輩記者のHさんとAさんにメールを送り、夕方には母親にも再発のことを話して涙を見せました。

翌23日からゲルソン療法の勉強を始めました。毎日の食事でがんの原因となりうる食品を排除し、自然の食物の持つ様々な栄養素をバランスよく摂取することで人間が本来持つ身体の機能を高め、病気を防ごうとするものです。25日には胸骨と左右の肋骨前部に痛みを感じ、夜になると疼きましたが、漢方を飲んでしのぎました。ゲルソン療法を始めることで、少し腹が据わった気がしました。

28日には元夫とナビイを連れて高尾パークウエイにあるドッグランへ。紅葉も見事。「胸いっぱいの幸せを抱いて、逝く時は逝きたいものだ」「静かな穏やかな時間」。30日、免疫抑制剤ネオーラルが隔日50ミリに減量。頬の水疱が増えた気がしました。11月2日から入院になると、病院から連絡がありました。

【入院とベルケイド】

11月2日、入院してSK医師から説明を受けました。使用するベルケイドはプロテアソームという酵素の働きを抑える作用をもつ新しいタイプの抗がん剤です。プロテアソームの抑制により、がん細胞の増殖を抑えたり、がん細胞を殺したりする可能性があると考えられていました。さらに骨髄腫細胞と骨髄ストローマ細胞の接着阻害及び骨髄腫細胞の増殖に必要なサイトカイン（ＩＬ－6など）の分泌抑制など、骨髄の微小環境に作用することでも抗腫瘍効果を発揮する、これまでの薬剤とは異なる効き方をする薬です。小柄な栄里子さんは通常4回の投与を3回に減らすことになりました。

この日、患者仲間の女性、Mさんの訃報を聞きました。同種移植の際に担当してくれた放射線技師さんのお連れ合いで、まだ若いお母さんでした。彼女や家族のことを思うと心が痛みました。

3日は結婚記念日で外泊。元夫とナビイを連れ、近くの亀山公園へ出かけました。ゆっくり散歩して、夜はゲルソン療法を意識した焼き野菜の食事をとりました。

7日も外泊して実家でナビイと過ごしました。夜、おなかをさすりながら話しかけると、呼び掛けに応じてナビイがキュウとささ鳴きます。「返事するのか！　と驚くと同時に、通い合っている実感に思わず頬がゆるんだ」。8日に病院に戻りましたが、外出して鴨川のベンチで元夫とお弁当を食べました。夕方には親友の一人が見舞いに来てくれました。

9日、いよいよベルケイド投与の初日。点滴と注射はあっけないほど早く済みましたが、強い眠気に襲われました。夜になると右足の指先にしびれ。10日も午前中は眠り、11

日も朝食後に眠ってしまいます。12日は朝6時に起床してラジオ体操。午後、2回目のベルケイド投与。足が冷え、カイロで温めました。体調は悪くありませんでしたが、13日の夜中に嘔吐。夕食をすべて吐きました。倦怠感も強く、立ち上がれば吐き気に襲われ、座っても背中がきしむので横になるばかり。14日には真っ直ぐに歩けなくなりました。吐き気がひどく、常に何かにつかまっていたい感覚でした。

16日、ベルケイドの3回目。吐き気止めを飲んだおかげでビスケットを食べられましたが、夜中に5回吐きました。17日も朝から嘔吐。血も混じっていました。身体を起こすと吐き気が起き、18日は7回嘔吐。さすがに消耗し、トイレは車いすで連れていってもらいました。

19日、目覚めとともに口腔内左側に痛みが走りました。たちまち血腫ができ、30分ほどでプチトマト大に。破れて痛みが緩和しましたが、血小板の値が低くて出血は止まらず、夕方に輸血を受けました。「ありがとうございます、と思う」。献血をしてくれた人たちへの感謝の言葉を日記に書きました。

20日朝、ようやく点滴が抜けました。吐き気は収まり、午後、久しぶりにシャワー。23日、友人の榎原智美さんが来訪。院外に出て、行きつけのうどん屋さんで霜降りうどんを食べました。「かす汁」のうどんで、味覚が回復した兆しがあり、「本当にうまいうどんであった」。24日にはベルケイドを始めてから初の外泊が叶い、帰路、両親と中華料理。やはり味覚が戻ってきているようでした。ところが夜は眠れず。気分の高揚と同時に足のしびれに気づいたからです。冷感に似た痛みのようなしびれが続き、ナビイを抱いて何とか眠りました。

30日、再び榎原智美さんが病院に来訪。明治国際医療大の解剖学研究者で、実家の漢方薬局の薬剤師、香世さんの大学時代の友人です。栄里子さんも元夫と長野で暮らしていた際、香世さんと二人で旅行に来た智美さんを案内するなどして友人付き合いをするようになり、栄里子さんが鍼灸師の資格を取るため通った専門学校が明治国際医療大の系列で、親交が深まりました。その智美さんがベルケイドの末梢神経障害に関する新しい論文を携え、SK医師に手渡してくれたとのことでした。智美さんの臨床研究にも関係していたことに栄里子さんも驚きました。「物語のようなつながり方」

12月1日、外泊で帰宅しましたが、手のひらが青白く、血管が怒張し、しびれが増強。3日、病院に戻った朝、手のしびれはさらに増悪《ぞうあく》。足の感覚がなく雲の上を歩くような感じでしたが、「師走のあいさつ」として親しい友人たちにメールを送りました。

〈親愛なるみなさんへ　師走になりました。先月初めより鴨川のそばに建つ「白い巨塔」の最上階にいます。ここは京都盆地をくるり、一望できる絶景スポット。京都五山はもちろん、四方に連なる山々の色づきをすべて堪能できる稀少な場所かもしれません。西のすぐ眼下には広大な京都御苑のケヤキやイチョウが燃える雲海のよう。東の窓にせまるは、錦に色づく東山連峰。北方の糺《ただす》の森からは、雨上がりのたびに巨大な虹が立ちのぼります。嵐山の紅葉も好きですが、今年は洛中全望というなんとも贅沢な紅葉狩りを楽しませていただいています。

多発性骨髄腫という病の「治癒」を目指して、今年の始めから骨髄移植（正確には造血幹細胞移植）に進みましたが、このほど残存病変の再燃が確認されました。移植後の拒絶反応や合併症をコントロールするための免疫抑制剤をまだ手放せない段階での再燃ですから、「ここから先は甘くない」というのが正直なところです。思ったより早かった。というのも本音で、告知後3日間は人並みに息苦しい思いを経験しました。「現実」に引き戻される朝の寝覚めの瞬間が辛かった。このままずっと眠り続けていたらこの現実を忘れていられるのに、と思いました。しかし、4日目の朝、ふと気がつくと、いつものきらきらした朝なのです。あの息苦しさもなく、ほんのり色づいたヒメナンテンがなんともかわいらしく思えました。

それまでの3日間に私が試みたことは、とにかくいつも以上にワシワシと玄米を食べ、元気よく排泄をし、そして改めて「いまここ」という時空に意識を集中させることでした。私たちが能動的にかかわれる時間（生きられる時間）は、いま現在この瞬間しかないのだという真理をもう一度、カラダで確認する作業、とでもいいましょうか。すると4日目の朝から、またいつもの平穏な私に戻っているではありませんか。自分でも少し驚いています。

この入院の前日、思い切って両親にいまの気持ちを打ち明けることができました。21年前に長男（私にとっては兄）を交通事故で亡くしています。そんな我が家では、これ以上の逆縁はタブー。ですから、家族との日常も「私が社会にきちんと復帰し、姉夫婦とともに両親が大切にしてきた薬局の看板を継いで、彼らを看取って……」というごく自然なシナリオのもとで営まれてきました。しかし、本当のところはやっぱり誰にもわからないわけで、ましてや再燃となりますといつまでもそのシナリオを演じ続けるには、どこかで無理が生じる。（略）そこで、提案をしてみたのです。父は現在、喜寿の77歳。母はこのほど70歳の古稀を迎えました。いずれも人生の締めくくりに入るには「いい歳」でしょ。提案は「ここから先、とりあえずそれぞれがあと5年と思って暮らしてみない？」というもの。そして、この「それぞれ」には私も加えてもらいたい、ということでした。

設定が妥当かどうかはわかりませんが、5年というのは長いです。この秋、私は病を得て丸4年を迎えました。この4年間の長かったこと！　以前の私のものさしで計ると、4年前の告知はあたかも10年ばかり昔のことに感じられます。しかし、注意深く心の声を聞いてみると、それは辛かったからとか、入院生活が長かったからというわけではなさそうです。病を得てから、やはり「いまここ」というところに軸足を置く努力をしました。過去に執着することはあまり意味がないし、まだ起こってもいない未来への不安をいたずらに膨れ上がらせるのも大切な「いまここ」の過ごし方としてふさわしくないと思ったからです。そんなわけで、このほどの入院も真新しい気持ちで挑むことができています。治療は肉体的に辛いもの。ですから入院生活はやっぱり「強化合宿」さながらですが、ガンプ（元夫）の太田さんがしかと伴走してくれています。同室のみなさんからもたくさんのことを教えていただき、けっこう心楽しくわいわいの合宿です。

このように入退院を繰り返しながら、この先もじっくり粘るつもりではありますが、「人生のチームメイト」である（と私が勝手に思っている）みなさんにお願いがあります。私が敢行した両親への提案を時々みなさんにも思い出していただきたいのです。そしてこれからも時々想いを馳せ合う、大切なチームメイトでいてくださいね〉

8日、患者仲間で移植を先に受けていたYさんが亡くなりました。2日前に面会したばかりでした。「安らかなお顔。ありがとう。そしてさようなら」。Yさんのお父さんは「人間、死亡率は100％だから」と話されたそうです。その夜、栄里子さんは外泊し、元夫と豆乳鍋を囲みました。もちろんナビイも一緒で「幸せな食卓」を味わいました。

9日、寒い朝、カイロを貼っても身体が動かず、ナビイを抱いて過ごしました。10日、疼痛を伴う激烈なしびれに襲われ、夜になると増悪。11日にはしびれが痛みに。爪側に拍動、前腕にも痛み。それでも元夫と外出し、下鴨神社のそばのレストランでランチの後、糺の森を散歩。紅葉は終盤でしたが、風情を味わいました。12日、神経内科でCTや徒手検査の結果、運動ニューロンに問題はないものの感覚に異常がみられ、バランスも悪いとのことでした。痛みは治療の過程だとも聞き、励まされました。ベルケイドは副作用のしびれ、痛みは猛烈でしたが、骨髄腫には大きな効き目を発揮していました。

15日、元夫の送迎で外泊。16日、2週間以上かけた年賀状書きがほぼ完成しました。「手の激烈な痛みと向き合いながら歯を食いしばって書いた年賀状だ」。夕方、智美さんが猪肉を携えてやもめ亭に来訪。栄里子さんの小学校の同級生で、府立医大病院の看護師となっていた友人のSさんにも声をかけ、元夫も交えて4人でボタン鍋を囲みました。お酒も飲み、末梢神経障害の話で盛り上がりました。

18日、鎮痛剤のロキソニンを飲みました。疼痛時のこわばりは変わらず間欠的に生じるものの、激烈な痛みから解放され、爪が手のひらに食い込むようなこともなくなりました。22日は元夫の送迎で外泊し、帰路に二条城前のホテルでランチ。就職活動や学生時代のアルバイトのことなどを話し、楽しい時を過ごしました。23日は実家でナビイと過ごし、24日に病院に戻ると友人が来訪。夜は元夫が訪れ、クリスマスイブの食事を共にしました。

ところが25日は夜通し手指の知覚過敏に苦しみました。26日起きても足を下ろすと疼痛を覚え、立つ姿勢が辛い。26日も朝から「手の痛みとがっつりむきあう」。それでもコーヒーを飲んで、ささやかな「ぜいたく」。27日夜、2カ月ほど前に亡くなった患者仲間のMさんのお母さんが訪れ、Mさんのことを話しました。

28日、いよいよ退院となりました。実家に帰って入浴の心地よさにひたりますが、その後は知覚過敏に。ナビイを抱き、語りかけて過ごしました。29日も身体が動かず、横になって手足の痛みに耐えました。午後に少し回復し、整理作業をしました。「もっとキビキビ動けたら、と思うが。まずは痛みを受容することからもう一度やり直し」。30日、足にしぼれるような痛み。夜、布団の中で温まると激烈な痛みに変わることも。右肋骨の痛みも出現。カイロで疼痛を緩和、ロキソニンの代わりにナビイを抱いて耐えました。31日、午前中に吐き気があり、昼に嘔吐。元夫は大掃除に奮闘しました。「さほど手伝えるわけでもなく、ナビイと応援」。夜は一緒に紅白歌合戦を観ながらすき焼きを食べ、2007年が暮れました。

第2章　2008年　患者としての役割

【痛みと戒律】

２００８年を迎えました。「人生の優先順位をいまいちど組み直し、着実に実現、実践しよう」。10年日記の年頭所感にそう書きました。具体的には、毎日の食事を作り、カラダをつくる▽祈り、感謝の時間を持つ▽新聞などで思考を鍛える▽人と人の潤滑油となる▽平和を希求し続ける姿を周囲に示し続けること、を挙げました。

元日の朝、実家へ。２日は榎原智美さんが激励に来訪。３日、元夫とナビイと松尾大社に初詣。「今年も一緒に参拝できたことを祝福しよう」。ベルケイドの副作用で足元がおぼつきませんでしたが、ニシンうどんを食べて温まり、ナビイと焼き芋を味わいました。５日は自宅で過ごせることに感謝しつつ、痺れと痛み、倦怠感と向き合うことに。ストーブの前から動けませんでしたが、午後にはナビイの散歩に出かけました。

2008 年 1 月 3 日、松尾大社の境内でナビイと

７日、年明け最初の外来でＩｇＡは15。前回の14から横ばいです。他の値も良好で「まずはひとまず安心」。翌日からナビイと散歩し、薬局で「よく働いた」と実感する日々が続きました。

2008 年 1 月 14 日、やもめ亭でプラユキさん（左から 2 人目）と。後方の男性が虫賀さん

14日、やもめ亭にプラユキさんを招いて集い。虫賀さんら友人たちや母親、患者仲間のＮさんも参加。「痛みを観る人になるか、痛みそのものに対峙していくか」。修行のポイントや呼吸法を教わりました。

「痛みと向き合う」日々は続きました。特に激烈なのは左足の指。「夜の痺れ、疼痛が怖い」。冷え込んだ日は特にひどく、夜も痛みで目覚めます。「足踏みをしたり、歩いたり、足をさすったり、ナビイを抱きしめたり」「午前２時、４時、６時、８時に激痛。眠れぬ夜に疲れてしまう」「夜、足の指に繰り返し走り抜ける痛み止まらず。くやしさで涙が出る」

それでも薬局での仕事は続けました。元夫と玄米食を共にしたり、カラオケに行ったりも。26日、やもめ亭で「そんりさ」の発送作業に参加。レコム事務局長で、高知でお茶作りに励む片岡圭子さんも来訪し、「いまを幸せと呼ばずしていつ呼ぶか」という言葉に共感しました。

28日、3週間ぶりの血液外来。「検査結果をおそれる1時間」でしたが、IgAは13と低い値で腎機能も問題なし。「本当に安堵。これでまた（次の外来検査まで）3週間の解放を得た」。身体が動かない日もありましたが、通信販売のカタログをみて楽しむことも。「こんな日常のいとおしいこと」。台所に立って料理もしました。「丹波の大かぶらのふろふきに豚ミンチのあんかけを作った。しょうが、セリがよく効き、オイスターソースがいい仕事をしてくれる」。元夫に届けると「優しくて温かくて美味しい」と好評でした。「この3週間を安堵のかけがえのない時間として過ごしている」

2月9日には遠方の友人が来訪し、「顔を見に来て下さったことに感謝」。15日には近くのスーパーまで自転車に乗れました。18日の外来でもIgAは13のままで、「骨髄の状態もいいので、ゆっくり回復しているのでは」とのこと。横ばいに安堵しました。SC医師にはベルケイドの副作用を自ら記した「痛み記録」を読んでもらいました。

その後も「足の底に靴下に穴が開いているかのような部分的な冷感」を覚えたり、「指先にサボテンの針が刺さっているようなチクチク感」に見舞われたり。「走る痛みが指の途中でうずくまる。痛い。ギュンギュン痛い。まだ痛い」。それでも一日一日、暮らしを味わいました。

27日付の文章があります。〈①がんは「戒律」みたいなもの。②「いまここ」を生きずして、いつを生きるのか。③入院治療は「強化合宿」。④人と比べること　百害あって一理なし。⑤「幸せ」は感じるもの。⑥ラストシーンは書き換えることができる。Unhappy end → Happy end に。⑦ココロとカラダのコントロール　心地よい肉体感覚をおぼえる→心地よさの誘導。⑧どんなトラウマ記憶も自分より大きくはない。⑨「あたりまえ」の中に不思議と感動体験が増えていく。⑩この世に存在しない3つのもの　「あたりまえ」「無駄なこと」「永遠」……⑪苦手意識のある相手、自分の中の「邪」のポテンシャルが活性化しているだけ。⑫易々と「邪気」を吐かない。⑬「愛」は提案。⑭少しでも早く、自分の幸せ、豊かさの基準を体感し、確立しよう。⑮「あと5年と思って暮らしてみない？」　関係性の結い直し。⑯その人の「可能性の中心」をみよう。そして好きになろう。⑰痛みとの向き合い方　痛む人→痛みを観察する人。カラダに貼りついた痛みを丹念に観察させること。それを可能な限り表現してもらうこと。またその手助けをすること〉。それは病と痛みを自らの戒律と位置付けるものでした。

【患者としての役割】

3月9日の外来でIgAは25に微増しましたが、「前のフリーライトチェーン検査では異常なかったし、1月28日の免疫電気泳動検査でも何も見つかっていない。正常なIgAもある」とSC医師。「ヘモグロビンも上がっている。骨髄の状態がいいから」とも言われましたが、次に再発した場合の選択肢としては外来でできるサリドマイドとMP（抗がん剤のメルファラン、プレドニゾロンの2種類の薬を内服する治療法）の併用などが挙げられました。10日にはSK医師からメールがあり、SC医師が「痛み記録」を読んで感動したこと、ベルケイドの痛みの推移症例を研究会で発表するよう指示されたことなどが書かれていました。

15日、亡くなった患者仲間のMさんのお母さんから電話がありました。先日逢って話をしていましたが、「また逢いたいと思ったと、想いを馳せていただけたのだ。人に求められたということを力にしよう」。16日は元夫とナビイを連れて広沢の池までドライブ。一方で左足のふくらはぎに冷感、ひざ、足首にこれまでにない強いこわばりがあり、「歩行困難。手指の知覚過敏。なかなかツライ時間」。それでも17日にはナビイを入浴させ、シャンプーをしました。「自分の髪もブラシでしか洗えないのにナビイを洗えた。こうしてナビイが私の力を引き出してくれる」

この頃、小学校の同級生で府立医大病院で思いがけず再会していた看護師Sさんから「血液がんで抗がん剤治療を受ける患者向けのパンフレットを作る」と連絡がありました。栄里子さんも体験を伝えてきた相手で、とてもうれしい取り組みだと、自らの「想いのたけ」を書いたメールを送りました。

〈お伺いありがとう。懸案のベルケイドの痺れ痛みはようやく峠を越したもよう。でも知覚過敏は増強するなどしてなかなか手ごわいのは手ごわいですわ。靴下のあちこちに穴が開いてるみたいな冷感を足底に感じたりもする。熱い冷たいを感じる受容体か神経細胞が再生し始めたのかなあ。そのあたりの考察は榎原さんに任せるとして、先日、その榎原さんとの間でやりとりしていた「痛み書簡」をSC医師とSK医師にも読んでいただきました。同時にその書簡が富山大学で薬剤性の末梢神経障害の研究をしている教授のもとにも届き、ベルケイドも研究対象にしたい、という報告をもらったところです。な、働いてるやろ？

ところで、冊子の件。初診の患者にたちまち必要なのは確かに血液データの見方かもしれないなあ（いまだに実はようわかりません）。切ったり貼ったりできない血液疾患は総じて入院も長い。治療を外来でやるにしても、この複雑怪奇な世界に突入した患者にとって最初に一番ほしいのは精神的安寧かと思います。府立への転院前の病院でも感じていたことなのですが、医療提供者側の姿勢、考え方というのも知りたいところ。確かに廊下に理念は貼ってある。入院手続きの際にカウンターでもらうパンフにも書いてある。でも、現場のドクターの日常にそれがどれだけ浸透しているかは正直いってわからない。みなさんお忙しいのもよくわかるしね。けれど、患者の不安を軽減できるかどうか、実際はドクターの人間性によるところが大きい。（略）でも、それじゃ「あてもん」みたいで患者は怖くてたまらない。米国で乳がんの化学療法を受けた友人が最初に「今後の検査データをファイルするなど自分の病態把握に使ってください」と大きなバインダーを手渡されたそう。そこには、病院の乳がん治療への姿勢や実績、患者さんの権利（例えば「あなたにはセカンドオピニオンを求める権利があります」やその手順など）を記したファイルがすでにセットされていて、（ここからポイントね）それを医師から直接手渡された、と。私も確かに初診の時、そういうプロセスがほしかったなあ、と。病院側の積極的な情報公開姿勢、というのは安心感と好感を与えます。医療訴訟を恐れて現場医師のボキャブラリーがどんどん貧困になっている現実が一方にある以上、その手の対策は今後ますます求められるという気がします。

私には骨髄腫に限ったことしかいえませんが、自分が病気になった翌年に『多発性骨髄腫ハンドブック２００４年版』（先端医学社）というのが出た。初版の移植の頁にはＳＣ先生も執筆されています。発行人が患者とその支援者なので本当にほしい情報が網羅されていました。参考にはなると思うよ。治療の選択肢を知るほかに、特にこの本で患者に繰り返し読まれている部分は「患者のつぶやき」「日常生活で気をつけること」「血液疾患専門医から患者さんへのメッセージ」です。「介助者のみなさんへ」というメッセージもありがたいと思いました。実際には患者だけ知識を得ても、日常は回っていきませんから。日常生活の留意点では寝室の整え方から、骨折を防ぐために気をつける姿勢なんかにいたるまで実に具体的でした。いつか何かの形で血液内科のＤ８病棟に蓄積された高い看護ノウハウの一端を患者さんのご家族にも還元してあげてほしいなあ。患者さんは高齢の人が多いのでどうしたってネット環境から遠い情報弱者。パンフレットのもつ意味は大きいと思います。豊富なＤ８の引き出しに詰まっている看護ノウハウの中からでも！　また、血液疾患に関するＮＰＯや「患者の会」など、支援組織の連絡先一覧が巻末にあってもいいと

思います。以上、とりあえずざっと頭に浮かんだことを〉

24日の外来でＩｇＡは23。電気泳動でも異常ＩｇＡは認められず安堵しました。26日、出産した京都新聞時代の友人宅を訪問。「すべてを手に入れた彼女をうらやむ気持ちと闘うが、彼女の幸せを祝福する気持ちにも偽りなし。私もがんばろう」。29日、コスタリカ研究家の足立力也くんと京都新聞時代の先輩Ａさんが来訪し、元夫も交えて４人で宴。30日には「患者の会」のニュースレター向け原稿が完成。夜は大島保克さんの沖縄民謡ライブに行き、ステージを終えた大島さんと西表島旅行の話などをしました。31日、日記に書きました。「店での何気ない毎日が楽しい。この時間のいとおしいこと」

【患者の会のニュースレターに投稿】

日本骨髄腫患者の会のニュースレター「がんばりまっしょい！」に「患者の気持ち」というコーナーが設けられ、事務局長の上甲恭子さんの要請で３月29日付で投稿しました。序章でも紹介しましたが、全文を示します。タイトルは「〈二人三脚〉共に人として…『いまここ』を生きる…」。

〈告知を受けたのは４年余前、34歳の秋でした。地元新聞社の記者として駆け回った後、鍼灸師に転身。女性向けの鍼灸院を開業して１年たったばかりでした。「２年は約束できても、その後はわからない」。当時の医師から病状を宣告され、地面が割れたようでした。

現実を受けとめ、前を向くには人生の優先順位を組みかえる必要がありました。家族や友人はもちろんですが、日常となる入院先のドクターにも自分の求めるものを知ってもらった上で治療生活を送りたい。それに応えてくださっているのが、現在の主治医、ＳＣ先生とＳＫ先生です。ＳＣ先生は当会の皆さんにお馴染みですから、ＳＫ先生をご紹介します。

私と同世代のＳＫ先生に初めてお会いしたのは06年夏。自家移植後に再燃した際の入院担当医でした。「僕の役割はＳＣ先生の緻密な戦略をよりよい条件で成功させることです」。自己紹介で切り出すと、ご自分の卒業大学から勤務歴、手がけた移植の症例、それに二児のパパであることまで笑顔で話され、私の職業や家族のことも聞かれました。カルテを見ればわかる病状、病歴ではなく、患者の精神的支えがどこにあり、治療への心構えがどの程度できているか。そこを見ておられるように感じました。実は最初の病院のドクターとのやりとりで「患者は数多くの治療対象の一人に過ぎず、私がどんな人間かは重要でない」と感じました。全身が病院の白い壁に塗り込まれるような無力感におそわれたものでした。今の病院では医師や看護師が一人の人間として接して下さいます。私は尊厳を取り戻しました。

治療はたくさんの肉体的苦痛を伴い、メニューの選択にも決断を迫られます。私は入院を「強化合宿」と位置づけることにしました。「強化選手」として参加するのだから、できるだけいい結果を出したい。その実績がどこかで誰かの役に立てることだってあるかもしれません。実り多き合宿のためには、まずコーチ陣とのより良き関係が重要です。それには患者からの働きかけも必要で、私は入院の際の希望欄に「担当医としっかり意思疎通できる関係を築きたい」と書き込むことにしています。自分がこれからどこへ向かうのか。不安の真っ只中の患者にはその舵を任せた医師の一言一句が気になります。

医療訴訟を恐れてか、現場のドクターは必要最低限のことしか話さなくなったと聞きますが、SK先生は表情も豊か。私が弱気を見せると、本で読んだという南極遭難船の船長の航海録を引用し「航海を支えたのは、乗組員全員が無事の生還を固く信じたからだそうですよ」。雑談にも時間を割き、病床に足を運ぶ家族には「ご苦労さまです」で なく「ありがとうございます」と声をかけられました。医師が患者と同じ側に立つ姿勢をかいま見て、私も奮起したのでした。

こうしてSC、SK両先生のもとでサリドマイドやその他の多剤併用療法を繰り返し、07年1月、ドナー（姉）からの同種造血幹細胞移植を受けました。振り返れば物理的にもこの機は逃せなかったのですが、躊躇してきた移植を決断できたのは「この〝コーチ陣〟の下で」との思いからです。この間、血栓予防の薬剤の影響でクモ膜下出血をきたすハプニングもありました。しかし、伴走する家族らサポーターも一丸で態勢を立て直し、常に新しい気持ちで一つひとつの時間を手にしてきたように思います。

いまもベルケイドの副作用で手足の痛みと痺れに見舞われているし、2週ごとの外来検査の前夜は怖くてたまりません。そして再燃が確認されるたび、「現実」に引き戻される寝覚めの朝が息苦しい。でも、そのつど私が試みてきたのはワシワシと玄米を食べ、元気よく排泄をし、改めて「いまここ」という時空に意識を集中させることです。平均寿命まで生きるだろう人にも、この私にも、自覚的に生きられる時間はいま現在この瞬間しかない。その真理をもう一度カラダで確認する作業、とでもいいましょうか。すると、あの息苦しさはいつしか和らぎ、葉先を揺らす庭木がなんともかわいらしく思えたりするのです。足元には寝息を立てる愛犬がいて、大切な人たちと想いを馳せあいながらそれぞれの「いまここ」を生きている。その実感が何よりの力です〉

この会報誌はSC医師やSK医師らにも渡しました。整形外科の医師は「ぜひ若いドクターに読ませたいのでコピーをとらせてもらってもよいですか」。そんな反応を患者の会に伝えた後、その医師にもお礼のメールを送りました。〈編集長は患者のご遺族で私と同世代。いい仕事をしている人を見ると自分もがんばらねば、と思います。さて、この会報誌は、患者はもちろん、その支援者、日本全国の血液内科医、また、厚生労働省のお役人方、製薬会社協会などへも届けられるそうです。先日、事務局から執筆の御礼メールをいただきましたので「整形外科の先生が『若いドクターに読ませたい』とおっしゃっていただきました」と報告すると、たいそう喜んでおられ（略）「必要な部数をお教えくだされば事務局から無料でお送りできますので、その旨、先生にお伝えくださいませ」とのことでした。遠慮なくお申し付けください〉

友人知人にも近況報告を兼ねて会報誌を送ると反響もあり、上甲さんに報告しました。〈貴重な機会を与えてくださってありがとうございました。あのね、お届けした人たちから感想文などもゾクゾクいただいているのです。ブログ「論楽社ほっとニュース」の6月19日の書き込みをのぞいてみてください。このブログの筆者、虫賀宗博さんにお会いしたところ「いい会報誌でした。すごく上質な読み物だと思いました。情けのあるお知らせ。『情報』の何たるかを見せていただいた気がします。編集長後記で得心いたしました。よき仕事を見せていただきました、と機会があればお伝えください」と。あしたも発送がんばります〉〈隅々まで拝見しました。どうぞ次の方へ〉と返送されてきたのですよ。「情報」とは「情けあるお報せ」にて。普遍性と客観性を保ちながら、行間で情けを運ぶ会報誌、というのはやっぱりそうあるものではない、と私も同感です〉

【サリドマイドのシステム検査、新しい生活】

少し戻って4月3日。嵐山の満開の桜の下をナビイと散歩。元夫も加わってツナサンドのお弁当で「心楽しい昼食」。患者の会からの依頼に返事を出しました。骨髄腫の治療薬として製造販売の再承認が目指されていたサリドマイドについて、府立医大病院で行うシステム検査への協力でした。7日の外来も経過は良好。9日、グアテマラから一時帰国中の石川智子さんが、グアテマラ人の連れ

2008年4月3日、嵐山でナビイと花見

合いトーノさんの姉ディナさんを連れて来訪。元夫と亀山公園や大河内山荘などを案内しました。

10日、サリドマイドのシステム検査へ。患者の立場から、薬剤のパックが固いこと、「妊娠厳禁」の表示が強調されすぎていること、TERMS（サリドマイド製剤安全管理手順）以外の副作用についての説明が軽いことなどを指摘しました。「製薬会社の人に直接感想を口にできて満足感」。夜には智子さん、ディナさんと案内役の元夫と、祇園の料理店で合流。手まり寿司などに舌鼓を打ちました。

ところが11日は朝食後に嘔吐。夜中も5回吐きました。手足の知覚過敏も強まり、午前5時まで眠れず。それでも13日の日記にはこう書きました。「新しい生活をどう組み立てるのか、考えるのが楽しい。静けさと音楽と読書を楽しもう。ナビイとの時間を心豊かにすごそう」。14日、知り合いの鍼灸院で皮内針を打ってもらって「いい具合。灼熱感をさばいてくれる」。効果は大きく、仕事も家事もはかどりました。「ナビイも元気。幸せを全身で味わう」「心楽しい毎日。何がどうということのないこの日常のいとおしいこと。庭木の梅の若葉が日増しに大きくなる」「しかし夜中に嘔吐。GVHDよ」「朝より嘔吐。昼まで二度寝。午後、グラウンドでナビイとボール投げ。大喜びで楽しそう。豊かな時間」

21日の外来で異常な免疫グロブリンのIgAは22と低い値を維持し、正常の免疫グロブリンがある程度回復していました。肝機能も腎機能も問題なく安堵。一方で体重が戻らないのはGVHDの可能性があり、プレドニンを少し服用することに。栄里子さんからは皮内針の効果をSC医師に報告しました。

翌日もナビイとグラウンドを走りました。「あたたかな陽光と新緑に包まれる至福の時間」「手の痺れ。耐えているが、辛いものは辛い。でも、それを受容して努力して生きていることを時々人に認めてほしいと思うのはぜいたくだろうか」「7カ月入院し、7カ月解放。今回は2カ月入院し4カ月目」「元夫と食事へ。互いの健康を祈り合えている感じがうれしかった。もっとこんな時間をすごしたい」

旅行に出かけた姉の家の柴犬を預かり、ナビイと2匹を連れての散歩にも出ました。「手指の不自由さとがっつり向き合いつつも、できることに努力する。生きていることの実感はこんな処にも」「仕事を粛々とこなす日の充実感。この喜び。外気が上昇し血行促進。手足の痺れ感覚がまた変わってきた。するどくピリピリ。毎日、自分は頑張っているなと思う。満足だ」

【友人たちと】

GWの5月3日、加茂川沿いのカフェに友人たちが集まってランチ。レコムや証言集会のメンバー、若手農家の松平尚也さん・山本奈美さん夫妻など多彩な顔ぶれで、会話は途切れることなく弾みました。参加した面々に翌日、メールを送りました。〈新緑が見事な快晴の一日。たくさんのお顔に逢えてうれしかったです。（略）思わず感嘆のため息をついたのですが、みなさんそれぞれの持ち味というか、専門性がうまい具合にリンクしあって会話の中身がどんどん豊かに膨れ上がっていく感じ。お話の中に空いた「えっと度忘れしたけど」とか「そこまではわかんないけど」という「穴ぼこ」を誰かが必ず埋めている。なんかこれすごい集まりなんちゃうかー?とも改めて思ったことです。（略）GW、後半もみなさん、どうぞおすこやかで〉

5日は蒔田さん、虫賀さん、ナビイも一緒に、滋賀県高島市今津町椋川で山羊を飼い始めた中嶋周さんを訪問。証言集会のメンバーで06年のグアテマラ女性講演会を一緒に運営した仲間です。同じメンバーで中嶋さんのパートナーの春山文枝さんも一緒に歓迎してくれました。その後は蒔田さんや虫賀さんの友人の荒野一夫さんが比良山麓で営む山荘へ。荒野さんは元京都市職員で、早期退職してアフガニスタンで日本のNGO「ペシャワール会」の炊事要員を務めた人物。気の置けない友人に囲まれ、楽しい宴となりました。翌日は琵琶湖の周囲を観光。感想を述べ合うメールのやりとりが続き、栄里子さんも返信しました。

〈まだ楽しかった2日間の余韻のなかにいます。「え、え、え、え、えっ」と（山羊の）ライちゃんたちの鳴き真似をすると白目を剥いて寝こけているナビイが飛び起きるのがおもしろく、それがひそかなマイブームに（略）。このたびはお誘い本当にありがとうございました。文字通り「夢のような」2日間でしたね。周さん、春ちゃん、心のこもったおもてなしをありがとうございました。山羊ちゃんたちに逢えて、彼女たちにまっすぐ見つめられて私はすご～く興奮しました。そして、手ぬぐいを頭に巻いて、ガブガブとゴム長の音を立てながら見事に椋川の景色に溶け込んでいる周さんと春ちゃんの後ろをついて歩きながら、「素敵

2008年5月5日、滋賀県高島市今津町椋川で中嶋さんが飼う山羊と遊ぶ

だなあ」と思いました。近江八幡のお店で（滋賀県知事の）嘉田さんとニアミス？したのも「おお、やっぱり湖国にきたんだな」と実感できておもしろかったです。

旅の終盤のこと。八幡のnoma（アール・ブリュットの美術館）を見学後、旧能登川図書館長、才津原さんご推薦のcafe「茶楽」に向かう道中、少しみんなで歩きましたよね。蒔田さんが「体調は大丈夫？」と心配してくれたあの時です。足の感覚はほとんどないんだけれどちゃんと前へ進んでいて、みんなの周りにある空気に包まれながら、いっしょに運んでもらっているような、実に心地よい不思議な感覚を楽しんでいたのですが、もう少し変なことを言ってしまうと、「このまま宙に浮いて、空を飛べたとしても驚かない」。本気でそんな風に感じていたのでした。近く、元夫が撮ってくれた写真をお届けします。夢でなかったことを確認していただきたく〉

12日の外来でＩｇＡは32と微増。「善玉グロブリンの上昇ならうれしいのだけれど」。肝機能も腎機能も異常なく、貧血も改善していました。休日は友人たちと過ごす一方、平日は薬局の仕事にいそしむ日々。頑張って働いた日の夜は痺れがひどく一睡もできないこともありました。

31日、約1カ月前に亡くなった随筆家の岡部伊都子さんを偲ぶ会に参加。婚約者を戦死させた過去を背負い、自らを「加害の女」と称して戦後に向き合い続けた女性です。一方で日常の暮らしにある美を探求し、丁寧に生きる姿に栄里子さんは憧れていました。岡部さんと親しかった友人が何人もいて、この日も会場に姿がありました。

6月2日の外来でＩｇＡは34。「微妙で判定誤差の範囲内でもある」。肝機能は若干数値が高めでＧＶＨＤと思われました。

4日は誕生日。友人から39本のバラの花束が届きました。姉からは「毎日、私も精一杯大切にいこう！と励みにさしてもらってますよ」とのメール。「何よりの祝辞」と喜びました。

【古谷さんの本】

この頃、古谷桂信さんが嘉田由紀子・滋賀県知事の話をまとめた本を出版しました。栄里子さんも宣伝を手伝い、嘉田さんが教えていた京都精華大で教員をしている春山文枝さんにメールを送りました。〈（略）嘉田さんがなぜ琵琶湖と向き合うことになったのか、おいたちからなぜ政治の世界に飛び込んだかの真相がやわらかい口調で語られ時を得た本であると思います。（略）この間、ＮＨＫスペシャルで「みどりの党」が政権与党に加わった転換期から環境ビジネスや技術革新でＧＮＰを伸ばし続ける今のドイツを紹介されていて、改めて大きなショックというか、羨望を感じました。GNPが増えていることがうらやましいのではなく、市井の人びとが「自覚的」にCO_2削減に取り組み、もうしっかりした潮流になっていることが。どこかで日本もそういう転換をはかれるんだろうか。はかりたいと切に願いながら、まずは嘉田さんの想いを末端がしかと受け止めていくところからでも流れをつくっていかなくちゃと思います〉

このメールを転送していた古谷さんから返信がありました。〈安藤さんが見られたテレビはNHKスペシャルの「低酸素社会に踏み出せるか」ですよね〉。栄里子さんも応答。〈ものすごく見ごたえのある番組でした。日本の政治家みんなに見てほしい。（略）例えば、太陽光パネル。ドイツでは、これを屋根につける一般家庭が急増。初期投資は200万円。そこで産生した電力を一年分20万円という高価格で電力会社に買い取るよう、ドイツ政府が立法で定めたんですね。そして、ソーラーパネルの会社には、20年間商品を保証するように義務づけた。そうすると10年で投資分はペイする。あとの10年で生まれる200万円はまるまる、その家庭の副収入。こういう道筋をいち早くつかんだベンチャー企業には、ちゃんと投資が集まり、立ち上がったばかりの太陽電池の小さな町工場の生産量が数年で日本のシャープを抜いた、という話が紹介されていました。（略）あしたはレコムの総会です。さあ、13人分のまかない、がんばりまっせ。春ちゃんと周さんも田植え、がんばってくださいね〉

6月7日、やもめ亭でのレコム総会は遠方からの参加も多く、7人が泊まる合宿に。その様子を「そんりさ」のコラムに書きました。〈スモークサーモンとえびせんサラダのナンプラー仕立て、トマトのバルサミコ・ソースあえ、ゴマ酢醤油の冷奴、ジュンサイ＋オクラ＋モズクの酢の物ネバネバづくし、やわらか豚バジルとチーズのオーブン焼き、パンにチーズに手ごね寿司……。高松のエンナさんにいただいた蛤はぜいたくな蛤鍋になりました。これ、今回の京都総会後の宴会メニューでございます。他にも珍しいお土産や季節のお野菜が食卓を飾りました。初めてお目にかかる方もありました。夜が更けてもお話は尽きず、お皿が空っぽになるほどにいろんなアイデアが湧いてきます。顔を見て語り合うことは愉快なだけでなく、レコムに内在する力を蓄える。エプロンを脱ぎながらそう感じた夜でした〉

15日は元夫とナビイを連れ、琵琶湖岸の温泉宿へ。18日は自宅近くのグラウンドでナビイの散歩。「ナビイの集中力が高く、反応よし。ボール持ってこいも完璧。楽しい」。

23日の外来はＩｇＡ33で安堵。肝機能も腎機能も異常なし。2日の電気泳動でもＭタンパクは出ませんでした。24日は「フルフルに働く。よく働く」「もっともっと時間がほしい。痺れのひどさに閉口」。28日、論楽社で開かれた古谷さんの出版記念講演会に参加。事前に友人たちに案内していました。

〈十余年前、私は京滋の地元紙で働くなかで、滋賀県立琵琶湖博物館の主任学芸員だった嘉田由紀子さん（現滋賀県知事）にたいそうお世話になり、〝生活環境主義〟というコトバを知りました。「近代技術主義」でも「自然環境保全主義」でもない、「地域ごとに住民にとって望ましい環境政策を生み出そうとする立場」を生活環境主義というのだと。同じ頃（97年）、京都宝ヶ池の国際会議場で開かれた地球温暖化防止京都会議（ＣＯＰ３）を取材。世界中から集まった何千人という政府、メディア、ＮＧＯ関係者と一つ屋根の下で夜を徹し、京都議定書（先進国に削減目標を初めて義務付けた）の採択を見守りました。あれから、ドイツは「みどりの党」を政権与党に加え、脱CO_2化への道に大転換。政策誘導で環境ビジネス企業を次々と誕生させ、海中に林立させる耐久性をもつ風力発電機の開発や、太陽光パネルの普及を急ぎました。太陽電池は、いまや業界最大手だった日本企業を抜いて世界シェアのトップに。ドイツはＧＮＰを伸ばしながら、CO_2削減への潮流をつくりあげた。10年前、ドイツから環境相としてやってきて、京都会議をひっぱったメルケルさんは、ご承知のように、いま同国の首相です。先日、オンエアされたＮＨＫスペシャル「低酸素社会に踏み出せるか」によると、このターニング・ポイントでドイツ政府がモデルにしたのが、「オイルショック後の日本だった」のだと。「省エネ」という言葉が社会の裾野まで浸透し、企業がこぞって技術革新に邁進した。それにドイツも倣うのだ、と。安藤の〝大風呂敷〟はこの辺りでたたみますが日本が本当のエコ社会への転換をはかるには、政策誘導を待つだけでいいのかい？　と気持ちワサワサ。嘉田さんの提言する「生活環境主義」という視座が受け入れられるような社会の下地づくりが急がれる。大真面目でそんなことを思っているところです。……で、実はここからが本題。その嘉田さんの語り本が、このほど出版されました。『生活環境主義でいこう！　琵琶湖に恋した知事』（岩波ジュニア新書）。写真家の古谷さんが嘉田さんを取材し、執筆しました。〝身内〟がいうのも何ですが、おもしろい。（略）安藤にご注文いただければ、クロネコメール便でご自宅へお届けします。この本の出版は（略）わたくしもいっちょかみ。病床で「嘉田さんがなんで研究者から政治家にならはったんか、いっぺんちゃんと読み物で読

んでみたいな～」と古谷さんにリクエストしたら本当に実現。担当した岩波の編集者も友人です〉

講演会に参加した日の深夜、古谷さんと編集者の山本慎一さんにメールを送りました。〈いい会でしたね。みなさん、古谷さんの力強い仕事の原点に触れ、確かなものを受け取って帰っていかれました。（略）昨夜の「買ってねメール」への返信で、さらに29冊の注文が入りました！〉

注文をしてくれた一人にお礼メールを送りました。〈〝人生のチームメイト〟のみなさんが一生懸命「いい仕事」をしておられます。そのバトンをなるだけあまさず、こぼさず受け継いで、隣人へとバトンで手渡していくのも大切な役割のひとつ、と考えるようになりました。（略）先日、友人のおうちで鶴見俊輔さんのお話を聞きました。86歳のナマ鶴見さんの口調は、いまだ迫力満点でした。小田実さんが逝かれ、先日は岡部伊都子さんの偲ぶ会です。バトンをつなぐ。私の世代がしっかり受け取れなかったらその先には続かない。とても大きな仕事がある。と感じています〉

29日、新川さんと電話で話し、古谷さんのことなどを報告。「使えないコトバが少しずつ使える自分になっていることを実感」。30日には榎原智美さんから本を友人に送ったと連絡があり、メールを返しました。〈あなたのご人徳にてその恩恵を受ける私の人生もぐんぐん豊かにさせてもらっています。わずかふた晩で計50冊のご注文になりました。これからシコシコと「発送作業」にいそしみます〉

【沖縄の旅】

7月6～9日、元夫と沖縄へ。元夫が新聞の連載で、4月に亡くなった岡部伊都子さんの生き方を取り上げることになり、取材も兼ねての旅でした。岡部さんの婚約者、木村邦夫さんが戦死したとみられる南風原町で旧陸軍病院の壕の跡を訪問。摩文仁の丘にある平和祈念資料館を見学し、平和の礎に刻まれた木村さんの名前を探し出しました。沖縄は栄里子さんも高校の修学旅行で訪れ、ひめゆり学徒隊の生き残りの方の話を聴いて以来、特別な想いを馳せていて、改めて現地で感じる機会となりました。

沖縄から戻った翌日には漢方薬局主催の講演会があり、忙しく働きました。12日には元夫とナビイを連れて渡月橋上流の鵜飼いを見物。夕食の際に岡部さんの連載企画について論じ合いました。16日には取材班会議にオブザーバー参加。アドバイザーの虫賀宗博さんから、岡部さんとの交

2008年7月9日、沖縄で

流について聴き、日記に書きました。〈岡部伊都子さんもまた、自らを「加害の女」として立ち続けた人。「あの頃は仕方がなかった」「あの頃は愚かにならざるを得なかったのだ」と時代のせいにしない人の言葉を30～40代にある自分たちが受け取れなければ次にはつなげない。この世代にある者としての（若い人たちにつないでいく）「仕事」がある〉

岡部さんの企画記事は8月5～16日、全10回で掲載されました。元夫が取材相手の一人、沖縄・竹富島の上勢頭芳徳さんにお礼状を送ると聞き、栄里子さんも手紙を同封しました。〈岡部伊都子さんの「偲ぶ会」で上勢頭さんのごあいさつを拝聴しました。岡部さんに捧げられただけでなく、あの場所に集う私たちの心のひだにもひたひたと沁みこんでいきました。岡部さんからのバトンのひとつを落とさず、私にも受け取れた。そう感じることができたのです。2005年の冬、岡部さんの著書で知った竹富島を訪ねました。真砂の道をゆっくりと歩きながら島の歴史や四季に思いを馳せました。いまも八重山の民謡の浮力を借りて、時々、あのたのもしく美しい島を思い、暮らしています〉

後日、読者から取材班にいくつか感想が届きました。栄里子さんも読み、元夫にメールを送りました。〈「継承」という作業には二つの必要条件があることを学んだ気がするよ。ひとつは、「私」がバトンを落とさず受け取れているということ。そして、なぜ私がこのバトンをあなたに渡したいのかが（言葉から、行間から、表情からでも）渡す人に伝わるくらい、その想いに力があること。使命感をもって取り組んでいる人のもとには使命感に共鳴した人やモノが集まって味方する。（略）大きな大きな、継承プロジェクトでした。私は岡部さんのウエットな部分はあまり得意じゃないけれど、支点を示しながら、ものごとを丁寧に開いていく文章が好き。みなさんにも共通すると思うけれど、岡部さんを好きな人の多くは「自分の日常こそ理想の実践の場」ということに気づいている、もしくは気づき始めている人だろうという気がします。ふだんから想い（単なる「願い」じゃない）を掘っていなければ、どこに向かって何を実践してよいのかがわからなくなるからね。（読者から）最高級の褒め言葉をもらったね。私もうれしいです〉

【琵琶湖へ】

少し戻って7月18日の外来でＩｇＡは34のまま。肝機能も腎機能も異常なく、総タンパクが5・8とずいぶん下がっていました。ＣＴの結果、右鎖骨では硬化が起こっている可能性があるが、骨が治る過程とのこと。体重も1キロ増え、悪くなっているところはなく、「様子を見ていこう」

2008年7月27日、琵琶湖で花を咲かせた蓮の群生の前で新川さん、ジョルダンさんと

と言われました。

26日、やもめ亭で「そんりさ」の発送作業。新川さんと連れ合いのジョルダンさんをはじめ9人をもてなしました。翌27日には新川さん、ジョルダンさん、元夫と琵琶湖へ。古谷さんの著書に触れながら滋賀県立琵琶湖博物館を見学しました。博物館そばでは蓮の花が満開。大好きな人たちに囲まれての遠足となりました。

31日、友人知人にメールを送りました。〈『生活環境主義でいこう!』へのたくさんのご注文、お問い合わせをありがとうございました。追加分もあわせ、入荷した60冊をこのほど完売しました。それにしましても「にわか本屋」の〝役得〟でずいぶんエキサイトな経験をさせていただいたのです。ある友人からは「(青年海外)協力隊OBの同期が○○大学で教えている。そこへ3冊届けてくれないか」とご注文。あいよっ、とお送りしたところ、先方さまから「学生の課題図書に」との礼状をいただきました。(略)読後感として、嘉田知事の予算配分への疑問や苦言も届いたし、「琵琶湖博物館へ行ってみたくなった」との問い合わせも続々。(略)滋賀県内の公立図書館から「著者の水辺シリーズの写真展を開きたい」との申し入れが舞い込んだりもしています。……ね、おもしろい風が吹いているでしょう? ちゃっかり古谷さんのフンドシで相撲をとらせてもらって、このあんどう、随分、エキサイティングな夏を味わわせていただいているのです。次に私が看板を揚げるのは、おそらく、10月23日(木)に決まったグアテマラ講演会「勇気を受け継ぐII」。困難から逃げることなく、一つひとつ力強い歩みで階段をのぼりゆくマヤ先住民族の女性をお招きします。私もいま一度、「自分のいのちを生き抜く力」をしっかり受け取りたいと思っています。どなたさまもおすこやかで。よき夏をお過ごしください。感謝を込めて〉

8月10日、大学時代の恩師の朧谷壽先生と山中章さん編で刊行が進められていた『平安京とその時代』(思文閣出版)に寄せる原稿を書き、夕方から元夫とナビイの散歩。夜は一緒に買い物をし、ゴーヤチャンプルーを作りました。一方で副作用は相変わらず、「足の痺れ甚大」。蚊に刺されることも辛いことでした。かゆみがひどくても、指先の感覚が鈍いため「かいても満足できないのだ」。

【上甲さんへのメール】

13日、上甲さんにメールを送りました。〈上甲さーん（暑さで）溶けていませんか？　息災ですか？　私は奇蹟のように元気です。さて。またまたお願いでございます。「がんばりまっしょい」6月号を下記へ5部ばかりお届け願えませんか。（略）私が最初に告知を受けた病院の看護師さんと最近、交信が始まりました。SC先生へのセカンドオピニオンを上甲さんがガンプ（元夫のこと。栄里子さんは他人の前ではこう呼んでいました）にすすめてくださっていたあの頃、私は完全に前のドクターのもとで萎縮していたのでした。セカンドオピニオンも「もらいに来た患者はあるが、もらいに出て行く患者は今までいなかった」などと言われて縮み上がっていたところ、この看護師さんの「安藤さんのいのちです。いまは周りへの気遣いよりもご自分の意志に正直になってよい時だと私は思います」のひと言でポーンと背中を押してもらったのでした。また、彼女は看護師の教科書などを布カバンに詰め込んでは勤務明けにやってきて、「私の持っている資料は古いので勉強させてください」と。ね、いい感じでしょ？　あの当時の私は彼女にどれほど救われたか知れないのでした。その彼女から昨日、お手紙をもらいました。「約10年間、血液内科におりました。多くのことをたくさんの患者さんから教わりました。その感謝を、業務改善や人材育成など古い習慣を一新することでお返ししようと頑張りました。ところがそうしているうちに疲れきって、燃え尽き症候群におちいってしまったのです」と。いま、病院を辞めてホスピスに行こうかと思いつつ、一度、私に逢いたいと思ってくださっているのです。その病院の血液内科では患者さんに「患者の会」のご案内もできていないのが実状。いただいた会報誌を病棟に届けます、とありました。会報誌を読んでくださった方からカンパも少々お預りしています。また折をみて入金しますね。毎朝、蝉時雨で目が覚めます。ジージージー。蝉くんたちも一生懸命。うるさーいっ！なんて言わず蝉くんにも「しょいっ！」と返す今日この頃です〉

16日は五山送り火の日。「今年も元夫と渡月橋の端で大文字。鳥居。鵜飼い。灯ろう流し。満月」。18日の外来ではIgA35と横ばいで「安堵」。肝臓の数値が若干高めでしたが、免疫抑制剤を減量している影響と考えられ、他に異常はありませんでした。夜、京都新聞時代の先輩記者、AさんとHさんをやもめ亭に招き、元夫と4人で食事。新聞各紙の夏の平和企画評など、会話は尽きませんでした。元夫の岡部伊都子さん企画は2人にも褒められました。

【朧谷先生への手紙】

8月31日。『平安京とその時代』の原稿は、この日付の朧谷先生宛ての手紙の形となりました。かつて文化財に親しんだ頃の思いが今へと続いていることを改めて振り返る内容でした。

〈朧谷寿先生　拝啓　先日は東山山麓の名刹、法住寺さんへお連れいただきましてありがとうございました。中高時代をあの界隈で過ごした私にはお寺の山門風情も京都国立博物館の赤レンガもゆかしく、甘酸っぱい記憶と静謐に包まれた心豊かなひと時でした。2003年秋に骨髄腫というまだ治癒例のない病を得て、以来、先生は「一教え子」の名で何度も法住寺の身代わり不動さまにご祈祷をしてくださいました。いただいた御札を枕元に掲げ、おかげさまで私は「2年」といわれた「余命」の5年目を粛々と更新中です。（略）あの日は（名古屋での）源氏物語千年紀の講演より新幹線で舞い戻られたその足で東山へと駆けつけてくださったのですね。このフットワーク！　私が大学でお世話になっていた20年前とちっとも変わらないのが驚きです。

先生の授業は京都を舞台にした痛快な歴史語りで、教科書は一見難解な資料集でしたね。そこに綴られた歌や日記はエピソードの一つひとつから古代びとの息遣いが立ちのぼってくるようでした。学生時代の私は最前列で聴講する友人からノートを借りる〝低空飛行生〟でした。そんな私が先生の研究室を訪ねるようになったのは、「せっかく京都の大学で歴学を取れたんやし、もっと街を歩いてみよう」と盛り上がった学友を代表して。その案内を先生にお願いに伺ったのが始まりでしたね。（略）数々の名刹にお連れいただきましたが、新緑の神護寺の美しかったこと。虫干しをかねて公開される掛け軸の源頼朝像は教科書の画像より精緻で、真っ黒だと思っていた衣装にも墨黒の美しい紋様が施されており、第一次資料に触れる醍醐味を教えていただきました。

その後、私は地元新聞社に職を得、駆け出し記者として乙訓《おとくに》地域に赴きました。そのご報告の際、「君は実にラッキーだ。乙訓の地べたは面白いぞ」と激励くださいましたね。その言葉の意味に、ほどなく気づくことになりました。〝夜討ち朝駆け〟の警察回り、他紙との〝抜いた抜かれた〟の消耗戦に自分を見失いかけた時、私は道路脇の青いビニールシートに出逢いました。めくれば広がる桓武天皇の野望。そこには壮大な都城址が隠れていたのです。面白い。乙訓を歩くうちに、学生時代に机上で学んだことが全部〝地べた〟とひとつながりであったことに胸が高鳴りました。

現場の技師さんたちも作業員のおじさんたちも、低空飛行生だった私を迎え入れ、忍耐強くレクチャーしてくださったのですよ。夜勤や翌日の取材の下準備を終えて、日付変更線を越えるころ、くたくたで帰路のアクセルを踏み込んでも埋蔵文化財センターだけは不夜城のごとし。廃都を読み解く人びとの仕事への情熱が私の仕事にも火をつけました。

（略）ある夏の夜、足利健亮先生とご一緒に洛北でお酒をいただいたことがありましたね。私は今を時めく両先生の間に座を促され、とびきりの酒肴も目に入らぬほど舞い上がっておりました。平安建都一二〇〇年の記念展覧会で準備中だった「平安京復元模型」のお話をされていましたので、93年夏のことだったと思います。その日の先生は冷酒を何杯もおかわりして上機嫌。そして、こうおっしゃいました。「おい、報告のない埋文調査はただの遺跡破壊とおんなじや。君らもそう心してペンをとれよ」。足利先生も酩酊寸前で大きく頷いておられたのを思い出します。

あの頃から十余年が経ち、文化財をはじめ文化事業をとりまく環境は随分様変わりしましたね。「長引く不況」もいい続けて久しくなりますが、お隣の大阪府を筆頭にいずれの自治体でも文化事業への予算枠がどんどん小さくなっている。この行く末は一市民の私も気がかりです。「一朝一夕にいかないのが文化だからね」。ことあるごと先生はそうおっしゃいます。新自由主義にまかせておいては淘汰されてしまうものを、あえて時間とお金をかけて残すことで伝え育まれるのが文化ですよね。『源氏物語』の語り部が政局を超えて保護された史実や、時代を超えて写本が残されてきたことひとつをとってみても、それは歴史が証明していると思うのです。

私はいまこそ、歴史資料といまここにある私たちの暮らしを結ぶ〝博物館〟のような仕事に、もっと個々のエネルギーが注がれるべきときだと感じています。〝地べた〟からそれぞれの時代を生きた人びとの暮らしや祈り、社会のしくみ、そして自然環境を復元できたとして、そこから何を学ぶのか。近代史において、私は第二次大戦での母国の愚かさを学び、反戦と平和を希求する気持ちをはっきりと自覚することができました。知ればわかる、という事象は歴史のなかにこそたくさん埋まっていると思うからです。釈迦に説法を承知で綴りますが、ここに一本の大樹をご想像ください。「文化」の木です。埋蔵文化財は地質から気候変動、そして人びとの創意工夫の営みを知るための宝の山。それらを読み解く「調査」や「研究」は大地に広がる根っこにたとえましょう。「知」という水分と栄養を汲み上げ、それらを太い幹で収集、整理、保管します。導管をめぐる「情報」は展示や出版という形で花を咲かせ、実を結びます。

この実を「おいしい」とか「苦いが滋養になる」といいながら味わう人びとのすそ野が広がってこそ、文化の大樹はより深く根を張ることができるのではないでしょうか。その点において、先生はたぐい稀な研究者。〝歩いてしゃべる博物館〟とでも申しましょうか。何より、先生の文体は口語も文語も実に開かれていて、その甘く熟れた果実が低空飛行生の手にも届いたのです。（略）

私が骨髄移植を前に自宅に帰った折には、嵐山の拙宅にふらりお立ち寄りくださいましたね。あの日、縁先で16歳になる我が家の老犬（プー）のお腹をなでながら「お前もがんばっているのだからね」とおっしゃいました。先生とのご縁をいただき、想いを馳せあうよき友にも恵まれ、「いまここ」を生きています。時を得た先生のご活躍に触れながら、きっと先生も想いを同じく「役割」を生きておられるのだと拝察いたしております。どうぞこれからもおすこやかで。安藤栄里子　拝〉

このころ、レコム創設者でグアテマラやボリビアで開発に脅かされる先住民族との交流・支援を続ける青西靖夫さんからメールが届きました。〈グアテマラの先住民族が抱えている問題は、ボリビアや他の国々の先住民族も抱えています。（略）食糧価格高騰の問題やバイオ燃料生産の問題も、様々な形で世界がつながっていることをあらためて示しています。「同じような問題を抱えているんだ」、「実はもっとつながっているんだ」、そういう見えてこない結び目をあらためてつなぎ直していく作業が必要とされています。グローバリゼーションの中で（略）価格という指標だけで取引される商品による関係性を乗り越え、「思い」をつなげることを通じて、新しい世界を生み出していくことが必要なのだろうと考えています〉

このメールを友人知人に転送しました。〈青西靖夫さんから、下記添付のメールをいただきました。青ちゃんのフンドシを借りて、安否確認メールをお届けします。ついでに、いま、自分に言い聞かせていることをひとつ。それぞれの場所で井戸を掘ろう。想いの井戸を。伝える言葉の井戸を。そして行いの井戸を。そうすればきっと、ここで青西さんのいう「見えなかった結び目」も見えてくる。地下の水脈でつながったら、汲めども尽きない泉水があなたの井戸にも湧いてくる。ま、私のメール送信者リストは、実践派の〝イドホリー〟な人ばかりにて「なにをいまさら」と合いの手が返ってきそうですが。理屈はもういいや。という感じ。〝回遊魚〟のように過ごした夏はそのまま秋に突入です〉

【厚労省への意見書】

9月1日、厚生労働省のサイトにアップされたサリドマイド製剤安全管理基準書案を見て驚愕しました。栄里子さんは50歳未満、子宮卵巣の摘出をしていない、とのくくりで妊娠可能女性に位置付けられ、サリドマイドの処方対象から外れることに。すぐに患者の会の上甲さんと電話で話し、上甲さんが用意していた意見書を読ませてもらいました。すでに改善の必要を指摘されていて、「自分でも声にならなかった叫びが見事に言語化されていました。深謝」。5日、友人知人にメールを送りました。

〈つい先日、厚労省が多発性骨髄腫の数少ない治療薬の一つとしてサリドマイド製剤の認可を了承、というニュースが流れました。これを受け、厚労省のサイトで製薬会社から出た「サリドマイド製剤安全管理基準書（案）」を読んで激震。私は度重なる抗がん剤と放射線の全身照射で、すっかり無月経の39歳ですが、この基準書では「50歳未満」「子宮と卵巣を摘出していない」という定義によって「妊娠可能な女性患者」にカテゴライズされ「原則として本剤の服用を認めないこととする」との一行で対象からはじかれることがわかったのです。

過去の薬害を繰り返さないという決意はわかるのです。「原則として」という救済ワードがあるにせよ、定義づけが「乱暴だ」と感じました。若年患者は私だけではありません。子どもをほしいと願いながらも他に選択肢がなく現実に妊娠できない状況にある患者を年齢と臓器の有無だけで切り捨てる。この定義をより医学的根拠で見直すよう厚労省に意見書を出そうと思い、勉強を始めています。厚労省での検討会に参加する患者会の代表にも議題に取り上げていただきました。どんな制度もそうですが、線引きの際にはそのボーダーぎりぎりの下方で必ず切り捨てられる人たちがいて、そんな人たちの声をたくさん取材してきたけれど、いまそこにいるのだなあ、と実感するところ。行政が「管理上の問題」から線を引きたがるのはわかる。（略）過去の薬害被害者の会の猛烈な反発もあるなかで、必要とする者に必要とされるものを届けるための仕組みづくり、という発想は〝夢物語〟なんだろうか？　そんなことを考えながら、いま、宿題に向き合っています。これまで蒔田さんにもらってきた、たくさんの勇気を糧にしながら〉

そして10日、厚労省に意見書を送りました。

〈私は08年4月10日に京都府立医大で行われたTERMSの試運転に参加した39歳（当時38歳）の女性患者です。試運転では一瞬、医師も患者もひるんでしまうような個人情報をやりとりする場面もありましたが、「すみやかな認可を」という願いと「安全管理の重要性」に対する認識を共有する主治医の先生とともに、二人三脚で粛々と3時間半におよぶメニューをこなしました。この意見書が当局や関係者の方々に当事者の想いを届ける数少ない機会と考え、私の体験する「一症例」をあえてここに語らせてください。

2004年春（当時34歳）に自家移植による大量化学療法を受け、（略）さらに再燃によって、2007年にドナーからの同種移植を受けました。この時の移植前検診では「あなたの子宮は健康な同年代女性の平均大と比較して3分の1程度に萎縮している」と婦人科医より説明を受けました。「私の役割は遺伝子を残すことではなかったのだ。他の領域にこそ、自身の役割が隠れている」。社会の中で、まだ何ほどの役割も果たせていない30代前半でこの複雑な病を得た自分は、そう自覚することでたくさんの執着を手放し、易々と心の中に悲しみや憤りを育てない暮らしを手に入れてまいりました。

しかし、今回の意見書案における「患者群C」の定義によると、自分のような境遇にある若年の患者は一様に「妊娠する可能性のある女性」に位置づけられることになります。私がカラダに宿したのは、望んだ子どもではなく、病でした。（略）私の場合は同種移植後も一年を待たず再燃が確認され、その後に用いたベルケイドの副作用（末梢神経障害）で日常生活に困難をきたす状況にて、もしかすると「適応外使用」によって救済されるのかもしれません。しかし、患者群定義のハードルの高さを考えるにつけ、まだサリドマイドの処方を経験しておられない医療機関の先生方にも躊躇なくこの選択肢をご提案いただけるかどうかは未知数だと思いました。

妊娠検査の事前確認期間とその回数について。「多発性骨髄腫」には、現れる症状や進行のスピードが患者によって大きく異なる（略）。専門医の先生方は「治療の優先順位やタイミングを損ねぬように」と心を砕きながらも、その個々の見極めが困難で難渋しておられる現実があることも学びました。私の場合、ひとたび再燃すると増殖スピードは速く、その傾向は2003年の発病以降、主治医の先生と何度となく確認してきました。私には過去にサリドマイドの服用歴があります。自家移植後の再燃を確認した2006年、主治医より同剤による、すみやかな治療の提案がありました。しかし、折しも病院の方針転換によってサリドマイドの新規処方は認められないことが判明。主治医の紹介状をもって他院で（妊娠検査を遵守し、医師の個人輸入による）処方を受けることができましたが、この間、3週間を要しました。この3週間に病態は急変（06年

6月5日＝IgA1121→6月26日＝IgA4013）。緊急入院となりました。結局、主治医の判断した最も適切な時期にサリドマイドを服用できず、同剤での病勢コントロールはその後、断念せざるをえなくなりました。この苦い経験を振り返ると「初回処方を含める本剤服用開始4週間前」、もしくは「2週間前」にさかのぼる妊娠検査の設定は非現実的であるとの印象を持ちます。処方時の陰性確認では不十分でしょうか。その妥当性を再検討いただきますようお願い申し上げます。

多発性骨髄腫。この複雑な病と向き合う患者の多くは「治りたい」という言葉を封印して闘病生活を送っています。このサリドマイドをもってしても「治癒」を期待する薬剤ではありません。それでも、一剤でも多く、延命の選択肢を手にすることは私たち患者にとって大きな励みであり、希望です。この病がすべての患者にとって病勢コントロール可能な「慢性病」になる日まで生きながらえることができたなら、私にももう一度、社会の中で自分の役割を果たす機会が与えられるかもしれません。その大きな一歩を現実のものにしてくださった厚生労働省の担当者の方々、そして検討会を重ねていただく諸先生方、患者会のみなさまに心から御礼申し上げます。以上〉

18日、サリドマイド第3回有識者検討会に参加した上甲さんから電話をもらいました。やるだけのことをすべてやった、できたと思う、との報告。「感激。一緒に歴史を刻んだ実感。ほんとうにありがとうございました」。日記にそう書き、元夫にメールを送りました。〈本日、最終の新幹線に飛び乗った上甲さんから第3回有識者検討会の速報を告げる電話をいただきました。意見書を引用させてもらった。そこから流れが変わった。満足していただける内容にできたと思う。ほんとうにありがとう。という内容でした。上甲さんには珍しく声が震えていたというか、高揚していて「この感動をガンプ君にも伝えたい」というてはりました〉

【手足のしびれと、信州再訪、グアテマラ講演会】

9月19日の外来では「手足のしびれがひどく、増悪の頻度も高くなっている」と報告。SC医師は「ベルケイドは3回しか打っていないので普通なら改善してもいいはず」と首をかしげ、「もともと骨髄腫は神経障害があると言われている。異常な免疫グロブリンが神経に付着するから。でも、今はそんなにないと思うし、他の原因があるのかもしれない」。IgAは45と微増。「ちょっと高めだが、正常なIgAであればいい」。肝機能の数値が少しずつ上がっているのはGVHDの可能性。一方で再燃した場合の話もされましたが、「ベルケイドを使えないとなると難しいところ。（サリドマイドの次世代薬の）レナリドマイドはまだまだで、個人輸入もされていない。サリドマイドは前回は短期間しか使っていないので評価は難しい。骨髄腫細胞がどんどん増えていた時期であまり効かなかった」。「入院してのＤＣＥＰは効くと思うが、外来でできる治療は何だろうか」

翌20日から3泊4日で信州へ。元夫と交際するきっかけとなった白馬村のペンションに泊まり、家族ぐるみの付き合いだったオーナーの和子さんと食事を共にしました。翌日は長野市で元スキーインストラクターの友人、中村和三さんが始めたそば屋「かんだた」を訪れ、一級建築士で木こりの半田一男さん夫妻も合流。3日目は大町市の大工で活動家の及川稜乙さんと、松川村の開拓りんご農家、町田登さんを訪ねました。懐かしい面々と再会して近況を報告し合い、思い出を甦らせました。

2008年9月23日、長野県大町市の及川さん方で及川さん夫妻と

京都に戻って27日には「そんりさ」の発送作業。ジャガイモ料理やスペイン風オムレツを作りました。ところが翌28日にはしびれがひどく仕事が進みませんでした。「肉体的に悲鳴をあげたい状況が指先から離れない。眠り薬をしこたま飲んでいつまでも眠っていたいと思う」

10月3日の外来では「体力が落ちている。体重も35キロに減った」と訴えました。ＩｇＡは40と横ばいで、肝機能も横ばい。前回の電気泳動の結果でも異常は認められず、「データ的にはいい状態」と言われましたが、「手指のしびれがひどく何をするのもおっくう」な日々は続きます。頭痛やめまい、息切れもしました。

それでも、グアテマラから招くロサ・ペレス・トフさんの講演会「勇気を受け継ぐⅡ」の準備は進めました。前日の22日も「体力のなさを実感。髪を洗うのも力がない。ものがつかめず苦労する」状態でしたが、「明日はグアテマラ講演会。よい気を出してやれば、きっとそれが伝わるはず」。

講演会には50人余りが集まり、無事に終了。栄里子さんは嘉村早希子さんと一緒に司会を務め、後日作った報告集に書きました。〈京都会場では２００６年のアナ・ペレスさんの招聘の際にも驚いたことですが、2人に1人はアンケートを残してくださっています。その回収率の高さと、ぎっしりとご自分の想いや平和を希求する決意が綴られた紙束にずっしりとした重みを感じています。(略)まさに〝勇気の継承〟であり〝交換〟なのでした〉

24日の外来ではIgA35。前回より少し下がっていました。肝機能も同様。一方で白血球や血小板が少し下がり、貧血気味とも言われました。

【充実の秋】

11月1日、中高時代の同窓会に久しぶりに参加。元夫が送迎してくれ、夜には古谷桂信さん、青西靖夫さんと合流。翌日から京都大で開かれる「全国川のシンポジウム」に参加する2人のお手伝いでした。当日も会場に出かけ、古谷さんの本の販売を担当。シンポジウムには滋賀県の嘉田知事や民主党の前原誠司・衆院議員も参加し、生活環境主義の観点から「脱ダム」が語られ、充実した内容でした。

8日の日記には「こうして自宅で11月を迎えていることに感謝しよう」と書きました。この時期は入院している年が続いたからです。16日にはナビイも連れて元夫の運転で丹波篠山に細見和之さんを訪問。虫賀さんも一緒で、道中から山里の美しい紅葉を満喫。細見さん手作りの根菜たっぷりの鍋料理をご馳走になり、みなで泊まらせてもらいました。温泉にもつかる秋の遠足となりました。

12月も店の仕事や料理にいそしみ、「よく働いた」と実感する日々が続きます。7日の日曜日は元夫とナビイの散歩。渡月橋の上流、亀山公園の入り口にある茶店で鍋焼きうどんを食べ、亀山公園でナビイを走らせて、「陽だまりの中で幸せだな、とかみしめた」。12日には元夫の取材に同行し、精神科医の野田正彰さんのお宅へ。野田さんは東京大空襲をめぐる国家賠償訴訟で原告の精神鑑定を担当。その話を聴き、奪われた多くの命に改めて思いを馳せ、自分自身を顧みました。「もう一度、私の人生を生きようと思う」

19日の外来でIgAは46。「有意差はわからない。様子をみてもいい」。クモ膜下出血の後遺症の確認に脳神経外科で行ったMRIの結果も問題なく、遺伝子検査の結果も異常なし。秋に行ったフリーライトチェーン、電気泳動の検査でも問題なく、「骨髄腫そのものは今のところ非常にいいと思う」とのこと。ただし、肝機能の数値は122と121(前回は91と78)と高く、「GVHDでステロイドを止めた影響もあるのかな。もう少し様子を見よう」と言われました。

27日、京北町で就農した松平尚也さんと滋賀県で山羊を飼う中嶋周さんが収穫を披露する「いのちの食卓」が出町柳で開かれました。会場は春山さんが開業を準備中の多目的カフェ「かぜのね」。親しい友人たちが集い、滋味あふれる料理と話を楽しみました。

29日、元夫とやもめ亭の大掃除をした後、榎原智美さん、その恩師、友人で実家の薬局の薬剤師の香世さんを交えて5人で猪鍋。楽しく盛り上がりましたが、翌日は「眠いが眠れず、手の痺れが本当につらく、くやしい」。この年も大晦日は元夫とナビイと紅白を見ながら食事をし、法輪寺で除夜の鐘を突いて新年を迎えました。

第3章　2009年　メール・ラリーと朗読劇

【人の痛みを想像する】

　２００９年1月3日、元夫とナビイと松尾大社に初詣。穏やかに新年を迎えていた5日、パレスチナのガザ地区がイスラエルに侵攻され５００人以上の死者が出たとの報道に接します。支援団体に寄付し、友人たちにメールを送りました。〈みなさん、おかげさまでまた新しい年を迎えることができました。いろいろ不自由なことはありますが、それでも私にも２００９年はやってきたのです。ガザのレポートを読むにつけ、胸が苦しくなりますね。暮れに「東京大空襲」を丹念に取材して作ったというドラマの再放送を見て、そして社会がいま一度、その痛みを受け止めるよう訴え出た「東京大空襲訴訟」のニュースに触れ、その後、なんどとなく戦火の中を逃げ惑う夢をみました。が、それは夢でなく、ガザの人たちの「いまここ」かと思うと、ヒューンと空を切る爆弾の投下音がいまも耳鳴りのように聞こえてきます。「想像を絶する」というコトバを安易に使うのはやめることにしました。自分が経験したマックスの痛みを記憶の底からひっぱり出す。そうした作業をもって「人の痛みを想像する」ことは、決して容易なことではないと思う。こんなことを言いながらも四六時中、ガザのことを考えている私ではないし、自らストレスを引き寄せることは、病の養生という意味でもできれば避けて通りたい。けれど、そうやって想像すること、そしてなにか行動することしか、次の力を養う方法はないんじゃないか。とも思っています〉

　平日は薬局で働く日々でしたが、16日の外来でＩｇＡが74に上昇。再燃の兆しとも考えられました。「来る時が来た。次のステージ。やはり動揺している。どうすればいい？叫びたいこの心情をどうすればよい？」。肝機能の数値も高く、ＳＣ医師はＧＶＨＤにも効果があるプレドニンを処方。「いま、骨髄腫が盛り返してきているところがあるので、プレドニンで弱めて免疫効果を待とう」。サリドマイドの次世代薬レナリドマイドについて尋ねると「第一相試験が終わったところで解析中。使えるのはまだまだ先と思う」「しびれが治まってベルケイドを使えるようになるのが一番いいのだけど」。

　そんな状態でしたが、17〜20日、元夫と島根・鳥取を旅行しました。17日に車で京都を出発、雪をかぶった大山を見て松江へ。18日は焼き物の里を見学し、石見銀山まで足を延

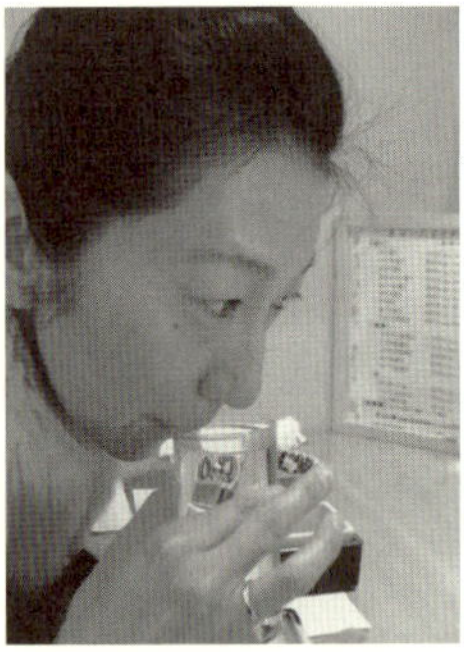

2009年1月18日、島根県で日本酒を味見

ばしました。19日は出雲大社を参拝し、宍道湖を通って米子に戻り、温泉宿でカニを堪能。指先のしびれはひどいままでしたが、元夫がカニの身を取り出すなど世話を焼いてくれました。20日は境港を観光し、帰途につきました。

23日、指先の白斑に気づきました。ヘルペスのような痛みがあったので「合点。ようやく顔を出したか」と日記に書きました。「しかし、あまりの辛さに脳が24時間悲鳴をあげている状況。これ以上、何の余裕も私にはないことをわかってほしい」。しびれがひどくなり、歩行すら困難な日が続きました。

【筋力の低下】

1月31日。「そんりさ」の発送作業で、栄里子さんは鶏団子鍋を用意。仲間との語らいを楽しみましたが、一方で肋骨に痛みも。子連れで参加した右京区京北町の農家の友人、松平尚也さん・奈美さん夫妻にメールを送りました。〈人と人が出逢っていく姿を見るのが私は好きなのだと思うんですね。新川さんのお話の中に、松平くんの関心事が転がっていたり、梅村さんの話があっちこっちで出てきたり。私が『週刊金曜日』の（松平くんの）記事を増し刷り配布するのも梅ちゃんの影響（笑）。松平くんの地に足ついたメッセージに心を動かされたからです。共感し、私にとってもそれが「いま人に伝えたいこと」の大事なひとつになったから（略）これからもいろいろと教えてください。理解度は遅いですけど、ちゃんと京北に向かってさびないようにアンテナは立てておきますから。（略）またお逢いしましょ〉

2月2日の外来でＩｇＡは64にとどまり少し安堵。その他の免疫グロブリンのＩｇＧとＩｇＭは正常で「骨髄腫が出ていたらそうはならない。回復しているということ」。肝機能の数値は高めでしたが、「ゆっくり上がっているので薬剤性のものと思う」。ＳＣ医師は神経内科の受診を勧めました。「たった3回のベルケイドでしびれがこんなにひどくは考えられない」。4日、元夫にメールを送りました。〈そもそもの神経損傷はベルケイドによるんだろうが、このところの増悪は、ＧＶＨＤによる一連の自己免疫疾患と理解した。口腔粘膜、肝臓、そして神経繊維を覆っている髄鞘（ミエリン）を攻撃中というわけです。なるほど榎原さんが言っていた。「えりこちゃんの神経繊維は、おそらく因幡の白うさぎ状態」と。（出雲へ）おまいりも連れて行ってもらったし、きっと大国主命《おおくにぬしのみこと》も放ってはおかないと思うけどね。またあした〉

この頃には自分自身の環境の変化を実感するようになっていました。「うまくあらがわず手放しながらいこう。もういいじゃない。何でもそう思う。そろそろ本気でエンディングの準備を」

一方でうれしい再会もありました。9日、専門学校が同じだった女性鍼灸師のYさんの治療を受けたのです。「私のめざす治療に限りなく近いものであったことに驚きと感動。良い気に満ちていた。恵みだと思った」。この後もYさんには定期的に鍼灸治療に来てもらい、「何よりも楽しみな時間」となります。

16日の外来でＩｇＡは60、肝機能の値は若干低下。「上肢の筋維部の筋力低下が著しい。1月下旬から急速」「肩の下もわんわんと痛む。時々あたまもピリピリする」と訴えました。神経内科ではミオパチー（筋疾患）が疑われました。普通は考えにくいもののＧＶＨＤによる神経障害、免疫抑制剤による神経障害の可能性も。「入院して検査した方がいい」と言われました。

22日、痺れが極限に。25日、首から上を保持するのが困難で、手指の痺れも最大限に感じました。「きびしい、実にきびしい」。頭頂部にも違和感があり、26日、神経内科の検査を受けました。

検査結果は3月2日に聞きました。筋力が弱いのは明らかで、アミロイドが筋肉にたまるアミロイドミオパチーの恐れがある。骨髄腫では非常にまれだが、ひどくなると悪化するとのことでした。続いて血液内科の外来でＩｇＡは55。「数値からすれば骨髄腫が悪くなっているとは考えにくい。ただ、ＩｇＡに出なくても骨髄腫が進行している可能性は否定できない」とのことでした。

【かぜのね】

3月5日、春山文枝さんにメール。春山さんが左京区の出町柳で始めるカフェ「かぜのね」に栄里子さんも出資し、「ケタが一つ多いのでは」と驚いた春山さんに尋ねられてのことでした。

〈「かぜのね」市民債券の呼びかけをどうもありがとう。「安藤さんにどうしても出逢っておいてほしい人がいるの」。そう言ってある日、森田紀子さんが嵐山の拙宅に招いた友人（春山さん）は97年、（地球温暖化防止のための京都会議、ＣＯＰ3が開かれた）あの宝ヶ池の国際会議場の人間ピラミッドの最上段でニヤリと笑い、尊大な米国を演じきったその人でした。私はあのピラミッドの最上段をファインダー越しに眺めていました。プレス章を首からぶら下げてゴア（米副大統領）や当時（ドイツの）環境相だったメルケルさんにぶら下がっている自分と、この最上段で「Ｎｏ！」と叫んでいる同世代であろう彼女との距離をレンズをクルクル絞りながら測っていた。（略）紀ちゃんのおかげで出逢い直せた春山さんは、この十余年の間、自分の立ち位置でずっと井戸を掘り続けていた人であったことを私はだんだんと知っていくのです。アナさんの講演会をいっしょに作る過程（略）Greens、もえぎに証言集会、いのちの食卓……「かぜのね」は、いままでの春山さんのぜんぶをつなぐ舞台なのだ、と受けとめました。まさに〝へいわをつくる〟道筋、そのまんまじゃないか。

「人生はラグビーだ」とは虫賀宗博さんのコトバですが、確かなボールをつなぐ人に出逢えていることは、トライをあげるのと同じくらい、いやいや、その波紋の広がりを考えるとそれ以上に大切なことなのかもしれません。「かぜのね」は、まだパスを渡し合う〝人生のチームメイト〟に出逢えていない一人ひとりをつなぐ場所にもなってくれるでしょう。

私は「資産家の娘」というわけではありません（笑）。病を得てからはまともに働くこともかなわず、年金は「全額免除」扱い。払うこともらうこともできません。ハリケーンや地震、ましてやガザの空爆やイラクを見るにつけ、このいのち一つのために私一人でどれほどの医療費を使うんだ、と自分でもいやになるくらい。健康でないと、楽しいお金も使えへんのんやなあ。そんなことをひとりごちていたら、「かぜのね」からのお便りが届きました。「アメリカの国債に化けるようなお金の預け方をオトナたちがもっと考え直そうよ」。２００５年のアジア太平洋みどりの京都会議で話を聞いて以来、ずっと考えていました。私が楽しいことに使える身の丈にあった妥当な金額を「かぜのね」に出資します。むろん、利子も元本保証もない市民債券であることは承知のすけ。この市民債券の購入によってもう一つの目標を得ることになるのです。以上。ちゃんと伝えることができたかな。想いがこもりすぎて重たすぎやしませんか？　軽やかに軽やかに。春山さんの肩にかかっているわけではありません。みんなで歩いていくのです〉

【メール・ラリー始まる】

３月９日、栄里子さんが友人知人に一斉に送っているメールに青西さんから返信がありました。〈（略）「ＮＧＯと社会運動はどこへ向かうか―グローバル・ジャスティス運動の可能性」というシンポジウムに参加してきました。「ローカルとグローバルをつなぐ」という札幌自由学校の越田（清和）さんの話。（略）発題は北海道というローカルな地域からの動きをグローバルな運動とつなげていこうという視点にあったかと思います。（略）私自身は（略）中南米のローカルな声をとりあえず国内に伝えるということをやっています。チリにおけるサケ養殖と労働環境の問題、環境への悪影響、パタゴニアにおける大規模ダム開発計画、コロンビアのオイルパーム生産、コロンビアにおける先住民族に対する弾圧、パナマのCDM（クリーン開発メカニズム）によるダム開発と先住民族の問題、グアテマラにおける金鉱山開発問題などなど（略）中南米からは、様々な社会運動体から、またNGOを通じて、広範に情報が発信されています。また欧米各国の資金による、あるいは直接の調査団の派遣による現状調査が数多くなされ、地域の人たちの声を支える情報として提供され、政策提言やキャンペーンの基盤となっています。ところが、日本を振り返れば中南米の人々の声などほとんど聞こえてきません。（略）レアメタルを探し、排出権のクレジット、食糧、投資先を探すためには様々な情報が（企業間で）流通する一方で、市民社会には人々の声は聞こえてきません。このアンバランスな状況では、企業がいくら「社会的責任」などと語っても把握するすべはありません。ものが動き、金が動くのと同様に、人々の声もより豊かに流通する社会が必要とされているのではないでしょうか。ということで、私自身はもう少しつないでいく仕事をしていかないといけないと思っています。（略）どう伝え、誰とつないでいくことができるのか？　持続的な関係性をどのように構築できるのか？　姉妹都市ではなく、「姉妹運動体」みたいな関係性を増やしていくのが重要なのかなと思いつつあります〉

このメールに、パレスチナ問題に取り組む京都大教授の岡真理さんが続きました。〈（略）どのような神の深慮かわかりませんが、わたくしもメールを頂戴しております。（略）ガザ問題にかかわりながら痛感したこと、二つ。1、インターネットの可能性。2、ローカルな市民運動体の可能性。ネットでグローバルにつながりながら（略）日本で全国規模かつローカルなネットで転送を繰り返されながら、各地に浸透していくようすを実感しました。ネット以前だったら（略）情報が全国をカヴァーし地方の各家庭に届くなんて（略）マスメディアでなければできないことでした。でも、いまは個人でできる（もちろん、ネットにアクセスする者のあいだだけ、という限定つきですが）。さらに、そうした情報を地方でも受信することができることで、各地方で、小規模で「運動」に取り組んできた市民たちが、グローバルなものにつながっていきます。（略）日本の各地にあるであろう、ローカルな市民のネットワークのそれぞれが、どう出会い、どうつながりあっていくことができるか、つまり、ローカルなネットワーク同士のネットワークをどう築いていくことができるだろうか、（略）また、ガザやパレスチナのことが、たとえば、ラテンアメリカのことやアフリカのこと、アジアのこととつながるにはどうしたらいいのか、ということも考えていたので、青西さんの「姉妹都市」ならぬ「姉妹運動体」という言葉に思わず反応してしまいました。遠からず地元の京都で、そんなことを話し合うような集いが持てれば、と考えております（ね、蒔田さん、安藤さん）〉

そして栄里子さんが続きました。〈岡真理さん、青西靖夫さん、そして、このメール・ラリーに目を通してくださっているみなさんにお礼申し上げます。鳥肌が立ちました。青西さんと岡さんのメールを拝読し、いくつか京都というフィールドで井戸を掘ってきた「ローカル担当」として改めて気づいたことがあります。「姉妹運動体」という可能性。すでにローカルでは始まっているように思います。速度をたがえず、いま、感じていること、考えていることをみなさんに聞いていただきたいのですが（略）……あさってより京都府立医大に入院します。入院してしまえば時間がもてると思うので、もう少し時間をください。藤井満さんの導きで私がグアテマラと出逢った14年前、あの頃は「へいわの種」（コスタリカと平和学の井戸を掘る足立力也さんにもらった言葉）をココロの中で育てている人は、まだところどころでしか出逢えなくて、「目の粗いネット」のようだと思いました。けれど、いまは縦糸と横糸が織り成す緻密なタペストリーのように感じはじめています。もう一度言います。「人生はラグビーだ」とは虫賀宗博さんの言葉ですが、最近はその真意を実感します。「ローカル担当」を自認する私が徹してきたことは、岡さんや青西さん、新川志保子さんのように、現場に直接アクセスしておられるフォワードのボールを、いっぱい取りこぼしながらも、せめて受け取れたボールは隣人につなぎたい。その想いは、たぶん人をつないでつないで２００４年に42歳で逝ってしまった梅村尚久さんからもらったボールだ。……この熱い温度がどうぞ冷めませぬように。この歯車がきちんと噛み合って、確かな力となりますように。贅沢を申すならば、このメール・ラリーで互いに自己紹介をしていただきたい。（略）速度をたがえたとしても、出逢っておいていただきたい方々です〉

11日、栄里子さんは再入院。筋力の衰え、痺れを診てもらうためでした。一方でこの間、メール・ラリーには自己紹介が相次ぎました。

［岡真理さん］〈パレスチナのこと、やっています。出会ったのは、もうかれこれ30年前（！）です。パレスチナとの出会いを通じて東アジアと出会いました。日本の植民地主義の問題、沖縄の問題……。それから、西サハラ、イラク、アフガニスタン……。（略）自分のフィールドではなくても、

集会に足を運んで、当事者の肉声を聞くことはとても大切なことだと、(グアテマラの)コナビグアのスピーキング・ツアーの講演会に参加して思いました。人間にとって、誰かと同じ時と同じ空間を共有して、その肉声を聞くという体験は特別なものなのだと思います。(略)私たちはその人の人間性にいやおうなく出会ってしまう、そこに、人と人とを結ぶつながりが生まれているからなのでしょう。(人生はラグビー、について)ああ、ほんとうに!! 今回、ガザからの通信を翻訳しながら、それを実感していました。私に攻撃を止めることはできないけれど、でも、ガザから送られてくるボールを受け取って、それを日本語に訳してML(メーリングリスト)に流すことなら、できる。私が投げたボールを受け取って、いろんな、ほかのMLに転送してくださっていた方、ご自身のブログに載せてくださった方がいました。(略)編集者の方は、ご自身が勤める出版社でガザからの通信を緊急出版することにしてくださいました。ガザを舞台にした映画の字幕監修をしたことがあって、その映画のことをMLで紹介したら、全国いろいろなところで、上映会をしてくださる方々がいました。(略)それぞれが自分に出来ること、得意とすることをやることで、ほんとうに横糸と縦糸のボールのラリーで安藤さんの言うタペストリー(魔法の絨毯)が織り上げられていく。(略)このつながりがもっともっと増えていったら、タペストリーの模様がもっともっと稠密になったら、もっともっと可能性が広がるのではないかと思います〉

[古谷桂信さん]〈(略)知人であり滋賀県知事となった嘉田(由紀子)さんの考えと政策を紹介する新書『生活環境主義でいこう! 琵琶湖に恋した知事』を発表しました。(略)ローカルな地域社会がじつは環境を保全してきたこと、今後も生活環境を維持して行こうとするならば、地域からの動きしかありえないというものです。そこで、青西靖夫さんやレコムの仲間とともに私の故郷高知において「地域の元気で温暖化を防ごう!」という小規模水力発電を啓発するセミナーを開催しました。(略)自治体レベルではないもっと小さい一集落からも、ぜひ、導入したいという声。(略)なんとか住んでいる地域を元気にしたいと願っているおじさんたち、おばさんたちでした。また、淀川水系流域委員会に関わる市民で開催した『川の全国シンポジウム 淀川からの発信』では、70歳代の京大名誉教授と学生が同じテーブルで議論。(略)レコムの事務局長、栗田(片岡)桂子さんは、四国のど真ん中の山間地に移り住み、おじいさん、おばあさんに囲まれて、お茶生産をしながらレコムの事務を取り仕切ってくれています。(略)岡さんが指摘の1、2点に3、4の視点を加え、緻密なタペ

ストリーを、ぜひとも自由で豊かなものにしていきたいと思っています。〈略〉3、小さい地域社会の再構築。4、世代間の交流。〈略〉つながりが広く、深くなっていくように動いていきましょう〉

［細見和之さん］〈略〉2003年に帰郷して、以来、篠山に暮らしています。京都にいたころ、安藤さんらをつうじてグアテマラのことを教えられ、それと自分が関心をもってきた日本の植民地支配と侵略戦争の問題をすこしでも繋げようとしてきました。いまは篠山で在日コリアンの足跡を掘り起こす作業を細々と続けています。青西さん、安藤さん、岡さん、古谷さんが書かれていることは、私にはとても示唆的です。ローカルな「姉妹運動体」に、私もまたこの篠山から接続できればと思います。〈略〉虫賀さんの印象的なラグビーのイメージと重ねて、大好きな杉山平一さんの詩をお送りします。タイトルは「前へ」。反省し振り返っても　立止るな　ラグビーさながら　球を後へ　後へ　送りながら　前へ　前へ　突進せよ〉

［宇田有三さん］〈略〉フリーランスのフォトジャーナリストを生業としております。取材のスタートが中米エルサルバドル（92年）でした。〈略〉主な関心事は、軍事政権下に暮らす人びと、世界の貧困、先住民族などです。最近はもっぱらビルマ（ミャンマー）に関わり続けております。ビルマの地に初めて行ったのが93年ですから、もう17年も通い詰めとなってしまいました。活動と報道の線引きを意識しつつ、ゆるやかな連帯ができればと常々思っています〉

［新川志保子さん］〈略〉米国ワシントンD.C.在住ですが、今年は6月まで東京です。日本ラテンアメリカ協力ネットワーク（レコム）というグループの活動をしています。主にグアテマラとニカラグアに関わっています。2000年に『グアテマラ　虐殺の記憶』というグアテマラ内戦の真相究明と和解についての報告書を日本語訳で出版し、その記念に関係者二人を日本に招いてスピーキングツアーを行いました。とりわけ京都の集会は、安藤さんはじめこのリストにも名を連ねている皆さんの熱い協力で大成功でした。〈略〉岡さんが書いているように誰かと同じ時と空間を共有しその声を聞くことの重要性を強く実感しています。〈略〉自分のいる現実に根ざして、ローカルから出発することの力、小さな努力を一つ一つ重ねていくうちにそれが大きな成果をもたらすことも、この経験を通じて実感していることです。〈略〉〉

［片岡（栗田）桂子さん］〈略〉青年海外協力隊でグアテマラへ行った縁でレコムの事務局長をしています。東京出身ですが、高知大学へ進学した縁で今は高知の山の中に

住んでいます。（略）好きで選んだ山の中で、好きで選んだ茶と格闘し、そのためにグアテマラでがんばる仲間から力をもらっているだけなのに、みんなに「えらいねぇ」ってほめられ、みんなが助けてくれて（略）。共感できる人たちのお手伝いを裏からこそっとできたらいいなと。（略）

高知県仁淀川町で茶農家目指し修業中……〉

［森田紀子さん］〈この大切な大切なつながりを改めて確かめあう機会をつくってくれた安藤さんに感謝します。2007年末に京都から香港に移住しました。京都では地域の在住外国人の支援活動をしていました。今はメコン川流域6カ国（タイ、ビルマ、カンボジア、中国雲南、ベトナム、ラオス）のNGOで構成されるMekong Migration Network（MMN）というネットワークの事務局で移住者に関わっています。（略）あえて域内の労働移動にしぼり、政治や歴史の様々な摩擦をのりこえて隣国同士のNGOが協力しあって移住者の問題に取り組んでいくことを目指しています（「姉妹運動体」その1）。MMNでは今、入管収容・退去強制問題に取り組んでいて、私はこれを日本で同じように取り組んでいる友人たちの運動につなげていきたいと思っています（「姉妹運動体」その2）。（略）みなさんの本や写真と出会ってこそ、今の私があります。社会へのするどい視点、それを表現する的確な言葉、そしてそれぞれが縁あって出会った土地とそこに住む人々への愛情、みなさんと接する中で肌で感じとったものが今もあたたかく私の中で生きています。（略）〉

［春山文枝さん］〈（略）昨年の秋に大学の仕事を辞めて、今は出町柳の駅のすぐ近くにカフェといろんな人が集まれるスペースを作るべく準備。（略）「かぜのね」という名前にしました。友人や大学の卒業生たちとの共同経営です。これまで、主に環境や経済のグローバル化の問題などに取り組むことが多かったのですが、私も安藤さんと似ていて、周りの人たちに伝えていくことに重心を置いていたように思います。（略）学生たちも今の社会に違和感を持っている人たちはとても多いと思います。でも、友人とその違和感について話をしにくいし、なかなか動き出せない、ましてやNGOや市民団体の活動にはとても参加しづらい。そうしているうちに卒業が近づいてきて、就職活動をしなければならなくなって、就職したらますます社会との接点も持ちづらくなって、息苦しくなっていく……。（略）働き方も含めて、ライフスタイルや生き方ももっと気持ちよくできる方法を考えていきたいと思っています。（略）「誰かと同じ時と同じ空間を共有」する体験がし易い空間を作りたい。（略）講演会かもしれないし、写真展かもしれないし、たまたま一緒にお酒を飲むことになった人との会話かもし

れないし……。（略）それぞれのテーマや現場を持った皆さんが協力していただけたら心強いです。（略）〉

［中嶋周さん］〈（略）どこからどう始まったメールなのか知る由もありませんが、考えてみれば人のご縁とはこういうものかもしれませんね。（略）京都から滋賀の山村に移り住んでこの夏で2年になります。京都にいたころは、9・11以降のピースウォークや「慰安婦」にされたおばあさんたちをアジアの各地域から呼んで話を聞く活動などに関わっていました。今も細々とですが関わっています。今は琵琶湖の西、ひと山越えれば福井県という、30戸60人ほどの椋川《むくがわ》という山間の集落で、山羊を飼い、チーズを作って、現金収入にしようと試行錯誤しています。（略）食って寝てぼけーとするファーミングほどほどプアー、昔で言えば「気は優しくて力持ち」の三年寝太郎が理想の人物像なのですが、実際のぼくは根性の曲がったスルメみたいな人間のような気もします。ほおっておくと内向的で陰気くさいな人間になるので、ときどき気分転換に「チェンジ！」とか言いながら山羊を相手に社交性を発揮してみるのですが、山羊どもはスルメが泡でも吹いていると思っているのか、ただじっと横を向いています。まったく人の話を聞いていない山羊の横顔を見ていると、ぼくは救われる気分で「フフッ」と思います。そんな毎日です（どんな毎日や？）。ぼくから見れば安藤さんはフォワードですよ。（略）病院で一発トライを決めてください。それでまた戻ってきたらビールか山羊ミルクで乾杯です。はじめましてだと思いますが、片岡桂子さんの高知の山の中、行ってみたいなと思いました。（略）お時間許せばぜひ土佐の酒を持って春山さんたちの「かぜのね」に立ち寄ってください（略）〉

栄里子さんも応えます。〈奇蹟のような大展開に、鳥肌が立ちっぱなしです。まだまだ参入くださいね。そしてエクアドルから私信で返してくださった木村剛さん。「過去に日本の円借款で作った大規模灌漑施設の検証を住民参加の視点から行っています」との報告をくださいました。書道家で「学び」の友といいますか、人生の先輩で「チームメイト」の関口香奈恵さん。証言集『グアテマラ 虐殺の記憶』（岩波書店）出版記念講演ツアーに掲げる横断幕に、魂の叫びのような題字を書いてくださいました。3月14日（土）、15日（日）に京都市美術館別館の展覧会に茨木のり子さんの「自分の感受性くらい」を出品されます。どうぞゆっくりと。タイトなタペストリーはすぐに破けちゃうかもしれませんので、緩やかに参りましょう。それにしても、こんな素敵な繋がりが、同時多発的にあちこちで起こっているとすれば、世の中は本当に変わっていけるかもしれない。私が感じることは、仕事や肩書きを超えて、何を願っているかを伝え合う作業を侮ってはいけないということです。森沢典子さんや蒔田直子さん、長野（大町市）の及川稜乙さんから折々にいただいていたメールを読んで思いました。「情報」が本来の「情けあるお報せ」（虫賀宗博さん）になるのには小さなコメントでもいいから、その発信者の中を潜り抜けた情報であることを伝える作業が鍵になるように思います。私は、いまひどいことになっている病院「医療現場」の問題もきっと繋がってくる、と予感しています。病まない人はいるかもしれないけど、逝かない人はいませんから。いざ、現場へ。しばらくネット環境を離れます。戻ってくるまでに、なにが起こっているのやら。では、おやすみなさいませ〉

自己紹介のメールは続きました。

［及川稜乙さん］〈（略）自己紹介を兼ねて、最近ある県内のテレビ関係者へ送った私信を一部披露します。（略）隣村のある住宅を無償で解体しています。解体業者に頼めばたぶん少なくとも300万円は請求されるでしょう。そして、重機であっというまに押しつぶされた木材は、すべてゴミ（廃材）となり、焼却炉でただ二酸化炭素を生み出すだけです。（略）現場に立った瞬間、「この家はつぶすべきではない」と強く感じました。床板だけでなく、柱も梁も、あと何十年も使いつづけることができる程の状態なのです。（略）作業をはじめてまもなく、2、3のグループや個人（松本市議）が見学にやってきました。精緻な職人技の結晶である長押《なげし》を、壊さずに取り外す手順など、見学者の来訪に合わせて実演してみせました。（略）二階部分の梁、桁、柱はそっくり駒ヶ根へ運び、ほぼ元の構造のままで平屋建ての一軒家として新築確認申請の段階へ進んでいるようです。（略）世間では、もったいないとか、リサイクルをとか言いながら、この巨大な浪費の現実。200年、300年後に残したいと心を込めた職人の汗の結晶を、たかだか20年、30年でいともあっけなく壊してしまう非情。いちど、現場をごらんいただき、いっしょに考えてみたいと思います。（略）20代に信州を訪れて以来、自然に惹かれて住みつき、大工をしばらくやっておりました。個人住宅新築や当時ブームとなった別荘建築のかたわら、毎年のように手がける古い茅葺き民家の解体に心を痛めておりました。2男2女の子育てから解放された現在は閉店休業中ですが、ときどき廃材を利用して遊んでいます。昨年は、独立したばかり（現在自衛隊がPKO活動中）の東ティモールを訪れて、マイホーム（小屋）を拵えてきました。安曇野の自然を満喫しながら人生を楽しむ一方で、ゴルフ場や大規模都市公園開発による自然生態系破壊と公金巨額浪費の問題性を痛感し、情報公開制度の活用によって入手した

工事関連資料をもとに現場を検証評価することに生きがいを感じています。わがやの囲炉裏で少々の酒などを交わしながら清（濁）談うたた弾ませんとの御仁あらばどうぞ。初対面歓迎です〉

［元夫］〈京都の太田です。（略）もともと中南米が好きで、大学4年生だった1993年秋からグアテマラを中心に中米を訪れました。当時はフォトジャーナリスト志望で、石川智子さんに教わってコナビグアのデモに同行し、軍の弾圧を受けた人たちが80年代からジャングルに逃れ非暴力・不服従の生活を送っていた「抵抗の共同体」を訪問。94年にはメキシコのサパティスタの蜂起を聞いてチアパスを訪れ、エルサルバドルでは内戦終結後初めての大統領選挙の様子を撮影しました（この中米滞在中に青西さん、嘉村さん、宇田さんに初めてお会いしました）。自分が見て聴いた人々の表情と声を伝えたいと、帰国後に大学などで写真展や報告会を開いて回り、その中で熊谷さん、成田さんと知り合い、一緒に「中米研究会」（その後に「中南米と交流する京都の会」と改称）を発足。青西さんや梅村さんが中心に活動されていたレコムと連携をとりながらコナビグアの女性の京都での講演を担当し、宇田さんや古谷さん、それに僕の大学のサークルの先輩の藤井さんの講演会などを開いてきました。足立さんや安藤さんと知り合ったのもこの頃で、この会に加わっていただきました。また、宇田さんや古谷さんとお付き合いができたことから、フォトジャーナリストの働きはお二人にお任せすればいいと考えるようになり、新聞記者になったというわけです。新聞社に入社後は長野県に配属され、そこで知り合った及川さんのおかげで、東ティモールとつながることができました。僕自身は新聞社の所属記者としての仕事に追われる日々ですが、それまでに知り合った皆さんのおかげで、新たに知り合ったり、親しくお付き合いさせていただき、市民としての活動にも細々ながら関わり続けることができているのだと改めて思います。折にふれて考えることですが、世の中は分業で成り立っていますよね。食べるモノからさまざまなサービスまで、誰かに提供してもらうことで日常生活が成り立っている。市民活動も同じです。僕は主として中南米、中でもグアテマラとつながる活動にほぼ限られていて、他の地域や課題はみなさんにお任せしているのです。さらに安藤さんのおかげで、そんな皆さんとつながることができているわけです。（略）ふだんは各々の生活や活動の枠内でも、たまに、思い出したようにでも、言葉を交わすことができれば楽しいですね（略）〉

［嘉村早希子さん］〈（略）京田辺市に暮らす嘉村早希子と申します。私は学生時代に中米研究者の狐崎知己先生に

出会ったことから、藤井さんの初めての冊子『ニカラグアを歩く』をほとんど指定図書扱いで買わされ、「シスター弘田と歩くニカラグア研修」が初めての海外体験でした。当時は消化出来ないくらいの強烈な刺激を受け、そこからラテンアメリカに強く関心を持つようになりました。その後、ラテンアメリカの人たちが話すスペイン語を理解したくてメキシコに留学し、その時にグアテマラにも何度か足を運び、レコムの活動にも関わるようになりました。（略）その後、フィリピンのネグロス島のバナナでご存知の方も多いオルタートレードジャパンに入り、ニカラグアの革かばんをつくる女性たち、ペルー、メキシコ、ハイチ、東ティモールのコーヒー農家の人たちからの商品を一緒に開発したり、輸入する仕事について、ずっと旅人のような生活をしていました。及川さんのお名前は太田くん経由で知り、東ティモールで一緒に働くＰＡＲＣ（アジア太平洋資料センター）のスタッフからも伺っていました。もちろん越田さんには現地でお世話になりました。東ティモールが独立した２００２年から２００５年という一番混乱しつつも活気にあふれた時に現地にいることが多かったことで、これまでの私のラテンアメリカつながりの仲間から、アジアに関わる人たちとの出会いに広がっていきました。（略）東京にいたときには自分の仕事も忙しく、レコムの活動にもあまり関わってくることが出来ませんでしたが、幸い関西でのレコムメンバーとの再会や出会いに恵まれ、まさに「グアテマラがつないでくれたご縁」でこのメール・ラリーに参加しています。（略）今はインターネットのおかげで、どこに住んでいてもこうして共感できる人たちと交信したり、青西さんから送られてくる貴重な情報も知ることができます。そして古谷さんをはじめとする周りを巻き込むのが上手な友人たちのおかげで新しい出会いも与えてもらっています。春山さん準備中の「誰かと同じ時と空間を共有できるカフェ」とっても楽しみです。是非、オープンしたらこのメール・ラリーの皆さんとえりこさんを囲んで「かぜのね」に集まりたいです‼（略）〉

［足立力也さん］〈（略）福岡県嘉穂郡桂川町在住の足立力也と申します。（略）世間ではコスタリカ研究家と俗に言われていますが、基本的には「スペシャリスト」ではなく「ジェネラリスト」です。専門分野を持ちつつも、どんな分野にも対応できるように日々つまらないウンチクを溜め込んでいます（笑）。太田さんの「分業論」で言えば、私は紛争から平和を考えるのは皆さんにおまかせして、平和をストレートに考えるアプローチでいこう、と決めています。そもそも平和って、楽しかったり、嬉しかったり、穏やかだったり、幸せだったり、何かしらポジティブなこ

とのはず。それを純粋に追求していくことを通じて、これまで日本ではあまり提示されてこなかった平和への道のりを考えてみましょうよということを提起するのが私の役回りです。そのネタとして、コスタリカを使っています。（略）また、「平和だからこそ生きていける」（あるいはメシが食える）ということを体現するために、どこかから給料をもらうのではなく、平和というキーワードでメシを食うというスタイルで仕事をしています。（略）２００３年（だったっけ？）太田さんに新聞の「ひと」欄で「軍需産業があるから戦争がなくならないのだとしたら、平和産業があれば平和が生まれることになる」という話とともに私の紹介を載せてもらいましたが、それが全国紙で発信されたことでいよいよ引っ込みがつかなくなりました（笑）。（略）このメールのリストに入っている方々のつながりとしては、まず森田さんと大学の同期であり、コスタリカに初訪問したときに一緒に行ったメンバーでもあります。また、95年に太田さんと出会い、そこが蟻の一穴となってこのリストに入っている多くの方と出会いました。２００４年の参議院選挙で「みどりの会議」から立候補したときは、落選はしたけれども、皆さんとのつながりから新たな可能性を感じることもできました。それがまだ「可能性」の状態でしかないことにはもどかしさを感じるのですが、「政治」に直接切り込んでいくのもこのメンバーの中における私の「役回り」かな、とも思っています。（略）２月28日には、あの「新しい歴史教科書」を発行した扶桑社から『丸腰国家〜軍隊を放棄したコスタリカ・60年の平和戦略』という新書を出しました。（略）５月には次の本が出ます。『平和ってなんだろう――「軍隊を捨てた国」コスタリカから考える――』（岩波ジュニア新書）（略）。今年から佐賀大学でほんの少しだけ教壇にも立つことになりました。（略）出版を機に講演活動も活発化させる予定です。（略）

［蒔田直子さん］〈（略）いったい何がおこっているの!? あんまりに、中味ぎっしりのおいしい濃縮果汁ばかりで、読むだけで、いっぱい。栄里子さんとは、古い友人の虫賀くんが開いている「論楽社」で出会いました。（略）同志社大学の女子寮で、通いの「寮母さん」をしています。（略）京都でベトナム戦争が終わる頃に学生になり、（略）同志社の同世代の在日韓国人学生たちが韓国でスパイ容疑で逮捕され、あまりのショックで救援活動に。「加害者の日本人」というところで行き詰まり、にっちもさっちもいかなくなったところで（略）宣教師に誘われ、生野のオモニ学校（在日一世の女性たちと読み書きを手だてに学ぶ場です）に通ってすっかりハマりました。（略）上のムスメが生まれた時は「指紋押捺拒否」のピークと「国籍法改正」が重

なった85年、子どもの国籍をどうしようというので探し当てた「国際結婚を考える会」で、いろんな国の男と暮らす女性たちと出会いました。その後は森田さんが心血を注いできたAPT（Asian People Together）の立ち上げに居合わせて、滞日外国人の女性たちの結婚や子どもの国籍問題などを主に90年代半ばまで活動しました。95年、阪神大震災後の神戸におそるおそる入ったのが運の尽きで、結局5年間、身体を壊すまで毎週末を被災地テント村や、地の果ての仮設住宅で過ごすことに。手術や入院を経て、健康を回復したのが2001年。（略）ピースウォークを始めて、今につながる仲間と出会っています。（略）ムスメは、2001年の小学校の卒業式で「日の丸・君が代」に強烈に抵抗し、中学生になると、「心の教育」という耳に心地よい道徳教育キャンペーンに猛反発。（略）学校と裁判と選挙と大きな組織の運動には関わりたくない、と決めていたのに、2006年の「教育基本法改悪」まで、「教育基本法の改悪をとめよう!全国連絡会」の事務局で国会周辺や東京あたりをウロウロ。おまけに「タウンミーティング不正」で名指し排除されたのが発覚し、国賠訴訟の原告になってしまいました。（略）栄里子さんの今、この一瞬を生きるエネルギーに気持ちが共振するんです。私が住んでいるのは、叡電元田中近くの5軒続きの古長屋。（略）ピースウォークやあれこれの仲間が徒歩10分以内にたくさん住んでいて（略）時々何かを一緒にしながら（略）血縁ではなく友の縁、とりわけ姉妹共同生活運動体に支えられてなんとか毎日を暮らしています。（略）かぜのね、でみなさんとナマでお会いしたいですね〉

［藤井満さん］〈（略）1988年にニカラグア・エルサルバドルなどに1年間滞在したのがはじまりでした。（略）コーヒー畑で働いたり、難民キャンプを訪ねたり、ゲリラに会いに行ったり。（略）バブルの末期に新聞社に就職してからも、2002年までは1、2年に一度は中米諸国を訪問してきました。新聞社の仕事では、野宿者問題や生活保護や高齢者福祉などを取材しました。中南米問題を「趣味」として継続しながら、でもいつか日本での取材と結びつくのではないか……と考えていました。2002年から3年間は愛媛で市町村合併の問題を取材しました。合併によって一番苦しむのは誰か？　と考えると（こういう発想は中米との関わりで自然に身についたのでしょう）、それは辺境の過疎地の年寄りであるはずです。（略）「被害者としての年寄り」ばかり追いかけていると、誰に聴いても同じような話、「苦しむ老人」というステレオタイプの話ばかりになってしまう。その土地に70年、80年暮らしてきた人の豊かさやあたたかみ、料理のおいしさなどなどは記事

として表現できない。じゃあどうしよう？　参考にしたのは宮本常一です。老人たちのライフストーリーを記事に盛り込むため、「平家の落人の村」というくくりで山村の住民を訪ね歩く企画を立てました。何百年という時間をかけて継承してきた豊かな文化が山村にはまだなんとか残っています。それが今、消滅しつつある。また、大部分の山村の人々は「生まれ年が悪かった」「これがさだめじゃ」とあきらめに沈んでいるけど、稀に、状況は他と同じなのに、収入は月3万円の年金しかないのに、「こうして畑を作って、月に一度でも友達とお茶を飲む機会があるのが一番よ」と笑顔を見せる人もいます。過疎・高齢化という現状はどこも同じなのに、「さだめ」に沈むムラと「さだめ」を乗りこえるムラの違いはなんだろう？　そこでようやくグアテマラのマヤ女性たちと結びつくような気がしました。ソ連の崩壊で社会主義という「希望」が消滅し、圧倒的な力をもつ軍に仲間や家族を殺され、脅迫におびえ、展望がまったく見えないなかで彼女らは闘い続けてきました。「展望があるから闘うのではない。暗黒だから闘うのだ」というのは魯迅の言葉だったと思いますが、でもなぜそんな力がわきでてくるのか？　彼女らの強さはたぶん、祖先から受け継いできた長い長い時間のなかで、死者とともに、未来の子孫とともに生きているという自覚じゃないのか、と、漠然と思いました。「死にかわり、生きかわりして打つ田かな」というような（うろ覚え）誰かの俳句がありましたが、「私」の一生を超越した生命体の一員としての自覚が四国の山村のおばあさんの強みじゃなかったのかなあ。ならばそれはグアテマラの女性たちの強さと同じじゃないのか、と感じたわけです。（略）愛媛の話を『消える村　生き残るムラ』（アットワークス）という本にまとめました。中米の話とどうリンクさせるかは今後の課題です（略）〉

［木村剛さん］〈神奈川県、藤沢市在住の木村剛と申します。（略）農業・農村と環境のテーマを中心に中南米に関わるようになって十数年になります。現在、エクアドルに滞在中で（略）日本の円借款で行われた過去の灌漑プロジェクトの検証を参加型開発の視点からしていますが、当時（80年代後半）の計画は利用者側の視点が欠けていたようで、つくづく住民参加の必要性を感じているところです。（略）建設屋さんに任せっぱなしではなく、日本のNGOや市民団体などが計画時点から関わって行けるような仕組み作りができるといいのですが（略）〉

［成田有子さん］〈（略）グアテマラと出会ったのは1994年、（コナビグアの）ルシア・キラさんがスピーキングツアーで大阪にいらっしゃったときに、たまたま行った講演会がきっかけでした。（略）内戦の話、夫や家

族が殺され、残った女性たちが何とか食べていくために慣れない農作業をし、たいへんな困難の状況でコナビグアというグループを組織していったこと、小学校も出ておらず、それでもスペイン語を話して自分たちの状況を伝えている姿に心が強く動かされました。（略）コナビグアが女性たちだけのグループであったこと、自分たちの問題を話し合い解決していくプロセスの中から社会的な提案や実践を生み出していくことが、女性問題にいろいろな大事な視野を与えているといつも思うのです。（略）（メキシコの先住民族運動）サパティスタの女性たちの文章を読むときにも、彼女たちの問題や、その中からの提言には何か同じものを感じます。（略）このメール・ラリーのおかげで私もいろいろな方と「出会い直し」をさせていただいているように思います（略）〉

［越田清和さん］〈（略）札幌で1955年に生まれ、そこでずっと育ちました。ただ、途中で15年ほど札幌を離れ、フィリピンと東京で暮らしていました。東京ではPARC（アジア太平洋資料センター）というNGOで10年ほど働いていたので、その時にいろいろな方と知り合いました。これは私の大切な宝です。6年前に札幌に戻ってきました。（略）東京にいる時は「ローカル」のことなど考えもしなかったのに、札幌で活動するようになってからエラソーに「ローカル」などと言うようになったのです。それで、この間「ローカルとグローバルをつなぐ」というテーマで話をしたところに、青西さんが来てくれたというわけです。青西さんからの質問にもきちんと答えられなかったのに、それが「姉妹運動体」というアイディアにつながりはじめたのには、驚いています。札幌では、さっぽろ自由学校「遊」（ここは、パウロ・フレイレに影響を受けた民衆教育の場）、ほっかいどうピーストレード（東ティモール・コーヒーの販売が中心）、ほっかいどうピースネット（平和運動）を中心に活動しています。そう、2006年にはアイヌの女性たちとグアテマラに行きました。そのおかげで、このメールに参加している方たちに出会うことにもなりました。（略）真面目な活動家のような描写になってしまいますが、「いい加減とテキトー」、「人に笑われるような人間」をモットーに暮らしている酒好きオヤジだと思ってくだされば間違いありません。これからもよろしく〉

［関口香奈恵さん］〈（略）1998年の2月、朝日新聞の夕刊に小さな記事が載っておりました。「ハンセン病は心温まる病です。……論楽社」。その小さな記事を頼りに、どんな所かも何も知らず、只、元ハンセン病だった人の「生の声」を聞いてみたい。と、雪のちらつく当日でしたが、勇気を出して「論楽社」という所を訪ねました。お陰様

で、それから今まで、虫賀宗博さんはじめ、たくさんの人たちと出会わせて頂き、たくさんの人たちの話を聞くことができました。（略）勿論、安藤栄里子さんとも。（略）私は書道をしておりまして、今尚、いえいえ、これから益々、「墨」の世界にもっともっと浸りたいと思っています。『グアテマラ　虐殺の記憶』出版記念講演の題字や、ピースウオーク誕生の際には蒔田直子さんからの依頼で「ピースウオーク　ひとりの歩みから」と垂れ幕に書かせて頂いたりもしましたが、将来、「墨」の世界で、「平和」「共存」など、何か表現していけたらなあと、大きな夢は持っています。（略）〉

　栄里子さんもお礼を書き込みました。〈すてきな自己紹介をありがとうございます。（略）墨の世界は、その人の感性をめでる芸術だったのだと、いまさらのように思い知った先日の書道展なのでした。関口さんの字で綴られる茨木のり子さんの詩。「ああ、そうだ。私はこの文字でこの詩を読みたかったのだ」。それ以外には言葉が浮かばない。そんな書道展でした。この間、足立君と話していた話題でもあるのですが、文字で綴った理屈や理論は、相手にもそれを受けとめる下地というか心構えを要求します。でも、感性で感性に働きかける芸術は、表現や伝承の手段として包蔵する可能性がより大きいんじゃないか。そんな中で、墨の世界で「平和」「共存」など、表現していけたら……と関口さん。役者がそろっているなあ、と改めて思ったことです〉

【多発性筋炎】

　3月11日に入院した栄里子さんは17日に筋肉生検を受けました。筋肉をほじり出すため極めて痛いのですが、あらわになった筋肉の写真を医師に頼んで撮影。さすがに医師も驚いたそうです。リハビリも始めました。四肢抹消の神経障害でペインクリニックを受診しましたが、有効な改善策はありませんでした。

　入院中の15日に藤井満さんが面会に訪れ、ゆっくりと対話。自分を振り返り、整理する作業にもなりました。22日には病院を抜け出し、元夫らと足立君のランチ講演会に参加しました。退院する31日に検査結果の説明があり、骨髄移植後のＧＶＨＤによる「多発性筋炎」と診断されました。しびれと筋力低下は別々のもので、筋肉の病気が新たに起きている。姉由来のリンパ球が筋肉を攻撃する慢性ＧＶＨＤの可能性が高いとのことで

2009年3月22日、足立君とランチ講演会で

2009年4月7日、嵐山の自宅そばでナビイと花見

した。心配されたアミロイドはなし。ＧＶＨＤなら従来通り免疫抑制剤でコントロールします。多発性筋炎は特定疾患で、通院費、入院医療費、内服薬の費用も全額公費で賄われることになりました。

この年の春以降、新型インフルエンザの懸念が日本中を覆いました。免疫を抑制している栄里子さんは感染すれば重症化しやすい「ハイリスク患者」。日常生活でも用心を重ねる年となりました。

4月7日、元夫とナビイを連れて嵐山で花見。10日、多発性筋炎での特定疾患の公費助成を申請しました。自立した生活を続ける上で大きなプラスで、後にチームメイトたちにも還元することになるのでした。

【患者の会のメーリングリストに再び投稿】

少し前の3月18日、栄里子さんがメールで送ったベルケイドのしびれ経験を、患者の会の上甲さんがメーリングリストに投稿。他の患者さんが苦しんでいると知り、少しでも役に立てればとの思いでした。

〈京都の安藤栄里子（患者本人39歳ＩｇＡλ型）です。２００７年11月にベルケイド投与。以来、四肢の末梢神経障害で難渋しております。私自身は、しびれが出て、それが痛みに変わったころの様子を「指先の爪の間に針を刺すような痛み」と記録しています。ロキソニンも効かないし、とにかく拳を握って圧迫して過ごすしかなくて確かにつらいものでした。痛みのひどいときは手足が攣縮してくるので夜中もウロウロと歩いて足の裏を延ばしたり、刺激する必要がある。そうしないと強張って歩けなくなり、夜のトイレもホフク前進になるのでした。結局、耐え忍ぶばかりだったのですが、やってみて、これはよかった、というのを少し紹介しましょう。改善したというより、「少しラクに凌げるかな」という方法ではありますが。

1、皮内鍼◎…鍼灸院でやってくれるところを探します。2ミリほどの針を肌目に沿って皮下に斜めに入れ、上からテープをはって1週間～2週間、置針します。攣縮が強くなったとき、ここに刺激がほしいのよ、という場所に刺激が与えられる感じがあって満足度が高い。刺す場所は、また改めて説明しますが、手の甲、足の甲、その他、腕や足にも。

2、指先の圧迫と保護…①圧迫手袋○…小ぶりで手を入れると伸縮してピタッとする「東レ製」の黒い手袋を愛用。ホームセンターなどで売っている時期にまとめ買い。②事務用品の指サック△…指先の保護には優れているものの、蒸れる、すぐに抜け落ちるという欠点あり。③伸縮性の粘着包帯◎…最近これがお気に入り。テーピングのメーカー「3M」のCobanTMという製品。私はアスクル（医療用）で購入しました。

3、メンソール系の塗り薬…①液体ムヒS2a◎…デキサメタゾン酢酸エステルが入っているのであまり多用してはいけないかもしれないけれど、炎症熱で手指や手掌に熱を帯びているときにスウッとラクになります。刺激がけっこう持続。（略）②花王アトリックス（薬用）◯…＋グリチルリチン酸ステアリル（抗炎症剤）、ビタミンE（血行促進剤）配合。アトリックスは、いろいろ商品ラインナップがあるけれど、この「薬用」がミソ。グリチルリチン酸ステアリル配合で、塗布した瞬間、スッとする。③手指消毒用のアルコール・ジェル◯…スッとする清涼感と、清潔を保てるメリットがある。私はいつもカバンにこれ（手ピカジェル）を入れて持ち歩いています。ジェル状のものだと潤っている時間が液体より長いところが◯。

もう一つ、大切なことは、その痛みがいかなるものか、ドクターに正確に伝えるために「痛み」を観察する視座でしょう。ある日、気がついたのです。「痛む私」から「痛みを観る私」へ。その激痛を人に伝えるための言葉探しをしている自分は、指先に24時間はりついていた激痛をペリペリと自分からはがして観察をしようとしているではありませんか。その時間だけは「痛み」に対して客観的になれている。できれば、ペインを抱えた患者と向き合う臨床現場にある医療者は、なるだけ、この痛みを丹念に聞き出してほしいと思います。私は友人に「その痛みはどんな痛み？」としつこくしつこく電話で聴きだしてくれる人がいたのですが、私がパソコンを打てなくなったのを知り、それを記録してくれていました。その記録が、ドクターに伝える時にも家族に理解を求める時にも大いに役立ちました。いまも痛みはともにあります。「できる」ことを広げるために身障者手帳の申請も考えていますが、リハビリや皮内鍼といった物理的刺激が大変有効だということを最近、改めて発見し、喜んでいるところです。痛みが少しでも軽快されますよう、お祈りしています〉

この投稿には患者仲間の方から反応がありました。

〈上甲さん、京都の安藤さんからのご報告ありがとうございました。（略）お名前を拝見して嬉しくて出てきました。（略）サリドマイドの意見書のときお世話になって以来、どうしてらっしゃるかなあとずっと気になっていました。安藤さんの意見書を参考に拝読させていただいてメール交換して以来、すっかりファンになってしまったのです。（略）内容の深刻さにもかかわらず、冷静に正確に報告してらっしゃる様子に圧倒されました。なのにご本人のメールはとても穏やかかで軽やか。なんてすてきな方と思いました。「がんばりまっしょい第8号」にも寄稿してらっしゃいましたよね。安藤さんは大変なしびれがあってお辛い状況なのですね。詳細なしびれの様子と実際に試された対処法の貴重な情報、ありがとうございます。（略）これからサリドマイドか？　ベルケイドか？　という私にもとても嬉しい情報です。（略）鍼灸師の資格をお持ちなのでこういったことにもお詳しいのでしょうね。皮内鍼など専門的なアプローチ、大変心強いです。ぜひまたお話を聞かせてくださいさい。どうぞ安藤さんの痛みが和らいでできることがもっともっと増えますように〉

〈（略）サリドマイドの意見書を拝読させて頂き、また「がんばりまっしょい」の記事と重ね合わせ、私も安藤さんの隠れファンになっております。その後どうなさっていらっしゃるかと気になっておりました。（略）症状や対処法の貴重な情報をお寄せくださって本当にありがとうございます。痛みがある時は、キーボードを打つどころかパソコンを開ける気力も失せてしまうと思います。症状を記録して下さっていた友人にも感謝！（略）〉

栄里子さんもお礼の投稿をしました。〈メッセージをありがとうございました。私も上甲さんの手帳のように、コトバの引き出しにしまいました。繰り返し拝読し、何度でもこの静かな喜びをかみ締めようと思います。……さて、過日、ベルケイドによる手足指先の末梢神経障害について緩和策もどきをご報告させていただきましたが、その後の経過と気づいたことを少しばかり報告させてください。

①慢性GVHDで筋炎　実はこの神経炎と同時に今年に入って顕著になってきたのが四肢の筋力低下。特に上腕二頭筋や腸腰筋など体幹に近い手足の筋力が弱っていることがわかりました。原因を調べるべく、先月後半、神経内科で検査入院。（略）筋肉生検、筋電図、神経伝達速度検査などの結果、私の筋炎の主たる原因は同種移植（07年1月）後のGVHDによるものと判明。同種移植後患者につき、いわゆる「自己免疫疾患」の類のものはいつ何を発症しても不思議はない。そう思ってはいましたので「そこへきましたかっ」という感じはあります。幸い、心筋には影響していないことをエコーで確認。ひとまず安堵しました。

②やっぱり動かして筋萎縮を防ぎましょう　ところで、私の筋力低下にはもう一つの側面があります。これはベルケイド後の末梢神経障害で、該当される方も少なくないと

思います。私はベルケイド後、いわゆる神経炎（手足のしびれや痛み）によって手足が不自由になり、何をするのも億劫だからそれまでのようには関節を動かせていなかった。と思うのですね。日常動作が緩慢になって関節を動かしていないと、それをつなぐ筋肉が廃用し萎縮してしまう。私も、そんな悪循環の中にすっぽりとはまり込んでいたように思います。入院中にリクエストした「リハビリテーション」で改善のきっかけをつかむことができました。理学療法士、作業療法士の先生方の胸を借りながら毎日カラダを動かすことで、いまの自身の状態がよくわかった気がするのです。つまり、いまのカラダにとって「どれくらいの動作なら疲労を残さず動かせるか」が把握でき、同時に「この程度の疲労は、どの程度の休養でリカバリーできるか」がつかめた。頭では理解していたつもりですが、身体感覚とやっと繋がった……というところでしょうか。このバランスをとることが養生の基本にて〉

【転院】

4月11日、レコムの主要メンバーがやもめ亭でミーティング合宿。翌日はみなで出町柳の「かぜのね」を訪ねた後、元夫と共通の旧友で、97年の栄里子さんと元夫の人前結婚式の司会を務めてもらった熊谷譲さんが左京区・高野で始めたラーメン店へ。熊谷さんも交えて楽しい時を過ごしました。15日、片岡桂子さんが高知で岡真理さんの講演を伝える新聞記事を読み、以前に岡さんが寄稿した別の記事のコピーを栄里子さんから読ませてもらったことを思い出した、とメール・ラリーに書き込みました。栄里子さんも16日に応答しました。

〈長年、ココロの中に描いてきた夢のような光景が、思いがけず、いま、目の前に広がり、さらに新しい座標軸を得て三次元になってきている感じです。ひとまず病院から戻ることができました。（略）「ネットの可能性」は今回、改めてみなさんに教えていただきました。と、同時にもう一つ、必要なことがあることにも気づきました。２００４年に42歳で急逝してしまった梅ちゃんは、自分が読んで「これは」と思った記事や評論文などをとにかくコピーしてコピーして、パンパンに封筒に詰めては90円切手を貼り付けて、時々、送ってくるのでした。当時、その「速度」にもついていけなかった私の手元には、いまだに封を切られないままの封筒もあるのです。それをいまになっても、時々、通院のカバンに入れて持ち歩き、長い待合時間に読むことがあります。「グローバリゼーション」「地域通貨」……いろんな見出しが並んだ記事が封筒から出てきます。梅ちゃんは、いまここにはいません。それでも、彼が投げたパスを新たに受け取っている私がいる。この「出会い直し」によって、穴ぼこが埋まっていく感覚があるのです。速度をたがえても、パスを取りこぼさない方法としてやはり、「紙」の媒体は侮れないと改めて思うのですね。この「ネット」と「紙」を可能な限り両輪にして、進んでいけたらもっと稠密な関係を結んでいくことができるような気がします。片岡さんが「おかまり、おかまり……どこかで聞いたけど……」と言いましたが、あの週末、私が高知からやってきた片岡さんに手渡したのは、岡さん渾身の名稿「ガザの殺戮に『否』と言ったか」のコピーでした〉

17日から外来は社会保険庁京都病院（14年4月に京都鞍馬口医療センターに改称）へ。SC医師が副院長として府立医大病院から移られたからです。「新学期のクラス替えの気分」。持ち前の好奇心も発揮し、府立医大病院との違いを観察して元夫に話したり、SK医師にメールで報告したり。府立医大と違ってIgAの値がわかるのは数日後になりましたが、総タンパクの値も低く非常にいい状態とのこと。肝機能の値も41と43で大幅に低下。炎症反応の値も収まり、ステロイドが奏効しているとの見立てでした。

19日、鍼灸学校時代の親友のIさんが来訪。「いろんな人をつなぐ人」と言ってもらいました。20日にはもう一人の鍼灸師、Yさんも来訪し、リハビリにと体操を教わりました。実家の薬局も販売キャンペーンが始まり、仕事にもいそしむ日々でした。

【自己紹介】

2009年4月23日、いよいよメール・ラリーに自己紹介を投稿しました。

〈改めまして、安藤栄里子です。きょうのメール、長いです。それに、ちょっとしつこい。時間の許します時にお読みくださいまし。それにしても素敵です。自己紹介……よいですね。みなさんを「知っているつもり」の私にとってもたくさんの穴ぼこが開いていて、いまさら聞けないこともあり（汗）。それらを見事に埋めていただきました。思いがけず、すごいことになって、私はみなさんの善なる力をいただいて、なんだか気力体力ともに確かにパワーアップして、ひとまず帰ってこられたような気がしています。それはもしかしたら、みなさんも同じかな？「みんなで前に進んでるんですよ」という古谷桂信さんの言葉をいま実感します（そこには間違いなく、梅ちゃんもいる、と感じます）……。

では、遅ればせながら安藤自身の自己紹介を。京都で地元紙の記者として働いていた1995年、当時、朝日新聞の京都支局にいた藤井満さんと知り合い、影響を受けて、内戦中のグアテマラを訪ねる経験を得ました。その出発前に情報収集。当時、東京の水道橋にあったＮＧＯ「日本ラテンアメリカ協力ネットワーク」（レコム）の事務所を訪ね、その発起人代表だった青西靖夫さんに出逢います。グアテマラでは、まず、コナビグア（連れ合いを奪われた女性たちの会）の女性たちと共におられた石川智子さんを訪ね、マヤ先住民族初の副大統領候補者になったファン・レオンさんや、国会議員候補のロサリーナ・トゥユクさんに同行させてもらい、都市から農村部を回りました。自分に選挙権のあることも知らなかった人たちに投票を呼びかける。しかも投票場までの交通手段すら確保されない環境の中で、です。本当にハードルだらけの、ゼロから始まる選挙運動でした。でも、絶望せず、選挙でこの国を地べたから変えていくのだ、という固い決意に胸を打たれました。そして、ロサリーナさんが国会議員に。諦めてはいけない、ということを教わりました。

日常に帰っても、そこで見聞し感じたことから切り離れてしまいたくないと思いました。そして当時、京都でグアテマラの「抵抗の共同体」の存在を伝える活動をしていた学生の太田裕之さんと知り合い、太田さんと一緒に活動していた成田有子さん、熊谷譲さん、足立力也さんら「中南米と交流する京都の会」の集まりに出入りするようになりました。この学生市民サークルのような「京都の会」で、マヤの人びとの写真を撮っていた古谷桂信さん、「軍事政権」を撮っていた宇田有三さんの仕事に出逢います。そのころから、レコムがグアテマラやニカラグアから人を招聘した時には、この「京都の会」が京都での講演会を準備して受け入れていました。そのスピーカーに通訳として同行しておられたのが新川志保子さんでした。迷いのない的確な言葉えらび、冷静さのむこうにある気迫……。質の高い講演会が実現するのは、新川さん自身が現地の人たちと深く繋がっておられ、ご自身の中に願いと学びの精神を育まれているからだ、ということにだんだん気づいていくのです。

グアテマラの36年にわたった内戦は、96年の和平合意によって一応、幕が降ろされますが、人権状況は依然、厳しいものがあります。その凄まじい暴力の応酬から、「和解」と「尊厳の回復」をめざす「歴史と記憶の回復プロジェクト」（レミー・プロジェクト）が生まれます。このプロジェクトの柱となった「真相究明のための証言集」を日本語で読んでみたい、と思いました。（略）新川さんの情熱がカトリック教会関係者をはじめ多くの人の心を動かし、新川さんや青西さん、そして、岩波書店編集者の山本慎一さんらの手によって、２０００年に『グアテマラ 虐殺の記憶』

という一冊になって出版されます。読後一週間、私はうなされました。私は夢に守られているけれど、どれも本当にあった、誰かの体験なのですね。この重たい重たい本をどうすれば、たくさんの人の手に届けることができるだろう……。途方に暮れていたところ、「このプロジェクトの凄み」を読み貫いた細見和之さんから私のところにロングパスが届きます。細見さんはナチスによる絶滅収容所を知る証言者の9時間におよぶ記録映画『ショア』の日本語訳を手がけた経験をもち、同時に済州島で繰り広げられた虐殺の記憶とも深く結びついておられました。時同じくして、元ハンセン氏病患者の方々に寄り添い、話を聞き続けていた論楽社の虫賀宗博さんをはじめ、当時、阪神大震災の被災者の話を聞いていた蒔田直子さん、論楽社で出逢った関口香奈恵さんらが、やはり「このプロジェクトの凄み」を逆照射のカタチで私に教えてくださったのです。

「講演会のように話を聴く場はたくさんあるのだけれど、感じたこと、考えたことを語る場、というのは意外に少ないよね」。そんな指摘を受けて、私自身が「姉妹運動体」を結ぶような「よこいと」なる繋がりを求めていることに気づきます。そこで、この本の出版記念講演会に来てくださった方々に呼びかけて、とりあえず2カ月に1回、「顔を見て話をしよう」ということに。京都駅前キャンパスプラザの和室に集まっては、自分の立ち位置でそれぞれが向き合ってきた取り組みや、そこで得た智恵なんかを共有し合うことを始めました。私が「繋がり」を「目の粗いネット」と感じ始めていたのはこの頃です。まだ自分の「たていと」が何なのかもよくわからない私には教えていただくことばかりで、自分を不甲斐なく思うこともありました。

しかし、私はここでたくさんの「言葉」とエピソードに出逢います。この「よこいと」の常連メンバーには、細見さん、虫賀さんの他に、京都YWCAで滞日外国人の相談に従事していた森田紀子さん、コスタリカで学生時代を過ごした一之瀬裕美さんらがいて、これに東京を引き上げ関西にやってきた故・梅村尚久さんが加わりました。（古谷さんの跡を継いでレコム代表になった）杉本唯史さんや岡真理さんに参加してもらい、中村一成さんにお話を伺ったのもこの頃でしたね。その岡さんと「パレスチナ」で繋がっていた森沢典子さんとは、先日、新書『丸腰国家』（扶桑社）を著したばかりの足立力也さんがやっぱりその頃、嵐山の拙宅で引き合わせてくれました。

この足立君が「みどりの会議」から立候補した2004年の参院選についても少し。私は記者のころから、政界をぐるぐるかき混ぜる「選挙」という祭典が好きでした。一歩下がった取材側からしか関わったことのない選挙に

「えー、足立君が出る！」。タイヘンだ、と同時にオモシロイと思いました。しかも中村敦夫さん率いる「みどりの会議」の打ち出す理念はピタリ、自分たちが漠然とながらに取り組んできたことを見事に体系づけてるじゃないの。この夏の私のアルバムには、「投票に行こう」のプラカードをもってベロタクシーの上ではしゃいでいる写真が残っていました。そういえば、あの選挙のいろんなシーンにもやっぱり梅ちゃんがいた！　このあたりは、井上依子さんが確かな証人となってくれましょう。

……少し話を戻します。レコムの孫受けみたいなカタチで京都での講演会をプロデュースしていた「京都の会」ではありましたが、そのうち、みんな大学を卒業し、京都を離れていくんです。気がつけば、京都に根を張っているのは自分ひとりになっていて……。そんな私自身も、長野五輪の年には半年間、当時、連れ合いだった太田さんのいる長野へ移住。新聞社の大町駐在で、ひと冬を過ごします。この「ひと冬」、私がついて歩いた人が及川稜乙さんでした。（略）長野でのグアテマラ講演会を手伝ってくださり、同時に東ティモールから招いた活動家と出逢わせてくださいました。また、国営公園や五輪によってもたらされる公共事業の〝どんでもなさ〟についても現場を歩きながら教わりました（藤井さんの著書『石鎚を守った男　峰雲行男の足跡』（創風社出版）を読んで「私の峰雲さんは及川さんだ」と思ったことです）。

99年に京都に舞い戻った私は新聞社を辞めて、鍼灸学校に通い始めます。これは98年にグアテマラで出逢った〝国境なき鍼灸師〟山本慎一さんの影響を受けて（※山本慎一著『国境なき鍼灸師をめざして』青木書店）。医療品のないところに鍼カバンを携えてひょいひょいと入っていく山本さんを見て、鍼というツールがどういうものなのか。ここで初めて興味をもったのです。さあ、どんどん縁は繋がっていくのです。働きながら3年間、夜間学校に通い、国家試験でなんとか鍼灸師の資格を得た私は、京都の高雄病院という、漢方をせんじ薬で処方する病院の鍼灸部屋で修業を始めることになりました。この病院で、同世代のドクター、Aさんに出逢います。Aさんは薬学部を出てから、医師になった〝変わり種〟。日本の薬事法では薬剤師は患者さんに触れることができません。鍼灸師には許される脈診、腹診……といったことはできないのです。「この国の法体系の中で本気で漢方しよるなら、両方できる医師免許がないといけんっちゃ」（こんな感じですかね？）と医師になったそうで、当時は高雄病院と同時に京大病院という超最先端医療のど真ん中でも仕事をされていたので、もちろん西洋薬にも精通しておられる。「3分診療」の時代に、脈みて、舌みて、ちゃんと心配してくれる。とにかく「よく聞いてくれるドクターだ」と患者さんの評判がよいのです。私は実家も漢方薬屋なのですが、時々、「高雄病院で薬をもらっている」という方が来店され、病院の評判をさんざっぱらしゃべって帰られる。そんな中で知りました。そのうち、私が自宅で鍼灸院を開業。臨床で忙しくなり、高雄病院との縁も切れ、連れ合いとの縁も切れたかに見えた2003年秋、私は思いがけず、別の病院で自身が病の宣告を受けるのでした。

多発性骨髄腫。骨髄のがんであるその複雑な病には、まだ治癒例がなく、医師はその日の外来の流れ作業の中で私に「2年は約束できてもその先はわからない」と告げました。そこから私の「がん患者」としての毎日が始まりました。今では「それがどうした」と思うことはあるけれど、一日たりともそのカテゴリーからは逃れることのない毎日です。いざ現場へ。東洋医療を学びたい、と志した自分が、西洋医療のど真ん中に身を置きます。とにかく、この5年半、なんどもくりくりの坊主頭になりながら、抗がん剤、サリドマイド、放射線……とあらゆる手段で凌ぎ、「寛解」と「再燃」を繰り返してきました。06年秋には治療の副作用でクモ膜下出血に。意識混濁状態になり、その後遺症でいまも短期記憶は実に曖昧（汗）。07年1月、HLA（白血球の型）フルマッチの姉から骨髄移植を受けました。残念ながら、その後も病は再燃し、現在も数値をにらみながらの〝共存生活〟。漢方の底力を実感しながら、家業の店番をし、通院したり、入院したり。この身をもって「東西医療のおいしいとこどり」を実践しているところです。近所に住むガンプ（元夫）の太田さんが、しばしばオオタクシーを出してくれるので、体調と相談しながら、レコムや「姉妹運動体」の活動にも参加できている。おかげでなんだかおもしろい生活を送らせてもらっています。病については、なだめすかし、時にそのしぶとさをねぎらいながら付き合っている感じでしょうか。

最近、「私はこの病気に下駄をはかせてもらっているな」と感じることがあります。5年前、34歳でこの病を得た私に、わが「人生のチームメイト」のみなさんは、「その立ち位置から何が見える?」と問うてくれました。だからこそ、私は骨髄腫患者としてカテゴライズされた自分に一筋、ピンとタテの糸を張ることができたのかもしれません。ここ一年のことで言えば、治療の過程で手足が不自由になりました。身支度、寝支度、食事の準備に恐ろしく時間を要すため、一日が随分短くなったのです。限られた身体能力の中で、「キャパシティの限界」は痛感するところ。ところが、元来、欲深い性格なので、やりたいことは次から次へ。そこで私が意識し始めたのは「人生の優先順位」。これをこまめに手入れ（更新）しながら、手放すものは上手に手放し、心おだやかに暮らすことでしょうか。

……自分が大切にしてきたことをよくよく考えてみると、私は、人と人が出逢っていく姿を見ているのが好きなのですね。最近うれしい、と感じることは、そんな新たな出逢いの場を、春山文枝さんがカフェ「かぜのね」として京都の大文字山のふもとに立ち上げてくれたこと。この春山さんとは97年、京都議定書が策定された宝ヶ池の京都国際会議場で実は出逢っていました。彼女は環境NGO「A seed Japan」のメンバーとして自らの姿勢を明らかにしてそこに立ち、私は記者章を首からぶら下げてファインダー越しに、（おそらく自分と同世代であろう）彼女との距離をはかっていました。その10年後に、大学で教鞭をとる彼女に出逢い直して驚いた。〝准教授〟を脱いで、今度はカフェの女主人になるという！　ネットのつながりを補完するように、本当に人と人が出逢い、言葉を交わせる「場所」がある。それは、はかりしれない可能性の種。苗床のように感じます。

もう一つ、うれしいと感じていることは、最近、鍼灸学校時代の友人Yさんとこれまた出逢い直し、彼女の治療を受け始めたこと。この友人の鍼のアタリが、自分の目指していた手技にそっくりで驚いた！　そして、彼女と再会できたことで、私の中にあった「鍼灸断念の挫折感」がしおしおと萎んですっかり消えてしまったのです。それに彼女が教えてくれる呼吸法は、確かに副交感神経を優位にし、いま、自分のカラダが確かに求めているもののような気がするのです。なにより、いまここの私には、みなさんと「良心」や「善なるもの」で繋がっている、という実感がある。それがうれしい。高知でお茶づくりをしている片岡桂子さんが自己紹介に書いてくれた「毎日楽しくてささやかに幸せ」に深く共感しています。

……ここからは、越田清和さんの「グローバル・ジャスティス」、青西さんの「姉妹運動体」に、もう一つ、「いのちを生き抜く」というキーワードを加えていただけませんでしょうか。人間のカラダは一年で約半分の細胞が入れ替わるそうですが、その原料である毎日の「食」を侮ってはいけないと。単純明快なことなのだけれど、この理屈を自分の食卓と結びつけるには、それなりの働きかけや選択が必要になってくる。毎日のことですからね。そんな問いかけの中で、片岡さんをはじめ、次のお三方が私の人生に現れます。京北町で伝統野菜の種を守る松平尚也さん、滋賀で霞みを食べながら（笑）、山羊のチーズを試作する中嶋周さん、そして、北海道で就農し、このほど京都の一乗寺に至極の無添加ラーメン屋「みのり」を開いた熊谷譲さんです。都市の人間が、気骨ある生産者とちゃんと繋がっておく。「日本の食糧自給率を」という大風呂敷以前に、私が自分のいのちを生き抜くためにも必要なことなんじゃないか。と。また、フェアトレードをこの国に根付かせたオルタ・トレード・ジャパンでの嘉村早希子さんのこれまでの「仕事」を私の食卓につないでくれた、「生活クラブ京都エル・コープ」さんとの出逢いも私のいのちを支える大きな屋台骨です。

最近は、病を得た自分だけが特別どうというわけじゃないな、と感じています。2人に1人ががんになり、3人に1人ががんでさようなら、という時代です。病まない人も、死なない人もいませんし、実は誰ひとり、「平均寿命まで生きる」と保証されてるわけじゃない。生きたとしても、その時、「生き抜いた」と言えるかどうかは未知数です。（略）「頭の中の理念や理想」と「実際の身体感覚」。「乖離しがちな、このふたつを繋ぐのは何？」という私の問いかけに、「個々に託された〝イメージ〟だよ」と即答してくださったタイのお坊さま、プラユキ・ナラテボーさんのコトバで、ひとまずメールを閉じまする。プラユキさんについては、いずれまた。

それぞれの立ち位置で、それぞれの掘っておられるその井戸が地下の水脈にぶつかったとき、汲めども尽きない泉の水が湧いてくる。それは人であったり、言葉であったり、さまざまな力になってそれぞれのこれからを支えてくれる気がします。そんな抽象的かつ具体的イメージがいま、私の中で浮かびはじめています。長くなりました。ご清聴？感謝です。可能な速度でけっこうです。なんせ、選手は34人になりました。第2ラウンド。引き続き、自己紹介とチャチャ入れの打ち返しをよろしくお願いしますです。安藤栄里子＠イヌコロと萌黄色の嵐山にて〉

【40歳】

4月24日、香港から一時帰国中の森田紀子さんが嵐山に来訪。夜、メール・ラリーに書き込みました。〈森田紀子さんと嵐山で逢いました。高知の片岡さんが作った仁淀川のお茶を飲み、〝山羊飼い仙人〟中嶋周さんのお米を炊いて、エル・コープさんのタマゴで他人どんぶりを作り、ふたりでワシワシ食べました。食後は、森田さんが蒸籠で作ったお手製蒸しパンを頬ばりながら嘉村早希ちゃんのペルー・コーヒーでほっこり。私の生活そのものが、このメール・ラリーのようにして成り立っています。森田さんからの提案がひとつ。「このメールの宛先の人たちと、いつか本当に逢ってみたい」。なんという提案でしょう！　そんな、私の〝告別式〟にしか成立しえないような場面が、もし生きてるうちに実現するなんて（略）。具体的には、次に森田さんが日本に帰国する今年の秋。ということで提案ですが、今年の11月3日（火・文化の日）。場所は（もちろん）京都は出町柳駅前のカフェ「かぜのね」。いかがでしょう〉

29日、元夫と立命館大学国際平和ミュージアムで始まった岡部伊都子さんの1周忌展示へ。岡部さんといろんな人達との書簡が数多く展示され、「あの岡部さんも、方々と影響を与え合って、感じあって、数々の言葉を紡ぎだされたのだということを改めて確認するのでした」。5月3日、滋賀県の白雲山荘へ。蒔田直子さんや岡真理さんら総勢約10人のツアーとなり、元夫の車でナビイも一緒。中嶋周さんの山羊牧場に寄り道し、山荘でおいしいビールや料理、仲間との会話を堪能しました。

5月10日は「かぜのね」のオープン・パーティー。栄里子さんも出席し、改めての出逢いもありました。15日午後、元夫とナビイと嵐山を散歩し、渡月橋を背景に写真撮影。22日、ジルボルト・テイラー博士を特集したテレビ番組を見て衝撃を受けました。内容は後に触れます。この頃、足立力也君がコスタリカに関する本2冊を出版。6月20日に記念イベントを「かぜのね」で開くことになり、運営準備に関わることになりました。

6月4日、40歳の誕生日。「平坦な一日。まだ感慨というものも湧かないが、20年前の天安門の学生指導者で米国亡命中のウーアール・カイシ氏と同じ歳であることに立ち止まる。同じ時代に生まれ落ちた氏の人生の役割に想いを馳せた」

11日、足立君のイベントをメール・ラリーで宣伝しました。〈入梅です。京都は今朝から、ざんざか降っています。みなさんの御地はいかがです？ 最近、ナマズの気持ちがちょっとわかる。気圧が下がると、手足のしびれが増すのです。カラダの動きは緩慢になるものの、口のリハビリだけは奏功しているようで、いまは職場で「口だけ班長」と呼ばれています。さて。井上依子さん、一之瀬裕美さん、山本慎一さん、ご登場ありがとう！ コスタリカのピース・ガイドになった足立くんが新著2冊をひっさげて、来週20日、いよいよ「かぜのね」に。以下のような趣向で企画しました。「反戦」からの逆照射でなく、座標軸のゼロ地点からプラスの方向へ「へいわ」を志向し、五感で味わう。そんなピースフルな、「コスタリカ&ピーストーク+参加型DJライブパーティー」にしたい（って、イメージできあがるのに苦戦したけれど）。それぞれのピースフルな一曲を携えて、よろしかったらお逢いしましょう。どんな曲をもってこう……ふとんに入ってそんなことを考えていた

らもう楽しいことが始まってる気がします。当日は、あんどう、「かぜのね」で、ぼちぼち本屋をやる予定〉

13日にはやもめ亭でレコムの総会があり、古谷さん、成田有子さん、藤井さん、嘉村さん、大西裕子さん、木村剛さんら約10人が参加。来られなかった青西さんにメールを送りました。〈木村剛さんと、がっつり話しました。芯を食った、実に示唆に富んだ、それでいて痛快な夜になりました。青西さんは居なかったはずなのに、そこに居るように感じたのは私だけではなかったよう。あのメール・ラリーは結果的に一つの実験であったと思っています。「情報」が、「情けあるお報せ」となるには、どんな要素が必要なのか、どんな役割が発生するのか、などいずれ改めてみんなで検証する機会をもてたら、と思っています。さすがに眠い。きのう午前4時まで〉

2009年6月13日、やもめ亭でレコム総会後の宴。左手前から時計回りに木村剛さん、嘉村早希子さん、大西裕子さん、元夫、ナビイ、栄里子さん、一人置いて藤井満さん、成田有子さん

【上甲さんへのメール】

6月16日、患者の会のMLで会報発行の遅れを上甲さんがお詫びする投稿を受け、上甲さん宛ての私信を投稿しました。〈本日は私信公開とまいります。……親愛なる上甲恭子　会報誌編集長どの。今宵の私は、深海に注ぐ光に包まれているような静かな感動をおぼえています。水中写真家、中村征夫さんのＮＨＫ「プロフェッショナル 仕事の流儀―沈黙の海で生命を撮る―」を拝見し、上甲さん、あなたさまの「仕事の流儀」の真髄がそこへぴったり重なったのです。いつも思っていたのです。私と同じ一会員の同志だったはずの上甲さんが、なぜにここまで「患者の会」に尽くしてくださっているのかと。……沖縄、慶良間諸島。サンゴは地球温暖化にとって「炭坑のカナリア」。微妙な水温上昇や、そこから生ずる生態系の異変にとてもデ

リケートな生きものです。オニヒトデと温暖化で一面、死滅してしまったサンゴ群の中に、小さく根付いた桃色の赤ちゃんサンゴを見つけ、そこに肉薄していく水中写真家の中村征夫さん。「生きたい」。サンゴたちの声なき声を撮りたい、と。……中村さんのコトバは、患者の私にもたくさんの示唆を与えてくれました。満月の一夜限りのサンゴの大産卵の図を切り取られたあの写真。エジプトの海で突如現れた魚の大群。そして、汚染された東京湾に順応して生き延びる海洋生物たち。思い通りにいかない自然の被写体と、中村さんは、それこそカラダをはって、もう半世紀近く向き合ってこられた。「にんげんの思い通りにならない。だから相手にとって不足はない、と思っちゃうんだよな」（中村さん）。……発行の遅れを詫びておられましたが、どうぞ太陽を待ち、潮の流れを待ち、じっくり？納得いくまで編んでください。その中村さんの写真で表紙が飾られた10号がポストにポトリ届くのを心から、楽しみにお待ち申し上げています。きっとまた、いろいろ無理してるでしょ？おカラダ、おいといくださいね〉

【足立君と「平和のベクトル」】

6月20日、「かぜのね」で開かれた足立君のイベントに本の売り子として参加。後日、メールで報告しました。〈足立くんよ、最後まで倒れずによくがむばりました（笑）。私も当日、いろいろな人とおしゃべりをしました。何人かの友人からも「実に楽しかったです。お誘い、ありがとう」のコトバをいただきました。なにより自分が楽しかったかなー〉

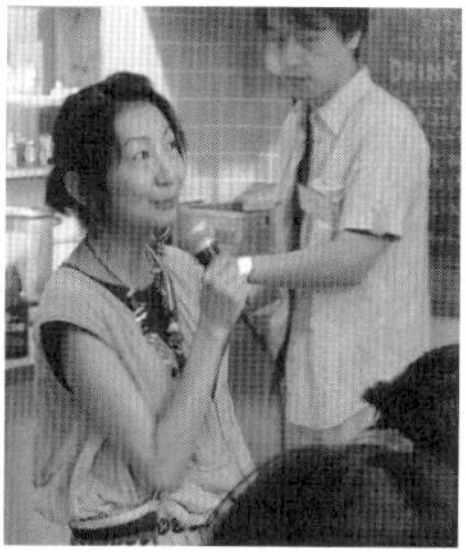

2009年6月20日、「かぜのねで開かれた足立力也君のイベントでマイクを手にする

28日、宇田有三さんが嵐山に来訪。話題の一つが沖縄で、折しも参院選が間近。「公開質問状で候補者に、身銭で沖縄に行ったことがあるか、そこで何をしたかを尋ねたい」。29日には神経内科とペインクリニックを受診し、身障者手帳に必要な診断書をもらいました。30日、メール・ラリーに投稿しました。

〈このメールを敢えて「メール・ラリー」としたのは最初のひらめき。バトンをつなぐリレーにとどまらずテニスのラリーのように双方で打ち返されるようになればきっと楽しいぞ、というイメージが広がったからでした。気がつくと、そのとおり、ラリーの様相になっている……むふふぅ。及川さん、おなつかしい。（信州の友人の一人で山と鳥類に詳しい）植松さんのメールをありがとうございました。あの「鷹の渡り」の秋の一日が強烈によみがえります。みなさん。ご存じですか？　鷹が一斉に南に渡る日、というのがあるのです。よく晴れた秋のある日、渡り鳥たちにとって「きょうは飛ぶぞ」という日があって（笑）、98年の秋だったですかね。及川さんに同行させていただきました。ちょっと想像してみてください。猛禽類たちは大きく翼を広げ、上昇気流に乗って山と山の合間から次々と一列で姿をあらわします。ちゃんと空に風の路があるんですね。そして、彼らはあるポイントにくると一斉に旋回をはじめ再び高度を上げて次の上昇気流に乗りなおすんだそうです。その様は文字通り「鷹柱」。何十、何百という猛禽類たちがマイマイと旋回し、黒い柱のように見えるのです！　あの日、ぽかんと口を開けて、ずっと青空の中に現れた鷹柱を見上げていたら「首、痛くなっちゃいますよー」と及川さん。及川さんは植松さんたちと並んで早々に草の上に仰向けに寝っ転がり、尾羽の形で「ハチクマだ」「サシバだね」などと一羽ずつ判別しておられる。おふたりの超人的な動体視力を目の当たりにし、マサイの人を見ているようだーと感じたものです。

及川さん、大町から（足立君の）長野の講演会場まで、足を運んでいただいたのですね。足立君の「指摘」と「提言」の中から、私が影響を受けた部分を紹介させてください。私も昔はコトバを生業にする世界に少し身を置いていたので大いに身に覚えがありますが、世の中には安易な戦闘用語が溢れています。「ゲリラ豪雨」なんてのもそうですが選挙報道などは競馬用語か戦闘用語が乱用されていた（いまはどうなんだ？）。「そろい踏み」「出馬」「出陣」「陣営」「参謀」「前哨戦」……などなど。「言葉」に宿るイメージはもっと大事にされていいんじゃないか、という指摘です。私たちが学校で学んだ「平和教育」の多くは「＝戦争を知ること」でした。だから、「平和」と聞くと、まずはダイレクトに「戦争」が浮かぶんですね。これはこれで必要なことであったし、これからも決して軽んじられてはならないと思います。しかし、足立君の言うように、反戦（マイナス）からの逆照射でなく、座標軸のゼロ地点からプラスにむかって「平和」の感覚をイメージする習慣なり、トレーニングの機会……と言われると、確かに圧倒的に欠落していたように思うのです。「暴力反対」「戦争反対」は「否定の否定」。これを「肯定の肯定」にするだけで、ぜんぜん日常が違って見えるからアラ不思議。「ごはんを食べなあかん」→「ごはんを食べようよ」。語尾を肯定にするだけで、自分自身がふわりと軽くなる気がします。負のイメージに満ちた記憶はその実、「受け取る」ことも「伝える」ことにも一定の覚悟を要求しますね。自分自身も軽やかに、相手をもその気にさせるヒケツはそんな日常のコトバ選びの中にもあるような気がします。

もちろん、いかなる場合も、いま、悲鳴の上がっている場所が世界の中心になるべきで、それは、ガザの人びとの声に耳を澄まし、われわれに伝え、当事者を孤立させない、おかまりさんの執念のような仕事からも繰り返し確認してきたところです。

しかしその紛争が「戦後」になり、やがて戦争を体験しない世代が圧倒的マジョリティになるにつけ、われわれの「想像力」が、邪悪な力に追いつけるかどうか。「否定の否定」という手段だけでは持続しないいんだろうと思います。足立本の中で彼は興味深い座標軸を提示しています。題して『平和』の概念図。「点の平和」と「線の平和」の違いについて述べているのですが……。（※以下、『平和ってなんだろう』より抜粋）

「線の平和」とは、人間や社会の思想や行動、理念がどちらに向かっているか、という方向性を考えるものだ。（中略）……実際、現在のコスタリカ社会は増え続ける貧困層や汚染された川や都市の大気、治安の悪化など、「点の平和」的視点で見れば悪い面がたくさんある。多くのコスタリカ人たちも、それを認識している。にもかかわらず、多くのコスタリカ人たちが自らを「平和主義者だ」と言い切るゆえんは、彼らが常に平和を求めて「動き続けている」という自負があるからだ。

……これ、いまの私にはよくわかる気がするのです。例えば「点の平和」で、いまここの私を誰かに切り取ってもらう、としましょう。そうすると、場合によっては、「バツイチ」で「がん患者」で「障害があって」「なんだかちょっと気の毒な人……」ってことにもなりかねない（涙）。でも、いまの私には、確かに、『「へいわ」』にベクトルを向けて動き続けている」という自負があるのですね。私が再々発のがんと共存しながら、ひとかけらの「悲観」も自分の中に宿さずにそれなりにココロ楽しく暮らしていられるのは、本来の図太さに加え、この座標軸を自分のカラダに内蔵し、いろんなパターンに応用し始めたからなのかもしれません。足立力也のへいわを手にする方法論（提言）は、「机上の空論」でなく、「すぐ実践に使えるよ」「いいこと書いてるよ」とみなさんにお伝えしておきたかったわけ。改めて足立くんのいう「へいわ」の引き寄せ方、をのぞいてみたい方は、はいはい。あんどう書房にご用命ください。在庫どっさりこ。

……及川さんおススメの6月が終わっちゃいますね。いつか、この指とまれ式で信州ツアー、というのを考えましょうね。トンボが飛び、稲穂がゆれ、風がとびきり気持ちよい季節ですかね。みなさん、この夏のご予定はいかに？　高知の清流で河童になりたい（川遊びしたい）人は片岡さんか古谷さんにご相談を。12年に1回の船渡御神事で盛り上がった松江で地酒に酔いしれたい人は藤井さんに。子ヤギと遊んで、田んぼの下草刈りをお手伝いし、極上チーズでワインを飲みたい人は中嶋さんに。みどり深まりゆく芦生の森で天蓋を拝みたい人は上杉どんに。デカンショ祭のディープな丹波篠山の夏を満喫したい人は細見さんに。えーい、夏は北海道だ、とそこまで飛んで行ってしまう人は、ぜひ越田さんや熊ちゃんにも出逢ってきてください。のりちゃんのいる香港や石川智子さんのおられるグアテマラまで行っちゃえ、という人はいませんか。足立力也のガイドでコスタリカに行ってみるか、という人があればマイチケットから8月にツアーが出るようです。……と、いろんなところに私自身が訪ねていきたい方々がいてくださるので、理由をつけて旅に出てみるのも、ありかなと思っちょります〉

【ガザから考える】

7月4日、『ガザ通信』（青土社）の出版記念企画へ。岡真理さんとジャーナリストの志葉玲さんの対談で、直前にメール・ラリーで宣伝していました。〈おかさん、直々の詳しい呼びかけに感謝します。「これまで各地でガザ問題について講演するなかで（略）彼らが難民となり61年、占領のもとにおかれて42年、完全封鎖のもとに2年半、150万の人間たちがその基本的人権をいっさい奪われているということであり、その人権停止状況があったからこそ今回の攻撃が可能だったということを、繰り返し、ほんとに繰り返し訴えてきました。（略）わたくしが懸念していたことは、今は攻撃が続き、日々殺戮が続いているために市民の関心も高くイスラエル批判の声も大きいけれど、攻撃が終わったら、この関心も潮が引くように消えてしまうのではないかということでした。そして実際、そうなっているのでは？」。これは、私が関わりはじめたグアテマラでやはり96年の和平合意を経て、たどってきた道でもあります。私にとってはグアテマラに始まり、東ティモール、アフガン、イラク、パレスチナ……何度も感じてきた忸怩たる思いから、私自身が何を学んだのかをいままさに突きつけられているようです。いま悲鳴が上がっているという事実はセンセーショナルにも報じられますが、やがて、その情報にも慣れ、ましてや攻撃が終わったら（略）。「問題は『戦争』であったかのように。『戦争』が終わったら、あとは破壊された環境をどう復興すればいいかという問題だけであるかのように。ガザの人々が難民であり、占領下におかれ、封鎖のもとにおかれている、言い換えるなら、彼らが組織的、構造的に、集団的に、人権を剥奪されているというガザ問題の根本は、なにひとつ変わっていないのに！」。グアテマラでも、圧倒的な暴力にさらされたマヤの人びとに対する構造的暴力、差別が根底にありました。だから、あそこまでの虐殺が繰り広げられたわけですが、やはり差別の構造は大きくは変わっていないなかで、その「戦後」とどう関わっていくのかという問題を突きつけられています。「これは、人が平和に生きるということを、『戦争』の否定という形でしかイメージできないからではないでしょうか？　『戦争』にフォーカスした平和論の弊害……。昨年、少人数ゼミでパレスチナ問題について議論したとき感じたのは、『戦争』がブラックボックスになっているということ。たとえばアンネ・フランクが悲惨な死を遂げたのも『戦争』のせい、占領下のパレスチナを描いた映画を見ても『戦争』が悪い……。（略）ちょっと待ってよ、アンネは戦争で死んだの？　オランダがドイツに占領されたのは、たしかにドイツが侵攻したせいだけど、でも、ホロコーストって『戦争』とちがうでしょ？　パレスチナの占領も、たしかにインティファーダのときとか、イスラエル軍が出動して戦争状態であるけど、でも、40年間ずっと戦争やっているわけじゃないよ。人間に悲惨をもたらすものが、すべて自動機械的に『戦争』に翻訳されてしまう、この思考停止は何なんだ!?（略）」。「ホロコースト」と『戦争』はちがう。この指摘は、刻んでおきたいコトバです。１００を超える紛争地を訪れ、実際に和平調停に取り組んでこられたヨハン・ガルトゥングさんのコトバからも考えてみたいと思います。……ドイツ人の多くは、戦後、「あれはナチスがやったことだ」と決別することでドイツをヨーロッパ社会で受け入れられる国家に再構築してきたという指摘。一方で、われわれ日本人の多くは、過去の大戦が「集団的」で、なおかつ「昭和天皇から始まったものだ」と言えず、言わずにここまできてしまった。自分たちの過去にNOということは、現在にNOということに等しいから思考停止になっている。いまこそ、過去の事実をみつめるべきだろう。……私は、ここ数年、例えば岡部伊都子さんや澤地久枝さんのように「アノ頃は仕方なかった」と言わない戦争体験者のコトバに注目してきましたが、足立くんの言う「平和の座標軸」のゼロ地点に自分の足で立つためにも「歴史の記憶」をどう位置づけるか、をいまいちど、自分なりにではありますが確認していきたいと思っています。

グアテマラのレミー・プロジェクト（歴史的記憶の回復

プロジェクト）に私自身が学んだことはたくさんありましたが、そのなかの一つとして以下の二つのポイントがあったように思います。①人びとの証言、歴史の記憶は、「未来への警告」として世界の財産としよう。②あやまりを二度とふたたび起こしてはならないという「原則」を共有することこそが本当の和解に通じる道筋となる。……この「原則」は被害者と加害者の双方で共有される必要があって、それこそが最もハードルの高いところですが、そのためには足立くんの言うように「当事者だけにしない」「共有者、当事者を増やしていく」かたちで、分かち合う人を広げていくこと。……グローバル・ジャスティス。私たちが、しばしば沖縄に想いを馳せるように、繰り返し、彼らの歴史の記憶にも思いを馳せる。そんな積み上げ式の地道な作業によって、「二度とふたたび」という概念をグローバルな「原則」にできないものでしょうか。甘いですか？　青臭いですか？　ガルさんは「日本には南京を記憶する博物館が必要で、アメリカにはヒロシマを記憶する博物館が必要だ」と言うておられます。イスラエルにもガザの声を記憶するメディアが必要で、そのイスラエルとアメリカの後ろにつながっているわれわれは、もう、これ以上、ガザの声に速度をたがえてはいけないでしょう。いま、そう思って、あす、岡さんの『ガザ通信』に出逢います。なんと、入荷してないのに、すでに、あんどう書房に『ガザ通信』のオーダーもきているのだよ。あす、会場で仕入れてきます〉

そして4日に話を聴いた後、メール・ラリーに報告しました。〈来場者123人（主催＝ピース・ムービーメント、アムネスティ京都グループ）。繰り返し流される粘着質の「白リン」の恐ろしい映像が記憶に残りました。帰ってきて、『ガザ通信』を手にとった中学2年の姪っ子も思わず「ハクリンダン、それなに？」と。よくぞ食いついてくれたぞな。と、見てきた様を説明したのでした。以下、殴り書きのあんどうメモより抜粋ですが、雰囲気が伝わりますれば。

[志葉玲さんの映像＋お話]

白リン弾は照明弾や煙幕に使われ、充填する白リンが空気と触れると自然燃焼。吸湿してきわめて毒性の高い五酸化二リンを発生させる。人体に触れると燃焼時の高熱で「骨まで焼き尽くす」といわれる兵器。水をかけても消えないどころか、発火炎上するという。※映像では、その地べたに貼りついたガムのような、粘着性の高い白煙をあげる白リンの映像を繰り返し見せていただいた。

[岡真理さんのお話]

『ガザ通信』出版までの経緯説明。昨年末、岡さんはパソコンに届く夥しいメールの中に、「クリスマス・ニュース」と題されたメールを開く。飛び込んできたのは、25の建物が木っ端微塵にされたという文章。イスラエル軍がパレスチナ自治区ガザ地区に侵攻した、その現地の様子が生ナマしく記された現地、アブデルワーヘド教授からの電子メールだった。岡さんは「脊髄反射のように」翻訳をはじめメールのリレーが始まった。61年間、民族浄化の名の下に人権の彼岸に置かれた人びとを構造的暴力の中に追いやったまま忘却していたのは誰か。忘却こそが次の虐殺を準備させる。私たちの真価が問われるのは攻撃が終わってから。問題の本質は60年間、人権停止状態にし、そのことを世界が忘却してきたということ。（略）不正が不正であることへの共感がガザの人たちを支えることになる。世界に見捨てられたわけではないことを知ることが力になる。攻撃が終わって論じられる「ガザの復興」ってなに？　人口の3分の1にあたる50万人が難民キャンプで暮らし、100万人以上が国連からの支援物資なしには最低限度の生活も送れない。この「ガザという監獄」を放置して何を復興するというのか。本来は主権をもったパレスチナ国家の樹立を目指すべきなのに、ものごとの本質が覆い隠されていることに気づかなければ。もはや「パレスチナ問題」とはいわない。日本のODAで建てた病院、役所、空港が破壊されているのに市民も政府も抗議していない。今回のことで、インターネットの可能性について実感した。つながること、つながりをつくっていくことの大切さを知った。さらにいえば、不特定多数ではなく、顔を知り名前を知っている関係の中で隣人に手渡していく。それをみんながそれぞれの場所でやっていくことが大切なのではないか。

このあんどう、揺さぶられました。グアテマラの大虐殺が横行していた80年代の半ばに米国の田舎町に居ながら、グアテマラのグの字も知らずに打ち過ごし、（知っていたとて何ができたかはあやういのですが）、時をたがえてグアテマラの内戦を知り、それでも身動きの取れぬことへの言い訳を数えていた自分がいます。いま、ガザの人たちの悲鳴を聞いているのに、またしても「否」が言えないのだとすれば、私はグアテマラに何を学んだのか。このメールを too much という方もいらっしゃいましょう。しかし、深い息をして、静かに自分のいのち一つを生き抜くためにもですね、私には、こうして人とつながり、想いを伝え合う場が必要なのだ。と改めて思っています〉

【虫賀宗博さんからの手紙】

7月9日、インターネットにつながっていない虫賀宗博さんから手書きの自己紹介が届き、栄里子さんがパソコンで打ち直してメール・ラリーに投稿しました。〈満を持して、大きな封筒が届きました。「人生はラグビーだ」と言った、いつもラガーシャツを着た友人、虫賀宗博さんから、〝電脳クラブ〟宛てに届いた手書きの自己紹介原稿です（笑）。以下にご紹介。

「大切な10年、いとしい10年」　虫賀宗博

すべての始まりは、ファン・レオンさん。１９９９年３月だから、ちょうど10年前のことだ。ファン・レオンさんはグアテマラのマヤのひとで、人権をつくりあげようと苦闘していた。私と同じ１９５５年生まれだったので、余計にその厳しい歩みが身にしみた。（略）と同時に、その集会のふんいきに心がひかれた。グアテマラの地図を紙に手書きし、36年間の内戦の歴史もこれまた手書きし、張り出し、誠実に伝えようとする感じが会場に満ち、気持ちよかった。（略）それが安藤栄里子さんとの忘れられない最初の出会いである。その後、「よこいとネットワーク」という名前のサークルが生まれ、２カ月に1回、交流してゆくことになった。けれども、二度目の、かつ、ほんとうの出会いをしたのは、安藤さんが病を得た２００３年の秋以降ではなかったか。病の報せに、びっくりした。心配した。悲しかった。私ですらあれだけショックを受けたのだから、本人のつらさはいかばかりであったか。２００４年12月にプラ・ユキ・ナラテボーさん（タイの日本人僧侶）と安藤さんが出会った。きっと機が熟していたのだろう。しだいに安藤さんが全身で輝きはじめていった。いまは、私は安藤栄里子という光のような存在と出会っているのだと思っている。（略）私は論楽社を運営している。民間教育（〝塾〟と考えてください）、出版をやっている。「なぜこんなことをやっているのか」という問いには、「これしかできないのだ」と答える以外のコトバが見つからない。10代から「私は日本社会で生きていけるのか」と思いつづけている。私は「村のような共同体」の中でしか生きることができないと考えている。支えあい、つながりあう関係性がないと私は呼吸できない。それがないのならば、つくる以外にないではないか。そうだろう？　具体的には、よろしかったらニュースを見てください。（http://blog.rongakusha.com）これも手書き原稿を30年来の心友にＦＡＸして制作している。

……あんどうです。私にとって、このメール・ラリー自体が、虫賀さんの言う「村のような共同体」のひとつなのだと改めて思っています。支えあい、つながりあう関係性がないと、私も呼吸ができません。だから、誰かのため

に、の以前に、「自分のいのちを生き抜くため」にこういう場がほしかった。つながり、互いの「学び」や「智慧」を手渡しあえるような、そんな場がほしかった。虫賀さんは、押し付けることなく、でも惜しみなく、ご自分のコトバの引き出しを開けて見せてくださいます。丹波篠山の細見和之さんと虫賀さん。このお二人から私はどれだけ、missing word を与えてもらってきたかと思います。いやいや、まだ何が missing なのかもわからない無自覚な自分に、コトバをさがす動機の種を蒔いていただいたと思っています〉

【患者の会の懇親会】

7月15日、患者の会のMLに投稿。サリドマイドを巡る動きを報じた新聞記事の報告でした。〈昨日14日（火）の京都新聞朝刊の医療面でサリドマイド関連の記事「薬害の教訓、患者にしわ寄せ」を拝読。要旨は……多発性骨髄腫の治療薬、サリドマイドが今年2月に承認されたものの、手続きの煩雑さ、厳重な安全管理のシステムがコストに反映され薬価が高額になっているなど、患者と医療機関の負担が浮き彫りになってきた……というものです。この中で、「個人輸入では高く、治療が続けられない人が多かった。承認されてハッピーエンドと思いたかったが、それには程遠いという心境だ」という上甲さんの談話を受け、厚労省の担当官が「社会の要請による安全管理のコストが患者負担になっている。そこがおかしいという意見は、その通りだと思う」とコメントされています。上甲さんのコトバが、行政のど真ん中に立つ厚労省の担当者の方にしかと届いている、という記事だと思いました。（略）作家の村上春樹さんが今年2月のエルサレム授賞式でイスラエル軍のガザ侵攻を批判したスピーチの中でも指摘しておられましたが、「システム」をつくるのも使うのも、あくまで人なのだという原則を忘れずに、私自身も自分のいのちを生き抜きたいものだと、改めて力みなぎる思いがしました。あとは選挙で「システム」をちゃんと動くものにしてくれる人を責任もって選ぶことが私たちの宿題かな。取材に応じられた「東京都大田区の女性」はもちろんのこと、上甲さん、お世話さまでした〉

20日、元夫とナビイと、ペット連れで泊まれる丹後の宿へ。ナビイが砂浜で興奮して走り回る姿が嬉しく、夜は近くであった花火大会を窓越しに見るサプライズも。「ナビイの誕生日プレゼントにかこつけて楽しませてもらった」。翌日は琴弾浜へ立ち寄り、鳴き砂の上を歩きました。さらに京都に戻って、太秦の「にんじん食堂」での食事会にも参加。友人たちに囲まれ、「ミラクルな夜。休耕田に鍬を

2009年7月20日、京丹後の砂浜でナビイと

入れられたよう」。

22日は皆既日食で、嵐山の実家のそばの土手でナビイと一緒に見上げました。「大貫妙子さんの歌の浮力を借りて、どこまでも飛べそうな気がする。粒子になって浮遊しているような気がする」

26日は患者の会の懇親会に参加。後日、MLにお礼を投稿しました。〈ご準備いただきました幹事のみなさま　こまやかなご配慮、ありがとうございました。〈名札シールの端っこがめくってあり、指先のしびれた私にはそのお心配りのうれしかったこと〉。お料理に箸を伸ばしているのがもったいないくらい、みなさんの自己紹介は聞きたいわ、円卓のみなさんともおしゃべりしたいわ。欲張りを自認する3時間でした〉

参加者の投稿は続き、痛みの緩和ケアへの質問もあったため、8月2日に再び投稿しました。

〈私も先日の京都懇親会でお目にかかりました□□さんから「緩和ケア」について示唆をいただきました。私自身も「痛み」とは縁が深く、発病当初から骨痛、骨折痛、そしてベルケイドによる四肢末梢のしびれと痛み……とさまざまの痛みとガッツリ向き合ってまいりました。

［骨の痛み］私の場合、患部を徹底的に温めるというのが最も有効な方法と感じています。温灸などもひととおり試しましたが、可動性と持続性を考えると、貼れるカイロが便利と感じます。私は主に鎖骨、胸骨が痛み、痛みの波がやってくると体幹にセメントを流し込まれたような、ガチンと押さえ込まれた感覚を覚え、そのうえでキリで胸骨をえぐられるような感覚に見舞われます。ところが、温めることによって、いまはロキソニンのお世話にならずにこの波をしのぐことができています。夏場は店頭から消えるカイロですが、病院の売店には一年中置いてある可能性が高いので、たずねてみられるとよいかと思います。

［「痛み」とつきあう必要条件］その痛みがどんな痛みなのかを身近な人に克明に理解してもらうこと、に尽きるかと思います。私はペインクリニックのお世話にもなっていますが、最初は、この複雑な神経障害の症状を「痛みですか」「しびれですか」のふたつのコトバで問われることに「壁」を感じました。そこで素朴な疑問として「先生のしびれの定義を教えてください」と質問しました。ドクターは返答

できないことをその場で詫び、以後、痛みの波をどのように感じているのかを看護師さんとともに細やかにたずねてくださるようになりました。

［ベルケイドによる末梢神経障害］手足の指先に生じたベルケイド後の神経障害については、例えば「指先にヘルペスの水泡ができたような感覚」「攣縮、こわばりを伴う痛み」「指と爪の間に針を刺すような」「指先に走り抜けていくような」「風を感じただけでも、二の腕までぞわんぞわんする」など、その痛みを表現するためのボキャブラリーを増やしていく作業の中で、「痛む者」から「痛みを観察する者」になりました。24時間、カラダに貼りついた痛みとつきあうのに、その視座はとても重要であったといま実感しています。

［ペインクリニック］ペインクリニックではキセノンという光波による理学療法を受けています。これは喉仏の両脇にある星状神経節という部分を光と熱で刺激し、交感神経をブロックする方法で、さして持続はしませんが、刺激してもらうことによって少し指先の痛みが緩和すると感じます。この経験から、頚部を積極的に温めたり、呼吸法を用いるなどし、副交感神経を優位にする方法を体得することで、私は「痛み」となんとか付き合うことができています。どうぞ、お母上の治療がうまくいきますように〉

【長野発のパス、高知から】

7月28日、高知の片岡さんがメール・ラリーに投稿しました。〈去年、ロサさん（グアテマラ先住民族女性）を招いてのスピーキング・ツアーを飯田で開催してくださった田村さんより以下のようなメールをいただきました。（略）以下転送　米国在住の友人（宮前ゆかり）が『冬の兵士』証言集の翻訳に関わりました。（略）8月6日に岩波書店から発売されますので興味あるかたはどうぞお買い求めください〉。田村さんは長野県大鹿村の女性で、元夫が長野勤務時代、松本でグアテマラ女性の講演会を開いた際に参加してもらった旧知の方。『冬の兵士』は京都でも縁のある作品で、栄里子さんも応答しました。〈（略）田村寿満子さんから飛んできたパスですか。なんとなんと、お知らせをありがとう。京都でもこの『冬の兵士』、蒔田さんちでの上映会を私は逃してしまったけれど、アラビア語とアラブ文化の監修は岡真理さんの仕事です。そして翻訳チームにお名前のある金克美《キムクンミ》さんは、つい先日まで蒔田さんのお隣に住んでおられたあのキムさんだよね？　ほしい人、6日までにあんどう書房にご予約ください〉

8月1日に「そんりさ」の発送作業を控え、参加予定者にメールを送りました。〈げんきですか。わたしは奇蹟のように元気です。カラダはヘタヘタですが、異例の早さで身障者手帳の交付が決まり、少しホッとしています。さて。1日の発送作業はかぜのねなどで出逢ってきた若い人たちをお誘いしようと思って（略）まかないは、エルポークの生姜焼きと、ごはんもの。あとは夏野菜のサラダと冷奴を考え中。人数が増えるようならジャガイモ料理もなにか考えましょうかね。お知恵拝借。よろしくお願いします〉

29日の外来で血液データは安定していたものの貧血気味。それでも左京区・元田中の北にある「キッチン・ハリーナ」を訪ね、さらに金克美さんが来ていた「かぜのね」へ。そこで『冬の兵士』の朗読会を開くことになり、メール・ラリーで報告しました。〈本日、病院の帰り、いっぺん行ってみたかった噂のカフェ食堂「キッチン・ハリーナ」でお昼定食（本日はゴーヤチャンプルと昆布イリチーだった）をわしわしといただき、ほっこり東ティモール珈琲を楽しんでいると、珍しく春山さんからケイタイに電話。

春ちゃん「あのね、いまね、昨日あんどーさんが書いていた『冬の兵士』翻訳したキムさんが、かぜのね♪にいるよ」

えりこ「い？　キムさん、ニューヨークに旅立ったんじゃないの？」

春ちゃん「そうなんだけど、なぜか私の目の前にいてね、なんかやろうよって。いま、嵐山だよね？」

えりこ「どういうわけか、すぐ近くなり。参ります」

というわけで金克美さんと春ちゃんと（そしたら中本式子さんもご登場）と4人で『冬の兵士』出版記念企画のアイデアをあれこれ（※『冬の兵士』はイラクからの帰還兵やその母親たちの証言映像をもとに活字にまとめられたもので、日本では8月6日に翻訳本が岩波書店から出版されます）。実際に、この映像を撮った人を招いてのフィルム上映会は9月にピースムービーメントさんや監修の岡真理さんの企画で動くと思われますが（略）そのプレ企画として、キムさんの発案で、証言に肉薄する「朗読会」を出町柳のカフェ「かぜのね」で開くことにしました。大鹿村の田村さんのパスを片岡さんが見事つないでくれました。ありがとね〉

【朗読への扉　『冬の兵士』】

8月1日の「そんりさ」発送作業にはレコムのメンバーの他に4人の若者が参加。翌日、お礼のメールを送りました。〈ようこそお越しくださいました。どのお話も興味深く、私自身の関心の穴ぼこを、たくさん埋めていただいた気がしています。なにより、たのしかったですね。うれしかったです。友人が「人生はラグビーだ」というのですが、最近、その意味が少しわかってきた気がします。ラグビーはパスを後ろに後ろにつないで、みんなで前進するゲームです。「情報」にとどまらず、いろんな智恵を交換しあえる、チームメイトになってください。まずは御礼まで〉

その一人、井上浩孝さんには個別にメールを送りました。沖縄で働いたこともある心理療法士で、元夫が数カ月前にメキシコの先住民族運動、サパティスタの講演会に出かけた際に懇親会で知り合い、誘っていたのでした（もう一人、片岡大輔さんはガザのシンポジウムの懇親会の席で栄里子さんが話しかけ、同様に誘った若者。二人はこの後、朗読劇に参加して大切な友人の輪に加わります）。〈どうぞ、またお逢いください。そして、沖縄のこと、医療の現場で感じられたことなども教えてください。実は2年前にドナー（実姉）から骨髄移植を受けたがん患者でもあり、告知を受けてこの6年間がっつり医療の現場に「患者」として身を置いてきました。「医療人」としての立ち位置におられた井上さんのお話も聞かせていただきたいと思っております。先日、友人宅で「沖縄茶会」なるものが開かれたのですが、その礼状を友人がブログにアップしてくれました。ご高覧いただければ〉

その「沖縄茶会」は論楽社で開かれ、メール・ラリーでも報告していました。〈「満を持して」の想いで、この茶会へ行ってまいりました。私が初めて沖縄の地を踏んだのは高校2年の冬。修学旅行でした。この旅行を前に、教師陣は各教室に沖縄タイムスと琉球新報の二紙をとってくれ、当時、法政大教授だった言語学者の外間守善先生を招き、二度にわたって講演を聞かせてくれました。手榴弾と自動小銃で手足を撃ちぬかれ、血だるまになったまま、米兵に死体を演じて生き延びた壮絶な語りであったことをいまもはっきりと記憶しています。また、修学旅行を前にした夏休み、身近な人の戦争体験を聞き書きし、小説にして提出せよ、という宿題が課されました。小説風に、というのは、今にして思えば、状況を克明に想像し、自らをくぐらせることなしには実現しえない作業であった。この夏休み、５６８人の学年全員がこの宿題に向き合ったのです。グアテマラに扉が開かれたような私の人生ですが、十代で出逢った沖縄がいま、自分の中で立ち上がってきます。この夏、その恩師に逢ってくださいと手紙を書くつもり〉

８月８日。春山さんたちが中心となり、若者が政治と暮らしを身近に考える「萌黄之座《もえぎのざ》２００９トークセッション▼「食×農×生業《なりわい》」から考える、日本と世界の未来予想図。」が開かれました。栄里子さんも元夫の送迎で参加。ちょうど衆院選を控えた時期で、イベント後には元夫の取材について京都4区の立候補予定者の公開討論会ものぞきに行きました。一方で『冬の兵士』の朗読会の準備も着々。井上浩孝さんと片岡大輔君を引き込んでいて、せっせとメールを送りました。

〈春ちゃん、萌黄之座、おつかれさまでした。私は、たくさん示唆をいただきました。おもしろかったし、またブインと自分の中に風が通った気がしましたぜ。さて。次は『冬の兵士』です。キムさん。われわれに証言の翻訳、読ませてもらえませんか。私が最近、出逢った3人の男子のキャスティングに。朗読候補生?たちは自分をくぐらせるため、少し事前に朗読文にアクセスしたいと申しております〉

〈(萌黄之座では)いろんな分野での「風穴の開け方」みたいなのはまざまざと見せてもらった気がして、おもしろく聞かせてもらいました。もの言うためには、ともだちにちゃんと出逢っておく。そうすれば、自分の歴史にもとづいた自分の意見がきちんと言えるようになるんや、という話がありましたね。最近、この齢になって、私はようやく自分の考えをアウトプットできるようになってきたと感じますが、それは、私自身が、自分の「可能性の中心」を見出してくれる人たちにちゃんと出逢ってきたからなのだと改めて思ったことでした。(略)イラク帰還兵証言集『冬の兵士』の朗読会、朗読、やりませんか。どれも「むりやりさせられた証言」ではなく、加害経験を負った兵士たちが「戦争の真実」を告白すべく積極的に証言しているものです。これから全国各地でも翻訳チームに関わった人たちのネットワークで同様のイベントが追って準備されていくと予想されますが、それらとリンクさせていくという京都発の青写真です〉

〈この朗読会を、参加者ひとりひとりが痛みに寄り添う「想像力トレーニング」の場にしたい〉

〈このたび、友人の金克美さんが翻訳を手がけられたイラクやアフガンからの帰還兵たちの証言をまとめた書籍『冬の兵士』(監修=岡真理/岩波書店)が出版されることになりました。わたし自身は2000年に同じく岩波書店から出版された内戦被害者の証言集『グアテマラ　虐殺の記憶』を読みました。たくさんの障壁をこえて歴史的記憶を語った勇気あるこのグアテマラの証言の多くは主に「被害者」の声でした。私がいまもグアテマラに関わるのは証言を丹念に編まれる過程で、人びとが尊厳を取り戻していかれる姿を少なからず見せてもらったからなのだと思います。このたびのイラク帰還兵の証言は、現地で実働部隊として「仕事」をした加害兵士たちの発露です。わたしの目には、いま、この2冊が「一対」のものとして映っていて、どちらの声も、構造的につくられていく暴力の下では同じ「被害者」に他ならないとの思いを新たにしています。この出版記念の「朗読会」をあさって8月13日（木）19時～（略）「かぜのね」で開きます。兵士たちと同年代の声で朗読していただく計画です。痛みに寄り添い、それぞれの想像力を鍛える実践の場にどうぞご参加ください。
［イラク帰還兵たちの証言集『冬の兵士』出版記念企画］…戦場の真実を告発…朗読会『冬の兵士』…（略）主催＝『冬の兵士』京都プロジェクト
ジョン・マイケル・ターナー（元海兵隊員）「私たちはテロリストと戦っていると教えられました。ところが、本物のテロリストは私だった」／カミロ・メヒア（元フロリダ州兵）「息子と車にいた父親の首を機関銃で撃ち落とした」／クリストファー・ゴールドスミス（元陸軍軍曹）「イラク人は嫌いだ。石やレンガを投げてくる子どもは嫌いだ」
イラクやアフガニスタンからの帰還兵の赤裸々な証言、キューバ・グアンタナモで捕虜を扱った兵士の告白、軍内部での性犯罪を告発する匿名の女性兵士、息子を亡くした親のメッセージ、イラク市民の生の声……。かつてない規模でこの戦争の真実を告発する彼らの証言をつづった書籍『冬の兵士』から数本を選び、彼らと同じ年代の声で証言を読み上げます〉
そして13日の朗読会は無事終了。準備期間の短さにもかかわらず盛況で、関係者にメールを送りました。

〈翻訳チームのひとりであるキムさんを中心に中本さん、春山さん、安藤で「『冬の兵士』京都プロジェクト」なる、にわか組織を（思いつきで）立ち上げてわずか2週間で実現。参加者はざっと25人くらいでしょうか（?）。これに朗読者12人（?）が加わり、「かぜのね」はけっこうな人口密度でしたね。（略）朗読者の手元に原稿が渡ったのは、ほぼ前日。前夜、それぞれが自宅にこもって練習をしてくださったのだと思います。初対面の人もあるのに、始まる前から不思議な連帯感が漂っていたのは一人ひとりが「みんなでつくる感」をもって参加してくださったからだと思います。本は12冊出ました。ところが、冒頭、アクシデントが発生。パソコンの機嫌を損ねたのか、朗読者の後ろのスクリーンに映し出そうとしていた証言者の映像が突然、映らなくなり、復旧までしばらくは映像なしで朗読会が始まりました。（略）兵士たちの証言が続きました。続いて、イラクの犠牲についてイラクの民間人の証言として紹介。通りで無差別発砲する米兵に夫の頭部を撃ち抜かれ、殺害された女性の証言を岡さんが朗読。突然、授業中の教室に踏み込んできた米兵に「あんな風にふるまうべきでありません」とまっとうに告発する11歳の少女をキムさんの愛娘のハルさんが。いきなり自宅に踏み込まれ、金品をも奪われたイラク人男性を武市さんが演じてくださいました。また、ジェンダーの視点から、軍隊の中に根付いているセクシャル・ハラスメントに対する告発証言も2件ありました。そのころから、ようやく映像が復旧。朗読者の河内弁と、証言する米国人女性兵の映像が妙にマッチしていておもしろいと感じました。さらに、退役軍人の医療補償制度が実際には機能せず、「使い捨て」の現状を告発する元兵士の証言。最後に、イラクから帰還したものの自死を選んだ兵士の両親の想いを中本さんと上杉さんが心を重ねるように朗読してくださり、ぐっと引き締まってお開きとなりました。……寄せられた感想のいくつかを紹介しましょう。映像が映らなかったことで、みなさんの想像力がのっけから立ち上がり、思わぬ「普遍性」を喚起したことがうかがえます。朗読会というのは私にとって初めての企画でしたが、聴く人の想像力を借りて成立する「朗読」や「語り」というものの可能性に触れました。貴重な機会を与えていただいて感謝しています。以下、いただいた感想の一部です。共有ください。

「兵士のところ、映像がなくて正解だったかもしれません。『自衛隊の行く末』を見ているような気持ちになりました」「聴き入る人たちの真剣な面持ちにも感心いたしました。朗読の力ってすごいなあと改めて認識いたしました。文字でも充分読める証言も、声として伝えられると、直に心に届きますものね」「読み手がまるで自分自身におこったことのように語るから、暑さでボーッとしながらも、時々泣きそうでした。朗読というのは読み手の内面に大きな変化をおこすことがよくわかった」〉

【選挙】

8月18日、衆院選が公示され、メール・ラリーに投稿しました。〈さあ、衆院選の公示です。選挙です！　全国あげて同じ日に同じことをする。それって皆既日食と国政選挙くらいなもんじゃないですか。今度は税金をつかっての「大祭典」なわけですから、大いに論じ楽しみ、自分のライフデザインとこの国にのぞむ将来像に矛盾のないことを言うてくれる人がいるかどうか、なにが足りないのか、とっくり考えたいと思います。同時に30日の最高裁判官の国民審査もお忘れなく。こちらは友人が「裁判官ドットコム」なるものを立ち上げました。（すばらしい！）http://www.saibankan.com/　ぜひアクセスし、判断の材料にお役立てくださりませ〉

選挙については他にも書き込みがあり、栄里子さんも24日に再投稿。〈今朝は珍しく早起きをしたので、愛犬ナビイといっしょに渡月橋をわたり、みどりの竹林の中を歩いてきました。比叡山の横から昇る朝日が桂川の川面に光って、極上の風景でした。さて、きょうも一日、選挙の電話がかかってきたり、街宣カーが行き交うのでしょうが、その中にいる人たちはたいへんですね。昨日、オオタさんに会うと、いつもに増して妙にカリカリしていらっしゃる。「どないしはりましたん」と問えば、鼻息荒く「ボクは（新聞社の）もろ、選挙担当なんですわ」という。「知ってるけど、ジブンが出たはんのか思たわ」とちょっと厭味なワタクシ。たぶん、ちょっとうらやましいのだと思います。選挙取材はおもしろいので。（略）それぞれの熱いアツイ夏に思いを馳せています。政治の話も宗教の話もいいじゃないか、と思います〉

【つばめクラブ　ガザ朗読劇へ】

選挙で盛り上がる中、今度はパレスチナ・ガザを舞台に朗読劇をすることになりました。9月11日、再び「かぜのね」が会場。『冬の兵士』に出演した岡真理さんを座長に、井上さん、片岡君も引き続き参加。新川さんにメールで報告しました。〈はからずも、わたしの前でも朗読の扉が開くことに。『冬の兵士』の朗読会で「肉声の力」の可能性に目覚めたのは私だけではなかったようで。岡真理さんが「えりえり、こんどはガザでやろうよ」と次の球。9・11の夜、おかまり書き下ろしの朗読劇「The Message from Gaza」をかぜのねで上演することになりました。（略）これから11日までは台本とにらめっこ。なんだか晩夏に入っても、えりこの夏はいましばらく冷めそうにありません。ふう〉

参加メンバーたちにもメール。〈出演は「国境なき朗読者たち」ですが、主催団体の名称は「つばめクラブ」となりました。「つばめ」は高い空から地上の星を見つけだし、また、引かれていく子牛の頭上を空高く舞い（「ドナドナ」より）、さらに、オスカー・ワイルドが『幸福の王子』に描いた「つばめ」は王子像から金箔をはがして貧しい人びとへ届け、王子像に見聞を運ぶ（自らは渡りの季節を逃して凍え死んでしまうのですが）慈愛の象徴としての存在です。そして、つばめはガザを取り囲む塀を越え、その塀の向こうの人びとの声を国境を越えて運ぶのです。そんなわけで、「はあ？　だっせー」と思った人も、そうでない方も当日の助っ人のみなさまもみんな「つばめクラブ」のメンバーです。（略）若きツバメちゃんを囲うおばさま倶楽部、というわけではありません。敢えて弁明するところが怪しいけど〉

メール・ラリーにも投稿しました。〈先日、大鹿村から片岡さん経由で飛んできたパスの続きを。友人の金克美さんが、そのイラク帰還兵の証言集『冬の兵士』（岩波書店）

の翻訳チームに参加しておられ、この本の出版を記念して「かぜのね」でいっしょに朗読会を開きました。（略）そういえば、新川さん（ワシントンD.C.在住）がスカイプで「朗読の力」というコトバを使っておられたことに気づきました。そう。声の力。肉声に帯びてしまう何か。ワタシは夜、お風呂に入りながらラジオを聴くのですね。「ラジオ高校生講座」。今年3月、この「現代国語」の時間に、原民喜の原爆小説『夏の花』が読み上げられていました。（略）湯船につかったり、イヌコロにシャンプーしながら、頭の中には焼け爛れたヒロシマの絵が浮かんでいる。テレビでキノコ雲を見るより、それは生々しく描き出され、記憶にも残る。（略）聴き手の「想像力」を借りて成立する「朗読」の可能性を垣間見て〝おかまり〟書き下ろしの朗読劇を9・11に「かぜのね」で上演します。インフル砲撃をさけながら、無事、9・11を乗り越えたなら、ご喝采。

［朗読劇「The message from Gaza—ガザ 希望のメッセージ—」9.11 at かぜのね 主催＝つばめクラブ（略）］

昨年暮れから1月にかけて、ガザがイスラエルに攻撃されました。攻撃は日々エスカレートし（略）水をかけても鎮火せずに皮膚を焼き続ける白リン弾まで使われました。150万もの人々を出口のない空間に閉じ込めて（略）一方的に破壊し殺戮する。そんな信じられない攻撃にガザの人びとは3週間にわたり見舞われたのです。1400もの命が奪われ、大勢の人々が傷つきました。そうして初めて、私たちは「ガザ」に出会った……。ガザの住民の大半が難民たちです。難民となってこの61年のあいだに、彼らはパレスチナで、レバノンで、ガザで、まるでエンドレス・フィルムのように繰り返しこのような破壊と虐殺を生き続けてきました。破壊と虐殺のなかで、みずからの命を賭して、今、そこで起きていることを世界に知らせようとした人たちがいました。この現実を知れば、人は決してこんなことを許しはしないという思い（略）この信じがたい殺戮のなかにあって、それでもなお、人は決して他者の痛みを見捨てたりはしないというメッセージ、人間が善なることを、世界が善なることを信じる、希望のメッセージです。「忘却が次の虐殺を準備する」——韓国のある詩人の言葉です。あれから8カ月がたって、ガザはもう報道されません。（略）忘却にあらがい、このエンドレス・フィルムに「ジ・エンド」の文字を刻むために、ガザから私たちに向けて発せられた希望のメッセージを聞きとどけたい。その思いを多くの方と分かち合えれば幸いです。（国境なき朗読者たち おかまり）〉

9月6日、やもめ亭で朗読劇の練習。結団の宴も開きました。「つばめ合宿けいこ晩夏の嵐山やもめ亭。奇跡のような時間だった。みんなありがとう」。ところが7日の外来ではIgAが69に上昇。疲れもたまっていました。練習を我慢して休養するよう諭され、みんなにメールを送りました。

〈つばめなみなさま、まずは、みなさま。相次ぐ、温かいおコトバ、胸に沁み入りました。昨日はオオタクシーで病院に行きましたが、おかげさまでヘタレることなく無事に一日をまっとういたしました。帰りに蒔田直子さんが「えりころ、疲れたでしょ。ワタシが送ってくよ」と車でぶいーんと左京から嵐山の拙宅へ送り届けてくださって。……道中、愛宕山に沈む橙色の西日を正面に浴びながら、あんどう、世界一のシアワセものだと思いました。嵯峨野のあたりに差し掛かかると、稲穂の上を気持ちよく飛んでいたチェビ（つばめのハングル読み）が何度も何度も私たちのフロントガラスの前を飛び交いました。思わず、蒔田さんと顔を見合わせて「できすぎな夏だよね」。座長、ダイスケ、アダム（井上浩孝さんの愛称）、いなりちゃんのコトバは宝物です。クンミさんも波瑠ちゃんも、濃密な夏をありがとう。杏さんといっしょになにかできるなんて……。こんなドリームチームに参加させてもらって……なんという夏なんだろう。

2009年9月6日、やもめ亭で朗読劇の練習

　きのう、外来でパソコンの電子カルテとにらめっこしているドクターに、改めて身障者手帳の診断書のお礼を言い、「障害をきちんと認めてもらえたおかげで、気持ちの空ぶかしがなくなった」ことを伝え、「不自由はあっても、やりたいことが出来ている。完全なるポジティブ・スパイラルに入りました」と報告ができました。ドクターは、こちらを向いて一瞬、泣きそうな顔になってムフフと微笑まれました。世の中、圧倒的に「ありがとう」が足りていないから乾いた大地に水がしみ込んでいくようです。わたしたちの周りには、汲めども尽きない泉のようにたぷたぷとあふれているけれど。

　この間の練習、録音しとけばよかったなー。でも、目をつむると、頭の中にみんなの声が響くようになってきています。（略）なんて夏。えりころりん@ナビイが上目づかいでみなによろしくと言うとります〉

　前日の9月10日にもメールを送りました。〈いよいよ、あすに迫りました。ここは腹をくくるしかないですね。うん。みんなといっしょなら空も飛べてしまうくらい。あー。

夜の帳。漆黒の闇。緊張の夜です〉
そして朗読劇の当日。会場は熱気と緊張に包まれ、上演は終了しました。日記に書きました。「感涙。拍手、鳴りやまず。この日のことは一生忘れないだろう。新しい扉が開かれた」
観客の感想を紹介しましょう。

2009年9月11日、「かぜのね」で朗読劇を終えて

〈すごい迫力だ。思わず俺は引き込まれた（略）俺も「歌」という形で「言葉」と関わってるけど言葉の力ってホントに凄い。歌でも詩の朗読でも視覚に訴えてこなきゃダメだ、といつも思ってるけど、今回観た朗読劇は朗読者が複数おり、それだけで視覚化されたコトバが「立体化」したって感じだった。三次元の言葉が舞い踊り、突き刺さり、重くのしかかる（略）〉

〈朗読劇があんな迫力あるとは思いませんでした♪　あんずさんの詩の朗読は以前「教育基本法」のを聴いたことがあったけど、ひとりで朗読するのが弾き語りなら昨日のはロックバンドですね♪　ひとりひとりの表現力もすばらしいですが、おかまりさんのプロデュース、アレンジの力もすごいと思いました。パレスチナへの思いがビシビシ伝わってきました♪〉

〈狭い部屋に座しての鑑賞は演ずる方々との緊密な一体感がありました。（略）映像や文字で伝えるマスメディアのように知識を得るのではなく（朗読劇は）「心から心へ伝わる」思いで鑑賞した（略）〉

続いて出演者やスタッフの感想です。

［片岡大輔さん］〈（略）なんだろう、この感じは……ぼくには、よくわからない……アンケート読んでまして、打ちこんでまして、温かい言葉の数々に、感謝・感動しなが

ら、何か掴みにくい一抹の不安。本当にありがとうございました。２００９年に出会った全てのつばめに本当に感謝です。今まで歩いてきた道が、大きく曲がったのか（笑）、それとも想像以上に広くなったのか。（略）アンケート用紙は、私が持っています。そして、エクセルに落とし込みました。温かい言葉の数々、噛み締めてくださいませ。手書きの温かみは当分独り占めさせて頂きます（笑）〉

［受付の岩間幾何さん］〈（略）日が経った今日にも、大学のキャンパスの中で本を読んでいる時に、まるで風船がわれたように、それは唐突に思い出されます。朗読に含まれる言葉を自分の声にすることが、これほどまでに力をもち、パレスチナの地に生きた人の人生の声を、自分の人生の中で体感した言葉と一体にしてしまう感覚に驚いています。（略）安藤さんから「受付をやって欲しい」と声をかけられると、いつもステキな出会いに遭遇します。（略）皆さんからパワーをもらった気がしています（略）〉

栄里子さんも書きました。〈きょうは一日、よく降りましたね。つばめも、それぞれの軒下で羽を休めながら、この心地よい疲労感と虚脱感を味わってんだろうな。……と想いを馳せながら、雨音の中、一日過ごしました。もう、みなまで言うな、という声も聞こえてきそうだけれど、それでも言いたい。おか座長。このたびは珠玉のプロジェクトにお声掛けいただき、このあんどう、仔つばめと熟つばめを代表し（？）、篤く厚く熱くお礼もうしあげます。わたしはいつもグアテマラの集会のアンケート用紙や、新聞紙面を読みながら、「京都に、岡真理。いてくれて、ありがとう」とひそかに思っていたのですけれど、台本にはないイスラエル側からの報道しか流さないマスコミへのダメだしにおよび、最後の「イスラエル占領軍こそ、国際法に従って、パレスチナを立ち去りなさいっ！」の声が鋭く響いたあの瞬間、「どうだっ！　岡真理は、ここまでやるんだぞっ」と。その時のワタクシの鼻息は、客席最後列の男性のところまで吹き渡っていたと思います〉〈ワタクシのところにも感想が届き始めています。分かち合ってください。

「（略）パレスチナのこと、私はほとんど知りません。２００８年暮れから２００９年1月にかけてのガザのことも、新聞で目にしていたのに（略）。朗読の肉声のちからは大きかったです。アンテナなど必要なく、私の感覚のすべてに響きました。私は『おじさん』になり放心してさ迷い、『おかあさん』になって慟哭しました。そして皮肉なことに、朗読によりガザの地に誘われて、『死』を突き詰められれば『生』を、『絶望』に包まれれば『希望』を見ました。私の日常では意識もしない、意識しても実感できない光を、なぜ今宵の朗読に感じたのでしょうか。きっと、そこに教わるべき人間の姿があるのですね。（略）えりこさんの朗読は、身体から発せられていました。時にか細く、時に絞り出し、そして『これだけは伝える』という覚悟。えりこさんの身体が『ガザ、希望のメッセージ』の脚本の言葉をすべて受け止め、揺れて、震えて、立ち上がり、あなたは何に支えられていたのでしょう。（略）私もまた『ガザ、希望のメッセージ』の話を友人たちに、『こんなことがあったんよ』と話します。（略）」

「1時間20分だったらしいけど、どんな映画見るより集中してたので、気がついたら終わってた（略）読むだけとはぜったいに違うものがビシビシ伝わって来て、今でもそのときに自分が頭の中で描いた映像がまるで本物を見たかのように脳裏に焼き付いています。（略）すでにメールで読んでいたので、ちょっとワンクッションあってよかったぁと思った。でないと、どれだけ泣いちゃってたか（略）。岡さんの情熱と怒りと願いが随所に練り込まれていてホントにすごい迫力だったわ。俳優陣も皆素晴らしかった。えりこさんのナディアは迫真の演技。可愛いし、悲しいし、胸が張りさけそうだった」〉

この朗読劇は神戸の市民劇団の演出家が知るところとなり、神戸でも上演したいと申し出がありました。〈以前から「岡真理」の発信するものにアンテナを高く掲げておられた方のようですが、ドイツに留学した私の友人がその飛行機で隣り合わせて以来、互いの「よき仕事」を認め合う大切な関係のようです。今回も、その友人がお知らせのパスをつないでくれたわけですが、見事に渾身のパスを全身で受け止めていただいた感じですね。演じるだけで精一杯だったけれど、改めて、この脚本の力というのをなぞってみたとき、身震いするものを感じております〉

【『冬の兵士』と本屋さん】

一方で元米兵たちを招いた『冬の兵士』の集会が近づいていました。東京、沖縄、大阪、京都、名古屋と各地を巡るキャンペーンで、栄里子さんは京都の運営に関わっていました。〈イラク・アフガニスタンからの帰還米兵の証言集『冬の兵士』（岩波書店）の出版を記念して、実際の証言兵士が来日、まもなく全国スピーキング・ツアーが始まります〉。チームメイトが関わる本を売る楽しさ、喜びもメールで紹介しました。〈ひとりつばめとして飛んできた副業、本屋半生？　みなさんが相次いでいい本ばっか出すんだもん。それを広く知ってほしいと思うのは、つばめの性というものでしょう。改めて振り返って自分でも驚きましたが、細見和之氏の『アイデンティティ／他者性』〈岩波書店〉は10冊（最後の1冊はクンミさんのお手元に）、メール・ラリーの中にいる岩波編集者、山本慎一氏の体験記『国境なき鍼灸師をめざして』（青木書店）は確か30冊売りました。嘉田由紀子さんの語りを取材して書き下ろした古谷桂信氏の『生活環境主義でいこう』（岩波ジュニア新書）にいたっては、なんと60冊。同じく古谷さんのグアテマラ体験記『トウモロコシの心』（高知新聞出版）も30冊くらい仕入れたはずの在庫はこの間とうとう底を突きました。足立力也の3部作は、なんやかんやいいながら現時点で合計70冊くらい売れています。２８００円もする『グアテマラ　虐殺の記憶』（岩波書店）に至ってはもう何冊手元を流れていったか、把握のしようもありません。本屋はおもしろいですよ。たとえば「誰それに送ってくれ」というようなオーダーが入る。で、送るとお礼メールなんかがくるわけです。出会いです。この間なんて「大学で教えている協力隊ＯＢの同期に送って」と依頼あり。送ると、しばらくして送付先からこんな礼状。「いい本なので推薦入学者の課題図書に推薦しておきました」。わたしは、それをまた著者に伝えることができます。みんな元気になって、得ちんする。他人のフンドシで相撲をとりすぎて、そろそろ、ちゃんと自分の井戸掘りに戻らねば、と思っているところではありますが〉〈上杉どんが言うのです。まだ起こってもいない未来のことをまことしやかに悲観している人たちもいるけれど、ぼくはそんなに悲観はしてないんだよね……と。私もまったく同感です。悲観論から抜け出せない人というのは、きっと「いい仕事をしている人」をあまりご存じないのだと思うのです。世の中には、いい仕事をしている人、役割を生きておられる人がたくさんおられます。少なくとも、私の周りには、おかさん、クンミさんを含め、メール・ラリーな人たちだけ見てもたっくさん。その人たちの仕事が互いに繋がったら、もっと智慧を編みあって、案外、社会はうまく変わっていけるんじゃないか、と私は思っているのです〉

メール・ラリーにも書き込みました。

〈副題［おかまりとキリギリスな夏］

カンタンな要約［メール・ラリーのおかげか、四十路にのったからなのか。なんだか、いろんなミラクルの絶えない夏になりました］

おかげさまで、いまだインフルの砲撃につかまることもなく、なんとか夏を乗り切ることができました。ところが、〝おかまり〟につかまって（笑）クンミさんといっしょにトルネードのような、すてきなすてきな夏になりました。あんどう、完全燃焼の夏、と言っていい。ここ数年、グアテマラ講演会や足立くんのいうへいわ学なトークライブなど、いろいろと企ててきましたが、今回は「朗読」という新たな扉が開きました。今回、9・11に「かぜのね」で開いた朗読劇「The message from Gaza—ガザ　希望のメッセージ—」は、おかまりさんによる脚本、演出の作品です。本作品は主に以下の3つの異なるテクストから構成されています。▽昨年末から今年1月にかけてのイスラエルによるガザへの空爆の中、ディーゼル発電機を使ってインターネットで世界に発信されたアブデルワーヘド教授のメール（『ガザ通信』青土社・岡真理訳）。▽スエズ動乱（1956年10月）直後に発表されたパレスチナ人作家、ガッサーン・カナファーニーの短編小説『ガザからの手紙』▽イラク戦争が始まる直前の2003年2月、パレスチナ人の人権擁護活動のためガザに赴いたアメリカ人女子大生、レイチェル・コリーさんが家族や友人に宛てたメール。これを今回は7人で朗読。1時間15分の作品です。（略）人びとの「声」が、いろんな人の想像力の中をくぐりながら、あちこちで繰り返し立ち上がる。それは今回の朗読劇に参加させてもらう中で、私がもっとも願ったカタチへの発展かもしれません。朗読空間とは、「読み手」と「聴き手」が一緒につくる究極の「想像力トレーニング」の場だということでしょうか。

秋風吹いて、そろそろちゃんと夏をたたんで知力体力の温存期に入らねば、この冬を越せないぞ。……と自分に言い聞かせながら、いまもってキリギリスな日々でございます。本日は『冬の兵士』（岩波書店）で証言をした全国ツアー中のイラク帰還米兵、いよいよ入洛です。ワタクシは例によって本屋のお手伝いに行く予定。みなさんも各地でインフルに負けぬよう、おすこやかで秋涼をお楽しみあそばしませ〉

そして9月21日。元米兵2人を招いた集会が京都で開かれました。栄里子さんは書籍の販売を担当し、懇親会にも参加。元米兵の1人と言葉を交わしました。内容は10月、メール・ラリーへの投稿で紹介しました。

〈副題［Life is wonderful］

（略）10年前に思い描いたことがいま、この「いまここメール・ラリー」の中で現実のものとなっている！（略）

この9月21日に京都でイラク・アフガン帰還米兵『冬の兵士』のアダム・コケッシュさんとリック・レイズさんを招いた証言集会を開きました。35歳の元兵士、アダムさんは「われわれが命じられたこと。その一つひとつが侵略と占領以外のなにものでもなかった」といい、「自分の愛国心を利用したアメリカ政府に怒りを覚えていることに気がついた」と29歳のリックさん。4年間、得体のしれない怒りを抱き続け、ようやくその怒りの根源を見い出し、証言をはじめることで「尊厳」が「回復」されていくのを感じたのだと。まさにグアテマラの「レミー・プロジェクト」の本質じゃないの？　これ。このリックさんとね、懇親会で対話のチャンスがありました。訳者のひとり、キム・クンミさんが「えりえり」と手招きしてくれるので尻尾ふってとなりに坐したら、リックさんのすぐそばで、「おっ」。緊張しました。クンミさんが通訳に入ってくださって……で、切り出しました。「わたしはグアテマラをはじめとする中南米をいろいろ見て、またパレスチナとイスラエル、東ティモール、旧日本軍が沖縄の人たちに犠牲をしいたことなどを見て、いまつくづく思うのは、軍隊は国家を守るが、国民は守らないってことやねん。リックさん、どない思わはります？」。この質問に、最初、彼は軍隊そのものを否定するのではなく「いや、これは外交施策の問題なんだ」と繰り返し力説していたのですね。しかしです。打ち上げの鍋のうどんを必死でお箸でつまもうと悪戦苦闘しながら実はリックは黙ってワタクシのコトバを反芻してくれていたようで……。箸を置くと、こちらを見て、「You are right. I agree with you.」と。ぶいんっと風が通り抜けた気がしました。アメリカ人もそう言うている。アメリカ政府に命じられてイラクとアフガンまで行って、イスラム教徒を虫けらのように扱うすべをたたきこまれて引き金を引いてきたこのお兄ちゃんが言うている。たいそうに聞こえるかもしれませんが、この10年、気になって気になって仕方がなく、関わってきたことどもが（略）普遍化できたような気がしたのです。遅いくらいですが、やはり、招聘事業の意味はここにあるのかと思いました。出逢ってしまうことで生じるなにか。イデオロギーとは違う、なにか。ワタクシの体験になることで、自分の血肉になっていく感覚といいましょうか〉

その『冬の兵士』の集会の報告書作りは栄里子さんが担当。10月下旬に完成させ、自身は次のように書きました。〈『冬の兵士』というこの一陣の風は、へいわの種をココロにはぐくまんとする私たち一人ひとりを包み込み、この日の京都から、この先も長く、広く、遠くへと吹きわたってゆくのです〉

【実りの秋　政治・経済・司法　制度を議論】

少しさかのぼる9月26日、やもめ亭で「そんりさ」の発送作業があり、香港から一時帰国中の森田紀子さんも参加。蒸籠《せいろ》をお土産にもらい、「蒸し料理に目覚める」。早速、もやしと鶏肉を蒸しました。「こういう余力がほしい」。その後もニラでナムルを作ったりして「紀ちゃんにもらったセイロが大活躍だ」。

30日の外来でIgAは横ばい。メール・ラリーに参加している友人たちを紹介する「相関図」づくりを始め、投稿もしました。

〈札幌の越田さんからお預かりしているニュースレターをみなさんのお手元に、と思いながら、なかなか夏休みの宿題が棚上げになっています。ごめんなさい。イヌの手も借りたいところ、つばめの羽も借りたいところ、つい、朗読劇の世界に没入してしまい、気がついたら秋の空。実りの季節でございまして。今年も（中嶋）周さんのお米、ワタクシにも分けてくださいませ。（略）「むくがわニート米」という名前であった。ワタシは勝手に「やぎ飼い仙人米」と読んでいたけれど。ワタシはエルコープで買う白米と、このむくがわの玄米をまぜて炊いていただいています。ワタシの食卓はおかずが少ないので、ごはんが大事なのですね。それとですね、香港みやげにお願いしていた蒸籠が早速、大活躍です。なにを蒸しても素材の味がしておいしい。しかもカンタン。今宵は、ひろみーた（一之瀬さん）からもらったお母上作の南瓜をセイロで蒸していただくつもり。ところで、上杉どんが添付くださった最後のPDF資料、拝見。『地球温暖化と経済発展』の座長（?）は、あの経済学者の宇沢弘文さんなんですね！　宇沢さん、上杉どんの師匠なのですね!?　この間、ラクイラ・サミットの直前の毎日新聞「有識者にきく」で宇沢さんの論壇、拝読しましたぜ。厳しい口調で「しっかりモノ言うてこい、京都議定書の二の舞になるな」と言うておられましたが、それより以前、２００７年の参院選の自民党惨敗だったときにも「市場原理主義的改革を拒否」という見出しでものすごくわかりやすい解説を京都新聞に寄稿されていました。郵政民営化については「郵貯や簡保の資金がより高い金利を求めて、日本の国債から米国債に大きくシフトするであろう。じつは長年にわたってアメリカ政府が執拗に日本政府に対して郵政民営化を迫ったのは、このことが最大の目的だったのである」と。その結果、日本の金融、医療、教育がどんなことになっていくのかを詳しく書いておられました。実際、この2年で宇沢さんの予言どおりになってい る！！　（略）今回の民主党の大勝ちは単に「風が吹いた」わけではない。ちゃんと市民が「もう経済市場主義いっぺんとう、もういらんで」と言うたのだ、と改めて思ったことであります。あんどうの手元にあるところの宇沢さん関連本あれこれ。（貸し出ししまっせ。返してや）〉

10月1日、岡真理さんが「イマジン・イラク」の案内をメール・ラリーに投稿。約30年前に日本人技術者としてイラクで過ごした長野県在住の吉原茂さんが、イラン・イラク戦争よりも前、豊かだった頃のイラクの風土と人々を撮影した写真の展示です。高知の片岡さんも反応し、高知でも開かれることになりました。栄里子さんは選挙について投稿しました。〈副題＝国政選挙、改めて考える。「一票の格差」。……言いたいことを述べたいのではなく、このテーマを考えるための材料となかまがほしい。不勉強ですが、私の理解を助けるネタのある人、教えてください。……以下、読めるお時間のある人だけ読んでいただければ。先日の選挙区間に生ずる「一票の格差」を問題にした違憲訴訟の上告審判決。最高裁大法廷が30日、原告側の上告を棄却しましたよね。最大格差は4・86倍。最高裁大法廷（裁判官・竹崎博允長官）の判断は「合憲」と。しかし、そのうえで「（小手先の）定数振り替えだけでは格差はなくなりまへんで。選挙制度のしくみ自体の（抜本的な）見直しが必要なんちゃいますのん。国会で速やかに検討はじめなはれ」……と指摘しています。なんか最近、こういう判決多くないですか？　問題があることは認めながらも「合憲」って。2007年。あの夏に私も感じたはずの違和感をふたたび思い出しています。この「一票の格差」は、「アジアにある。世界にあるが日本にだけない」というこの国のグリーンパーティ（緑の党）不在の前にも立ちはだかっていたように思います。この格差矛盾がなければ、「木枯らし紋次郎」（当時、「みどりの会議」代表だった中村敦夫さん）も政界のどこかにはとどまっておられたろうに。あの投開票日の翌日の紙面に全国の議員の得票数が記されていて、足立力也はともかく（汗）、奇しくも議席をとれなかった中村さんの半分くらいの得票で当選している自民、民主党の候補者がバンバンいた。国民の権利を唯一、行使できるはずの選挙においてそんな不平等がまかり通るシステムってどうなのさ……。供託金のこととか、実質的な選挙費用のことなどを考えても、このままじゃ、お金をもっている宗教団体にしかもう新党はつくってくれるな、ということですかね〉

これには足立君や藤井さん、宇田さん、古谷さんが応答。他にも書き込みが続き、選挙制度を超えてテーマが広がりました。

〈「わからん。教えて」で、こいだけの解説や意見が、うわーっと。〝いまここペディア〟（！）。すごーい（笑）。足立君のメールを3回読んで、それでもこのチキン頭で100％はわからないのだけれど、みなさんのフォローアップでずいぶんイメージが立体的になりました。最近は「この国」と聞いたときに、東京ではなく、私の頭の中では谷川に平行して旧道が走るような急峻な山間部の村々の絵が浮かぶようになった。（略）足立君のいう「昔から思ってるんですが、カイカクカイカクと右から左までみんな口をそろえて言ってるけど、一番最初に改革しないといけないのは実は司法ですよ。社会というバケツの一番底にある穴からふさがないとね。司法というのは市民にとって社会を正す『最後の砦』。最悪、これが機能していれば、転げ落ちた一番最後でもなんとか拾われる可能性がある。しかし機能してないと、誰からも救われないアリ地獄に陥る可能性があります」→これは司法がまったく機能してこなかったグアテマラの人権状況をかいま見たひとりとしても大いに納得です。（略）最高裁判事の国民審査ってものすごい大事ですね。もし自分が原告になる。いっぱいエネルギーつかって一審二審……と闘って、最高裁までいって、最後に変な？裁判官にあたったら。（略）宇田さんに教えてもらったことですが、実際、最高裁判事の略歴を見ると多くは司法行政を手際よくこなせる官僚エリート出身の方々が就任されているようです。蒔田さんがいま闘っているタウンミーティング国賠訴訟。一審を覆し、二審の大阪高裁は勝ったけれど、中身が酷いことから最高裁でもう一度、という可能性もあります。これだけいろんな知人友人が身近にいてくださると、毎日のようにニュースを見るだけでも、誰かの顔が浮かんできます。今夏、「重度要介助」という、いかめしい身障者手帳を得たんですが、こうして物理的に不自由になり、じっとしていても(してへんやん！という声もありますが)、じっとしている気にならないのは、私自身、毎日、たくさん想いを馳せて暮らしているからなのかもしれません。その容量は、すでに私のキャパシティをはるかに超えていて、時々、想像のなかでも「人酔い」することがあるのですが(汗)忙しいな、というよりは、充実しているな、と感じはじめています。そして、自分自身、心身ともに、いまよりもう少し大きな器を手に入れたいな、と思うようになりました。古谷さんがいうブータンの「国民総幸福」（GDH）でいうと、まさに私は人のつながりによってGDHの高いところで暮らせていると思います。その実現のために不可欠なもの。そのひとつは「共同体」なんじゃないか。このメール・ラリーの場が、みなさんにとっても、表現と「共同体」のひとつになっていってくれたらおもしろいし、たのしいなあ、と思っています。ところで、11月3日に「かぜのね」に集いませんか計画。……勝手ながら延期させてください。秋はイベントが多く、みなさんお忙しいでしょうし、夏にほたえすぎ、いまは、その馬力がありません。ごめんなさい。あんどうえりこ@図らずも風邪をひいてしまいました。みなさんもおたいせつに〉

一方、10月に入って、グアテマラで内戦中に性暴力を受けた女性たちのプロジェクト「性暴力の被害者から変革の主体へ」が松井やより賞受賞という情報が入り、受賞のための来日に合わせてスピーキングツアーを開けないかと提案されました。〈うれしいお知らせをありがとうございます。できれば折を見て新川さんからヨランダさんが日本滞在で得た経験をもとに経緯を説明する協力呼びかけメールを、いまここメール・ラリーに投げてもらうのはどうだろう。あのヨランダさんの京都での証言集会を主催した細見和之さんをはじめ、会場で手をあげ、証言のお礼を言った蒔田直子さんも、いまここメール・ラリーのメンバーです。（略）招聘事業の発展のカタチを見届けたい、との思いはあります。ただ、正直なところ、イベントづくしで、ちょいとわたくし、主催者酔いしています。あんどうえりこ@も少し体力がほしい〉

10月15日、Yさんの鍼灸治療を受けた後、岡さんが京都大で開いたパレスチナ・ガザの集会へ。現地のNGOメンバーのモナさんや医師のムハンマドさんの話を聴き、グアテマラについてレコムが続けてきたように日本政府に働きかける必要を感じました。17日には伏見で開かれていた「イマジン・イラク」の写真展へ。撮影者の吉原さん、主催者の水野敬さんとあいさつしました。

【外務副大臣に働きかけ】

10月18日、久々にナビイと散歩した後、『冬の兵士』の報告書作り。夜は元夫とキムチ鍋。「明日もがんばろう」。つばめのメンバーにメールを出しました。〈ずっと考えています。私は、もう、「忘却しない」という大前提の次に行きたい。（略）モナさんとムハンマドさんのお話から、やはり、まずは「封鎖解除」なのだと思いました。24日の（ジャーナリストの）広河隆一さんのご来訪にあわせて京都Actionの準備をしたい。つまりは次期参院選の出馬表明をしたばかりの福山哲郎（外務副大臣）に、あんどう、手紙を書きたいと思います。おかさん、誰が読んでもわかる「ガザ攻撃」の不当性と「封鎖解除」を日本政府に求める京都市民の声を文書化していただくわけにまいりませぬか。広河さんの講演会の時にくばって、意志ある人にはサインとひと言コメント書いて投函してもらうよう切手もその場で販売します。国連人権理事会（本部・ジュネーブ）がイスラエルによるガザ攻撃を「戦争犯罪」と糾弾した国連報告書を支持する決議案を賛成多数で採択したニュースが流れましたが、反対側の米国に遠慮したか、ぬぬっ。日本は、この採択を棄権しています！（賛成25カ国、反対6カ国、棄権11カ国、無投票5カ国）〉

2009年10月24日、京都大での講演会場で外務副大臣宛てに手紙を出すことを呼びかける

そして24日、広河隆一さんを招いた講演会を岡真理さんが京都大で開催。栄里子さんが少し時間をもらい、片岡大輔君、クンミさんと壇上に立ち、外務副大臣宛ての手紙を呼びかけました。「この1月に攻撃があった後、『ガザの殺戮に「否」と言ったか』という岡さんの京都新聞への寄稿文を拝読しました。自らも長い間、時を違えて黙殺し、加担していた一人であるという現実に向き合うことになりました。この夏に朗読劇に参加させていただきました。演じる過程で、限りなく想像力を立ち上げ、そこで何が起こっているのか、ガザの人々のことを考える夏を過ごしました。そして先週、この会場でガザから来られた方の話をうかがいました。もう、忘却しないというレベルではなく、私たちに何ができるのかを真剣に考えたいと思いました。先々週、参院選への出馬表明をした福山哲郎さんに手紙を書こう。市民として有権者として私たちが望んでいることをしっかり伝えていきたいと思います」

偶然にも25日、その福山哲郎氏の国政報告会が京都で開かれると聞きつけて参加しました。実は福山氏には1999年、グアテマラからフアン・レオンさんを招いた際に、レコムやアムネスティー・インターナショナル日本のメンバーたちと一緒に面会したことがありました。この日は元夫も取材を兼ねて同行しました。報告会の閉会後、栄里子さんは廊下で福山氏に声をかけ、1999年のお礼を口実に立ち話。イスラエルによるガザ封鎖・侵攻に対する日本政府の外交姿勢に話を持っていきました。こんなやりとりをしたそうです。「なんで国連理事会の報告書採択、日本は棄権したのでしょう」「うーん。ごめんなさい。優先順位という点で、いま、普天間、アフガン、給油、北朝鮮……に照準をすえていて。（略）わたしに情報をください。入れておきたい情報をいただけると助かります」。福山氏はそう言って名刺を栄里子さんに渡しました。

後日、ガザ支援関係者にメールで報告しました。〈地元京都から「福山哲郎外務副大臣」宛てに①ガザの「封鎖」解除に尽力いただきたいこと、②ゴールドストーンの報告書を棄権しっぱなしはないだろう、……という趣旨の手紙を送る運動を始めました。その直後、偶然にも地元で福山さんの年一回の国政報告会がありましたので「どうして棄権なのか」と直接、問うことができ、名刺をいただきました。

私はパレスチナの専門家ではありませんので、どのような情報が適しているのかは心もとない状態です。わたくしの方で外務省に提供できる資料というのは、一般にも配布されているはずの新聞記事の切り抜きにすぎませんが、それでも有効なら実行します。①岡真理先生の寄稿文（２００９年1月12日京都新聞）②モナさん、ムハンマドさんの京大講演の紹介記事（11月1日毎日新聞）③国連人権理事会の採択棄権の報道（10月17日毎日新聞）（略）いろんな市民が、いろんなところでガザを忘却していないのよ、というアピールこそ、いま、やるべき時と感じています〉

一方、このころメール・ラリーでは原発に関する意見交換が続き、栄里子さんも投稿しました。

〈副題［あきらめないよ］

カンタンな要約［原発を学ぼう月間にしてみよう。▽ダレがドコでナニをしているかを知っておくことの意味。▽福山哲郎さんに手紙を書きました］

わたしの中で今月来月は原発月間に。原発問題の同一線上に、地続きで川や水の問題があって、食があって医療までつながっている。じぶんのいのちひとつを生き抜くためには、どれも誰も本当は無関係でなんていられない。「活動」や「運動」ってそれぞれに莫大なエネルギーを要するから実際には、なかなか相互乗り入れが成り立ってこなかった。と思う。でも、「姉妹運動体」への風穴がここに開いている、と把握していればいいのだ、ということが最近、見えてきた気がするのです。カラダはひとつしかないし、首をつっこみはじめたらきりがないけれど、アソコでアノ人がアレをやっていると知っておくこと。それ自体が、互いにとってのポテンシャル、といえる時がきているんじゃないのかなぁと。先日16日、国連人権理事会がガザの紛争を「戦争犯罪」と断じた国連報告書を賛成多数で採択しましたが、この投票を日本政府は棄権しました。日本政府に「それちゃうやんか」と言うのは、自分たちじゃないのか。それ、いまやることちゃうのんか？……なんと気がつけば、むかし、グアテマラの集会にやってきた福山哲郎氏（民主党）は外務副大臣に就任しているじゃないの。そこで京都の「姉妹運動体」の面々と知恵を出し合って、手紙を書きました。パレスチナに対する「封鎖」を解除する行動を始めてほしいこと、そして国連報告書を無視せんと、被爆国日本としてちゃんと人の痛みに呼応する外交を進めてほしい（略）この2週間くらいの間に続々と福山事務所に手紙が届くというシナリオです。みなさまにも、福山氏（雅治だったらいいのに）への手紙、ご協力をお願いしたいと思っています。楽観もしてないけど、あきらめもしてないよ。いま、そう思っています〉

28日、外来でIgAが80台に上昇。「次のこともよぎる」。それでもメール・ラリーに投稿しました。〈きょうは外来日。検査で病院に行ってきたのですが、主治医の先生にも外務副大臣宛ての手紙のひな形を手渡ししてきました。「先生、攻撃の後もガザはイスラエルに封鎖されてて医療品が入ってきませんねん。治療が必要でも、封鎖の検問所の許可を待ちながら、もう600人近くの人が亡くならはったと聞きました。封鎖解除、なんとかしなはれ、いう手紙、一緒に書いてください」〉。そして29日、福山氏に宛てた自分自身の分の手紙を投函。Yさんの鍼灸治療を受けました。

【教えてくれたもの】

11月1日、夜、久しぶりにライブハウス拾得へ。大島保克さんの唄を聴き、友人たちと話しました。2日、外来でIgAは125に上昇。ペインクリニックも受けましたが、時間がかかり過ぎて疲労。「そろそろペインはよいか、という感じ。大切なものを組み直すときかもしれない」。3日は結婚記念日で、元夫と一緒に沖縄県人会のイベントへ。9日、メール・ラリーに投稿しました。

〈カンタンすぎる要約 [「イマジン・イラク展」が教えてくれたもの。▽『冬の兵士』が教えてくれたもの。▽本屋、ふたたび」

「人は言いたいことを言い尽くした時ではなく、伝えたいことが相手に伝わったと感じるときに心の充足感を得る」……のだそうですが、そういう場面を横から垣間見せてもらったり、聞かせてもらったり。（略）イマジン・イラク展。入口に手作りの小さなパンフレットが置いてあったのですが、それを拝見しながら、大切に準備されてきた写真展であることを感じていました。（略）吉原茂さんの写真……主観ですが、異国への好奇心というよりは、いつくしみのまなざしを感じました。古谷さんがグアテマラで開催したアティトラン湖の今昔写真展（湖をめぐる人びとの30年前の写真と現在の同じポイントを探し出して対比させた写真展）を思い出していました。吉原さんたちの写真が、いつかアメリカとイラク双方の人びとに見てもらえる日を頭の中で描いています。そして『冬の兵士』。続報です。8月の朗読会に続き、9月には実際の証言者であるアダム・コケッシュさん（27歳）とリック・レイズさん（29歳）を招聘。京都のひとまち交流館での証言集会のお手伝いにいきました。彼らは自分たちの「愛国心」を利用した米国政府の（帝国主義的な）外交政策を批判。そのこと（怒りの根っこがなにか）への気づきが自分を証言台に導いた、と言いました。京都に来る前、彼らは沖縄を訪れ、普天間の高台から基地を一望。家や学校などの民間施設と隣り合わせの基地の配置に「ありえない」とショックを受けたそうです。「米国の利益にならない対外政策を変えるために始まった私の闘いは、今、アフガンの人びとのための人権擁護の闘いとなっていて、同時にそのまま日本の人びとのための人権擁護の闘いとなるでしょう」。いま、彼らの京都での証言をまとめています。それは、彼らが「ここで聞いたこと、感じたことを、ここにいない人たちにも伝えてほしい」と何度も言っていたからです。速度をたがえた人たちにも、いつの日か出会ってもらえる可能性。参加できずに残念に思っていたアイリーン・スミスさんと細川先生のお話を中嶋さんが報告してくれたように、ね。クンミさんが「リバーベンドさんのブログ」と『冬の兵士』と「イマジン・イラク展」をつないだように、わたしは『グアテマラ　虐殺の記憶』と東ティモールと「命どう宝」と『冬の兵士』……と、自分がこの十余年に出会ってきたことごとをつないでいました。『冬の兵士』では、実際に引き金を引いてきた兵士たちが、しかも最強の軍隊とされる米国の兵士たちが、苦悩を経て声を上げました。そして「真実を語ることで自分自身の尊厳を取り戻していった」というのです（これ、グアテマラのレミー・プロジェクトが明らかにした核心とまったく同じじゃないか！）。彼らの発露によって、その国その国によって特化されて見えていたいろんなものがわたしの中で、ひとつ、普遍化できた気がしています。そして「尊厳の回復」という意味において、彼ら一人ひとりの葛藤は、いきなり「がん患者」のカテゴリーに突き落とされ、いったんは「自分が壊れた」と感じたわたくし自身の再生とも無縁ではないと感じています。このタイミングで『冬の兵士』に出会えたことは、２０００年の『グアテマラ　虐殺の記憶』と対になる大きな出来事だったな。（略）講演録、みんなにも読んでほしいです。……はァ。なんだか「２００９年、あんどう総括」みたいになってしまった。『冬の兵士』（岩波書店）を販売します。お求めの方には（あえて言おう）あんどう渾身の京都証言集会の講演録（16頁）を１部添付の特典付き！（笑）。発送は、まもなく完成する（はずの）講演録があがりしだい〉

【再びグアテマラ講演会】

11月12日。開催が迫るグアテマラ講演会についてスカイプで相談。栄里子さんはチラシ作りも担当することになり、「明日は脇目もふらず作業に励もう」。16日はイマジン・イラクの水野さんとメールでやりとり。「よき仕事をする人は見えないところにいるものだ」。17日にはチラシのメドが立ち、18日は薬局のニュースレター編集。21日は米国へ渡るクンミさんの壮行会に参加。23日、古谷さんの本の出版記念パーティーがあり、壇上であいさつしました。

25日の外来。IgAは260と前回（10月）の106から上昇。7月は59、8月は61、9月は82。「治療に入るとして、次の薬は難しい」。最も効果が期待できるのはベルケイドでしたが、栄里子さんは極端に強い副作用を経験しています。1月に71まで上がった際、プレドニンで下がったことから、プレドニンやデカドロンを服用する方向となりました。

28日は「そんりさ」の発送作業があり、グアテマラ講演会の打ち合わせも。29日、韓国の元慰安婦女性、姜日出（カン・イルチュル）ハルモニの証言集会に参加し、栄里子さんも時間をもらって壇上でアピールしました。「イルチュルさんは2000年にも女性国際戦犯法廷に来て証言していただいたんですね。その時には国際公聴会が開かれ、世界各地から性暴力被害を受けた方々が証言に参加され、私はグアテマラからの招聘に関わっていました。グアテマラは1996年まで36年間、米ソの冷戦構造下で内戦が繰り広げられ、女性たちが凄まじい暴力にさらされました。それらの証言を携えて来られたヨランダ・アギラルさんは、イルチュルさんたちアジアの女性たちが告発する姿を目の当たりにして、まず尊厳を回復するために民衆法廷という手段があったのだと気づかれた。そして戦後55年経っても告発する、どんなに長い時間が経っても証言することには深い意味があるのだと気づいたとおっしゃった。そして同じようなプログラムを立ち上げて、いま、グアテマラで100人の女性を組織し、来年2月に民衆法廷を開こうと準備をされています」「この中心で活動する2人の女性を招き、来週、12月6日に京都で話をうかがう準備をしています。彼女たちの証言を聴くというよりは、もう一歩前へ踏み出して、彼女たちが尊厳を取り戻す取り組みをしっかりお聞きしたいと思っています。それは100万人が引きこもって、プチプチに切れてしまった日本の社会をつなぎ直す、結い直すプロセスにおいてもいろいろなヒントをいただけるのではないかと予感しています。私たちが学ぶ場にしたいと思っています」。日記に書きました。「誰一人席を立たず耳を傾けて下さる。300人の思いがけない拍手をいただいた。勇気のバトンが世代と国境を越えていく」

12月1日。右鎖骨が深夜に疼き、ロキソニンを飲みました。2日、グアテマラ講演のあいさつ文を用意。夜中に右鎖骨の疼痛。薬を飲み、カイロで温めて耐えました。3日、嘉村さん、成田さんと鍼灸師のYさんの助けも借りて、講演会場で販売するグアテマラ民芸品の仕分け作業。夜中にまた右鎖骨に疼痛。それでも4日、『冬の兵士』の報告集を仕上げました。「穏やかな一日。仕事もよくはかどる」

5日、いよいよ講演者のアイデー・ロペスさん、マリアナ・チュタさんが新川さんと共に京都入り。やもめ亭に宿泊で、元夫と一緒に歓迎しました。そして6日、京都アスニー（京都市生涯学習総合センター）でグアテマラ講演会を開催。主催者を代表して栄里子さんがあいさつしました。

「たくさんのご来場、ありがとうございます。２０００年に東京で開かれた『女性国際戦犯法廷』には、戦時下、旧日本軍によって性奴隷とされたたくさんのアジアの女性たちが証言台に立ちました。公に裁かれることのなかった加害責任者を、改めて民衆の手で裁こうということの民衆法廷は大きな話題を呼び、その後、ＮＨＫの番組改ざん問題へと発展。権力の横やりが入り物議を醸しました」「もう10年になりますが、この法廷の国際公聴会には、同時に世界中の紛争地で性暴力を強いられた女性たちが参加され、私たちはグアテマラからヨランダ・アギラルさんという女性の招聘に関わりました。グアテマラでは96年まで36年間続いた内戦で、マヤ先住民族の多くが弾圧されました。共同体は破壊され、自分たちのアイデンティティーも破壊されました。兵士たちは息子に親を殺させ、あるいは親に息子を殺させ、その遺体を焼く火で妻に料理をさせて食べた後、強姦しました。加害にどんどん巻き込んで加害責任を負わせる。だから戦後もなかなか自分の被害体験を語れずにきました。それが戦略的に行われたことが最近の調査でわかってきています」「そんなたくさんの証言を携えて日本に来たヨランダさんでしたが、たくさんのアジアのおばあさんたちの証言を聞いて、自分たちだけではない、『いま、私は日本に滞在中、すごいことを経験している』とおっしゃっていたのを思い出しています。帰国後、彼女はグアテマラの地で始めます。まず被害女性たちに呼びかけ、『あなただけじゃないのよ』と語ることでお互いの被害体験を共有し合い、その活動をラジオなどで広くグアテマラ社会に知らせる。参加者を募って力をつけていく中で暴力への補償を政治に働きかける。そして来年3月、グアテマラの地で、国連や米州人権委員会の専門家を招いて、日本で開かれたような民衆法廷を開こうと準備を進めています。いま4地域で１００人く

2009年12月6日、グアテマラ講演会であいさつ

らいの女性が関わっているそうです」

「この取り組みに対し、このほど、『女性国際戦犯法廷』の生みの親のおひとり、松井やよりさんの遺志による女性人権活動奨励賞（やより賞）が贈られることとなり、その贈呈式で来日されたプロジェクトの中心メンバー、アイデー・ロペスさんとマリアナ・チュタさんを京都にもお招きいたしました。台湾や韓国、フィリピンのおばあさんたちの証言から智慧と勇気を受け取り、グアテマラで芽吹いたプロジェクトです。バトンが『世代』と『国境』を超えて、確かにつながれているということを、わたくしも実感させていただきました」

「しかし、グアテマラの場合は内戦であり、加害者が同じ村の顔見知りであるケースも少なくない。今も司法がほとんど機能せずに不処罰がはびこり、犯罪の処罰を求めようとすれば、逆に殺害されてしまう危険もあるのです。そんな中での活動であることにも想いを馳せていただきたいと思っています。そして、ひとりでも多くの国際社会の人びとが関心を寄せることが彼女たちを勇気づけるでしょう。わたくしたちは、まだほとんど日本では知られていないこの取り組みを、見守って、支えて、見届けたいという人たちの輪を広げたいと願っています。どうぞ関心をお寄せください」

グアテマラ講演会の打ち上げで。右から虫賀さん、岡さん、新川さん

会場には50人が集まり、民芸品もよく売れました。日記に書きました。「民衆法廷をどう見届けるのかを考えたい」。講演報告を兼ねた「そんりさ」のコラムにも書きました。〈2000年、女性国際戦犯法廷の国際公聴会で証言台に立ったヨランダ・アギラルさん。彼女は、その後の証言ツアーでやってきた京都の拙宅で「私はいま、すごい体験をしているの」とつぶやきました。彼女の言った「すごい体験」が意味するものを、9年後に、私は見せていただくことになるのです。この「やより賞ツアー」でお二人が届けてくださったお報らせは、アジアのおばあさんたちにも返したい。そしてかの地での民衆法廷の成功を見届けたい。勇気のバトン。この受け渡しに立ち会うことができたこと、力みなぎる思いです〉

【肝臓に腫瘤】

12月7日、肋骨に痛み。寝ている時にナビイに踏まれ、

胸に腫瘤のような塊があるのに気づきました。「特に動じることはないが、検査は必要と感じた」。9日、外来でのエコー検査で「リンパへの浸潤はなし。血腫か脂肪腫との説明」。帰りに姉の誕生日プレゼントを買いました。

10日、鍼灸治療に訪れたYさんに無理をしすぎだと注意されました。「いかなる場合も苦言を投げてくれる人は足らずを補ってくれる人。ここは素直に受けとめたい。『やより賞ツアー』はやはり無理をしたと思う。しばらく活動から身を引いて自分のペースを立て直そう」

12日、「よく働いた。来店客多数」。夜はナビイを連れ、やもめ亭で元夫と鍋料理。13日、元夫とアイヌの民芸を集めた美術展へ。「日常道具に美を求める人びとの精神性に想いを馳せる」。夜はナビイも交え、やもめ亭でホルモン鍋でした。

16日の外来。SC医師の見立てでは胸の塊は骨ではなく皮下にあり、脂肪か血管腫とのことでした。IgAは11月25日の時点で260。プレドニンでは抑え切れていませんでした。皮膚科で胸の塊を診てもらうと、まだ小さいので摘出して調べることを勧められ、その日のうちに実施。摘出の様子を鏡ごしに見つめ、携帯電話を医師に渡して写真も撮ってもらいました。「こんな患者は初めて」と驚かれたそうです。摘出したものは中が空洞のような状態でした。

ところが、CT検査で事態は一変。肝臓に多数の腫瘤ができていることが判明したのです。最大で直径4～5センチもありました。SC医師の顔色が変わり、即刻入院を指示。胸の塊は形質細胞腫の可能性があり、肝臓の腫瘤も同じと推測されました。ベルケイドが効く可能性がありましたが、副作用の心配から使えず、まずはDCEPを2コース受けることに。入院は1カ月半から2カ月の見込み。ショックは大きかったと思いますが、付き添いの元夫の目には粛々と受け止めているように映りました。「一日一日が大切」。日記に彼女はそう書きました。

【再び入院治療】

12月17日から再び入院生活が始まりました。「元夫がやさしい」「ナビイは元気かな。どんな夢をみていよう」「右肝に圧迫感。右肋骨に疼痛と拍動」

19日、DCEPの投与開始。蒔田さんが見舞いに訪れ、クリスマスの花と、キッチンハリーナの手作りチョコケーキをもらいました。「幸せな味。幸せがこみ上げた。彼女の愛とセンスに脱帽」。田中愛子さんからも花とトイプードルのカードをもらい、「みんなの想いが心をひたひたと潤してくれて魂がゆたかになった。ありがとう」。20日には元夫と姉、両親が来訪。駐車場の車内にナビイが待っていて「うれしい。安堵」。一方でDCEP2日目に入って身体のむくみがひどく、顔、手、足にも浮腫が出現。背中のこわばり、意識の低下がみられました。食欲はありました。

21日、DCEP3日目。「コンディションは維持。下腹部に膨満感」「こんな所にじっとしているのに一日が短いのはなぜだろう。身体能力の低下からか、頭は働こうとしているからか」

22日、DCEP1クール目の最終日。「比較的良好。順調。効果にも反映してくれているといいが。あくまでよきイメージの中でいまここを」。SK医師が来訪、維持療法にレナリドマイドをSC医師に提案したと話してくれました。

23日、輸液ポンプから解放。「なんとか4日を終了。今は入力や蓄積より、ただただ心身の滞りを流すことに専念したいと感じた」。夜、元夫が連れてきたナビイを車内で抱きしめました。「最初はよそよそしくするが、小一時間膝の上で、いつものナビイのまなざしに」。24日、シャワーを浴びて気分転換。「体調も悪くない」。ただ、手足のしびれはひどくなっていました。

25日、蒔田さんと、友人の気功治療師のよっちゃんが来訪。気功治療を受けました。「明らかに圧力が下がっていく感覚。呼吸が楽だと感じた。つづけて明日も。できればそのまま眠ってしまいたい気分」。関口さんも来て、「みなさんの気をいただいていると感じる」。

26日、テレビでNHKスペシャル「働き盛りのがん」を観ました。「自分のあるべき姿、ありたい姿はそのままでよいと感じた」「死は生き終わり。そのことを私はすでに知っている。もはや治ることより、生き抜くことを」

27日、高校時代の恩師が東京から見舞いに来訪。「20年ぶりに逢えた。話したいことがひとつひとつちゃんと伝えられたと思った。高校時代の私は、この人の影響を受けたと思う。けろりと気負いなくそのしなやかさにひかれていた。ありがとう」

28日、友人2人から見舞いの手紙が届きました。午後、病室でよっちゃんの気功治療。「日だまりをいっぱいに感じる」。その後に両親が訪れ、地下の通用口でナビイと触れ合いました。夜は元夫と外出し、鴨川沿いのロシア料理店「キエフ」でボルシチ。「素晴らしい時と空気。みなで堪能したい」

29日、榎原さんが見舞いに現れ、神戸でのガザ朗読劇の様子や、富山医科歯科大の先生のベルケイド研究のことを聞かせてもらいました。30日、6人用の病室の中で窓側に移動。8階にあるため大文字や比叡山、北山が美しく見渡せます。「やはり景色が変わると気分が変わる」。嘉村さんと電話で話し、「穏やかな一日。運動もはじめよう。食欲ＯＫ。整理もできた」。しかし、夜10時ごろから右肋部に強ばりが出てきました。

大晦日の31日、両親の迎えで外泊し、帰りに好物のうどんを食べて「幸せ」。２週間ぶりの帰宅で「たくさんの作業をこなす。充実感」「ただ、時計をみながら時々横になりたくなる倦怠感に見舞われる。ナビイ、視線が合うとやってくる」。夜はやもめ亭で元夫と食事をしながら紅白を観ました。ナビイも一緒。10年日記の年末所感を次のように書きました。

〈年頭所感に綴ったことが見事実現していることに驚き、同時に満たされる思いがした。時々、頁に立ち返り、確認をしたというわけでもない。けれど、確かに全部、前進した。苦しいと思った時間もある。３月には多発性筋炎の診断を得る検査入院を経験。ＳＣ先生に手紙を書き、ＳＫ先生とも話をし、たくさんの人の交点に立つ自分の役割を知る入院合宿となった。４月に特定疾患の認定を得て、下半期の目標を立てた。私にとっての〝資格試験〟への挑戦。生活のために、そして社会の認知を得て、障害についてきちんとモノ言える立ち位置に立ちたいと思った。２級第１種の「要介助」の身障者手帳が交付された。そして12月、申請時にさかのぼり、懸案の障害年金を獲得する。

これらとは別にも、これは思いがけず、ひらめいたことが片っ端から次々と実現していく奇蹟をいくつも経験した。はじまりは青西さんのメールだ。このメールに帯びた力をかりて、風穴がひとつ開いた。すると風が吹き抜けた。みんなが求めていた風穴じゃないのか。40人になったメール・ラリーは「いまここ」の名を得て、私の生きる「共同体」のひとつとなった。メディアにもなっている。『冬の兵士』「ガザ、希望のメッセージ」「福山哲郎手紙作戦」そして「やより賞ツアー」を駆け抜けた。コトバがあふれ、よく話もした。

しかし、過信したかもしれない。力配分という点で確かに12月はキャパシティを超えて活動。カラダは正直に音をあげた。いまいちど、自分の呼吸に返る習慣をもっと近くにひき寄せよう。そのようなスタイルを構築したい〉

第4章　2010年　風穴を開ける

【コトバの引き出しと身体感覚】

２０１０年。「改めて人生の優先順位を組みかえて着実に前へ進もう」と年頭所感を書きました。具体的には▽毎日の食事を楽しみ作り、一番大切な時間にすえること▽早寝早起きを心がけ習慣に。一日の流れを自ら創造すること▽祈り、感謝、自分の呼吸に返る時間▽カラダの声をきく▽カラダ、ココロ、モノモノ、人とのつながりの手入れ▽独立した個の実践（車の取得）▽クリエイティブな楽しみをもつ（リフォーム、絵はんこ、書、写真など）。

元日は自宅でナビイと過ごしました。「倦怠感と苦満感の波を時折横になってしのぐ」。母親に作ってもらったうどんを食べ、身支度を整え、夜に病院に戻りました。「ナビイの写真を飾ろう」

２日は心地よく目覚め、シャワーを浴びました。脱毛が始まりました。「パーマにしておいて良かった。髪が拾いやすいからだ」。午後に元夫が訪れ、外出してドライブ。鴨川沿いで親子連れがたこ揚げをする姿やユリカモメを見かけました。カフェでコーヒーを飲み、北大路ビブレで文具の買い物。夜、病室で元夫と話す中で「コトバの引き出し」「カテゴライズしながら聞くこと」を伝えました。以下は、その時の会話の内容です。

「いつもこうやって話していることについて、どう思う？とか、どう感じる？とか、私が求めるのは、それが対話だから」

「聴いた話を自分の中でカテゴライズする習慣をつけて聴くと、話が、対話が面白くなるよ。虫賀さんは話すのが好きで好きで、あれは引き出しが一杯なんやから。知識が自分の最近の身体感覚、いまここを生きていたら毎日あるんだけど、そのいまここで感じている身体感覚に一番近い言葉を、過去の知識の引き出しから探し出して、いまここを表現できたら、それはとても楽しい作業やと思う。だから楽しくて楽しくて一生懸命お話しゃはるんやと思う」

「私の知り合いの中で、虫賀さん、細見さん、藤井さんは言葉の引き出しを豊かにするために、すごく高くアンテナを上げている人だと私は思っていて、藤井さんが四国、西国三十三カ所を歩かはるのは、お遍路さんをやったはるのは、きっと身体感覚を持っておこうということやと思う。よくよく考えると、この病気と向き合う、痛みを感じたり、圧迫を感じたり、すごくしんどかったり、だるかったり、薬の副作用で髪が抜けたり、眼が腫れたり、吐き気がしたり、というのは究極の身体感覚。それは私にとってはヘッヘッヘーなわけ。虫賀さんにとっての山登りみたいなもので、身体感覚を得る場なんやと思う」

「しかもがんという戒律つき。病ということで、いろんな規制があります。やっちゃいけないこともあるのは戒律みたいなもの」

「でもな、人間てな、能力が閉ざされると、他の能力が伸びてくるのよ。例えば気圧が低くなると、ああ雨が降るなとかわかるようになるし、体調が悪くなるのが気圧でわかるとか。嬉しいことではないかもしれないけど、考え方によっては、閉ざされていた能力が伸びていってるから、今まで感じられなかったことが感じられるようになっているのかもしれない。という風に理解すると、戒律があることによって鼻が効くようになるとか、ひらめくようになるとか、あるんじゃないかなあ」

「そう思ったのはプラユキさんを見て。おびただしい戒律の中で生きているプラユキさんから発せられる言葉がとても時を得て届けられたと思う」

（戒律が何のためにあるか、につながる？）「そうやと思う。戒律は、ある社会においては不自由。例えばその戒律をまとってプラユキさんが日本に帰ってくる、それをそのまま貫こうと思ったら、けっこう不自由な生活になると思うけど、だからこそ感じ取れるものがたくさんある。そういう風に思うわけさ」

「私はそんなに記憶は良くないけど、話を聴いた時に自分の中でカテゴライズすることで、大事なことは残る。この人が一番言いたかったことは何だろう、とか。私はいつも人の話を聴く時、心に、頭に3色ボールペンを用意していて、大事なとこは赤線、知っておいた方がいいとか記録しといた方がいいとこは青線、他の人にはどうかわからないけど私感性、今の私だから反応していることは緑の線、を引きながら聴いている。そうすると、うまく引き出しの中に入ってくる。最初は引用で使っているんだけど、そのうち自分のエピソード、身体感覚を表現する時に引っ張り出してくる。その時にはもう自分の言葉になっている」

「こうやって人間は螺旋状に階段を上っていく生き物ではないだろうか。年を取るということは、螺旋状に上がっていくんだと思うねん。最初はXY軸だと思ってたけど、最近Z軸が見えてきて3次元に見えている。中長期的なものも含めて。そうするとやはり直線ではなく、回って生きていると思う。最初は無駄と思われることもいっぱいあるけど、すべて一筆だから、何一つ無駄なことはなくて。だんだんコアになってきて、いい仕事ができるようになる。いい役割を生きられるようになってくる。最近、そんなことを思考している」

「去年3月、藤井さんの異動の前に一度話したいと言ったら来てくれて、いっぱい話を聴いてくれた。フンフンと話を聴きながら、いろんなリアクションをしてくれる。私が一方的に話すのではなく、ところどころで話を止めて確認してくる。『それはこういうこと？　僕もこういう経験があって、それと同じことなのかなあ』とか。私も一方的に話して終わりではなく、藤井さんのこともいろいろ知れる。こういうことを大事にしているんだ、とか、こういう人と関わってきたんだ、とか。藤井さんが立体的に見えてくる。藤井さんが帰った後に、私もものすごく充足感がある」

「そういうことが何回かあって、あのメール・ラリーが始まった。一方で中身が濃すぎて、タイト過ぎて、ドン引きする人も出てくるかも知れない。私にとっては失いたくない大事な40人。そんな大事な人とのつながりを、メール・ラリーを始めたことで失ったらどうしよう、というプレッシャーもあって、途中からちょっと恐ろしくなった」

「だけど、これは一つのメディアになってるよね、って誰かが書き込んでくれて。冬の兵士のアダム・コケシュが『自分たちのメディアを持たなければいけない』と言ってた。それも彼の言葉が私の引き出しの中に入っているわけさ。あの報告書を作ったことで。その二つの言葉がつながって、『栄里子いまここ』はそういう一つのメディア、共同体であるのだな、と。ここでみんながどんどん風穴になって、発信したいことを発信してくれたら」

「（一方で）紙のメディアと両輪にならないとネットには限界があることもよくわかった。メールはいま読めないと読まないし、読まないまま終わってしまう。そういうスピードがある。でも、紙って、ある日ひょっこり出てきたりする。それに気づいたのは、外来の日、未開封だった梅村通信をかばんに入れて待合室で読んだ。何年か遅れでも、梅ちゃんが私に見せたかった記事が読めたりする」

「これとネットが両輪になれば、今は急がしすぎて出逢えない人も、ある日、あ、この人はこういう人だったんや、とか、気づいてくれる人が現れるかもしれない。そういうことをやりたい。今年2月13日のバレンタインパーティーまでに、相関図を作ってみんなの手元に送りたい。今読まなくてもいい、でも捨てないでほしい。私がお願いしたいのはそれだけかな。そんなことを今考えている」

「12月19日に治療始めて、いま2週目。次の治療のスケジュールを考えたら、13日はちょうど出てこれる日やと思う。誰がそんなことを考えて『かぜのね』を押さえたのか。全てが出来すぎている」

【手入れ】

1月3日も夕方に元夫が来訪。この日も年賀状を書き、

「楽しい。人間関係の手入れである」。4日は両親がナビイを連れて来て、病院の隣の公園で日だまりの中を過ごしました。「ゆったりした時間。心満たされる」。5日はシャワーで脱毛が激しく、髪を結いました。よっちゃんが訪れ、気功療法。年賀状も書きました。「これ以上豊かな時間があるだろうか。日だまりの時間をいとおしく思う」

6日は新川さんとジョルダンさんが来訪。2人が里親のグアテマラの16歳の少女を米国に招いた際、米国の印象を「変な国」と語ったという話を興味深く聞きました。年賀状も書き、洗濯物を屋上に干しました。

7日は橘曉覧の『独楽吟』を読みました。「楽しみは……」と一つずつ味わうものです。昼に足湯につかり、夕方はナビイが来訪。車の中、ひざの上で眠りました。8日、蒔田さんとよっちゃんが来訪。9日は外泊し、10日は両親と食事。「穏やかなよき一日。ナビイとの時間もいとおしい」11日は外泊許可を取り、書店で雑誌を買い込みました。やもめ亭の模様替えの構想を練るためで、「あれこれ考えるのが楽しい」。夜はすきやきを作って元夫と食べ、バレンタインパーティーの計画も立てて「たのしいではないか」。ナビイも一緒にやもめ亭に宿泊。「元夫が家事のすべてをやってくれる。ありがとう」。昼前に実家に戻り、メール・ラリーの手入れや髪を切るなどの身支度。「なによりナビイとゆっくりすごせたのが満足。感謝」。メール・ラリーにバレンタインパーティーの呼びかけを投稿しました。

〈親愛なる、みなみなさま　あけましておめでとうございます。冬のメンテナンスで年末から病院合宿中です。順調に進めば、この合宿は2月上旬にいったん終了すると思います。ちょうどそのころ、香港にいる森田紀子さんが一時帰国される予定です。つきましては2月13日(土)午後、「かぜのね」に集いませんか。バレンタインパーティーです。貸し切りで予約をしています。昨年立ち上がった「いまここ」メール、一度お顔を合わせる機会を、とのリクエストをいただいていましたが、いよいよ実現(させたい)。底冷えの京都ですが、冬枯れの山並みも鴨川のユリカモメも美しいよ。楽しい対話と料理とお酒で温まりましょう。時間は午後1~4時。昼餉とお酒とアフタヌーンティーのチャンポンで〉

メール・ラリーに参加していない友人たちも誘いました。〈昨年、ワタシのパソコンの中で「いまここ」という名の、メールでつながる「共同体」のようなものが立ち上がりました。(略)昨年、いっしょに大空を翔んだ京都のみなみなさんにもご参加いただけたらなおうれし。ワタクシ自身、目下、身動きがとれぬ身ゆえ、その実、みなさんのお力頼みの宴会でもあり(汗)。これを目の前につりさげたニン

ジンにして後半戦もがんばります〉

13日、IgAは80台に低下。14日、友人の田中愛子さんが見舞いに来訪。蒔田さんや森田さん、虫賀さんらと旧知のボサノバ歌手で、在日外国人の相談ボランティアなど社会活動も熱心に続ける女性です。「この人のまっすぐさが胸にひびく。愛子さんに（大貫妙子さんの）『Beautiful Beautiful Songs』を歌ってもらおう」。15日には2クール目のDCEPがスタート。痺れが増し、身体のむくみも感じましたが、「精神はおだやか。非常に安定している」。16日、元夫と蒔田さんが来訪、17日には蒔田さん、よっちゃん、姉、母の来訪で「満員御礼」。姉ともゆっくり話せ、日記に「美しい日差しの一日」と書きました。ところが、深夜になって移植患者仲間のINさんの訃報が届きました。「驚き、戦りつ、鎮魂の夜。あなたの役割、私が見い出したものはせめて文字にしてあなたの家族に伝えたい。やすらかに」

【風穴を開ける】

1月18日、DCEP2クール目の最終日。「今日も美しい日差し。キラキラの朝」。むくみが薬で軽減していて、2～3時間で何度もトイレに走るものの「カラダは軽くうれしい。視界も広がった」。そんりさのコラムと薬局のニュースレターの原稿を書きました。「続きの作業を考えると明日が楽しみ」。19日、午前中はトイレに忙しく、ニュースレターの作業は午後にスタート。順調に進み、5日ぶりにシャワーも浴びて「気分の良い1日だった。ナビイに逢いたい」。

20日は暖かな日。ニュースレターはほぼメドが立ち、病室に来た薬剤師の先生に「あなたはたくさんの人を育てている」と言ってもらいました。メール・ラリーに投稿しました。〈さて。ラリーが、また始まりました。おかげで、白い天井を仰いでチューブやコードにつながれていようとも、まったく退屈することはありません。本当です。逆に目まぐるしいくらいだ（笑）。去年、京都にもやってきたイラク帰還米兵のアダム・コケッシュ君が「ジブンたちのメディアをもつこと」の重要性を訴えていましたが、これは松平君が言うてくれたように、確かにワタシたちにとってメディアの一つになりつつあるのかもしれません。最近、実感することとして聞いてください。いきなり「面」でとらえると難解なことはたくさんありますが、「点」の共感をつなぐことを丹念にやっていると、風穴は思わぬところに開いていく（略）。誰しもが自ら「風」を起こす（情けあるお報せの発信者になる）ときがくるかもしれません。このメール・ラリーの始まりがそうだったように。です。

そんなとき、ここに「風穴」が開いている、そこにも穴が開いている、ということをとりあえず知っておくこと。これは意外と侮れない危機管理であり、同時に大きな可能性と感じ始めています。翻って考えてみよう。１００万人が引きこもるこの国に圧倒的に足りていない視座。つながりを、軽く見すぎてたんじゃないか。と。つながりは一方的なものでなく、やはり自らの手で耕すものだと思います。ワタシ自身が、神戸の震災報道で想起したもの、今回のハイチ地震、そして予測できなかった病の再燃……予測できない物事がそれぞれの身に起きた際に対応する「智慧」の在り方こそ、ワタシはこのメール・ラリーでみなで耕し、育み合ってゆきたいと願っているのかもしれません。どうぞ、変わらずお付き合いくだされませ。あんどうえりこ@合宿順調〉

22日は実家で外泊。「もったいなくて眠れなかった。独楽吟が楽しい」。24日も外泊許可を得て、蒔田さんの迎えでキッチンハリーナへ。上杉さん、浅井さんたちも駆けつけランチを共にしました。

26日、栄里子さんが恩師の朧谷壽先生の著作『平安京とその時代』に寄稿した文章を、榎原智美さんがＰＤＦファイルにしてメール・ラリーに投稿してくれました。それを読んだ藤井さんも〈この文章はすばらしいよ。病気になってからますます感性が鋭くなって、さまざまな問題の根底にひそむ水脈をつなげていく精神の飛躍力に舌をまいてきたけど、今回の文章は、「先生」という対象に巡りあって、しなやかな感性が文章という形で一気に爆発したような気がしました。あとは「自分」を対象に同様の感性で書いてほしいもんだ。僕個人にとっては「歴史資料といまここにある私たちの暮らしを結ぶ博物館のような仕事」という部分が一番目にとまりました〉と書き込み。栄里子さんも27日、返礼を兼ねて投稿しました。

〈思文閣出版からこのほど出た古代史学の論考集。執筆者は平安京や長岡京などの古代史研究者のみなさんで、私は、この本の編纂にあたられたお二人をつないだ者（元教え子、元新聞記者）として執筆依頼をいただきました。研究者でもない門外漢のわたくしに、なにが書けようか。そこで、恩師への手紙、というカタチで拙文を寄せたしだい。さとみちゃん、どうもありがとう（涙）。藤井さんも、がっつり読み込んでくれてありがとう。「歴史資料といまここにある私たちの暮らしを結ぶ博物館のような仕事」の部分は、一番、力を入れて言わんとしたところかもしれない。それは職業としての記者を辞めて、活動屋？ みたいなことについ燃えてしまうジブンの根っこにもひとしく流れていて、これからも目指したいあり方だと思うから。私は、すっかりオスカー・ワイルドの『幸福の王子』の王子像の気分です。日本の津々浦々から、はたまた世界を飛び回り、40人のみなさんがいろんな情けあるお報せを投げてくださるので、仮に身じろぎひとつできなくなったとしても退屈することはないでしょう。「いまここ」バレンタイン・パーティーで、ひとりでも多くのお顔にお逢いできたらうれしいです。こちらに届いている参加希望者は以下のみなさん。（漏れてる人ない？）引き続き参加表明、心よりお待ち申し上げます。▽香港から一時帰国する森田紀子さん▽件のフォワード　榎原智美さん（京丹波市）▽メール・ラリーの点火びと　青西靖夫さん（横浜市）▽よこいとライブラリアン　一之瀬裕美さん（和歌山）▽植林ラーメン男（ひとことではいえないっ）熊谷譲さん（北海道）▽わたしをグアテマラにつないだA日新聞記者の藤井満さん（松江市）▽近著『それでもダムなんですか』好評発売中の古谷桂信さん（兵庫県伊丹市）▽「中南米と交流する京都の会」の奇特なはじめからメンバーの成田有子さん（大阪市）。以下は京都のみなみなで▽現在ナラ枯れライターから変幻自在な上杉進也（守田敏也）どん▽准教授から華麗なる転身。「かぜのね」のオーナー　春山文枝さん▽ワタシの京都暮らしのモチベーター　蒔田直子さん▽お休み処「やもめ亭」亭主のガンプ（元夫）オオタさん……このほか、私塾「論楽社」を主宰する虫賀宗博さんや、京都でいっしょにガザや「冬の兵士」の朗読会をつくったかぜのね常連仲間も集います。むふう。たのしみじょ〉

29日、胸部がこわばり集中力は低下気味。疲れやすさを感じましたが、メール・ラリーの相関図作りに励みました。30日は外泊して「そんりさ」発送作業。古谷さんたちいつものメンバーに加え、藤井さんや宇田有三さん、若手フォトジャーナリストの柴田大輔くんも来てくれました。

2月1日。「朝の寝覚めが楽しい。確かな朝。まどろみの中でストレッチ」「今日一日はどのように組み立てよう。何を片付けよう。そう思うと心が沸き立ってくる。私は自分への宿題をすぐに見つけてしまうが、この優先順位を常に見直すことが大切と感じている」

2日、夕方に元夫が来訪。差し入れのうどんを一緒に食べ、メール・ラリーの手入れ、通信の宛名書きをしました。「順調だ」。3日、入院中の担当医から説明があり、元夫と姉にメールで報告。〈現時点までの治療成績の説明がありました。善戦です。が、あと、もう1クール。退院は3月前半の予定です。血球回復を待って、可能であれば今週末、来週末の間に何度か外泊ができると思います。ここでは周りに比べると元気ですが、下界に降りるとやはり体力は目減りしていると思う。シャワーのあと、脱衣場に椅子がないと困る程度。長時間、立っていることは難しい感じをイメージしてもらえたら。あとは、足に冷えを感じると顕著に機動力が落ちます。Yさんに教えてもらった気功体操が実質的で有効なものであることを実感しています。習っておいてよかったよ。（略）

□2010年2月2日　CT検査　入院担当ドクターの説明「画像の説明」…治療前の肝臓には腫瘤が多数見られ、全体積の約3分の1は腫瘍に置き換わっている状態だった（いーっ、そうなん?·）。相当な圧迫感があったと思われます。2回の治療で、治療前12月17日の撮影時にあった15個以上の腫瘤（最大で径6センチ）は確認できるかぎり、5~6個に減少。大きさも平均して平面で3分の1（立方体にすればもっと縮小比率は大きい）に縮小していて、いずれも径1·5センチ以下になっています。副腎の横にあった腫瘤も径2~3センチ→0·5センチ以下に縮小。「見解と方針」…DCEP（デキサメタゾン、シクロホスファミド、エトポシド、シスプラチン）がよく効いています。血球の回復を待ち、2月15、16日あたりから3回目の投与を計画。この3回目の治療判定は約3週間後に実施。できれば腫瘤がぜんぶ消えたカタチで退院していただきたいと思っています。（略）以上〉

【グアテマラ民衆法廷で外務省に要請】

2月4日、日本ラテンアメリカ協力ネットワーク（レコム）から外務省への要請文を用意しました。〈（略）私たちは、グアテマラの「戦時下性暴力の被害者から変革の主体へ」プロジェクトに参加する女性たちが準備を進めている「民衆法廷」の開催を応援する日本の市民グループです。きたる3月4日と5日、グアテマラ国内での開催が予定されています。内戦中に性暴力にさらされた女性たち一人ひとりが自分の価値を認め、尊厳を取り戻していくこと、また女性としての権利を皆で守り、女性への暴力のない社会の実現をめざしています。「グアテマラ全国女性連合（UNAMG）」と「社会心理行動と共同体研究グループ（ECAP）」という2つのグアテマラのNGOによって共同で運営され100人のマヤ先住民族女性が活動に参加しています。暴力は、ゲリラの妻や姉妹、母、娘を強姦することでそのゲリラに処罰を与えるという意図で行われたり、ゲリラへの協力者の情報を聞きだすために暴行が行われ、人々に恐怖=テロルを与えるという意味もありました。ジェノサイドの一環としても行われ、10年にわたって性奴隷として兵士たちの相手をさせられた女性たちもいました。それがばれたり告白した場合、家族や共同体の中で居場所を失うだけでなく、どうせ穢れているのだからと再度男性たちの強姦の対象になったり、逆上した夫から暴行を受けたり、ひどい場合には殺されるケースもありました。トラウマを抱え、自分の身に起こったことへの羞恥心から自分自身を責めつづけてきたのです。内戦が終結して13年が経ちますが、社会の隅々まで浸透させられた暴力は今も人々に深い傷を残したままです。また国家は内戦中に性暴力が行われたことを今も認めていません。そんな中で過去に向き合い、真相解明と責任追及のために声を上げている。目的の一つは加害責任を追及し正義を回復すること。反乱鎮圧戦略を指揮した軍責任者を裁判にかけ、女性に対する性暴力が国家戦略の一部であったことを立証し、国家の責任を明らかにすることでした。しかしグアテマラでは人権状況が悪く、司法制度もきちんと機能していません。通常の裁判にかけるのは危険もともない、現実的にはほとんど不可能です。人権活動を行うとグアテマラでは死の脅迫を受け、実際に殺害されることもあります。そこで被害を受けた女性たちが最低限の尊厳を取り戻すべく、「民衆法廷」という手段を通じて広く社会に向けて性暴力を告発し、正義を追求していくことにしたのです。（略）１００人のサバイバーの先住民族女性全員が証言を行います。身元がわかると法廷後に危険がふりかかることも十分考えられるため、彼女たちは仮面を被り、白い服を着て（民族衣装から出身の村がわかってしまうため）、ビデオを通じて証言をする予定です。政治圧力や嫌がらせに対抗する重要な手段は国際的な連帯です。スウェーデン、スイス、コスタリカ、メキシコ、オランダ、ノルウェー、フランス、スペインの各国大使館が「民衆法廷」開催に支援を表明しています。法廷の傍聴、国外から招く専門家の招へい費用や参加女性たちの国内交通費などの資金援助、チラシに後援を明記する、などです。和平合意の前後にトップドナー国として存在感を高め、その後も主要援助国としてグアテマラの状況改善に力を注いでいる日本政府にも、前述した各国政府と同様に、この民衆法廷を支援して頂くようお願いいたします。国際的な人権擁護を進める上で日本のプレゼンスを一層高めることにつながると確信しております〉

報道依頼文も書きました。〈予定会場（国立劇場）の使用許可が取り消されるなど、さまざまな妨害行為がすでに報告され、今後も証言者や関係者に多くの危険が予測されています。日本の市民にも関心をもっていただきたいと願っています〉

一方でこの日、3月に広島でのガザ朗読劇の上演依頼があったと、岡真理さんから一斉連絡がありました。スポンサーは文部科学省の科学研究費のプロジェクト予算。栄里子さんも早速メールを出しました。〈また、おかまりが、すごい風を起こしている。ザクザク切られた事業仕分けの中から、ちゃんと国の予算を分捕って、この再演を世界の痛みにもっとも敏感な地、ヒロシマで実現させようとしているではないか。2月13日にはなんとか合宿所を抜け出し、かぜのねへ舞い降りますが、その週明けから、もう1クール（1カ月かかる）治療が残っていて、その結果、どこへ着陸できるか（できないか?）も未知数なワタクシがここで参加表明のお約束をすること……うにょ、悔しいけれど、できません。でも、出演の可否にかかわらず、もしも体調がよければ身銭を切ってその日は思いきってヒロシマに行きたいと思います。えりこつばめ@補欠要員〉

2010年2月12日、京都三条ラジオカフェのスタジオでグアテマラ民衆法廷への支援を呼びかける

　5日は外泊してメール・ラリーの相関図の発送準備。6日もナビイと過ごしながら作業。7日は「よく眠った。愛宕山と比叡山が真っ白にけぶっている。美しい朝となった」。元夫に送られ病院へ。バレンタインパーティーの準備も追い込みに入り、毎晩メールのやりとりが続きました。

　12日にはグアテマラ民衆法廷と、支援のため京都で開く講演会をラジオで紹介する収録が京都三条ラジオカフェであり、栄里子さんも病院を抜け出して駆けつけ、メッセージを読みました。「日本でバトンがつながれたわけですから、それをぜひ、私たちは日本からも、見守り、支え、見届けたいと心から思っています」

【バレンタイン・パーティー】

　2月13日午後、いよいよ「栄里子いまここバレンタイン・パーティー in かぜのね」が開かれました。栄里子さんは外泊許可を得て、元夫の送迎で会場入り。総勢50人ほどの参加者を前にあいさつしました。序章でも紹介しましたが、改めて記します。

「本当に遠方からもお集まりいただきましてありがとうございます。申したいことは、本当に来て下さって、出逢って下さって、私の人生に現れて下さってありがとう。それが一番お伝えしたいことです。今日、ここに来て下さっている方は、私がちょろっと出逢った人ではなく、私の中では、ちゃんと出逢った人、という思いがあるのです。私が大好きな人たちです。その人たちが互いに出逢ってくれはったら、どんなに面白いかなあと、いつも思っていて。

ある日、一人で読み置くにはもったいないメールが来たんですよ。青西靖夫さんから。グローバルジャスティスについて。もともと北海道の越田清和さんがグローバルジャスティスということを言うてはって、その話を聞いた青西さんが、それを自分の中をくぐらせてくれたメールが。私一人で読み置くには非常にもったいないと思って、頭に浮かんだ人の宛先をバッバッバッと、宛先公開で。普通はネットの社会では了解も得ずにメールの宛先を公開にしていくことは多分ルール違反なんでしょうけど、これはええねん、と思って、ワッと送って、そのまま私はドロンと入院してしまったんですけど。

その、ドロンとしている間に、みんなが互いに自己紹介をして下さって、一つのメディアみたいなもの、『いまこメディア』みたいなものが、いま40人登録してもらっているんですけど、動いています。で、今日、ここにいてくれはる方のうち25人くらいはそのメンバーです。それ以外の方は、ここ何年かかかって京都で一緒に、ぐるぐるっと京都をかき回している、空を飛んで下さった皆さまです。京都で一緒にいろんなことをやっている方たちは、多くは森田紀子さんの置き土産というか。彼女は京都ＹＷＣＡで外国人の電話相談をずっとやっていて、『移民の話をやるには自分が移民にならなわからなへんわ』って香港にいるんですけど（笑）、香港から一時帰国するという話があって、『そしたら一緒にご飯を食べよう』と。滞在期間も短いだろうけど、のりちゃんに会いたい人は他にもいっぱいいるやろうし、そしたら『かぜのね』のこの部屋を押さえておくから、そこに来たい人はみんなおいでよ、って声をかけようと。最初は二人の食事会のはずやったんですけど、どういうわけか、伝言ゲームの中で、安藤栄里子の生前葬か、という風になったとしか思えないほど、みんなが来て下さいました。

思うんですけど、これは絶対、みんなもやっといた方がいいです。こんな幸せなことなんてないやん。全員、私が好きな人なわけで、自分がいなくなった後でなんぼ『あの人、変な人やったなあ』とか集まってお酒を飲んで楽しくやってくれはっても、自分が入りたい、と思っても入れないわけで。やった方がいいですよ。みなさん。そのたびにみんなで集えるし。思いがけないことであったかなと。

で、今の私の状況をみなさん心配してくださるので、粗々言うておくと、私は多発性骨髄腫というがんで、6年前に発病して、骨髄移植も受けたんだけども再発して、まだ治癒が（確認された例が）ない病気です。34歳の時に発病した時には、なんてこったい、と地面が割れたような気持ちになりましたけど、それから6年、7年目に突入していて、こんなこともしているわけです。治ったらあれしようとか、これしようとか思っていたら何もできないけど、とにかく自分の人生の優先順位を入れ替えて、できることからやっていけ、と思ったら、去年なんかはいろんなことができて、朗読劇までやっちゃいました。朗読劇もすごいことになっていて、今度、広島で再演依頼が来たんですよ。つばめ劇団に。しかも宿泊費と交通費は国が出すと。

確かに34歳で宣告された時には、えーっと思ったけど、お陰様で40歳のおばさんになりました。今、日本では2・4人に1人ががんになって、3人に1人ががんでサヨナラの時代に突入しているんですよ。がん大国。そう思ったら、この中にも、半分はがんになる。誰かがババを引くわけですよ。40歳にもなったら、そんな大したことじゃないな、私だけが特別じゃなくて、まあ、ババを引いてもしゃあないかと。いろいろ悪いこともやってきたし、と思って、何とか受け入れられたんですね。

そう思ったら、死というものを忌み嫌うのではなくて、死は生き終わり、だと思うんです。最近。だから、生き終わるまでの尺の長さではなくて、いかに面白く、やりたいことをちゃんとやって逝くか、ということが大事やなって。最近、それしか考えてなくて。だから、長さじゃなくて、『ああ面白かった』って言って終わろうと思ってて。今日なんかは、ほんまにそうですねえ。なので、お勧めはみんなもこれをやるということと、誰か半分はババを引くで、という話と、ありがとうを一番お伝えしたいと思います。たくさん出逢って下さい。面白い人たちです。ありがとうございました」

この後、みなが順に一言ずつ話し、栄里子さんも一人一人に補足説明。参加者同士でそれぞれに話の輪が広がり、言葉を交わしました。みんなが次々とそばに来てくれ、栄里子さんのリクエストで田中愛子さんが歌を披露。「みなさん、ワタクシの人生に現れて下さって本当にありがとう。つながりが生まれている」

最後に嬉しいサプライズがありました。この日に備え、内緒で準備してくれていた寄せ書きです。

2010・2・13@かぜのね

「いまここ」の記~安藤栄里子さんへのメッセージ~

☆(略)安藤さんに会うために、年に1回は京都に行くと決めています。(略)おかげで太田さんをはじめ、いつも京都に集う皆さんと年に1回は会える。今、傍らにまたひとり大切な人が増えました。より一層「いまここ」を大事にしたいと思える毎日です。(略)[片岡桂子(旧姓栗田)]

☆あの日、3枚目は「大丈夫」とも書きました。よかっ

た よかった。

［関口香奈恵］

☆（略）出会ったのはいつだったっけ？ たしか阪神大震災の1年ちょっと前の春、同僚の記者が「魔性の女と言われてるかわいい京都新聞の記者がいるからつれてくよ」と、叡電茶山駅前の僕のマンションにいきなり夜中にやってきた。「魔性の女」と言われるほど美人とは思わなかったが、まもなく翻弄され、さらに即時にふられることになった。彼女の魔性の魔性たる所以は、その後に発揮される。彼女の気をひこうと必死になっていたとき、「オレさあ、夏休みにグアテマラに行くんだけど、一緒に行ってみない？」などと誘い、グアテマラの人権活動家が来るとその講演会に誘った。で、ふられたから当然一人でグアテマラに行くつもりでいたら、「フジイさん、グアテマラにはつれていってくれるんですよね？」と図々しくも言ってきた。（略）唖然としたけど、断るわけがないわな。半分うれしいわな。でもまあ結局、下心は粉砕されてツアーガイドと化したのでした。閑話休題。そのころの彼女の記事、とりわけ考古学関係をいくつか読ませてもらっていた。（略）自然の描写とか、「……と思った」というような主観的描写のなかに、真似できない感性が光っていた。（略）「あと2年」と病気を告知されたとき、船底の抜けるような絶望感に襲われ、でもなぜか、家族を奪われたグアテマラの女性たちを思い出し、そこから生きる力をもらった……というような趣旨のことを彼女は書いていた。すごい！と思った。グアテマラの先住民族女性の悲劇は決して他人事ではないとは僕も頭では思っていたが、自分の人生と交差しているとまでは実感できなかった（今もできていない）。アンドーは「病気の助け」があったとはいえ、その実感を体得してしまった。ああ、もうかなわんな、と思った。でもね、その後じっくり考えてみると、「感性の人」である彼女は昔といっこうに変わってないんだな。感性だけが先走って、相手が理解しようがしまいが関係ない。僕が彼女の考えを理解するのは彼女自身の言葉よりも、彼女から紹介される本を通してのほうが大きかった（例えばプラユキさんの本）。グアテマラの人の体験を自らの体験として感じること。パレスチナの人の思いを自分の身体感覚として共感すること。誰もが病気を患い誰もが死ぬのに、なぜ彼女だけが他者の悲劇に共感できるのかという疑問……。（略）せめて自分の病気と、そこにオーバーラップしてきたさまざまな人々の思いや問題の経緯を事細かに記して1冊の本にまとめてくれ。（略）みなさん、そう思いませんか？

［藤井満］

☆グアテマラで初めて会ってから今まで、いつも励まされたり、元気づけられたり、お尻たたかれたり……たくさ

2010年2月13日、かぜのねでのバレンタイン・パーティーの後、
会場に残っていた友人たちと記念撮影

んの力をもらってます。（略）メール・ラリーからも刺激をたっぷり受けています。あらためて、どうもありがとう。（略）これからも今まで同様、いっしょに歩いていってください。（略）

［山本慎一］

☆（略）巡り逢えて、しかもそばにいさせてもらって、たくさんのモノをいただいています。あなたの周りには僕の方が先に知り合った人も大勢いますが、僕よりも深い関係を築いていますね。うらやましくもあり、うれしくもあり。人との関係を消費しない。（略）魅力が魅力を集め、広げています。（略）ありがとう。これからもそばにいます。コバンザメのような僕ですが、どうぞよろしく。（略）

［太田裕之］

☆足立@コスタリカどす。京都会→よこいと→メール・ラリーと、なんか人が増えてる気がするんだけど（笑）（略）コスタリカの選挙は相変わらずおもろいでー。子どもたちがわんさか集まって。子どもたちの投票がやっぱり一番おもろいね。子どもも楽しそうだけど、親が一番楽しそうだもん。日本もこれくらいオープンになれるといいな…いや、せねばならぬね。引き続きご支援のほど&本屋よろしく（略）

［足立力也］

☆（略）高知で川ガキとして育ち、川と魚突きと釣りにたいへん愛着？執着？を持っている44歳、三人の子（全部

男」の父親です。（略）安藤さんとはグアテマラ支援のレコム（日本ラテンアメリカ協力ネットワーク）で知り合いました。最初に嘉田さんの依頼でした仕事が琵琶湖博物館の一周年記念企画展、琵琶湖での暮らしの今昔比較写真展（１９９７年）であり、当時、安藤さんは京都新聞草津支局員として企画展の取材もしてくれたのでした。現在は、化石燃料にも原子力にも頼らない地域社会を構築する処方箋となりえる本を岩波ブックレットで企画中です。タイトルは『地域の力で再生エネルギー！』。６月はじめの刊行予定です。安藤さんが呼びかけた「よこいと」ネットが、三次元の立体化を超えて、四次元の時間的広がりまで持ち、息づいているのが「栄里子いまここ」ですね。電子メールを用いた最もいい形での繋がりの形成ではないかと思います。（略）最近の安藤さんを見ていると、カミサマが「病で魂を磨きなさい」と指示を出したのではないかと思えるくらいものすごいですね。それほど安藤さんから眩しいほどの魂の煌めきを感じます。（略）我が家の次男、健人からもハンディキャップを持つゆえか、同質のものを感じます。健人に与えられたなすべきことは、一息、一息、息をし、心臓を鼓動させ、命をつなぐことです。とくに何事も成し遂げなくてもいいということを肯定してくれる存在です。ぜひ、健人にもみなさんに会っていただきたいと思っています。（略）

［古谷桂信］

☆（略）「メール・ラリーなひとびと相関図」他、（略）食い入るように拝見しつつ、貴女のアイデアとエネルギーの豊かさに今更ながら驚かされました。思い出せば、あれは２００３年のこと。グアテマラで青年海外協力隊（職種＝農業技師）として活動・帰国後、同国とのつながりを維持したいという漠然とした思いから、ＹＷＣＡで開催されたレコムの写真展を訪れなければ、受付係をしていた貴女と話をしなければ、懇親会に参加しなければ、今日のこの縁はなかったに違いありません。（略）国際協力の現場にまで導入された競争原理の弊害から（略）いろいろなことに苦しめられるようになり、将来への不安で目の前の課題に集中できないこともしばしばです。ですが、そんなときに「いまここ」という合言葉（？）を思い出すと、硬く縮んだ心が和らぎ、場を乗り切る力を出してくれる気がします。「出逢ってくださりありがとう」。私こそ、この言葉を申し上げます。今年も、その先も、嵐山の桜や下賀茂の新緑を一緒に愛でる機会がありますように。

［佐々木玲子］

☆奇跡のエリちゃんへ（略）もともとグアテマラがきっかけで知り合いましたが、１９９９年に1年間京都に住んで、ぐっと親しくなることができました。人と人をつなぐ素晴らしい才能に恵まれたあなたは、それからよこいとネットを立ち上げ、人の心の奥深くに届く言葉で私たちを結んでくれました。京都でグアテマラの集まりをするたびに、あなたが築き上げてきたものの素晴らしさを実感します。（略）参加できなくて本当に残念ですが、あなたが懸け橋になってつないだ仲間たちの楽しくて温かな集いになることでしょう。ワシントンから元気の気を送ってますからね。今回の合宿も後半になりましたね。残りの治療もうまくいきますように。そして夏にはナビイと一緒にまた会えるのを楽しみにしています。（略）

［新川志保子］

☆（略）知り合ってまだそんなに時間が経っていないのに、あなたの存在が不思議なくらい私にびしびしと迫って来るようになりました。短い間にいろいろな想いを共有できたし（略）たくさんのことを教えてもらったと思います。あなたのような人が私の人生にかかわりをもってくれたことを心から感謝しています。13日の集まりで、えりえりの大好きな「Beautiful Beautiful Songs」という曲を歌ってほしいと言ってくれましたね。えりえりのことに想いを馳せながらこの曲を何度も練習しているうちに改めて気づいたことがあります。人は、どんなときにもBeautiful lifeを生きることができるのだと。そして、その人生の瞬間瞬間に、たとえいちばん苦しいときでさえ、Beautiful Songsをつくり出すことができるし、耳を澄ませばどこかで誰かのBeautiful Songsが聞こえてるってことを。ありがとう。本当にありがとう。

［田中愛子］

☆あなたのことを　わたしはなにもしらない　わたしのことも　あなたはなにもしらない　それでも　あなたの目をみていると　あなたが好きです　とそんな気持ちになる人です　えりこさんって

［杏さだ子］

☆最初にお会いしたのは、何年も前に中南米と交流する京都の会の催しなどラテンアメリカ関連の学習会などを通じてです。（グアテマラと言えば安藤さんと思うぐらいに）（略）本当に情熱的に取り組んでおられる安藤さんに、いつもいつも大きな刺激を受け続けて来ました。また、ピースムービーメントの催し等の様々な催しを一緒に開催させていただき、昨年の『冬の兵士』証言集会の証言記録もまとめていただいたり本当に感謝感激です。（略）

［山崎卓也、関俊子］

☆「うりずんの季節、伊江島に行きたい」と言われていましたね。春から夏にかけてのこの時期、沖縄は太陽の陽射しに海も山も輝きを増して最も素晴らしい季節です。ぜひ実現させましょう。伊江島は私もゆっくり回ったことがありますので案内しますよ。

［北上田毅］

☆（略）今年の冬は雪が少なく、例年より2～3週間も早く椿が花を咲かせています。4月に入ると石楠花や三つ葉つつじ・どうだんつつじ等が次々と美しい花を咲かせ、白雲山荘が一番美しい時期を迎えます。昨年の白雲山荘の訪問者は延べ369人。安藤さんは3人分。夏の花火・秋の紅葉・冬の薪ストーブを楽しみに、皆さんとの語らいの場に（略）安藤さんと仲間の皆さんが、何度も何度も白雲山荘に集っていただけることを願っています。［荒野一夫］

☆えりえりは、人と人が出会うことに無上の喜びを感じてしまう極上の道楽者。そしてこの冬、一緒に過ごした土曜日の午後の時間のなんと豊穣だったこと。8階の空と街と山をのぞむベッドは、冬ごもりどころか……世界の果てまで飛んでいく、まるごと「いまここ」栄里子の光がいっぱいでした。さあ、これから、なおも私たちは道楽を重ねていくのです。［蒔田直子］

☆今日は曇りから雨の一日でした。夜明け前に目覚めて空を見上げていました。こんなに厚い雲がたちこめていても、朝は白々と明けていくものですね。大気に染み入った光に包まれながら「栄里子さんは眠りの中かしら、起きているのかな」と思いました。そういえば夜更かししている時も、ふと栄里子さんを思い出すことがあります。つい最近、西日の話を交わしましたね。「東山の裾野に寺院が軒を連ねるのは、この日没に西方浄土をみたからなんだと確信しているところです」と栄里子さん。私たちを見えない糸で結んでいた法住寺の渡り廊下からは、三十三間堂の本堂に沈む夕日が眺められます。日の入りたもうところには、本尊が座しているそうです。年に何度もない現象だと思いますが、今度一緒に夕日を観に行きませんか。［井上由理子］

☆もうだいぶ昔にレコムの事務所でお会いして以来のおつきあいとなりましたね。このメーリング・リストといい、安藤さんのエネルギーには驚かされます。エネルギー＋人柄ね。（略）グアテマラへの支援活動やブログでの発信作業などを、ぼちぼちと続けていくのが似合っているのか、続けております。（略）今度は、みんなで新緑の下、お茶でも飲みに行くのはどうでしょうか。高知も楽しかったけどね。ちょっと高知は遠いだろうから、どっか近場で。短いですけど、また次の機会にメールしますから。［青西靖夫］

☆安藤栄里子が地糸となって織りなされる京都嵐山織（いまここブランドは西陣織を凌駕？）の帯。これからの世界宇宙を、いかにしなやかに結び始めるか武者震い。糸の一員より感謝を込めて。［榎原さとみ］

☆えりえりツバメ　つながることの大切さ、いつだって、どこにいようと、いま、ここで、自分にできることがいっぱい、あるんだって、えりえりから教わった。えりえり、いっしょに、世界じゅう飛んで行こうネ。（略）［岡真理］

☆出会いに感謝。私もいまを生きます。これからもずっ

とよろしく。　　　　　　　　　　　　［いのうえよりこ］

☆（略）本当に「ありがとう」の言葉ばかりが口を突いて出てきて、他の言葉がみつかりません。こんなに命を輝かせることができるのか、命を惜しみなく使う栄里子さんの行動には驚嘆せずにはいられません。出会いがひとつの奇跡だとしたら、貴女との出会いはかけがえのない大切なものです。そして他の方と出会わせていただいたことも。ありがとう。　　　　　　　　　　　　［成田有子］

☆エリエリ、今日はうかがえなくて本当に残念だけど、皆に囲まれて幸せに笑うエリエリの様子が目に浮かぶようです。その笑顔を想うだけで、私も幸せな気持ち。去年、エリエリが結んでくれた沢山の人との縁は、私にとってかけがえのない宝物です。ありがとう。次回はきっと参加するからね!!　　　　　　　　　　　　［金克美］

☆先週、この冬はじめての本格的な積雪がありました。さっそく娘ふたりと雪だるま作り。大きいのと、中ぐらいのと、小さいのと。雪って不思議ですね。ふわふわとキラキラと。また篠山で夏のバーベキュー、冬の牡丹鍋いたしましょう。ふわふわとキラキラと。――篠山より［細見和之］

☆スクランブル交差点（いとし？のエリー？へ捧ぐ？）

（略）生命の重さ感じながら／春の陽射し求め未来に手をかざす／そこには希望の交差点／京都にもいまスクランブル交差点／色とりどりのリュック背負い／違いの小壁乗り越え／つながり合って新しい未来求めあう／交差点の真ん中で全身で微笑む人がいる／それはあなただ／ここは京都のピースフル交差点／その真ん中にあなたがいる／ドングリのように目を輝かせ―／その瞳に映るのは虹色の世界
［松本修］

☆えりちゃん　ありがとう。メール・ラリーに混ぜてくれてありがとう。コンピューターに向かっていることが苦手な私は、いつもいつも皆のメールを受けながら、そのスピード、ましてやその中身の濃いやり取りのスピードに全く付いていけず、返すことができず、もどかしい思いをしながら、皆のメールを楽しませてもらっている（略）。このメール・ラリーのタイトルの「いまここ」。これはもう私の中にもしっかり刻まれています。えりちゃんの口から「いまここを大切に生きたい」と言う言葉を聞いたとき、自分がかつて感じたはずなのに、明確にしないままにしまいこんでいたことを、はっきり言葉に表してもらって、すっと私の中で整理されてしまった感覚を今も覚えています。「いまここ」があるから、出会いがちゃんとつながって広がっていく。今日の京都での集まりに物理的には参加できず残念ですが、気持ちは参加しています。また春には一時帰国するので、会えるのを楽しみにしています。お元気で。

［石川智子］

☆（略）安藤さんは「かぜのね」の共同運営者なんだよ。市民債権を募った時に、真っ先にびっくりするほど出資してくれました。（略）私がやろうとしていることをしっかりと理解して受け止めてくれて、楽しみながら真剣に一緒に歩んでくれることがわかる長～いメッセージでした。その後も安藤さんの発信する言葉と行動にどんなに勇気づけられてきたか！　そういう意味では、「かぜのね」という場を作るメンバーに安藤さんはいなくてはならない人なんです。いつも安藤さんと会うとき私は企画や運営のことで手一杯だけど、そのうちガールズトークなんかもしたいなぁと思っています。美味しいもの食べながら♪

［春山文枝］

☆初めて会ったのは2003年の京都だったと思います。栄里さんは新聞記者から鍼灸師への転進を遂げ、京都に素敵な診療所を開いたばかりの時でした。京都の方たちがパレスチナの話を聞く会を開いてくださり宿泊先が栄里さんのご自宅&診療所だったのです。（略）東京で知り合った足立力也くん（リッキー）が「宿泊はあんどちゃんとこでいいよ」。（略）一緒にみんなで開業したての栄里さんの診療所兼自宅に泊めてもらい、夜更けまでワイワイおしゃべりした楽しい時間が忘れられません。あの日、へとへとになっていた私に栄里さんが針治療を施してくれました。やわらかい温かいその手の感覚、心に沁みる穏やかな語り口を私の体が耳がずっと覚えています。（略）その後まもなく栄里さんの病のことについてリッキーから聞きました。栄里さんに負担をかけるから連絡するなとリッキーに強く止められました。それからしばらくして福岡で行われたリッキーの結婚式に、闘病中の栄里さんと太田さんがいらしていました。栄里さんの顔を見たとたん、思わず抱き合っていっぱい泣いてしまいました。（略）その後時々メールでのやり取りは続いていましたが昨年突然栄里さんのメール・ラリーが始まり、先日にはとうとう素敵な相関図が届きました。相関図、資料、一つ一つゆっくり拝見しました。栄里さんが出会った人々への大切な思いが溢れていてふんわりと優しい気持ちになりました。（略）苦しいことと沢山向き合っているはずの栄里さんが、どうしていつも軽やかに、たおやかに振舞っているのか本当に驚きます。その心に何度私は励まされ背中を押され、また弱音の中にいる自分を恥ずかしく思ったことでしょう。でも栄里さんには、まわりにこんなに素晴らしい楽しい人たちがたっくさんいたんですね。そしてその人々のエネルギーを見抜く力、引き出す力使う力、つなぐ力がちゃんとあったから、栄里さんが大変な闘病の後にもこんなにやわらかく明るくいられたんですね。また栄里さんご自身が沢山の苦しみを知っているから、それを湛えたまま複雑さを受け入れて、シンプルにしなやかに楽しく真っ直ぐに「いまここ」を生き抜いているんですね。ありったけのエネルギーを振り絞って私たちをつなげてくれてありがとう。一人一人の心にしっかりと届いてゆらゆらと温かい火をともし続けてくれています。私も「いまここ」を大切に生きるぞ！

［森沢典子］

☆いただいた年賀状の一文、「今年は、あなたの言葉を獲得できるようになるといいですね」。常にわたしと共にあります。というより、なにをするにも、ふと安藤さんが浮かびます。不思議ですね。ありがとうございます。

［一之瀬裕美］

☆えりえりへ　これまでたくさん色々なことを合宿所宛てに書き送ってきてしまったせいか、短くピシッと決めるセンスのいい言葉が出てきません。それで、月並みなんだけどさ。あと1クール頑張ってね。ほんで春になったら花見をしようね。絶対にね。

［上杉進也（守田敏也）］

☆安藤さんはゾウ、耳をダンボにしてひびきあうことばをさがす。安藤さんはインパラ、草っぱらをぴょんぴょんとびはねる。安藤さんは小魚、透明な海の砂をつついてははき、はいてはつつく。安藤さんはカワセミ、川淵の岩のうえに青い炎がすぅすぅたちのぼる。安藤さんは磁石の子、なんでもかんでもくっつけてあそぶ。安藤さんは風のむすめ、あっちにふいふいこっちにぷい。安藤さんは六月の葉っぱ、晴れにも雨にもきらきらりん。安藤さんは犬、ナビイとともだち。安藤さんは栄里子さん、生きて出会えてうれしいよ。

［中嶋周］

この寄せ書きは栄里子さんの宝物となりました。みんなにお礼のメールを書きました。

〈バレンタイン宴にご参加いただいたみなみなさま、メッセージをお寄せいただいた30人のみなみなさま　このたびは、あんどうえりこを偲ぶ前倒しの会（笑）にご来場いただきまして、心よりありがとうございました。また、来場かなわずともメッセージをお寄せいただきありがとうございました。これまでの人生の、最良の日でした。そう言って過言はないし、少なくとも、みんなが褒めるとこ必死でなんとか探して激励してくれた十余年前の結婚式を思い出すと、何十倍も楽しかったです（笑）。私がちゃんと出逢ってきた大好きな人たちが、互いにあっちこっちでグラスを傾けながら「はじめまして」なんぞ言いながら話をしておられる。ジブンの頭のてっぺんから湯気が出て、汽笛が鳴っているに違いない、というくらいうれしかったし、たのしかった。もう目配りは蒔田さんや春ちゃんに丸投げで、おまけにガンプも酔っぱらっていたようで、あんどう自身は行き届かぬことばかりでしたが、どうぞご容赦を。なんといっても、中嶋周さんが編集くださった「いまここの記」。周さん、みなさん、ほんとうにありがとう（涙）。昨夜は家に帰り、ひとり静かになって、このいまここの記をひらきました。和紙に印刷されたみなさんのコトバが、ぬくもりいっぱい、センスよくレイアウトしてあるのですが、そのコトバ一つひとつは、綴り手のみなさんと私のこれまでの対話の粋を集めたような珠玉のコトバであったりするものですから、その温かみに包まれて、ほんとうに体温がホコホコと深部から2度ばかり上昇した感じになりました。会場に馳せ参じるばかりでなく、おひとりおひとりがたくさんの時間をこうやって費やしてご準備くださっていたことを想い、文字通り感涙にむせびました。病を得て以来、「人生、プラマイ、ゼロ説」提唱者になりましたが、例えば、病で失ったはずのものものが取り戻せた感じがしたばかりでなく（尊厳の回復）思いがけず、たくさんのおつりが返ってきた感じ?がしたのでした。ココロより深くお礼申しあげます。あんどうえりこ〉

〈追伸　北海道の越田さん、東ティモールのコーヒーをありがとうございました。高知の片岡さん、ブンタン、白い皮までがっつりいただきました。長野の町田登さん、及川さんが林檎停のりんごをどっさりかたげて現れました。みんなでほうばっていただきました。ほかにも、極上の泡盛やら、お菓子やら……「かぜのね」さんの、みぞれ鍋もおいしうございました。私はなぜか朝から全身が筋肉痛。一回も横にならずにいるとこういうことになるのですが、心地よい疲労感と余韻のなかにいます。今宵はみなさんにいただいた「いまここの記」を枕の下に置きました。さあ。どんな夢を見るのでせう?〉

【藤井さんへのメール】

病院に戻って2月15日、DCEPの3クール目がスタート。17日未明、藤井さんがメール・ラリーに書き込んだ感想を受け、栄里子さんも書きました。〈週末のバレンタイン宴に合流してくれた京滋の「姉妹運動体」のある若い人から、「いまここ」のメール・ラリーに合流させてほしいですとリクエストをもらいました。こと、ジブンより若い人に請われると、それはうれしい（と思える年代になっていることに気付く）。たくさんのことを年上の方々から教えてもらってきたのに、ふとジブンの後ろを見たら誰もいないじゃあ、あんまりじゃない。今回の（いわゆる）「オフ会」が実現し、顔を合わせてみてどんな印象を抱かれたでしょうか。指先の不自由な障害者にとって日常の家事は重労働だ。身じたく寝じたくには健常時の3倍の時間を要するし、ワタシにも最低の禄をはむためのルーチンがある。そんなにメールばかり読んでもいられないし、不自由な指先にとってはパソコンのキイ打ちもままならないのが実情です。時には「しばらくパソコン開かない宣言」「返信はしません宣言」なんかも許容しあいながら、それでも、いろんな可能性が芽吹く、もの言える土壌はジブンの手で耕しておきたいと。そういう寛容で緩やかな土壌づくりこそが、いま、少なくとも、ワタシがジブンのいのちを生き抜くために必要だった。なんども、なんどでも、これから先も目の前に立ちふさがってくるかもしれない壁に対しても、クリクリッて風穴を開けて、自力で泳いでいくくらいのしなやかさを身につけたいと思うのです。ここにこんな人がいる、あそこでこんなことを大事にしている人がいる……というのをちゃんと知っていたら、風穴を開けたあと、ジブンの知力体力から鑑みて、どの風にのってどっち向いて飛べばいいのかが自然に見えてくる感じがする。

2010年2月18日、やもめ亭でナビイと遊ぶ

例えばね、閉塞感に陥っている同病患者の仲間にさ、ジブンがやってうまくいったことなら「よかったら役立てて」と。その経験で救われる人がひとりでもあれば病み甲斐、痛み甲斐もあろうというもの。せっかくちょっと珍しい経験をさせてもらってんだから、どうせならシステムに反映させて制度を変えることにも繋がってほしい。そう思った時は気負わず厚労省に意見書も書くし、しゃべりもする。そんな積み重ねのなかで、製薬会社に呼び出されたり、国の有識者検討会で議題にしてもらうこともありました。また、時には「痛み書簡」をまとめてくれていた榎原さとみちゃんみたいな人がタタタと現れて、痛快なトライをあげてくれるようなミラクルな場面に出くわすこともある。分かち合うことで、自分の「個人的な経験」を、はからずも「自分の役割」に昇華させてもらった好例といえましょう。ただ人を知っているというのと、どこかでつながりを感じあっているというのとは微妙に違うかもしれないね。人とつながっていると、思いがけないところから思いがけないタイミングで風穴を開けてくれる人が現れたりするもんだ。

ひとつ実感していることは、最近、空ぶかしが少なくなってきたことだろうか。踏んだだけのアクセル分、時として、それ以上に前に進んでいると感じることがあります。でも、それはたくさんの「空ぶかしの過去」に出逢ってきた人びとのくれしエピソードを決して侮ることなく大事にファイルし、時に出逢い直したりして想いを馳せ合ってきたことが、まちがいなく今のジブンの動力になっている。できれば、ワタシのくべる燃料が尽きたら止まる車じゃなく、この箱舟は再生可能、持続可能なエネルギーでうごくメール・ラリーに発展してほしい。地下の水脈にあたるとね、汲めども尽きない泉がわいてくるという。いまね、正直、ちょいとそんな気分。こんどは地熱です。地熱のマグマの、あれ、なんていうの？　鉱脈？　それを探り当てて、山村の匂配を生かした小水力発電と補完しあって、「限界集落」を元気にしながら、みんなで原発も止めちゃおうよ。長くなりました。藤井さん。あなたへの私信なれど、これはみなさんにも公開させてもらうことにするよ〉

【古谷さんへのメール】

月が変わって3月1日。古谷さんの投稿に他のメンバーから書き込みが続いたのを受け、栄里子さんも書きました。〈河童になった夏（古谷さんちの健ちゃんが私に教えてくれたこと）。古谷さんの胸に抱かれている（重い障害のある）健人君といっしょに高知の夏を過ごさせてもらったことがあります。確か2005年の夏のこと。古谷さん一家に、青西さんと高松の秋山さんファミリー、まだ独身だった片岡さん、コバンザメなオオタさんがご一緒くださり、川の畔の古谷さんのご親族の空き家で、お布団を敷きつめて絵に描いたような痛快な雑魚寝合宿でした。川はゆったりと流れ、広く、急峻な対岸は、こんもりとした緑に覆われていました。頭上には抜けるような青。古谷さんの号令のもと、カッパになってザブーン。足はわらじ。みなで浅瀬の水の中を匍匐前進？しながら、手長エビを追いまわし、夜は河原で大の字になって満天の星を仰ぎました。子どもたちは駆け回り、おとなたちも飲み明かし……。あの夏の「絶対的身体感覚」は、いまの私の日常からは少し遠いところにあるけれど、これから先もいろんな場面でよみがえると思います。その夜、健ちゃんと雑魚寝しながら、彼の魂と交信がしたい、と思いました。もちろん、健ちゃんと私は感情の交換ができます。でも、「今世は、この健ちゃんの肉体に宿ろう」と撰んで舞い降りた魂とは、どんな方なのだろうか、と思ったのです。健ちゃんのそばにいると、たくさんの優しさに出逢うし、ありがとうにも出逢います。その濃度が密なのです。古谷さんの中で湧きあがる閃きも、その根っこにせっせと水を与えているのは健ちゃんに違いありません。そして、健人君は、古谷さんちに生を受けたみんなのモチベーター、という気もしています。「『水と大地のネットワーク』は上記のブックレットのシナリオを実現していく組織にしたいと考えています」。ブックレットがシナリオか。いいアイデアですね。もしかしたら、健ちゃん抱いた〝現代の龍馬〟はホントに原発止めるかも！あの夏の絶対的身体感覚をくれた土佐の国にお礼も言いたい。高知の人だけにお任せせずに、どうせなら、あちこちから応援しない？〉

【メール・ラリーから一年】

3月2日。メール・ラリーを始めて一年を迎えた思いを投稿しました。

〈それぞれに、とびきりの想いを乗せたメールをありがとうございます。上杉ドンのいうとおり、ほんと「豊潤」な読み物が届きますなぁ。事後追い報道が主軸に構成されているマスメディアは、どうしたってネガティブ・ニュースの比重が高く、それだけで世の全体像を把握しようとすると時々疲れてしまいます。が、私たちの「いまここメディア」は、たくさんのポジティブ・ニュースに出逢えます。この「いまここ」メール・ラリーが思いがけず（満を持してとも言えるのかもしれないけど）立ち上がって、なんとこの3月で丸一年になりました。これは「メール」をつかった、人とのつながり方を模索するひとつの実験であったと思っています。そして、動いたり止まったりしながらも、一年間、いろんな「情けあるお報せ」を運び合い、とうとう先日は（全員じゃないけれど）顔合わせもどきな宴まで実現しちゃいました。この間、ワタシなりにいろんなことを考えました。大所帯すぎて小回りが利かなくなっちゃったな……。Too much ではないかしら……。それは、いまも考えます。で、藤井満さんの指摘をもらったりしながら、ワタシなりの解釈といいますか、このメール・ラリーの位置付けをまとめてみました。

議論を深めたり、相談をしたい場合、最初から大所帯になるとややこしい。その分野にジブンより詳しい人がいると、教えを請う構図ができあがりフラットに意見することもむずかしくもなりましょう。賛否両論にさらされるため、ジブンの想いを掘るよりも先に理論武装にエネルギーを使ってしまうことだってある。ワタシはいま、ジブンの中で動いていることは「つばめ通信」「鞍馬口だより」「民衆法廷を応援しよう」などのタグをつけて、その周辺で意見を求めたい方々と小さなメール・ラリーを繰り返しています。みなさんも個々にそのようにメール媒体を活用されていると思いますが、そうやって耕したものを広くこの40人に報せたい、と思われたらブンっと風を通しにやってきてください。もちろん、議論に使ってもらってもいい。大歓迎だ。もう、相関図もあるからお顔は浮かびますよね。そういう「風の通るメディア」をワタシたちは一年かけて築いたのです。先日のバレンタイン宴に参加してくださった京都の「姉妹運動体」の人たちの中から、このメール・ラリーに参入したい、という方がいてくださいます。すでにお顔の見える関係にて、希望者は歓迎したいと思っています。この土壌をみなで耕し、いい収穫を分かち合いましょう。@男子フィギュア銅メダリストの高橋大輔君が手術を受けた病院で、えりこも引き続き強化合宿中〉

この日はまた、榎原さん個人にメールを送りました。〈最近、新しい友だちができたよ。同い年で、同じ病気を得たオノコでして、エンジニアなのね。宴の翌々日から再開した〝強化合宿〟で出逢いました。彼のこれまでの成功体験を聞いていると、この病気の〝治癒例第一号〟にもなってくれそうな気がしてくる。ワタシは退院したら、小さな軽自動車を手に入れて行動範囲を広げるつもりなんだけど、この車選びにも彼の知恵を借りたいと思っています。楽しみになってきました。3月21日のつばめ劇団ヒロシマ公演「ガザ　希望のメッセージ」、ぜひ、退院を勝ち取って、応援団として行こうと思う。コバンザメも介助同行してくれるという。今回は出演はしないけど、応援団長としてカメラマンになるつもり。（略）いただいたセイリンの円皮針、これいいね。抗がん剤のむくみにバッチリ三陰交。いつもいつも芯を食った贈り物に感謝です〉

【広島、沖縄へ、準備】

3月6日。外出許可を得て、元夫とナビイを連れて犬OKのカフェでランチ。7日も元夫とナビイを連れて鴨川を散歩し、メール・ラリーに投稿しました。〈札幌地裁で女性元兵士が証言した空自セクハラ訴訟（3月4日付で報道）をめぐる及川さんの指摘、もっともだと思いました。（略）昨夏、かぜのねで開いた「冬の兵士」の朗読会では、図らずも「自衛隊の行く末を見ているよう」という空気が会場を流れたと感じました。（略）「冬の兵士」は重たい本です。でも、そこにやはり見過ごせない真実が凝縮されている。ここから、どんなポジティブ・スパイラルを生み出せるかはワタシたち受け取った者の仕事じゃないですかね（略）〉

この頃、ゴールデンウィークに沖縄へ行く計画が進んでいて、8日、同行の仲間にメールを送りました。〈現在のあんどうの身体能力を有り体に説明させてください。病院を抜け出し、1ブロック足らず先の郵便局までの往復で少々息が上がります。座って休憩すると、また歩けるのですが。これは直近の薬剤の影響もありましょうから、4月の終わりにはもう少し回復しているつもりです。ただ、2年前から薬剤の後遺症で手足の末梢神経を損傷。実のところ歩行は一歩一歩、足が接地した振動を確認して前に進んでいる状態ゆえ、どうしてもスタスタというわけにはまいりません。一方、手指の方は10本すべての手指末端に知覚過敏（痛み）の症状があり、例えば小銭をつまめない、箸がうまく使えない、指先を使えないなど不自由なため、身じたく、寝じたく、食事など、何をするにも健常時の3倍ほど時間を要してしまいます。また、移植による合併症（いわゆる拒絶反応）として、筋肉が線維化する筋炎を併発しておりまして、疲労するとカラダのいたるところがこわばって動けなくなることがあります。このため、すぐ腰をかけたり、横になったり。一日いっしょにいると「ずいぶんな怠け者」に見えると思いますが（笑）、そうして微調整しながら日々を飛んでおります。確かに怠け者だけど。あすから今治療の成果を見る検査があれこれ始まります。その結果を見て合宿終了のメドをつけるつもりです〉

グアテマラでの民衆法廷について新川さんから無事開催との報告を受け、メール・ラリーで紹介しました。〈「民衆法廷」が、3月4、5日、開催されました。500人の会場はあふれ、大勢が歴史的な尊厳回復の場面に立ち会い、興奮に包まれたと。国際社会が送った傍聴団のひとりとして、東京での女性国際戦犯法廷を知る、われらが新川志保子さんが、名誉判事4人のうちのひとりを務められたのです！　その新川さんから届きし速報、お届けします。見守り、支え、見届けたい。その想い、いまここで分かち合えたらと願います〉その報告会を4月に京都でも開くことになり、栄里子さんが中心となって準備を始めました。

12日には沖縄行きで仲間にまたメール。〈実家の漢方薬局のニュースレターの執筆、編集の締め切りが迫っていて（この原稿料で、いまはなんとか禄を食んでおりますゆえ　汗）合宿所で粛々と作業に追われています。あすの夜、「拾得」で大島保克さんのマンスリーライブ。先ほど主治医に申請しましたら、あっさりと外泊許可がでました。ライブ終了後、黒ビールか泡盛のグラスを傾けながら作戦会議。唄の浮力を借りて、あすは早くも島めぐりと参りませんか？〉。13日は拾得で集い、大島さんの唄を聴きました。

14日はガザ朗読劇の練習に参加。紹介記事を書いてもらおうと16日、元夫と京都新聞のH先輩、藤松奈美さんの記者3人にメールを送りました。〈ガザ攻撃から一年に震災被災地の「神戸」で上演され、今回はヒロシマから呼ばれました。これは単なるこじつけと偶然にあらず、と実は思っている。プロデューサーとして行きの新幹線で、つばめたち全員に原爆詩集『ヒロシマ　第二楽章』（吉永小百合編）

を配布します。行きの3時間、じっくりヒロシマと出逢い直してもらおうと思っています。ワタシ自身、3年前の移植入院時にこの本と出逢い、改めて原民喜や峠三吉と出逢い直し、知っていたつもりのヒロシマと、身もココロも、ほんとうにひとつながりになったと感じました。ヒロシマへの偽善や後ろめたさが解けた瞬間というのですかね。ジブンが、ヒロシマや原発職員に労災認定のおりることとなった、この病といっしょに生きていることの意味を、改めて思わずにはいられなかった。ワタシは一昨年、ガザの侵攻を受けて、おかまりさんが京都新聞に緊急寄稿した渾身の原稿「ガザの殺戮に『否』と言ったか」を一読者として読み、胸ぐらをつかんでゆすぶられたと思いました。もう十数年前、大阪女子大で講師をしていたころから、おかまりさんはグアテマラの集会となれば必ずややってきて、アンケート用紙を真っ黒になるまで書いてくれていたのでしたが、すでに彼女と早くからちゃんと出逢っていたことにも、きっとそれなりの理由があり、いまここに繋がる点と点であったのだと思っています。ワタシが再発がんを掻い潜りながらも、キャパシティの限界を痛感しながらも、関わっていたいと思ったのはこれまでやってきたことがぜんぶ繋がっているという実感があるのです。@明後日、合宿終了。はやくナビすけに逢いたい〉

【退院、広島へ】

3月18日に退院。20日にメール・ラリーに投稿しました。〈一昨日、「強化合宿」をたたみました。たくさんの応援にココロから感謝します。きょう、初めて区役所で車いすを借りました。あすから、おかまりさん、片岡ダイスケ君たちとヒロシマへ参ります。以下、その詳細にて。(略)2009年9月11日、朗読劇『ガザ 希望へのメッセージ』(脚本・演出＝おかまり)を京都の出町柳のカフェ「かぜのね」で上演。(略)この舞台を見てくださった方々から噂の種が風に乗って舞い上がり(略)被爆の地、ヒロシマまで運ばれた種もあり、このほど、つばめクラブプロデュースの「国境なき朗読者たち」に再演の依頼が届いたのです。オファーをくださったのは東京外国語大学。文部科学省による委託事業で「世界を対象としたニーズ対応型地域研究推進事業＝中東とアジアをつなぐ新たな地域概念・共生関係の模索」。3月21日(日)、場所は広島市内のフェアトレードカフェ・パコ。この挑戦をともに見守り、再演の成功を応援くださいますよう、つばめ劇団プロデューサーの一人として心よりお願い申し上げます〉

そして元夫と新幹線で広島へ。メンバーと合流し、練習に臨みました。体調は万全ではありませんでしたが、ナディ

2010年3月21日、広島での朗読劇上演を終えて。右から片岡君、栄里子さん、岡さん、浅井さん

アという少女の役は自ら演じることにしました。当日は午前中に平和記念公園と原爆ドームを訪れて手を合わせ、午後に舞台へ。客席はほぼ満員で上演は無事に終わり、夜は慰労の食事会。帰京後、仲間が感想を伝え合うメールが飛び交い、栄里子さんも26日、「みなさんへの御礼状」と題して書きました。

〈親愛なる、つばめなみなみなさま。なんというステキなメッセージたちでしょうか。なんども味わい、かみしめ、この感覚をカラダで記憶しておきたいと思う。すぐにでも、いつでもどこでも取り出せるくらいに。（略、以下はキャスト、スタッフの一人一人に向けて）

いなり。がんばりました。体力も精神力も問われる舞台でしたね。（略）２００３年、リアルタイムでレイチェル・コリーさん（ガザ地区で民家を破壊しようとするイスラエル軍のブルドーザーの前に立ちはだかり命を奪われた米国人女性）の写真をパソコンで受け取っていたけれど、その彼女との出逢い直しがこんなカタチで実現するなんて。肉体が滅びても、人の記憶の中に息づくことができたならその人の「今世での役割」は、いのちとともには終わらない。未来の人とも共有できる可能性が生まれます。会場の人たちの記憶にもレイチェルさんが刻まれたとしたら……いなりの仕事、立派だと思いました。

アダム（井上さん）。アナタの華のある存在が実はつばめ劇団に分厚さを提供していると思っています。ワタシのもうひとつの願いは、この珠玉のシナリオの普及。演じ手が増えていくことにあります。そういう意味でも、つばめ劇団？が多様なキャラクターの集合体として成立していることがアピールできることは間口を広げていると思います。役者であると同時に、つばめのモチベーターという仕事をきっちりこなしてくれました。

古澤（亨）さん。ＶＩＶＡ！　最優秀新人賞！　静かなたたずまいの向こうで実は嬉々として参加してくださっていることが伝わってきて、もう出逢った瞬間からうれしくて仕方がありませんでした。古澤さんの声が波打つ時があるのですね。空気を震わすようなあの声には余韻があってよみがえるよみがえる。後を引く。そしてミツエさん。たくさん語ってくださりありがとうございました。丸はだかなワタシに出逢ってたちまち、同じく丸はだかで接してくださったこと、とてもとてもうれしかったです。

浅井（桐子）さん。ダイスケのいうとおり「向き合っている人の声」。こんなにも情熱的な桐子姉の姿に触れることができて、鐘が鳴ったようでした。いつもどこかから、やわらかく冷静に見守っていてくださっている桐子さんと、今回は同じ舞台に一直線で並び、いっしょに汗をかいている。ああ、うれしいと思っていました。

あんずさん。ワタシはナディアを想像することで本番もいっぱいいっぱいで、ぎゅっと目をつむったまま、ふたつのセリフを言いました。あんずさんはカッと目を見開き、時に客席を射抜き、時に客席のもっと向こうを見据えていましたね。場の緊迫感をひっぱってくださった。しかも立ち姿が美しかった。身も心も「腰が入っている」というのがわかりました。眉間を寄せた表情、黒目の輝き……目を閉じているのがもったいなくなるような朗読でもありました。

ダイスケ。友へ。あなたの登場が起爆剤。カラダの動かぬ、ひらめきだけで生きているワタシに空いた左手を貸してくれました。だから、クンミさんとの「冬の兵士」も、ピースムービーメントの報告集も、福山哲郎への手紙も、そしてこの「ガザ 希望へのメッセージ」も、ひらめきがぜんぶ実現していったのです（ラブレターみたいになってきたで）。あのカナファーニの「僕」がガザにとどまることを決めた日の、街の輝きをダイスケが読んだ時、本当に涙がとまらなくなった。封印していた蓋が開いたのをはっきりと感じました。ワタシは骨髄腫の「治癒」をめざし、全身の血液を骨髄から入れ替える骨髄移植という過激な治療を決めました。「せっかく若くして発病したんだ。この病の大半を占める高齢患者が選べない移植という選択肢がワタシには残されている。ならばジブンが治癒例第一号になってみようではないの」。本気でそう念じて選択をしました。その後に起こると想定されるさまざまな拒絶反応を引き受けてでも治癒の可能性にかけたのです。残念ながら7カ月の移植入院の末に得た「寛解」はわずか10カ月。その秋に病は再燃します。移植後のあらゆる拒絶、合併症を伴い、あちこちに炎症を抱えたカラダに全身性の骨髄がんが再燃するわけで条件は移植前よりずっと悪いのです。やがて骨髄が免疫細胞をつくれなくなって感染症でさようなら。これが、骨髄腫患者の多くがたどるシナリオです。この「治癒はない」ということの受容。この複雑怪奇な病を得たジブンの人生をとにかくジブンで引き受けよう、そう思った瞬間が、ワタシには確かにあった。「敗北の匂い」のする「ここ」から「逃げ出さなければ、どんなことをしてでも！」と抗うジブンが、いま歩いている「まばゆい陽の光に満ちた通りへ」出た瞬間がね。封印していたその記憶を、ダイスケの肉声を聞いて、ワタシは思い出し始めています。ワタシの中の漠たる感情、ダイスケの小さな感情は、ダイスケの胸の奥深くにあって、いまでなくていい。でもいつの日か、巨人のように立ち上がってくれればうれしいと思う。

おかさん。もう一度、大学行っていいよ、と言われたら嬉しかろうな。その時は琉球大学かな、などと夢想して妄想して楽しんだ時期もありました。でも、さすがに今のワタシには、それは叶いっこない夢ものがたりにて。それが昨夏、おかまり、あなたさまに出逢い直し、こんな機会を与えていただきました。大学より、きっとずっとおもしろかろうワークショップ。これでも元は新聞屋ですからね。やはりプロフェッショナルな仕事に触れることができるのは無上の喜びだし、つばめ（通信屋）としての醍醐味でもある。世の中の悲観主義者は、よき仕事をしている人を知らないからだと思います。翻って、こうしてよき仕事を見ると力みなぎる思いがしやせんかい、皆の衆？　ワタシたちは「おかまりクオリティ」というのを目の当たりにしました。それは時にワタシをせき立て、呼吸困難に追いこみながらも、想像力と、その源となる感性を耕すことに繋がったと思います。もっともっともっともっと、コトバを体得したいと思いました。これからは喋ることで燃焼するのでなく、また、人と人のスクランブル交差点で笛を吹いているだけなく、少しずつでも体得したコトバをジブンなりに綴りたいと思い始めています。

クンミさん。あなたのつばめたちは、こんな具合でそれぞれに進化を遂げています。再演に際し、編集してくださった9・11のDVDを見直しました。あの公演があったからのいまここを痛感しています。クンミさんのクールボイスは本当に好き。今回の映像も、やがていただけることでしょう。ぜったいに見てほしいし、（娘の）ハルちゃんの感想もたのしみです。

ガンプどの。以上、おかげで今年最初の夢が叶いましてございます。知事選取材のど真ん中で、府庁担当のアナタが、なぜ、ヒロシマにいられたのか。いまもって不思議でなりませんが。では。えりこつばめ〉

【グアテマラ民衆法廷報告会】

少し戻って3月28日。翌月11日に開催予定のグアテマラ講演会の案内をメール・ラリーに投稿しました。〈石川智子さんがグアテマラから一時帰国。民衆法廷について4月11日に報告いただくことになりました。（略）在グアテマラ17年。ずっとずうっとマヤの女性たちに寄り添って生きてこられた石川智子さんに思う存分語っていただきましょう。
グアテマラ内戦中の性暴力を裁く「先住民族女性の民衆法廷」報告会 in 京都―2000年から2010年、確かにつないだ「勇気」のバトン― 報告者＝石川智子（グアテマラ在住）柴田修子（傍聴参加者）吉川真由美（傍聴参加者）とき＝2010年4月11日（日）主催＝日本ラテンアメリカ協力ネットワーク（レコム）
日本からも数名が傍聴団として参加。妨害行為による突然の会場変更など困難もありましたが、満員の会場で、それぞれが「歴史に残る瞬間」に立ち会うこととなりました〉
4月4日、元夫とナビイと嵐山で花見。つばめにメールを送りました。〈濃ゆいメールがすでに大展開していて、まばたきできずにパソコン画面に食い入る日曜午後です。昔、現役記者時代、「古墳は語る」という連載をやって、嬉々として京都の乙訓地域の古墳という古墳を歩きました。石室の残る古墳には、教育委員会や埋文センターの技師に手を借りて、封印を解いてまで石室に分け入り、ワラジ大に進化した大ゲジゲジ（暗黒で生きるから目がついてない不思議な生き物だった）の大群に襲われたこともありました。（略）数年前から毎朝、先に逝った親しい人たち（＋イヌたち）の名まえを呼んで一日を始めるようになりました。するとですね、最近、「あれ？ これってあの人がやりたいって思っていたことなんじゃないの？」というような場面にアレコレ立ち会う気がするのです。毎日、意識するから、そこに向かって、粒子の衝突を引き起こしているのか。あるいは、毎朝、名まえを呼んでいる彼ら彼女らがワタシの守護霊に立候補してくれてるのか？ ところで、脱線して、座長の問いかけに「応答」してなかったっすね。《（略）（広島公演の打ち上げで）最後のプロデューサーあいさつが終わって、ああ、わたしの役目は終わった……と思ったとたん、急に神経が弛緩してしまいました。急に話をふられて、心の準備もなくて（略）でも、言いたかったのは、みなさんへの「ありがとう」……。みなさんといっしょに舞台ができた、芝居が作れた、その楽しさ、喜び、それが何にもまして、いちばん大きいです。かけがえのない経験でした》。じーん。《人が人とともにあり、笑いあって、人生の「いま、ここ」を享受する、その歓び。パレスチナに行くたびに経験し、生きる力をくれる。それを、京都で、みなさんと体験しました…（略）》。じーん。《これが人間か!? 人間を返せ！ というような悲惨な現実があるからこそ、その現実を社会に伝えつつ、一方で、私たち自身が今、ここで、人間であることを歓び、生きることの楽しさをつねに実感して、生きていくことが大切なのだ…とあらためて実感》。このおかさんのいうパレスチナの人びとの「歓び上手」が、

「傷み」と表裏一体のものであること。そんななかでも日常をココロ楽しくクリエイトしていく彼ら彼女らの営みこそが「抵抗」であり、そこに、人間の尊厳を感じずにはいられません。そして、どんな状況下でも人は歓びを分かち合い、beautiful songs を歌えるということを、ワタシは身をもってこの朗読劇で体験し、教えてもらった気がします〉

10日、やもめ亭で「そんりさ」の発送作業。古谷さん、成田さん、杉本君らいつものメンバーに加え、翌日の講演会で登壇する石川智子さん、柴田修子さん、吉川真由美さんも参加して、にぎやかな宴となりました。そして11日、グアテマラ報告会を開催。栄里子さんも壇上で話をしました。14日、メール・ラリーに投稿しました。〈参加者52人。盛会でした。会を閉じたあと「この報告会は、京都のほかはどちらで?」と参加者に問われ、「来週、東京で」と答えますと、「あら、2カ所だけなんてもったいない! すばらしい内容でした」と言うていただきましてございます。主催者冥理!という感想でしょ。困難に対する一人ひとりの勇気が、ジブンと他者をもエンパワメントしていくさま。確かにすばらしい内容でありました。智子さん、そして、ワシントンの新川さんも「名誉判事」の大仕事、お疲れさまでした〉

【現代医学と東洋医学】

少し戻って4月9日。行動範囲を広げようと購入したスズキの軽自動車Ｔｗｉｎ（白のボディに黒のバンパーで「おにぎり号」と命名）を運転し、左京区での田中愛子さんのボサノバライブへ。夜、メール・ラリーに投稿しました。〈本日の要約［現代医学を過信しすぎず、また東洋医学を過小評価せず］

一昨日、あんどう、外来検査日にて朝から病院に行きましてございます。３週間前の退院時にまだワタクシの肝臓に残存していた骨髄腫派生の悪モノ腫瘍群。それらを追撃、駆逐しておきたい。なぜなら、肉体がたび重なる薬剤治療で疲弊しているのか、病が薬剤にも耐性を獲得しているのか、「ひとたび再燃したら進行のスピードが以前より速くなっているから深く抑え込んでおきたい」（主治医）と。主治医の提案する化学療法（抗がん剤の点滴）を渋りながら、ずるずると3週間の無治療期間を分捕ってきたものの、先週の外来で「さすがにタイムリミット。腫瘍はまだあるのですよ。来週こそは点滴しましょう」と主治医。差し出された同意書に渋々サインし、一昨日、それなりに腹をくくって病院に行ったのです。で、まずはエコー検査。（略）ところが、「ん？ んー？……見てわかる腫瘍はありませんが」。……ということで「めんどくさいこと言いますけど、腫瘍が確認できぬまま予防的に抗がん剤やるいうのんは、やっぱり気が進まへんので、せんせい、ごめん。今日もあんどう、帰ります」と、さらにごてでみた。すると「エコーじゃ、あてにならないからCTで再検査しましょう」と主治医。（略）とりあえず、またもう一週間、無治療の〝放し飼い〟期間を分捕ってまいりました。

　ここからが本題ね。この3週間、ワタクシが行ったのは漢方的メンテナンスでした。上杉どんが配信してくれたバレンタイン宴の写真を見て「ずいぶん『気』のレベルが落ちた顔をしてやせんかい」と熊本から電話をくれたAドクターに指示を仰ぎ、「十全大補湯」を毎日せっせと煎じてのんでいました。（虫賀さんがタイのプラユキさんのところに届けてくれた、あの煎薬です）。その結果、腫瘍があろうがなかろうが、カラダの「気」「血」「水」は、それなりに調ってきているようでして、きょうも田中愛子さんのボサノバ・ライブにもゴキゲンで滑り込むことができました。愛子さんの囁くような唄声と、上質な生ギターの音色と、香ばしいパエリアに、大好きな人たちの笑顔。帰路は夜景に照らし出された夜桜をめでながら車を運転。夜のドライブまでたのしんだしだい。きょうもシアワセな一日なのでした。そんなわけで、最後に、わが友人のAドクターがワタシによこしてくれた私信メールから大切な一節をみなさまにもお届けしておきたい（本人の了解得てないけど。ごめん、Aドク）。「人体のもつ予備力がなくなってくると、抗がん剤治療を続けているにも関わらず腫瘍が短期間に増殖し、あっという間に全身に広がり手がつけられない状態になります。これは骨髄腫に限らずあらゆる種類のがんに当てはまることです。（略）抗がん剤は毒薬です。今まで毒をもって毒を制するような治療を続けてきた結果、体が悲鳴を上げてきているのです。個人的にはIgA値やCT検査が落ち着いているのであれば、これ以上強力な抗がん剤治療は行わず体力の温存を計る治療への転換を計った方が良いと思います。その方がより良好かつ安定した結果をもたらすことになる……そういう時期に差し掛かっている様です。現代医学を過信しすぎず、また東洋医学を過小評価せずに〝自分の持つ治る力〟を最大限に発揮するには何をすればよいのかを第一に考え、今後の治療を行っていく様に心がけて下さい（略）」。2・4人に1人はがんになり、3人に1人ががんでさようならの時代です。知っておいて損はないっしょ？〉

【日々しっかり生きる】
4月12日、メール・ラリーで藤井さんの「城山三郎の『いま・ここ』」という書き込みを受け、栄里子さんも投稿。〈興味深く拝読なり。《がん宣告を受け、死を覚悟したとき、「病室の窓から見下ろす街ゆく人々が、どの人も幸福に輝いて見えた。生きているそのことだけで十分に幸福なのに、なぜ俺だけがと、無性に口惜しく、情けなく、腹立たしかった」。それ以降、なんでもない一日こそかけがえのない人生の一日であり、その一日以外に人生はないと強く思うようになった。明日のことなど考えず、今日一日生きている私を大切にしよう、と。ただ、「しっかり生きた」と毎日思えるほどしっかり生きるのは難しい》。幸いにして、これがけっこう持続していることにジブンでも驚いている。「しっかり生きた」の設定がジブンの中で、よりクリアになっているからなのかも。でも、それ、「がん患者」の特権みたいにしておくのはもったいないと思うんだが、どう思う？「毎日の実感」に並行して、例えば一週間でそう思えりゃいいか、くらいのものさしも持っておくと意外と追いつめられない。あるいは月単位で「今月はしっかり生きたな」とか。《一日ひとつでも、爽快だ、愉快だと思えることがあれば、それで「この日、この私は、生きた」と、自ら慰めることができるのではないか。「一日一快」でよし、としなければ。……どう見てもその日よいことがないというなら、晩餐後に寝そべって好きな本を読むことである》。ワタクシが共感したのは、一日ひとつでも爽快だ、愉快だと思えることがあれば……の部分。知ってのとおりワタシは「がめついにんげん」なので、「一日一快」の一快を何度もジブンの中で反復します。時にはコトバに出して「いやあ、うまかった」「いやあ、痛快であった」となんども反芻する。すると、「一快」は、きょうのちっぽけな一場面から、もうちょっと値打ちあるものに拡大します。まずいお酒がうまくなることはそうないが、うまい酒は、もっとうまくなるよ（笑）〉

14日もメール・ラリーに投稿しました。〈（略）《自分の人生において、主人公は自分ではなく誰か他の人で、自分は脇役にしか過ぎない》（宇田有三）。ふむ。宇田さんの仕事にも一貫しているこの思想。ぬぬ、もしかしたらワタシよりはコバンザメ（元夫）の方が体得しているのかも。《ほんと、人間が生きるってことは「今しかない」ことの繰り返しなんだけど、それを感じさせてくれるのが、ナニカから離れなければならないとき、ナニカを失わなければならないとき、なんだろうな》（藤井満）。例えばね、感傷的に聞こえたら本意ではないのですが、今年のサクラ。咲いた時には「ああ、今年も見れた」と感慨ひとしおだし、去年台風で折れちまったヤナギの枝が芽吹くのを見て感動する。松尾神社のヤマブキのせせらぎに立っては、小さくガッ

2010年4月18日、中嶋さんが飼う子ヤギと遊ぶ。ナビイはおっかなびっくり

ツポーズを結びたくなる。すべてにおいて永遠なんて、あり得ない、という前提を日常でリアルに感じるのに、花鳥風月はいい伴走者。それ自体が、身を呈して永遠でないさまをまざまざと見せてくれるからかもしれないが。その時期にまたその場にいきあえるかは、まさしく一期一会。ジブンがそこを立ち去ることだってあるかもしれないのだし〉

18日、元夫と片岡大輔さんとナビイを連れて滋賀県の中嶋周さんを訪問。子ヤギたちと遊びました。すっかりゴム長姿が似合うようになった中嶋さんを見て頼もしく感じました。

【沖縄の旅　再び】

4月28日。蒔田さん、京都新聞の先輩のHさん、元夫と沖縄の旅へ。飛行機を降り、那覇市のホテルでチェックインを済ませ、まずは那覇の公設市場をぶらりとして沖縄の匂いを満喫。旅に合流してくれる友人で京都から移住した北上田毅さん（チョイさん）のお宅を夕方に訪ねました。お連れ合いの徳子さんの手料理（島らっきょうの天ぷら！など）でビールを飲んでから北上田さん行きつけの居酒屋へ。さらに大城美佐子さんの民謡酒場「島思い」にはしごし、唄って踊りました。

翌29日は辺野古へ。2005年1月に続き2度目の訪問でした。米軍普天間基地移設に反対する人たちのテントを訪ねて話をし、北上田さんの案内でボートに乗って海上からキャンプシュワブと普天間の移設計画地を見ました。午後は本島北部のやんばるの森へ。高江地区で米軍のヘリパッド建設計画に反対する人たちのテントを訪ねて話を聞きました。反対集会の開かれた森の中のカフェも訪問。夕方に辺野古に戻り、反対運動に参加する二見地区の男性が経営する民宿へ。夕食は民宿のそばの食堂で、ジュゴンの保護活動に取り組む人たちと交流しました。

30日は金曜日で、毎週行われているキャンプシュワブ前の早朝抗議行動に参加。基地に出勤する関係者の車の出入りや、フェンスの向こうから警戒する米兵の姿も観察しました。午後は北部をドライブし、デイゴの花など美しい自然を満喫。夕方に辺野古に戻り、小舟で海に出て、基地が建設されれば破壊されるアオサンゴ群落の一部を見学。米軍基地問題の現場を訪ねつつ、親しい仲間と沖縄の豊かさを味わう旅でした。

他の3人は仕事のため帰路につきましたが、栄里子さん

2010年4月30日、キャンプシュワブ前での早朝抗議活動に参加。栄里子さんの隣は蒔田さん

は1週間ほど滞在を延長。北上田さんの案内で佐喜眞美術館を訪ねたり、県庁周辺でのデモに参加したり。5月4日の朝、メール・ラリーで報告しました。

〈親愛なるみなみなさま、世間はゴールデンウィークど真ん中、みなさんいかがお過ごしでせう？　「栄里子いまどこ」て、はいはい、ワタクシ、北上田チョイさんといっしょに、うりずぃんの沖縄の青い空の下でございます（ええやろー）。見渡すかぎり新緑のエネルギーに満ち満ちて、山の斜面や野道には白いテッポウユリが揺れているのでした。高校時代、言語学者の外間守善先生にすすめられて手に取った『ひめゆりの塔をめぐる人々の手記』（角川文庫）に、水汲みに出たら、戻れるかもわからない壕を出たところに一輪の白ユリが奇蹟のように咲いていて、誰もそれを手折ることなく……というような証言が確かあったのですが、いつか、切り花でない、野道に楚々と咲くユリの花を沖縄の地で見てみたいと、見て、もの想うてみたいとひそかに思っていました。今回、そのユリの季節に沖縄に来ることができたのはチョイさんをはじめ、カバン持ちや太鼓持ちやにぎやかし？で同伴くださったみなさんのおかげです。ありがとう。

きのうはチョイさんにお願いし、宜野湾市にある佐喜眞美術館へ連れていただきました。館長の佐喜眞道夫さんが普天間の軍用地を一部返還させ、それまで支払われてきた軍用地の借用料を投じて建てられた静かで美しい私設美術館です。目にモノ見せてくれたのは、取り戻した美術館の敷地分だけ、普天間基地のフェンスが「コ」の字を描いて基地側に食い込んでいる建ち姿。「武力」に対し、ボーダーを動かして、さらに「芸術」で挑んでいる。こんな美術館がほかにあるだろうか。ワタシたちの右脳に呼び掛ける「芸術」が、最前線で「武力」と対峙する姿をみて、応答を求められているのは本土の人間だろうと思ったことでした。屋上からは家々と隣接する基地が見渡せるようになっていました。

ここには『原爆の図』で知られる画家の丸木位里さん、俊さん夫妻による縦4メートル×横8・5メートルにおよぶ大作、『沖縄戦の図』が壁一面を覆うように展示されています。丸木ご夫妻は生前、あの沖縄戦を生き抜いた人たちのもとに通い、ともに「痛恨の現場」に立ち、その証言を丹念に記録し、実際に体験をもつ人たちの多くをモデルにして描かれたといいます。兵隊の姿はなく、銃剣などの武器も戦車も描かれてはいないのです。決してあってはならなかった最もおそろしい図のひとつ。「集団自決」の場面でした。絵の左端に小さく記された墨書は以下のごとし。

「沖縄戦の図　恥かしめを受けぬ前に死ね　手りゅうだんを下さい　鎌で鍬でカミソリでやれ　親は子を夫は妻を若ものはとしよりを　エメラルドの海は紅に　集団自決とは　手を下さない虐殺である」

沖縄に来たら、やっぱりワタシはうれしくて、泡盛のんで唄って踊ってはじけとんでしまうけれど、3月のヒロシマがそうであったように、このどうしようもない息苦しさにあえぎ、もの想う時間に身を沈め、重なるくらいのリアリティをなにか一つでも新たに感じとって帰りたいと思っています。

でね、きょうは首相がやってくるという。ワタシは思う。普天間ごときで、いきなり日米の同盟関係が崩れるなんて、誰が言うている？　言うているのは日本のマスコミなんじゃないのか。「米国が苛立ちを見せている」なら、代わって「待て」と言えばよいではないか。沖縄県民が望まない辺野古移設に反対し、普天間飛行場の固定化にもNOという。この当たり前の主張を貫いてなにが悪い。ヘリパッドは京都御苑と梅小路でもらい受ける。アホかと言わず、それぞれがいま、それぞれの地で想像してみるべきでしょう。もの思うあんどう、沖縄ルポ前篇でございました〉

続きは同じ4日の夜、同時期に台湾でのグリーンズ（緑の党）の会議に参加していた足立君のメールを受けて書き込みました。〈辺野古へ向かう白旗行脚の鳩山首相と、われらが北上田チョイさんを県庁前で見送ったのですが、「腹案」に対する沖縄の本気の期待感は激しい失望感に。あれだけ何回も選挙で民意を示してきた沖縄の人たちにとって当然の怒りでしょう。ほんとうに声を震わせて怒っている沖縄の人たちを前に、ジブンにはシャッターを切る、という中途半端なことしかできなかったのだけれど、今回の沖縄でワタシが最も強く感じている違和感。それはキャンプシュワブで急ピッチに進む兵舎の移設工事を見たことでした。辺野古沖にボートを出してもらい、潮風に揺られて知ったことは、いまある兵舎が予定される新滑走路にかかるため移設されることになっていて、すでにもう大詰めというくらいに新兵舎は出来上がっているのです。ゲート前をひっきりなしに往来するコンクリートミキサー車の砂埃の中で想う。これ、ぜんぶ「思いやり予算」でしょ？　このザラザラした感覚が、京都に持ち帰るワタシの実感。息苦しさが舞い降りてきたところにアナタ（足立君）のアジア太平洋メール。その穴、もうちょっと大きくほじっておくれ。やがて大きな風が、実感をもってこの海の上を吹き渡る日を思い描く沖縄の夜です〉

【死に向き合う】

5月12日、沖縄から帰って最初の外来で6月に入院することになりました。再燃の兆しがあり、DCEP治療を1クール受けるよう言われました。その頃、恩師の一人のお連れ合いが亡くなり、13日、先輩たちへ送ったメールで次のように書きました。

〈ワタシはいつころからか「死」を忌み嫌うことはやめようと思うようになりました。もちろん、コワい。でも、よくよく考えてみると、コワいのは「死」ではなく「医療」がコワいのでは、と。シビアな画像を見せられ、「エビデンス」なる奏功例とそうでない場合のパーセンテージを突き付けられ、時には生存曲線なんかまで見せられて。

きょうはワタシも自身の外来で「使える薬剤の選択肢」が残り少ないことの説明を受けました。発病から6年半。この間、医療保険制度の限界をたくさん目の当たりにしました。その制度の限界と、ワタシたち自身の本来の「死」を重ねてしまうことで、安易な悲壮感を立ち上げてしまっていたのではなかったかと気づいたのです。で、逝く者としてのワタシ（というか、みんなもれなく逝きますからね）は最近、「死」の認識を「生き終わり」と改めてはどうだろうと思うに至りました。病によって奪われるいのち、ではなく、イメージとしましては、宿した病とともに果てるいのち。可能かどうかは、自身にもこれからの挑戦ですが、できれば、より自覚的、かつ能動的な「生き終わり」の図式を実現したいではありませんか。

近況を。この連休、（ワタシとしてはかなり思い切って）想いを寄せる沖縄の地で過ごしました。辺野古沖の潮風にも吹かれました。来月はアタマから、もう一度、病院での〝メンテナンス合宿〟に入ります。なかなか〝下界〟で過ごせる時間も短くなってきましたが、今日は「正直なところ、よくもってくれているな、という印象です」と医師が胸を開いて語ってくださいました。本望です。アノ手コノ手で手入れしながら、飛べるところまで飛ばせてもらおう。という気持ちです〉

【レナリドミドで厚労省にパブリックコメント】

5月15日、ステロイドの離脱期が近づき、肋骨、胸骨がきしむように痛みました。16日午後、やもめ亭へ。夕方、元夫とナビイを連れて広沢の池の周辺をドライブしました。24日、患者の会の上甲さんより電話で依頼を受け、サリドマイドの次世代薬レナリドミドのパブリックコメントに着手。25日、薬局のニュースレターの原稿を仕上げました。26日、パブリックコメントをほぼ完成。27日、Yさんの鍼灸治療で「肩のこわばりが楽になる。やはり鍼はよい」「明日は入院準備」。28日、パブリックコメントをファクスで送信。「ひとつ完了。達成感」。内容は次の通りでした。

〈2010年5月28日　厚生労働省医薬食品局安全対策課　レナリドミド担当者さま　関係者のみなさま

レナリドミド製剤安全管理手順（案）について　安藤栄里子（多発性骨髄腫　患者本人　40歳）

私は08年4月に京都府立医大で行われたTERMS（サリドマイド製剤安全管理手順）のテストランに参加し、同年9月、サリドマイド製剤安全管理基準書（案）に対する意見書を提出させていただきました現在40歳の女性患者です。（略）おかげをもちまして患者が渇望していたサリドマイドの処方（TERMSの運用）が始まっています。（略）みなさま方にこの場をお借りし、心よりお礼申しあげます。また、このたびはレナリドミドの承認に向けた数々のご努力に対しましても重ねてお礼申し上げます。とりわけ「いしずえ」（かつてのサリドマイド薬害被害を受けて被害者救済と薬害防止に取り組む財団法人）のみなさま方にはサリドマイド同様の副作用が確認されながら、まだその名も広くは知られていないレナリドミドの承認に対するご心配は想像に難くありません。そんな中でも数少ない骨髄腫の治療薬である本剤の一日も早い認可にむけた取り組みに深いご理解とご協力をいただいています旨、患者会の会報誌などでも拝読いたしております。

［意見・理由］

1、妊娠する可能性のある女性患者の定義について　私はレナリドミド製剤適正管理手順（案）が定めるところの「C、女性（妊娠する可能性のある女性患者）」該当者です。設定された「45歳」に満たない40歳で、両側卵巣と子宮の摘出手術は経験がありません。しかし、2004年（当時34歳）に自家移植による大量化学療法を受けて以来、私には月経がありません。また、ドナーからの同種移植（2007年）を受けた際の移植前検診で「あなたの子宮は健康な同年代女性の平均大と比較して3分の1程度に萎縮している」と婦人科医より説明を受け「妊娠可能」の定義からはほど遠いところにいると実感しております。若年性であればあるほど、患者の多くは「治癒」への可能性にかけて大量化学療法や移植といった「積極的治療」を選択しています。現行案で「妊娠可能年齢」にくくられる45歳以下の患者の中にも、すでに生殖機能を手放している者が少なくないという実態をお伝えしておきたいと思います。

2、妊娠検査の事前確認期間ついて　3項目目の「C、女性（妊娠する可能性のある女性患者）」において「本剤治療開始予定日の4週間前及び処方直前の妊娠反応検査の「陰性」を確認するよう記されています。「多発性骨髄腫」には、現れる症状や進行のスピードが患者によって大きく異なるという特徴があること。（略）各現場で専門医の先生方は「治療の優先順位やタイミングを損ねぬように」と心を砕きながらも、その個々の見極めが困難で難渋しておられる現実があることも学びました。私の場合、ひとたび再燃すると増殖スピードは速く（略）2003年の発病以降、主治医の先生と何度となく確認してきました。（略）私にはサリドマイドの服用歴があります。医師の提案から薬を手にするまでに3週間を要しました。この3週間で病態は急変（06年6月5日IgA＝1121→6月26日IgA＝4013）。CTの脊椎画像が上から下まで真っ黒な骨髄腫細胞に置き換わってしまいました。これらの苦い経験を振り返ると「治療開始予定日の4週間前」にさかのぼる妊娠検査の設定は非現実的であると強く言わざるを得ません。妊娠検査のためだけの4週間を待つことは病態悪化を義務づける以外の何ものでもないのです。但し書きにご用意いただきました妊娠検査を免ずる救済ワード「本剤治療開始予定日の4週間以上前から性交渉をしていないことが確認された場合」については、どのような「確認」作業になるのでしょうか。患者の心身を侵害しない形の作業となりますことを切に希望いたします。

［最後に］

発病から7年目。この間、見えないところで紡がれているたくさんの方々の「仕事」が私を、患者や家族を支えてくださっていることを知りました。みなさま方の仕事に触れながら、私自身も一日でも元気に生きながらえ、社会の中でなにがしかの役割を果したいと願っています。しかし、私にはこれ以上、治療の〝手ごま〟がありません。（略）レナリドミドが奏功してくれるという確約はありませんが、それでも、同薬の一日も早い承認に期待し希望をつないでいます。あわせて、サリドマイドにつきましてはTERMS導入を躊躇する医療施設もあり、いまだ絵に描いた餅として指をくわえている〝戦友〟が大勢います。（略）この場をおかりしまして、引き続きTERMS改善のためのご理解とご協力を心よりお願い申し上げます〉

【合宿再開。変わらぬつながり】

5月29日、元夫とナビイを連れて白雲山荘へ。新川さん、榎原さん、同い年の患者仲間のKさん、蒔田さん、成田さん、プラユキさんも一緒で「大変、豊かな時の流れを満喫した。なにより、ナビイと大好きな人々との時間。これ以上のぜいたくがあるか」。30日は白雲山荘からやもめ亭に戻り、新川さん、榎原さん、成田さんとレコムのグアテマラ民芸品の整理。「豊かな時間」「ただし疲れた」

6月1日。再び入院しました。「合宿再開。レントゲンと心電図」「元夫が休みをとってくれていた。感謝」。一方で「イスラエル軍がガザへの支援船を攻撃」とのニュースを知り、「国際社会がこれを許しては何でもありになってしまう」と日記に書きました。

2日の血液検査でIgAは42。「エコー検査。肝臓と乳腺をみてもらうが検出されず。CTでは確認済みなので安心はできない」「まだ合宿になじめず落ち着かない。〈患者仲間の〉Hさんと対話。すべては自分だということを改めて伝えてもらった」

3日、IVH（中心静脈へのカテーテル）を入れるのに1時間半以上かかりました。血管が細くなっているのに加え、担当医が緊張して手間取ったのです。「さすがになけなしの頚筋が損傷し、首が持ち上がらず肩がおそろしく硬く張ってしまい、久々にツライとなえた」。それでもガザ支援船攻撃に対し、つばめのメンバーから怒りの声や抗議ビラ配布を提案するメールが相次いだのを受けて応答しました。〈なかなかレスポンス叶わず、ごめんなさい。つばめたちの想像力はそれぞれの場所で立ち上がり、ヒリヒリとギシギシと痛み、悲しみを感じていることと。国際社会がいま、この暴挙を許したら、世界は何でもありになってしまう。その想いを世界中の人びとと共有している、という確信も得ることができました。けれど、同時にやはりワタシたちの周りでこの確信をもっと確かな生活実感にしていきたいと思います。えりこつばめ@sorry 軒下〉

4日、DCEPが週明けに延期となって外泊。この日は41歳の誕生日。蒔田さんと田中愛子さんと食事をする計画が、ハリーナでの誕生会に発展しました。上杉さん、浅井さん、春山さん、虫賀さん、岡さんとイルソンさん、それに両親も参加。「ありがとう。ありがとう」。5日は自宅で「ナビイとぴっとり寄り添いすごすキラキラの午後」。夜には入院中の伯母を見舞ってから病院へ戻りました。

6日、元夫の迎えで再び外泊。松尾大社のそばの「向井カフェ」で大工の譲二さんに会い、やもめ亭を見てもらいました。雨漏りを直すのに合わせ、冬の寒さが厳しい床などの改修も決定。その後、元夫とナビイと嵐山の右岸を散歩。小橋の上から川の中にオオサンショウウオを見つけ、夜はホタルも。近くのカフェでビールも飲んで「ぜいたくな時間」を過ごしました。

7日朝、病院に戻り、DCEPが始まりました。「初日

2010年6月6日、渡月橋と愛宕山を望む川べりのベンチでナビイと

は特に不調なし。順調なり。Hさんとのお話が楽しい。上杉ドンのメールも濃厚。（浅井）桐子さんや杏さんの見守りも感じつつ」。

グアテマラ報告会に参加してくれた人たちにメールを送りました。その一人の西田千津さんから、立命館大学国際平和ミュージアムで毎夏開かれる戦争展にレコムの参加を提案されていたのです。〈今週末の12日、東京と関西のレコム会員をむすぶスカイプ総会が開かれます。ワタクシは残念ながら6月1日より持病のメンテナンスのため1カ月（予定）の入院生活に入り身動きがとれなくなりました。ただ、その総会に「レコムとしてパネル展示などで協力できないか」と議題に加えてもらうようお願いしています〉

ニューヨークのクンミさんにもメール。人権に関する歴史上の演説の朗読を集めたDVDを送ってもらったお礼でした。〈ちょうど、治療直前の外泊が許されたのでその日に自宅で拝見。とほほに悲しいのはジブンの英語力だったけれど、歴史に残るhuman rightsを説いた名演説をみんなの知ってる俳優と無名の人たちが同じ舞台で朗読する……コンセプトがいいですね。日本も吉永小百合さんだけにまかせず、もっとプロにこういうレアな仕事も見せてほしいと思いました。珠玉のコンテンツはいっぱいあると思うけれど。独立宣言も、憲法九条も、教育基本法も繰り返し立ち返ってみませんか、ってことだわね。先日、国連の世界人権宣言が壁いっぱいに書かれた書道展を観ました。「言葉の森に包まれたよう」（毎日新聞より）でした。（略）

来月、沖縄の渡嘉敷島の集団自決の証言の朗読劇が京都で上演されるという話を聞きました。確か、岡部伊都子さんが関係されている朗読劇です。手榴弾も尽きて、家族や集落のモノ同士、棒きれやカマやクワといった農機具で互いに「自決」したといいます。「死」の在り方として最も恐ろしい絵が浮かびますが、この様子を生き残った人たちから丹念に取材して、本当の絵に、日本のゲルニカにしたご夫婦がいました。（原爆の図でよく知られた）丸木位里、俊さん夫婦です。この日本のゲルニカ「沖縄戦の図」とは、普天間の軍用地に食い込むように建っている佐喜眞美術館という美しい美術館で、このたび面会を果たしました。戦争のなんたることか。人間のいちばんおそろしい姿かもしれませんね。これを朗読劇でやるという。もう、小さな刺激でも想像力のつばさが羽ばたいてしまうワタシにはTOO MUCHな気もするけれど（略）いろんなカタチで非暴力への祈りは風になって世界の鐘を鳴らし始めている気がします。（ガザ支援船）レイチェルコリー号、拿捕。でも、あんな大勢の人たちがガザに向かっていのちを船に乗せてたなんてやっぱり「希望のメッセージ」でしょう。それにレスポンスしなくちゃね。合宿から戻ったら、もう一度、モハメド・アリの詩を聴きたいと思っています。返信ご心配なきよう〉

【順調に、穏やかに】

6月8日、DCEP2日目。「順調。時々火照りがやってくるものの不快感なし。午前にむくみは出るものの午後2時からのラシックス（利尿降圧薬）で改善」。ところが9日、「午後2時頃より手指の痺れ感が増大。表面の不快感が密に広がる感じがする。熱感と乾燥。冷却すると鈍くなり、凌ぎやすくなる」。10日には「むくみが増悪。午前、午後とラシックス投与。体調は想定内。顔の紅潮、ほてりあり」。一方で整形のドクターが来訪し、特定疾患の意見書を書いてもらえることになりました。このドクターもトイプードルを飼っていて、犬談義で盛り上がりました。

11日、DCEP完了。友人たちに書きためていた手紙をまとめて投函。出産を控えた嘉村早希子さんが見舞いに訪れ、Yさんの鍼灸治療も受けて順調だと聞いて安心しました。

12日、体調と相談しながら外泊。レコムの総会がやもめ亭で開かれるため、午後1時に病院を出てタクシーに乗りました。「帰路のみどりの輝き、大きな気の力、浮力を感じ続けた不思議な午後をすごす」。総会には古谷さん、大西さん、嘉村さん、杉本さん、佐々木さん、成田さん、浅井さん、吉川さんらが参加。古谷さんが高知の片岡さんの結婚式の様子を写真を交えて伝えてくれました。終了後は元夫の作るお好み焼きで宴でしたが、栄里子さんは大事をとって自宅で休養しました。

翌13日は「ナビイと朝を迎える。朝のカラス、雨音。すべては自然のままに」「好きなモノに対して自覚的であることは幸福の実感のスイッチとなり、再現性も高まると思う。すべてのモノに『私はこういうコレが好き』と語れる自信がある。それくらいに自覚的である」。

14日、メール・ラリーに投稿。〈梅雨入りですね。おすこやかにお過ごしでせうか。あんどう@メンテナンス合宿再開中でございますれば、6月中は病棟ですが、おかげさまで順調です。まずは高知の片岡さん、あたらしい門出にココロよりお祝い申し上げます。村をあげての祝宴だったそうですね（スゴイ！）。そして先日、久々に高松のエンナさんと電話でお話できたのもうれしい出来事でした。それぞれの身の回りはもちろんでありますが、世の中、動いておりますね。一瞬たりともカタチをとどめることなく変わっていくのを日々感じておりますが、こうして、ときどきカラダの自由がきかぬことをいいことにして、左脳ギアもいっしょにニュートラルに入れてみるのは悪くないなぁと思っています。ところで「そんりさ」の最新号Vol.125が出たのです。12日(土)に嵐山で行われた発送作業、あんどう、なんのお手伝いもかないませんでしたがなんとも読み応えがありました。COP16に向けた課題から、債務支払いからの脱却に向けたジュビリー・エクアドルの講演録、グアテマラ「戦時下性暴力についての民衆法廷」その後のアルタベラパス・イサバルの女性たちを訪ねた新川さんの報告……もたいへん興味深く読みました。昨年、「やより賞」の受賞で京都にもお招きした心理学者のアイデーさんたちが現地で被害女性たちと信頼関係を築き、プロモーターとの間でうまく役割を果たしておられる様子が伝わってきます。そして、この訪問を通じて新川さんが集められた被害女性たちの民衆法廷経験への感想、コメントが圧巻でした。女性たち、ひとりひとりの道のりを思い、改めて民衆法廷の意義の重さを想像しました。グアテマラでの民衆法廷に日本から参加し、立ち会ったMさん（立命大3回生）の寄稿もよかったです。「『先住民族』でも『戦時下』で『性暴力』を受けたこともない自分がどれだけこの問題にリアリティを感じられるのだろう」と内心の葛藤を抱いて現地入りしたMさん。彼女は、この道中に被害女性から「痛みを共有してくれてありがとう」という言葉を受け取るのですが、「非当事者と当事者との乗り越えられない溝」を認めながらも、「私はあの時、彼女が言葉に託した『想い』を確かに受け取った」と迷いなく書いています。思うにであります。実のところ、人やものごとに繋がっていくのに、「出逢ってしまったんだから」以上の理由なんて、そんなにたくさんあるわけじゃないんじゃないか。脳科学者の茂木健一郎さんによると、「規則的だけど、もう半分はどうなるかわからないこと」を「偶有性」と呼ぶそうです。「いまここ」を更新するなかで、ワタシ自身、きょう一日の出来事のおよそ半分くらいは偶然に左右されるマターと感じています。大小さまざま。出逢いもみんなひっくるめて〝不測の事態〟。でも、だからこそ、おもしろいんじゃないか、と思うわけであります。不測の事態に対して、どうジブンが化けるのか。そもそも「脳の進化」とは、何が起きるかわからない偶有性の中でどううまく生きてきたかの軌跡なんとちゃうのんか。夜も更けて参りました。それでは、み

なさん消灯でーす。@鞍馬口御殿より〉

15日、同年齢の患者仲間Kさんと病院そばのカフェへ。しばらく休業していたのですが、映画「めがね」の続編「マザーウォーター」の撮影に使われていたからだと判明しました。

17日、高校生の時の米国留学の記憶をたどりました。「おとなになってからきちんとしたお礼を言わぬまま、ここまで来てしまった。25年の歳月を経て、いまここの私のコトバとしてホストファミリーのみなさんにお礼が言いたい」。これは後日、手紙を書くことになります。

19日、蒔田さんが来訪。20日は両親と姪。21日は患者仲間Kさんからいろいろな話を聴きました。森田紀子さんとプラユキさんにメールを送り「丁寧な手入れを」。メール・ラリーにも投稿しました。〈クンミさん、ガザ支援船乗組員の話を聴く会のレポートをありがとう！　ブルックリンの教会が「ユダヤ人にもパレスチナの人びとにも黒人、白人、ヒスパニック、アジア人にも等しく門戸を開いている」にスタンディングオベーションと。ジンときますね。こちらでも、なにか……と、先日、杏さん、ダイスケ君、上杉ドンたちが、三条大橋の上でアピール。パレスチナの実情を伝える丁寧なビラを配られたところです。ワタシの周りには、グアテマラの石川智子さんをはじめ、新川さん、古谷さんやオオタさん、森沢さんのように、実際に「にんげんの盾」を経験した（ている）人たちがいます。朗読劇「ガザ　希望のメッセージ」の中では、世界中から集まった国際連帯運動のメンバーの証言がセリフの中に盛り込まれていました。ワタシはジェニー・リネルという実在のイギリス人女性の証言を読みました。もち得る想像力をフルに立ちあげて読んだつもりです。（それらしく読めていたかは別として）。その人たちと同じ想いでガザ支援船団に乗り込んだのはトルコ、ギリシア、イギリスなどなんと42カ国から集まった人たち。その数、６８２人と。この数字にワタシは感動をおぼえました。しかし、この人道支援船をイスラエル軍は攻撃し、死者を出しました。ゆるしてはいけない〉

23日は「指のしびれがひどく、頭というか脳がつかれる」。脱毛も始まりました。25日、蒔田さんと元夫がデザートなどを差し入れ。26日には片岡君が来訪し、元夫も合流して先日のカフェでカレーを食べながら「好きなモノに自覚的であれ」の話をしました。27日、外出して元夫とナビイと加茂川沿いを散歩。犬連れＯＫの北山通りのカフェで食事をし、「ナビイを膝にのせ、幸せな時間」を味わいました。

【戦争体験のカウントダウン】

6月29日、京都新聞の後輩記者、藤松奈美さんが来訪。戦争体験者を取材していると聞きました。30日には北上田さんが来て、戦争体験者が亡くなっている話に。「カウントダウン。あと5年ないしは3年で激戦地を見た人から直接の話は聞けなくなる。記録の必要性」。7月1日未明、メール・ラリーに投稿しました。

〈要約［カウントダウン、父の戦争体験、エピソードから得るリアリティ］

フィリピンはサマール帰りの北上田さんとお逢いしました。レイテ島の隣、サマール島に派兵されていたのが京都の第16師団であったことを知り、90年代半ばに現地に残った元日本兵や住民から証言を集めておられます。それから十余年。「その男性たちは、もうみんな亡くなってしまったよ」と北上田さん。（略）一年一年がカウントダウンに入っている。少し前、病棟のラウンジで若い看護師さんに「わしは98歳なんじゃ」と（なぜか）威張っている車いすのお爺さんをみつけました。思わずにじり寄り、「戦争には行かれましたか？」と尋ねてみたところ、ほとんど耳が聞こえておられない様子。気を取り直し、耳元まで顔を寄せ、周りが一斉に振り返るような大きな声でもう一度問いかける。「むかし、戦地には行かはりましたんかー？」「わしは医者やった」「では、軍医さんになって戦地へ行ったはったんですかー？」「中尉やった」「ほう。で、どちらへまいられたんですかー？」「……んー、そのへんじゃ」

「医者やった」「中尉やった」が繰り返されるだけで、それ以外の言葉は聞けませんでした。うーむ。残念。

ワタシにはもう祖父母はおりません。母方の祖父は満州に行っていたそうなのに、誰も何も聞けていない。自覚したのは２０００年の京都大学の階段教室。女性国際戦犯法廷で証言台に立ったグアテマラと東ティモールの女性を招き、細見和之さんが企画してくださった証言集会の場で最後に（当時はまだ出逢っていなかった）蒔田直子さんが、すっと手を挙げて、証言者へのお礼と感想を述べられたのを憶えています。「グアテマラは内戦終結の直後から、こうやって人びとが証言をていねいに聞き、分かち合う作業を始めておられることに感動しています。一方、私たちは戦後、半世紀も経っているのに、祖父母の話も聞けていないじゃないか、ということを痛感しました」と。そんなわけで、ここでは、せめても父（80歳）の話を記しておきたいと思います。この年齢で、もう銃後の話になります。高校2年生の夏休みに聞きました。冬に予定されていた沖縄への修学旅行を前にして、それぞれジブンの周りにいる誰かの戦争体験を聞き書きしてきなさい。という夏の宿題だったのです。

1930年生まれの父は当時15歳。吉田山の近くに住んでいて、毎朝、足にゲートルを巻いてJR長岡京駅（旧国鉄神足駅）そばにあった日本輸送機の工場へ通っていました。いわゆる学徒動員です。（略）厚い鉄板を「せーの」で持ち上げ、リベットを打ちつける台の上へと運ぶのが仕事です。時に鉄板に指をはさんだり、足に落として怪我をする学徒もあって、夏はシャツの汗が絞れる重労働。みなが本当に飢えていました。毎朝、上級生が目を付けた下級生を工場の裏に呼び出しては顔だけボコボコに殴るのだそう。正午のサイレンとともに、ベークライトの小さな器に一杯ずつ、豆かすを炊いた昼食が配給されたそうですが、殴られた下級生は昼には口がパンパンに腫れあがり食事をとることができません。こうして浮いた一杯の昼飯を上級生が食べるのだそうです。その標的にされないよう下級生にはいつも緊張が広がっていました。

1945年7月19日午前10時半、作業の途中、父は南西方向、大山崎の天王山上空に3機の戦闘機を見ました。機体は明らかにこちらに正面を向けています。軍需工場ですから、当然、標的となりましょう。父たちはクモの子を散らすように伏せたり、物陰に隠れたりしました。まもなく戦闘機が急降下してくるうなり音とともにダダダダと機銃掃射が始まります。弾は工場のトタン屋根を突き破ってキュンキュンキュンと目の前の地べたに砂埃を立てました。「ギャー」。父の1メートル先の台子の下から女性の声。事務仕事に従事していた1つ年上の女の子です。周辺の集落にも掃射は続き、そのあと戦闘機は3～4回、上空を旋回。その間、息を殺して身をかがめ、轟音が去った途端に駆け寄ったら、台子に穴があいていて、女性はその下で背中から血を流してうなだれていたそうです。「がんばりや」「しっかりしいや」と声をかけ、父はその場にいた数人でその女性を担ぎあげ建物の外にとめてあったトラックの荷台に乗せました。すぐにエンジンがかかり、彼女は病院に運ばれていきました。けれど、搬送された病院で彼女は息を引き取ります。

「平成」になって、長岡京市はこの7月19日を市の「平和の日」に指定します。戦後50年の夏に、元長岡京市長だった五十棲辰男さんに戦争体験を聞かせてくれと取材を申し込んだらこれとまったく同じ話で驚きました。「数人でトラックに乗せた」まで一緒だったので、父と五十棲さんは一緒に撃たれた女性をトラックまで運んだのでしょう。点と点がつながり、この話はワタシの中でより現実味を帯びました。80歳になった父に今年は市の平和式典への参加を促してみようと思います。

個々のエピソードが歴史をつくっているわけで。「マルレ（小型攻撃艇の略称）」の話ね、ワタクシ、3年ほど前に西表島でベニア板で作られたという特攻艇「震洋」の格納庫と待機場所だったという岩陰を見たことがあります。それらの記憶を動員しながらマルレの話を読みました。直子さんが丁寧に書いてくれたETV特集の内容も、埋もれていたエピソードの掘り起こし。そこにリアリティをどれだけ感じとれるのかを問われているな、と思いながら読みました。藤松さんも昨日の京都新聞朝刊に「シベリア特措法成立　取り残された戦後補償」という大原稿を書いています。

この50人のメールの中では、この手の話をガッツリ交わすことができます。それは、へいわの種をココロにはぐくまんと願う人たちであるということをワタシが知っているからです。一方、日々の生活の中では、家族や友だちであっても〝この手の話〟にドン引きされたり、アレルギーを示されることがある（略）。でも、そういう人たちとの日々の対話の中でも、例えば普天間やガザの話が普通にできるような生活空間をじわじわ広げていくこと、そして聞いてもらえる言語を獲得することが、いまジブンのやることのひとつなんだろうと思っています。あんどうえりこ@合宿

〈終盤〉

7月1日、CTの結果を聞きました。腫瘤に変化はなし。「つまりDCEPに耐性ということか。ここから先は抗がん剤の脱却をめざしたい。これまでの手入れでは足りないということ。生活の見直しがまたはじまる。それが合宿の意味にもなろう」。2日、熊谷さんと旧知で病院の売店に勤める板谷祐子さんと話しました。板谷さんにはその後ずっと支えてもらうことになります。夕方には朧谷先生と病院近くの店で食事。メール・ラリーに投稿しました。

〈みなさん〝カウントダウン〟へのレスポンス、多岐にわたってありがとうございます。先月9日、NHKのクローズアップ現代「イラク戦争を問う～英国・検証の波紋～」を観ました。ブレア前政権がどのような意思決定で開戦に踏み切ったのか。イギリス政府が独立調査委員会を立ち上げて、開戦に至るプロセスの本格的な検証を始めたことを知りました。機密としてきた文書も公開し、ブレア首相をはじめ、意思決定を行った閣僚など当事者80人以上に対する聞き取り調査が行われ、その様子はテレビやインターネットですべて公開されているそうです。意思決定のプロセスを「公的」に記録し、未来への教訓を読み取ろうという。印象に残ったのは、調査委員会のメンバーのひとり（歴史家）の以下の指摘でした。「イギリスは1920年代にイ

ラク統治で大変な困難を経験しているのに（フセインひとりを何とかすれば終息するという問題ではない）、その歴史に学ぶ視座が欠けていた。自国の歴史への認識がちゃんと（意思決定の場で）共有されていなかったことで、同盟国の米国との協調が議論のスタートラインになっている。結果、米国に従うカタチの論調に傾き、反対を口にできない空気が閣内に広がっていった」……（略）思い出したのが、平和研究で知られる政治学者のヨハン・ガルトゥングさんのインタビュー。40カ国以上の紛争の仲介役を手掛けてきたオスロ人です。「（良いか悪いかは別として）ドイツ人はユダヤ人のホロコーストを直視しつつ、『あれはナチスのやったことだ』という共通認識を持つことで国際社会の中での再出発を切った。しかし、日本は先の大戦の責任の所在をあいまいにしたまま。あれは天皇を頂点にした非常に集団的でおろかな戦争であったという事の実態を『社会のコンセンサスとして共有する』作業を日本人は怠ってきた」と。「どこかでそれはやらんといかんのじゃないか。（証言者が最後のときを迎えている）いまこそホンマにやらなあかんのとちゃいますか」と指摘しておられました。……内閣にはイギリス政府の検証から学べる限りを学んでくれ、という気持ちです。いま、日本人がやっておかなくちゃいけないことの一つとして、過去の検証、というのは明白にあって、核の密約の解明なんかも、その一つかもしれませんが、「公的」な動きはまだまだ内向きと感じます。2000年の女性国際戦犯法廷にしても、特攻の検証についても、シベリアと満州の実態、残留孤児の問題なども、業を煮やした市民や研究者の手で行われ、いつもシステムは後手に回っている。メディア任せにせず、政府任せにせずそれぞれが（つばめとなって）出逢った人の体験を記録していってはどうでしょうかの。いよいよ最期を意識して、語る用意のあるお年寄りは例えば5年前よりずっと増えているかもしれない。それぞれがそれぞれの場所で出逢った人の話を聞いて記録していこうよ、というのが、ひとつの提案です。……（略）グアテマラの女性たちだって、証言を民衆法廷で共有し、社会のコンセンサスにすることで被害者から「変革の主体」へとインスパイアされていった。日本人が「被爆国日本」という痛みをいまいちどかみしめて（リアリズム）、しかるべきリーダーを選べたら、核軍縮をめざそうという国際社会の中でオバマ以上のリーダーシップ（主体性）を見せることだってできるはずだ。体験した当事者に時間がないのだから、ここから先の「リアリズム」は、体験者から語られるエピソードから、体験していないジブンたちがどれだけ感じとれているか、想像できるか、にかかってきます。〝リアリズム〟と〝主体性〟。最近、

いろんなところで繰り返し確認している対のコトバです〉

【退院。夏の日々】

7月3日、元夫の出迎えで退院。米国留学時代のホストファミリーへの手紙を書きました。4日、北上田さんたちを招き渡月橋上流の鵜飼い舟に乗る計画が、雨で舟が出ず、やもめ亭での宴会に。蒔田さん、先輩記者のHさんらも参加し、久しぶりの宴を楽しみました。翌5日から薬局の手伝いに復帰。立命館大国際平和ミュージアムへの出展の準備も進めました。

9日の外来で肝機能に異常はなく、経過観察でいいとのこと。次に再燃した場合はレブラミド（レナリドミド）を使う方針を示されました。サリドマイドに抵抗性のある腫瘍にも効くとみられ、7月後半か8月には使えるようになるので一安心。10日、滋賀の白雲山荘へ。証言集会のメンバーたちが中心で、テラスで花火もしました。

15日、メール・ラリーで退院を報告しました。〈かたがた、応援ありがとうございました。さて、日本列島、たいへんな豪雨となっとります。みなさん、大丈夫ですろか？　毎回、大雨や台風がやってきたとき、直撃の北九州に住む足立くんに安否確認をいたしますが、今日は「夕方のニュースにて避難所でインタビューに答える足立力也の姿を確認」との一報がガンプ（元夫）より。なんでも200世帯に避難勧告が出ているのに避難所に現れたのは足立くんだけやった！！！　そうこうしていたら京都にも警報発令。しかも「京都市右京区南部で記録的大雨の一時間100ミリを観測」と。「右京区南部」とは、あんどうの目の前を流れる「桂川」の対岸を意味します。ワタシのいる右岸は蛇行の内側にあたるので堤が切れることはないと思いますが、堤防を超える水量となれば話は別ですね。冠水する丸太町通りを走って、ようよう自宅にたどり着いたオオタさんから「ひゃー。家の中に水たまりが！」と電話あり。「やもめ亭」、老朽化に抗えず雨漏りに見舞われる。滋賀県高島市の中嶋周さんとこも警報出てましたね。ヤギさんたちの小屋のそばに川が流れていたよね。片岡さんの茶畑は？松平くんの畑の野菜はどうなっている？　熊本のAドクター、市内は水没してませんか？　及川さんちの裏山は大丈夫ですか？〉

この投稿をきっかけに災害や植林に関する意見交換が続き、17日に栄里子さんも投稿。〈松平くんをはじめとする農に就く人たちのご苦労を考えます。「今後、野菜が高騰するぞ」と口にする前に、いい野菜を手に入れることがいかにあたりまえじゃないか、というところにいま一度立ちどまり、ここでも水と同様、「農」との「心理的距離」を一歩でも近づけたいものであります。足立君の災害時に目の当たりにした「危機意識とコミュニティ意識の欠落」の話も興味深いですね。やはり、日本人にいま、こぞって『生活環境主義でいこう』（岩波ジュニア新書）を読んでもらわんといかんですな〉

【平和のベクトル】

7月18日、漢方を積極的に取り入れ、栄里子さんが教わってきたA医師が熊本から来訪。やもめ亭に泊まってもらって話をし、がんばり過ぎていると注意されました。「サバイバーになるために……のお説教をもらう」。19日、片岡君とアダム井上さんの合同誕生会をやもめ亭で開催。21日、お礼メールに返信しました。〈（略）《A先生も触れておられましたが、身近なところのコミュニティーを盤石に構築することが、真に住みよい世界を作る基本がホームパーティーだな、という実感のこもるひとときでした》。率直に、うれしい。そんな風に感じてくれている人がいるということは、ワタシのやりたいと願っていたことの大きなひとつがすでに実現しているということです。（略）「百会」の灸ね。ぜったいおススメです。頭のてっぺん、渦が巻いている中心ね。ツンとくるというか、MAXの熱感が来たときには頭全体、もしくは全身がジワンとなります。ワタシは

2010年7月19日、やもめ亭で。左から時計回りに鍼灸師のYさん、A医師、榎原智美さん、藤松さん、浅井さん、上杉さん、片岡君、古澤さん、アダム井上さん、栄里子さん

当分、（髪が抜けていて）焦げるものもないので百会三昧です〉

24日、沖縄の集団自決を描いた朗読劇「肝苦《ちむぐ》りさぁ」（他人の苦しみを自らの痛みとして共に感じる心）を観ました。元夫が岡部伊都子さんの平和企画を連載した縁で知り合った劇団が上演。「雨上がりの夕べ。激しい蝉時雨。完全に連れていかれた朗読劇であった。岡部伊都子さん、宮良ルリさん、佐喜眞さん、渡嘉敷島の歴史……これまで出逢ってきた沖縄の点がつながれた脚本であった」

28日、仕事がはかどり、夕方にナビイと散歩。蒔田さんから、韓国で旧日本軍による元「慰安婦」の女性たちが暮らす「ナヌムの家」を9月に訪ねる旅に誘われました。「浅井さんとナヌムの家を訪ねてみる光景を想像したらこのよ

うなパス」

31日、久しぶりにメール・ラリーに投稿しました。〈昨日、外来の帰りに京都文化博物館で始まった「古代メキシコ・オルメカ文明展―マヤへの道―」の内覧会をのぞきました。日本メキシコ交流400周年であり、メキシコ独立200周年であり、革命100周年を記念して、なんだそうです。目に楽しかったのは、破顔一笑している土製の仮面やファンキーな土偶群でしょうか。いずれも紀元前1000年～400年くらいに作られたとみられる遺物で、祭事に使われたモノであったとしても、やっぱりそれなりに往時の人びとが面白がって作っているとしか思えないモノモノなんです。それとですね、紀元前1200年の遺構から人頭大のゴム球が出土するんですね。サッカー。グアテマラのカミナルフユ遺跡から出た石の彫刻には「球戯者」や「球技の印」などと目される図案が施されていることがわかっています。中南米の人びとは、もう紀元前1200年からボール蹴ってんですね。同展の監修は名古屋大大学院助教の伊藤伸幸さん。1995年にグアテマラを訪ねし折、首都のカミナルフユ遺跡の発掘現場を案内してくださった方でした。当時は京都外大の発掘チームの一員でしたが、現在の行方を調べてみると、エルサルバドルの遺跡を調査中なのだとか。昔、国立民族学博物館をたずね、あるメソアメリカの研究者にいくつかの質問をしたところ、「民族衣装に関心はあるが、着ている民の置かれている状況は研究の対象ではない」と、のっけからそんな調子で、少なからぬ落胆をおぼえた記憶があります。民族衣装の模様で出身地が識別されるため、民族衣装が暴力の標的探しに利用されたこと、そのために人びとが出身地の民族衣装を脱がざるをえなかった事実などについて問うたのですが。今なら少しはわかる気もします。当時はまだ内戦の色濃い時代でしたから、政治的なこととアカデミズムは切り離しておきたい、政治的なことは別の人がやってください、との主張だったのだと思います。一方、今回のオルメカ文明展の資料には、メソアメリカの人びとこそが、現在ワタシたちが口にする野菜や果物を長時間かけて野生種から創意工夫で栽培化してきたこと。南米のジャガイモがヨーロッパの飢饉を救った歴史にも敬意をもって言及されていました。（略）こんな表記も。「古代メソアメリカの文明圏に限れば、それは『マヤ』に代表される。言語学的にはマヤ語を話す人々の歴史であり、彼らが築き上げてきた文化である。彼らは現在のメキシコ南部太平洋岸チアパス州からグアテマラ、エルサルバドルにかけて、またユカタン半島からホンジュラスにかけての地域、マヤ地方に住んでいた。もちろん、今もそうであることを強調したい。古代マヤ文明は滅んだが、それらを創ったマヤの人々は決して滅亡したわけではない」。積年の想い、ちょっと救われた気がしたので紹介させていただきました。@もうすぐ12時〉

〈ところで先日、（略）ドクターAよりもらった戒めのコトバは以下のごとしでありまして。「睡眠をないがしろにしてると（がんの）サバイバーにはなれませんで」。というわけで23時以降の投稿を自粛していたら、ちっとも投稿できないんだな、これが。しかし、きょうは土曜日だし、えーい。ワタクシにも表明させてくだされ。以下の足立君のコメントに賛同です。《それは運動が終わったことを意味するのではなく、各々現場を作り出すためにあえて「散った」のだ》《ある人は農業や食に携わり始め、またある人は芸術分野で平和を表現し始めている》。ここに繋がるたくさんのお顔が浮かびます。ワレラが〝つばめ〟の朗読集団もですな、その域を目指さんと来月はワークショップです。《平和は戦争を通じて知るものではなく、日常の中に存在する何かだと気付いた人たちは、まさにその日常生活の生産的行為にこそ希望を見出しているのだ》

……数年前のある日の嵐山「やもめ亭」での出来事。福岡からやってきた足立力也がワタシの目の前にザッと座標軸を描いてみせ、ゼロからマイナスの極限に「暴力」と書き、プラスの極限に「平和」と書いてワタシに問うたのを思い出しています。

足立「どっからが平和と考えるよ？　戦争がなかったら平和なん？」。曰く、現時点でジブンや身の回りで不幸なことが起こっていないことをとりあえずの「平和」とするのは「点の平和」。それは「＝消極的平和」というのです。不幸なこととの比較や逆照射でしか「平和」を認識しえない発想。（略）次に足立君が示したのは「線の平和」。

足立「どっからでもいいわけたい。ある時点の社会状態を平和かどうかとジャッジするんではなく（略）ジブンやジブンたちの社会が目指す『方向性』っちゅう……この線というか、帯というか、ベクトルというか。その方向を志向（指向？）すること、し続けること、そのこと自体をもっと評価してみたらどないやねん？ちゅう話たい」（関西弁と博多弁チャンポンだった）「コスタリカは大気汚染も貧困問題も日本よりずっと深刻。それでも当のコスタリカ人の多くは『ジブンたちは平和主義者なんや』と言い切っちゃうわけよ」「この人たち、なんなんやろか？……とずっと考えてたわけ。……でね、ようやく見えてきた。ヤツらは『ジブンらは肯定的で生産的で創造的な……いわゆる平和的社会をこうしてあきらめることなく求め続けてるんでっせ』と自負してるわけよ（略）」

……ここですわ。「自覚的な生き方がそう言わせている」。

ワタシはこの話を聞き、ようやく自由を認められた気がして膝を打ちました。というのも、ワタシはこの時、足立君が書いた座標軸の「暴力」「平和」を、「病気」と「健康」に置き換えて話を聞いていました。「点」でしか健康を判断できないのだとすれば、ワタシはいつまでも「病人」です。でも、実際のところ、ひと月30日のうち外来日とその前夜以外、ほとんどワタシはジブンがいわゆる「病人」だなんて思ってはいません。もちろん、病によって肉体的不自由は日常にたくさんあります。けれど、「点」でなく、こうして「線」や「ベクトル」で健康を考えると、ワタシはもう少し自由な、違う存在になれることがわかったのです。病とは共存していても、ワタシの日常にはお腹を抱えて笑うようなこともたくさんあるし、やりたいこともそれなりにひらめく。毎日一緒に暮らしているイヌコロはプリプリとシッポを振って感情の呼びかけに惜しみなくこたえてくれる。よだれが出るほど気持ちのよい鍼を打ってくれる友人もいるし、漢方で手入れもしてる。友だちが作った安全安心な玄米を主食に、わしわしとごはんもおいしいじゃないか。健康や安寧を志向（指向）することは、どっからでもできるわけよね。そもそも「治癒」だけがゴールなのか？という問いかけと相まって、この足立力也の「点と線の平和論」、ひいては「消極的平和と積極的平和論」はワタシのカラダにストンと落ちていく実感がありました。

その後、足立君は、この「点と線の平和論」を図入りで著書に紹介。昨春、山本慎一さんの手で編まれ、出版された『平和ってなんだろう――「軍隊を捨てた国」コスタリカから考える――』がそれであります。「つばめ書房」に在庫どっさり。ただ、この「平和の方向にベクトルを向ける」には、それなりのモチベーションが求められるのかもしれませんね。これは個々の「宿題」なんだと思います。言いかえれば「リアリティ」の獲得ということかもしれない。暴力や具体的に行われた戦争という史実に対する社会の一定のコンセンサスの構築は、やっぱりあった方がいいと思うわけです。どんな密約があったにせよ、日米同盟からではなく沖縄戦の史実から話をする人間でありたいです。さらに、人間の痛みに対し、「肝苦りさぁ」の精神に集約される想像力、その想像力の根っこになる独自の絶対的身体感覚……といった何段階かを経て、平和へのベクトルは、それぞれの確かなモノになっていく、ということなんじゃないかと。どうでしょか？　言わずもがなですか。そういう意味でも、いま、やはり、失われぬうちにコンセンサスの構築と、そして、時をたがえても出逢い直して想像力を立ち上げることができるだけの「記録」、ということは一つでも駒を進めておきたいところです。あんどうえりこ@「つ

ばめ書房」〉

8月4日、薬局のニュースレターを完成させた後、「かぜのね」へ。元夫が新聞の平和企画で、つばめ劇団座長の京都大学大学院教授、岡真理さんにインタビューする場に同行しました。岡さんは一般教養でアラビア語、専門ではアラブ文学と思想としてのパレスチナについて教え、パレスチナ関係の講演会やシンポジウムを一般公開で精力的に開いています。そこにはホロコースト、植民地主義の問題があり、東アジアにもつながります。「占領の問題を考えるとき、沖縄が身近であればパレスチナは遠くない。果たして沖縄は戦後なのか。沖縄を忘却する平和とは何なのか」「自分たちが誰を犠牲にし、誰の人権を踏みにじった上で存在するのかを考えずにきた、この社会は本当の平和思想を考えてこなかったのではないか」「パレスチナを見つめることは日本の戦後社会を省みることにつながる」と岡さんは語りました。教員としての教育だけでなく、大学職員として知の社会への還元も仕事の一つ。それこそが大学が地域社会に存在する意味との考えです。「大学が何のために存在するのか。知の自由、自由な知の実践のため」。大学になぜ教養課程があるのか。「平和じゃない時に問われるのは教養であり、その足腰の強さは平時に問われる」。栄里子さんは聴き入り、たまたま荒野さんに宛てたメールに書きました。〈国立大の「教養学科」のくくりの中にいるおかさんにとっての「教養」の意味が、とても興味深かったです。マジョリティの意見がそうであったとしても、真実を射抜き、「否」と声を上げさせるもの、それを「教養」といい、そういう人間を育てて社会に送り出していきたい、のような話。かっこよかったですよ!〉

8日は元夫と立命館大国際平和ミュージアムでの戦争展へ。レコムのポスターが常時展示してもらえることになりそうで、関係者にメールを送りました。〈「戦争展」最終日の企画講演会「『慰安婦』問題から見える日本社会」(主催=ハーグの会)にお邪魔してきました。(略)これまで証言集会を主催してこられた浅井桐子さんが「証言を聞く側の人間の姿勢」についてなどコメントされ、「証言集会に来る人同士の議論の場がもっと必要だと感じている」と話されました。きょうのような場がまさにその一つになっていくような気がしました。みなさんに一つご報告が。あんどう、最終日に会場を訪れましたところ、ちょうど会場の撤収が始まったのです。で、みなさん、展示をはがしておられるので、グアテマラ民衆法廷のポスターをワタクシが預かって帰ろうとはがしにかかっておりました。その際、手伝ってくださった会場スタッフの方(ミュージアム友の会の方だと思うのですが)に内容と印刷等、そのポスターのクオリティについて絶賛していただき、「このあと、どうされるのか」と問われました。展示できる次の機会を探しますと答えましたところ、平和ミュージアム2階の「市民による平和への取り組み」の部屋に常設展示しませんか?と声をかけていただきました! ヤッタ! 去年見た2階の部屋には平和への取り組みとして、オルタトレードジャパン(ATJ)、ピースブリゲードインターナショナル(PBI)、京都YWCAの活動がパネルで紹介されていました〉

9日、「よくカラダが動いた」。レコムのMLで「そんりさ」の発送を報告。翌10日に鵜飼いを観る宴を控え、やもめ亭を掃除しました。当日は北上田さん、蒔田さん母子、田中愛子さん、中本さん夫妻、林さんらが参加し大盛況。栄里子さんもやもめ亭にナビイと泊まりました。

11日、薬局でニュースレターの発送作業。夕方、フォトライターの野寺夕子さんから電話があり、京都シネマで計画する写真上映会の人選を相談されました。14日、京都大で開かれたつばめクラブの朗読劇ワークショップに参加。「発声、カラダは楽器の意味を実感する」。終了後に懇親会があり、カラオケの二次会まで。宴は深夜まで続き、栄里子さんも熱唱しました。

16日、元夫とナビイを連れ、渡月橋のたもとで送り火を見物。北上田さんも招き、やもめ亭でささやかな宴も開きました。「この送り火をそれぞれがそれぞれの地で見ておられるのだろうと感慨ひとしお」。22日、にんじん食堂での上杉さんの誕生会へ。帰宅後、9月の「ナヌムの家」訪問のメンバーに自己紹介のメールを送りました。〈ある年の集会の最後に、台湾のおばあさんが「苦難の人生だったけれども、日本の若い人たちと繋がり、このようなしあわせを味わうことができて、長生きできたことを心よりうれしく思う」ということをおっしゃいましたね。あの時、ワタシのカラダの奥底に灯りがともりました。ほんとうに丹田のあたりからカラダが熱くなるのを感じたのでした。(略) 2003年秋、はからずも離婚成立の翌月に「多発性骨髄腫」という骨髄がんを発症。2007年にはドナーからの骨髄移植を受けました。移植の拒絶反応によって四肢に病的筋力低下をきたしたことから、昨年、重度要介助の身障者手帳を授かりました。「さすがに、もうパスポートを更新することはないだろう」

2010年8月14日、朗読ワークショップ後の懇親会二次会のカラオケで熱唱

と海外渡航の選択肢を畳んでおりましたところ、今回、チラリ、このドリームチームでの「ナヌムの家」訪問のおはなしを小耳にはさみ（略）ご心配の種にならぬよう自らの体調管理に努め参加いたしたく思います〉

【米高校留学時代の恩人への手紙　私は自由】

8月24日、高校時代にホームステイした米国のホストファミリーへの手紙を完成させました。

〈親愛なるRon&Sue　とErickson家のみなさま（略）みなさんがお健やかであることを心より願いつつ（略）16歳の私を見守ってくださったみなさんに感謝をこめてその後の人生を語ります。

日本の高校に戻った私は大学に進学。卒業後地元新聞社で記者として働きました。95年には近隣の大都市、神戸で6000人以上が犠牲となった大震災の現場を取材。傷ついたいのちを互いに見守る人と人の繋がり（絆）が、街や共同体を再生させていくさまを見つめました。また、97年には京都で開かれたCOP3を取材。先進国にCO_2の削減を義務付けた京都議定書の採択を、世界中から集まったメディアやNGOと一緒に徹夜で見届けました。（略）Think Globally,Act locally……16歳の渡米以来、いまもずっと私が大切にしている言葉ですが、これはアメリカ中西部の田舎町で異国人として暮らした経験から、世界のどこの町や村にもていねいに編まれる人びとの暮らしがあるということを想像できるようになったからだと思います。

新聞記者になって2年目の25歳の時、私は日本のNGOの招きで内戦中のグアテマラからやってきたマヤ先住民族の人権活動家と知り合います。（略）私がCastlefordで過ごした80年代の半ばには彼の地で多くの虐殺が日常的に繰り広げられ、犠牲者は20万人。440の先住民族の村々が地図から姿を消したといわれています。後に合衆国大統領だったビル・クリントンが、グアテマラでの多くの虐殺事件に対するレーガン政権下のCIAの関与や武器援助を認めて謝罪しました。私は同じ頃、そのレーガン政権下の合衆国にいたのです。私がErickson家の人びとに温かく成長を見守られている同じ時、グアテマラでは屍をまたぎながら逃げ惑い、ジャングルや山の中で息を殺して生き延びた人びとがいたという事実。当時、そのことを知っていたとして、ジブンには何もできなかったでしょう。しかし、その同じ時を、同じ合衆国という軸で繋がったグアテマラの悲劇は、私に想像以上のリアリティを与えました。以来、内戦によって連れ合いを奪われたマヤの女性たちのグループを支援する日本の市民活動にかかわっています。勇気をもって過去の記憶を分かち合い、人びとが人間としての尊厳を取り戻していく様は、私にも困難に立ち向かうたくさんの力を与えてくれました。

その後、私は知人の影響も受けて「国境なき鍼灸師」（?）を目指すことになりました。新聞記者を辞めて専門学校に入って学び国家資格を得ましたが、わずか1年後の2003年秋に体調を崩しました。貧血と骨折で起き上がれなくなり、告げられた病名は「多発性骨髄腫」（Multiple Myeloma）という骨髄がんでした。34歳の時のことです。医師に「2年は約束できてもその後はわからない」と告げられ、地面が割れたかと思いました。2007年には姉をドナーに骨髄移植を受けましたが、いまもってこの病が「治癒」した患者はいないのが実情です。おかげさまで、「2年」と言われたいのちは現在7年目を更新中で、私は生まれ育った家に戻りました。2年前、家をソーラーハウスに建て替え、一階は薬局、二階で私が愛犬ナビイと一緒に暮らしています。毎日、一階に降り、やってくる患者さんの相談に応じたり、店のニュースレターを編集して働いています。現在も続く自身の闘病の経験が、薬局にやってくる患者さんの不安を理解するのにとても役に立っていて、病を得ても自身の「役割」を果たせることに感謝しています。薬の副作用でカラダは少し不自由になりました。指先に神経（感覚）障害が現れたので鍼灸師の仕事は断念。しかし、いろんな人のつながりに助けられ、いま、たくさんの〝挑戦〟を楽しんでいます。昨年は国立大学の教授と一緒に京都で朗読集団を旗揚げし、朗読劇「The message from Gaza」を上演。タイトル通りパレスチナのガザ地区で生きる人々の思いを伝える作品で、実際の手紙やノンフィクション文学を組み合わせた脚本もすばらしく、その後、国費でヒロシマでの上演会にも招待していただきました。イスラエルとパレスチナ。日本からは遠い国々ですが、アラブ社会をはじめ、世界の不条理に対する「日本人の無関心」に警鐘を鳴らす機会に参加できてうれしく思いました。また、昨夏、私の友人のひとりが翻訳を手掛けたイラク、アフガン帰還米兵たちの証言集「冬の兵士」が日本で出版されました。この出版を機に、実際に証言した元兵士（略）が日本に招かれ、私はその講演を聞きました。彼らは「自らの愛国心を利用した国家の政策」に傷ついていました。開戦にはやる政策の下では、現場で銃の引き金を引かれる者はもちろん、引く者も実は被害者だと感じました。その後も帰還兵の自殺や犯罪のニュースに触れるたび、国家や軍隊は国と体制を守っても「国民」は守らない、と感じます。これは、たくさんの一般市民に犠牲を強いた第二次大戦における我が国の愚かさをかえりみると明らかだし、中国の天安門事件、そして中南米の歴史からも学びとったことでした。

〈略〉送り先がわからずに途方に暮れていたところ、インターネットにヒットしたPresbytery of Alaska 2010 Directryという名簿の中に懐かしいRon & Sueの名まえを見つけました。胸がドキドキしました。Navy blueに塗られた小さな小さなpost-officeやリスが駆け回るErickson家のポーチ、楽しみで仕方なかったbandの練習、Sueのラザニアの香り、二階から響くタップシューズの楽しげな音、口ひげにビールの泡をつけた週末のRon……数え切れないCastlefordでの想い出が鮮明によみがえってきます。みなさん、どうかお元気で〉

この日は浅井さん、春山さん、朧谷先生を囲む「十年会」のメンバーにそれぞれメール。「いくつものプロジェクトが動いていて余裕はないが、充実している」。29日は朗読劇の女性メンバーたちをやもめ亭に招きました。ホスト役の元夫を除けば女性だけの宴で、ガールズトーク?などで盛り上がりました。

9月4日。日記に書きました。「よく働いた。私は自由」

5日、青西靖夫さんと京都精華大教授の細川弘明さんを招いてエクアドルのヤスニ地域の石油開発問題に関する勉強会が「かぜのね」で開かれ、元夫と参加しました。いくら発信しても届かない、響かないことへの青西さんの憂いを栄里子さんが代弁。「会場の人にメールアドレスを残して帰って下さるよう呼びかけた。細川先生の指摘によって問題点が浮き彫りとなり、日本市民として何ができるかの思考が始まった」。講演後は古澤夫妻や上杉さんたちと懇親会でした。

6日は北上田さんとアダム井上さんと会食。7日の外来ではIgAが95に上昇。8日、患者仲間で自家移植を終えたKさんと食事し、ペプチド療法と樹状細胞の培養療法の可能性について聞きました。

【ナヌムの家訪問】

9月11日。蒔田さんや浅井さん、荒野さんたちと韓国の「ナヌムの家」へ。骨髄腫発症後は初めての海外渡航です。ナヌムの家ではスタッフとして活動していたPさんのお世話になりました。15日、無事に帰国。16日は溜まっていた仕事で多忙な時間を過ごしつつYさんの鍼灸治療を受け、夜になって韓国に同行した仲間にメールを送りました。

〈「韓国どうだった?」。帰国して、すでに10人近くの人にたずねられたけれど、ひと言で表せる旅でなかったのは確か。でも、その一つひとつにできればお茶を濁さず、問うてくださる方がある限り、(Pさんの姿勢がそうであったように)私もきちんと自分の言葉にして伝えることを伝えていきたいと思っているところです。

あんなに張り切っていたくせに、滞在中、実はワタクシ、直接ハルモニにグアテマラの話を切り出すことができませんでした。くつろいでおられるハルモニに、グアテマラ民衆法廷の話をすることに躊躇がありました。用意していった資料には虐殺され遺棄された遺体の写真なども印刷してあったので、いまここで、しんどい話を切り出すのは……とタイミングを逸してしまい、Pさんたちに資料をお渡しすることで責任を回避してしまいました。

そこに投入するだけのエネルギーが今回の私にはなかった。畑の緑を眼下に望むあのエントランスで、心地よい風に吹かれながら、その足元にめぐらされたあまりに息苦しい空間を想い、どう受けとめて、どう胸に納めて帰るのか、毎日、自分なりに格闘していました。5年を走ってきたPさんを思えば、たった5日で消化なんてできっこないのですけれど、どうハルモニたちと向き合えばいいのかも本当のところよくわからないままPさんたちの心情に想いを馳せるのがせいいっぱいの自分がいました。

でも、お二人の姿を介して、私はハルモニたちの70余年に少しでも近づくきっかけをいただいたと思っています。夜な夜な飲みながら、みんなでペ・チュンヒ、ハルモニの日本での暮らしを想像したりしたことも大切な時間でした。もう一度、そして何度でも、これまでに浅井さんたちが編んでくださった証言集やまいきゅう（村上麻衣さん）の著書を紐解いて、ハルモニたちの記憶をつなぎ渡す言葉を自分なりに獲得していきたいと思っています。今後もPさんたちの仕事に触れる機会がほしいです。浅井さん、どうぞ、Pさんたちによろしくお伝えください。たいへんお世話になりました。安藤栄里子〉

【忍び寄る再燃　それでも穏やかに】

9月17日、「肝臓にチリチリ感、骨痛あり」。1月に計画の野寺さんの写真上映企画で水野さんや岡さんにメールで連絡しました。〈「イマジン・イラク」（岡真理監修）で主催者とも合意。「つばめ」も協賛かなんかのカタチで周辺を旋回します〉。19日も「腹部にチリチリ感」。20日は昼からレコムの民芸品の仕分けと値札貼りをしました。

22日、左腸骨棘のあたりに疼痛。鍼治療でも改善せず「やはり骨病変か？」。夜、松平さんに野菜を送ってもらったお礼メールを送りました。〈珍しい、まだらんぼのなすびが入っていました。リスターダデガンジア？　おもしろいですね。おすすめの食べかたなどありますか？　せっかくもぎたてをいただいているのにきょうもまともに台所に立てなかった。不覚。あすはナスとポテトの豆乳グラタンで

も〉
23日、中高の恩師が来訪し、一緒に広隆寺へ。弥勒菩薩像を拝観しました。「『一切衆生をいかにして救おうかと考えている』お姿を表しています、との記。今更ながら胸を打たれた。『和を以て貴しと為す』(聖徳太子)、民族の貴い融和協調を如実に語る日本文化の宝庫であった」
24日、イマジン・イラクのイベントがかぜのねで開かれ、高遠菜穂子さんの話を聴き、細川先生や上杉さんと対話。野寺さんも来場し、写真上映会の打ち合わせをしました。25日、薬局のニュースレター編集に着手し「粛々と仕事」。夜に観たテレビ番組で「個性は内在・潜在しているものではなく、表現される時にはじめて形として形成される、という指摘が面白かった」「いまここ、いつかむくわれるものではない」。26日には町中の割烹で朧谷先生を囲む「十年会」の会食に参加。元夫も初めて同席。話が盛り上がり、三条のスペインバールへ2次会に繰り出しました。
29日。外来のエコー検査で肝臓に腫瘤が認められ、再燃が確認されました。採血でIgAの数値に異常はなく、異常タンパクを産生しない型に変わっている可能性がありました。レブラミドが効くかどうかは不明で、それまでに4回やったDCEP療法をもう一度やるかどうか、SC医師も迷う状況でした。
30日、PET検査を受けた武田病院で「待ち合いの不思議な空気」を感じました。「洗練された空間。患者というお客様なのだ」。「中南米と交流する京都の会」のMLにイベント紹介を書き込みました。〈東京での女性国際戦犯法廷から10年になるのを記念して京都の立命館大学で10月17日、シンポジウムが開かれます。基調講演は池田恵理子さん。(グアテマラ、東ティモールなどの番組制作にも熱心に取り組まれたNHKの元ディレクターで、松井やよりさんたちとともに2000年の戦犯法廷の中心におられた方ですね)。パネリストとして、グアテマラの民衆法廷に立ち会われ、レコム会報誌「そんりさ」Vol.124にもご報告いただいた柴田修子さんが参加されます〉
10月1日、CT検査も受けた結果、肝臓での再発が確定。栄里子さんはDCEP治療を拒み、新薬のレブラミドを受けることを選びました。入院ではなく自宅で飲み薬による治療でした。
2日は「そんりさ」の発送作業。藤井さん、古谷さん、成田さん、佐々木さん、上杉さんに加え、フォトジャーナリストの卵の柴田大輔君も来訪。イマジン・イラクの吉原茂さんもやもめ亭に宿泊中で、楽しい会となりました。6日はステロイドハイのためか「朝からよくカラダが動く」。薬局の外周りの片付けに靴磨き、2階フロアと風呂の掃除までこなしました。7日、Yさんの鍼治療を受けて「目頭が熱くなる。感謝」。8日は指先の痺れがひどくなり、「レブラミドによるものかどうか」。

9日、薬局のニュースレターの発送作業に明け暮れ、夜はやもめ亭でタパス作り。「ジャガイモのアンチョビパセリが上手にできた」。10日は「穏やかな家事日」「ニュースレターの発送が終わりホッと一息」。雑誌を読み、家事のモチベーションが上がりました。11日も朝から片付け作業で、昼からやもめも亭へ。

12日、Pさんに手紙を書きました。〈拝啓　秋晴れの空は、ナヌム上空にも繋がっているのだなあ、と思いを馳せる今日このごろ。あれから、ナヌムの5日間で感じたことを取り出しては眺め、眺めてはまたしまい。そんな毎日を送っています。Pさんからお聞きした「慰安所」の史実は私の想像をはるかに超えていたし、「沖縄だけで150カ所」といわれたこと、そして環太平洋アジア全域に広遠に記されていた「女たちの戦争と平和資料館」(wam)の「慰安所」分布図を照らし合わせ、いかに多くの声なき声がこのまま潰えていくのかと身の震える思いをいたしております。いま一度ちゃんと向き合っておかねばならない史実として、痛みとして、私がかかわっていますNGOの会報誌の最新号にPさんのことを書かせてもらいました。小さなコラムながら、メーリングリストに感想をくださる方もあり、Pさんが渡してくださったハルモニたちのパスを、私はここで繋いでいきたいと思います。感謝を込めて〉

やもめ亭の改修で譲二さんにハガキを出しました。〈秋風が吹いて体調にばらつきがありますが、これから改築プロジェクトに向けて準備を始めようと思います。まずはご報告とお伺いまで〉。青西さんにもメール。〈いただいた梅ジャムを炭酸で割って毎日楽しみました。改めてごちそうさまでした。10月に入って新しい治療薬(サリドマイドの次世代薬)が始まり、まだ副作用のパターンがつかみきれず、体調のアップダウンに翻弄されてはおりますが、なんとかしぶとく低空を落ちない程度に飛んどりますのでご心配くださいませぬよう〉

13日、榎原智美さんから丹波の黒豆、栗などが届きました。黒豆は上手に塩ゆでできました。14日も「おだやかな一日」。薬局の仕事に励みました。「最近、食事がおいしい。少しずつきちんと作ったものをと思う」。樹状細胞ワクチン治療の相談にも行きたいと思うようになりました。

15日の外来では血液検査でも変化は不明。「異常タンパクをあまり作らなくなっている、分泌しにくい型になっているのかもしれない」とSC医師。形質細胞腫として骨や骨髄とは違うところに固まりを作るようになり、血液ではなく腫瘍の大きさで判定しないとわからないとのことです。2週間後にエコー検査を受けることになりました。帰りに「かぜのね」に立ち寄り、高島屋にも寄って母への誕生日プレゼントを買いました。16日は蒔田さんが嵐山に訪ねてきて一緒にランチ。白雲山荘の荒野さんの愛犬、茶々が天に旅立ったことを知り、過去に撮っていた写真をパネルにして送ることにしました。

【池田恵理子さんへの手紙】

10月17日、立命館大国際ミュージアムで開かれた「女性国際戦犯法廷から10年」のシンポジウムに参加。元NHKディレクターでアクティブ・ミュージアム「女たちの戦争と平和資料館」(wam)館長の池田恵理子さんの話を聴きました。「身を削って命を燃やすように生きてこられた様子が伝わってくる。その恩恵をたくさんいただいてきたに違いない」。それを伝える感謝の手紙を池田さんに渡しました。

〈池田さんには、グアテマラから人権活動家を招聘した際(1998年)に激励いただきましたのをきっかけに、三須田紀子さんをご紹介いただき、また、2000年の戦犯法廷でもグアテマラからヨランダ・アギラルさんの招聘にご尽力賜わりました。そして、このほどの「やより賞」です。節目節目で池田さんの仕事に触れ、たくさんの恩恵を賜っていると感じています。この9月には京都で証言集会を続けてこられた方々に便乗し、「ナヌムの家」を訪問。Pさんという29歳の日本人男性に出逢いました。そして、歴史館の研究員として立つ彼の説明の中で、池田さんたちの仕事であった「日本軍『慰安所』分布図」を拝見。環太平洋全域に、これほど広遠に展開されていたとは。その地図を前にPさんが話します。「例えば、ひとつの小さな点に過ぎない沖縄ですが、この沖縄だけで150カ所の『慰安所』と呼ばれた場所が確認されています」。訪問者たちの間に同じ感覚が走ったと感じました。レコムの会報誌「そんりさ」最新号の裏表紙の短信にそんな思いの断片を書きました。珍しくメーリングリストに感想を寄せてくださる会員もあり、タテ糸をヨコにつないでいく意味をいまいちど実感しています。私事で恐縮ですが、近況を少し。実は2003年に大病を。「多発性骨髄腫」という原発職員に労災認定が認められている血液がんの告知を受けました。2007年に骨髄移植を受けクモ膜下出血も経験。骨髄腫とはいまだ共存の関係ですが、低空ながらもまだこうして飛びつづけていられるというのは、なにがしかの宿題が残っているからなのかもしれません。やよりさんや、池田さん、そしてたくさんの証言者たちからいただいた重たい

バトン。1メートルでも自力で走って、次に渡したいと思うようになりました。握りしめて倒れている場合ではありませんね〉

その夜、丹波・篠山の細見和之さんにメール。黒豆を送ってもらったお礼でした。〈毎年、この豆にありつける贅沢よ。茹で方も、ずいぶん上手になりましたよ。茹でる前に両端をパチンパチンとハサミで切って（その感触がたのしい）、粗塩で塩もみし、塩ごと沸騰した鍋に放りこんで10分。そのあとは素早く、うちわで煽いで冷まします。すぐ背後でイヌコロが狙っている。これも毎年のお約束之図であります（笑）。過日、いまここメールの顔ぶれにいる田中愛子さんに貸してもらった森岡正博さんの著書『33個めの石』（春秋社）で、引用される細見さんの文章に出逢いました。そして本日は池田恵理子さんのお話の中で彼女がＮＨＫのディレクター現役時代に影響を受けた作品として、思いがけず、映画「ショア」と映画「ナヌムの家」について語られる場面があり、これまた細見さんのお顔が浮かんでいたのでした。「慰安婦」にされたおばあさんたちにも、証言をする元兵士たちにも残された時間はない。できるカタチで残すこと、損じないことが大切と考えている、とも。シンポで、グアテマラでの「民衆法廷」の報告をするように依頼をもらっていたので、現地視察をした柴田修子さんに選手交代してもらいました。すると、彼女自身は、池田恵理子さんが作った番組でレミープロジェクトを知り、グアテマラに関心をもったのだ、という話をしていました。いろいろなところで重なりあった糸は、粗い網の目から時間をかけて、やっぱり稠密な織物になっていますよ。11月に森田紀子さんが、また一時帰国します。（略）嵐山ででも「よこいと」、やりませんか〉

【出逢い直し】

10月19日、「白雲山荘」で撮った荒野さんの愛犬・茶々の写真をプリントして蒔田さんに託しました。数日後、荒野さんからお礼のメール。〈素晴らしいフォトスタンドとお心こもる弔辞を目にし、思わず胸が熱くなりました。茶々も私も写真写りがよくなく、いい写真がありません。そんな茶々や私をうまく撮っていただいた写真を、うまくフォトスタンドに仕上げていただいて本当にありがとうございます〉。栄里子さんも返信しました。〈私は荒野さんと茶々が写っている右上の写真が大好きです。茶々も荒野さんの腕の中で、なんだか得意げです。陽だまりの茶々も平穏の象徴のような一枚になりました。私も6年前の秋、11月に16年いっしょにいてくれたイヌコロを看とりました。ナビイが来てくれて、また、イヌと暮らすシアワセな時間を過

ごしていますが、この時期になると、その前のワンコとの時間をたくさん思いだします。また、お墓参りにお邪魔させてください〉

20日。「このところ朝の寝ざめよし」。ステロイドの効果かもしれません。Yさんの鍼治療も受けました。「なつかしい本、出逢い直しにまた力を注ごう。整理することで自分の穴が埋まっていく」「いまここが愛しい。このいまが愛しい」

ところが21日夜、脱ステロイドの影響で台所で倒れました。「身動きできず板間に数時間倒れ伏したまますごす。SOSの手立てが必要と感じた」。22日、「カラダの重みを感じる朝。体表が全身痛む。脱ステロイドのピークがきた」。午後、Yさんに鍼治療を依頼。「指先の痺れマックス。ピリピリで何もさわれない。凌ぐべし。おだやかに凌ぐべし」

23日、メール・ラリーに投稿しました。〈親愛なる皆なさま　お久しぶりでございます。まずは、あんどう、安否確認から。秋は〝鬼門〟で、10月に入って西洋医学的メンテナンスが必要となり、今夏、承認された新薬に挑戦中であります。レブラミドという、サリドマイドの次世代薬でありまして、まだ効果のほどはわかりませんが、併用する大量のステロイドが体調を揺さぶります。そんなわけで、秋はなるべく出歩かず、自宅でよい子にしています。先ほど新聞を広げていて、藤まっちゃんの記事を読んだついでに、いつもは読むことのない「首相の一日」（22日）に目を走らせましたところですな、「6時2分、グアテマラのコロン大統領と首脳会談。松本外務副大臣、福山哲郎官房副長官同席。40分、グアテマラの円借款に関する公文署名式に立ち会い。44分、官邸玄関でコロン大統領を見送り」と。グアテマラ大統領、来てたんや。分刻みの予定の中で40分も首脳会談してんやん。福山哲郎、官房に移ってもちゃんと顔出してんやん。と思って読みました。そのグアテマラですが、民衆法廷に関心を示してくださる方が、ゆっくりながら確かにジワジワと広がっていて、最近になっても、ちょこちょこ講演依頼が舞い込みます。今年は「女性国際戦犯法廷」から10年だったり、「韓国併合１００年」だったりするので、関心の窓が広く開かれています。この9月に「ナヌムの家」を訪ねることができたのも、導かれていたんだなあ、と思います。池田恵理子さんのことも少し。12年前の98年、グアテマラから人権活動家のフアン・レオン氏を招聘した際、池田さんは事務局の私に招聘成功への激励の電話をくださったのでした。その内容は「東ティモールを見守り続けているシスター中村（元夫が長野支局勤務時に知り合い、栄里子さんも交流）から伺っています。いつかグアテマラのこともちゃんと番組にしたいと思っています」と、心強く感じたのをおぼえています。松井やよりさんからもメールをいただきました。池田さんは最前線のディレクターとして多忙を極めておられたでしょうに、なぜ番組を作りたいのか、なんのために取材をしているのかを丁寧に語り、「この一つひとつが大きな扉を開けることに繋がっていくと信じています」と。実はこの時、佐久総合病院の色平哲郎さんからも同様の激励手紙をもらっています。思えば、はかり知れない「熱」をいろんな人たちからもらってきたのです。あれから12年。池田さんにお目にかかり、直接、お話を伺うことができて、穴ぼこが埋まっていく感じがしました。いつも駆け足ですけれど、時々立ちどまって、それぞれの来た道を俯瞰してみるのも悪くないと思いました。次の道が見えてくるのはそんなときかな。京都でのシンポでは、日本ほど「ジェンダー」の問題が嫌われている国はないとの指摘がありました。性差別の問題は男も女にもワタクシの問題になりやすく、向き合うことの息苦しさを伴います。そこへの抵抗感がジェンダーを遠ざけてしまうのだと思います。アメリカと戦争したことは知っていても日中戦争を知らない子どもたち、の話と同じで、加害の記憶ほど忘れたいし、向き合うのも息苦しい。けれど、事実があるかぎり、ジブン自身の問題として向き合える強さを養いたい。せめてもそういう世の中をつくるひとりでありたいもんやと思います。12月5日（日）には東京外国語大学で国際シンポジウム「女性国際戦犯法廷から10年―『法廷』は何を裁き、何が変わったか～性暴力・民族差別・植民地主義～」が開かれます。この、いまここメールのメンバー、まいきゅう（村上麻衣さん）もパネリストに名まえを連ねています！　まいきゅう、京都の「熱」を伝えてきてね〉

【レブラミド奏効】

10月24日、近くのそば屋で昼食後、松尾のカフェで譲二さんと改修の相談。25日夕、「かぜのね」の春山さんが嵐山に来てガールズトーク。27日、足裏のストレッチをしていて、右大腿部外側に直径8センチほどの内出血斑ができているのに気づきました。「ひどい。血小板が下がっているのかもしれない。脳出血要注意」。28日は「気圧が低くカラダがこわばる。足の痺れと冷えが深刻」。Yさんの鍼治療で「救われる」。

29日、外来でレブラミドの1カ月間（1クール）の評価。思いがけないことでしたが、エコー検査では腎臓の裏にあった腫瘤が消失、肝臓の腫瘤も縮小していました。「奏効。うれしい」。夜、元夫と岡真理さん、イルソンさんと東九条の豚焼き肉店で乾杯しました。

31日、田中愛子さんのお宅を元夫と訪問。連れ合いのピーターさん（オーストラリア出身）も交えて食事をしました。「ピーターさんのお人柄と愛子さんの受容、しつらえのすばらしさに拍手。こんなおもてなしのできるオトナになれたらと心より思いました」。帰りにはナラ枯れの原因のカシナガ（カシノナガキクイムシ）駆除に汗を流した上杉さんたちのお茶の場に参加。夜、メール・ラリーに書き込みました。〈上杉どん、あんどう着手の治療薬レブラミドに関する詳細な解説をありがとう。こんなことまで、みなさんに共有してもらえるとは、ちょっと申し訳ないような思いがけないことでありましたが、ここは難治性の血液疾患にことを限定するのではなく、がん大国ニッポンの現状を鑑みて、どこかでジブンの、またごジブンの家族や友人にも起こりうることとして位置付けとらえていただけたら。それぞれのいのちを生き抜くツールの引き出しの一つにいまのうちから〝「がん」とは何ですろかインデックス〟を作っておいていただくことを敢えておススメしたいのです。「知」は時として、先の見えない旅の地図になり、それが悲壮感をも解かしてくれるような実質的チカラにもなると私自身が思っているからです。そんなわけで、カンタンなその後の経過報告。10月頭から始めていたレブラミドとステロイド剤による治療は、それなりに効き目があったようで、漢方との併用のおかげで副作用も比較的軽くいけていると思います。おかげできょうはカシナガ駆除後の打ち上げのお茶会をのぞくこともできました。第2クール目もがんばります。みなさんもカラダを冷やさぬよう、足元、首元をしっかりと温めてお健やかにこの秋冬をお過ごしください〉

【選択肢が増えて】

11月1日。樹状細胞がんワクチン療法について、神戸のクリニックへ元夫と医療相談に出かけました。「自己がんを認識させる療法にはある一定量が必要とのことで、WT1ペプチド療法のみ対象となることが判明。すぐにでも始めるかどうかの話に」。一方でカウンセリングに物足りなさを感じました。2日はのどの痛みや脱ステロイドによる紅潮感がありましたが、山科で樹状細胞がんワクチン療法を行っているクリニックサンルイに相談の予約を入れました。Yさんの鍼灸治療も受け、仕事も順調でした。

5日、風邪を引いたようで咳が出ました。脱ステロイドで足にはむくみ。身体の中を水が流れるよう自分で灸をしました。昼食に唐揚げを作りました。トマトとモロヘイヤのスープも。「丁寧な一日。嵐山につばめ食堂を。今なら何でもできそうな気がする」。7日は京都女子中高の同窓会。脱ステロイドの影響で出席を断念しましたが、旧友たち何人もがメールをくれました。「マイペース。これでよいと思う」
8日、元夫と山科のクリニックサンルイへ。女性院長はフランスで移植治療の経験があり、栄里子さんの治療歴を聞いて「よく頑張ってきたわね」と涙を流されました。樹状細胞療法は骨髄腫への適用例はまだなく、移植患者には免疫抑制のさじ加減も難しい。だからこそ、移植治療の経験が豊富な自分なら対応できる、一緒に頑張りましょうと言ってもらいました。「満を持して得たドクターとの出逢い。私の7年の闘病に敬意を表して下さり、医師として最大級の努力を約束したいとの意。楽しみがめばえる」。この時点ではレブラミドの効果で腫瘍は少なく、治療は先となる見込みでしたが、選択肢が増えたことで精神の安寧につながりました。
9日、石川智子さんがグアテマラからパートナーのトーノさんと、その兄マリオさんを連れて京都へ来訪。宿泊はやもめ亭で、伊丹から古谷さんも駆けつけ、阪急桂駅そばの居酒屋へ。トーノさんもマリオさんも居酒屋のメニューや雰囲気に満足。「穏やかなオトナの時間。活動よりも交流。いまはそんな時間が愛おしく感じる」。10日、メール・ラリーに投稿しました。〈不覚にも風邪を引いてしまい、いつも以上にぼんやりの、ちょっと冴えないあんどうえりこでございます。ようやく嵐山の山並みもいい具合に錦に色づいてまいりました。その嵐山「やもめ亭」に昨日から、グアテマラより一時帰国中の石川智子さんがご逗留。おつれあいのトーノさんとそのお兄ちゃんのマリオさんもいっしょです。さて、あす、門川大作京都市長の公金不正使用を暴く証人尋問が午後一時半より京都地裁の大法廷で行われます。ただの不正使用とはちゃいまっせ。立候補表明の直後に支援者であるＰＨＰ研究所元社長に、ジブンの談話本を出させておいてですな、それを市教委の公金で購入、ＰＴＡ関係者や小中学校に配った、という実に厚かましいお話です。われらがいまここの北上田チョイさんが原告として尋問します！　お時間ある方、応援に行きませんか?〉
12日の外来で、ＳＣ医師に病院への寄付を申し出ました。末期がんの伯母が入っているホスピスの充実ぶりを知り、一方で血液疾患の患者の終末は病院であるという現状を前に、何かできないかと以前から考えていたことでした。血液病棟の待ち合いスペースを、患者にも見舞いの家族にも少しでも居心地良く改修してほしい。その費用の足しにしてもらえればと伝えました。

【よこいと@かぜのね】

11月13日、左京区・出町柳の「かぜのね」へ。「久々によこいとがあつまる」。森田紀子さんの一時帰国に合わせ、細見さん、虫賀さんと集いました。一ノ瀬さんは風邪で欠席し、元夫が加わりました。

虫賀さんと共通の趣味の一つ、落語が話題となり、栄里子さんも語ります。「米朝さんの『地獄八景亡者の戯れ』は、聴いてから死ぬのが本当に怖くなくなりましたよね。みんなでワイワイ言いながら行く」「古典なんだけど、今いま、演じられる時のモノがうまいこと取り込まれているんですよ」「ダイオウという植物があるんですけど、下剤なんですよ。最後に大鬼に飲まれるんですけど、そのダイオウを飲んで腹の中から出てくる。閻魔大王とかけてるんですね」「でも、ダイオウが下剤というのは昔の人では一般常識なんですけど、今の人は知らないから笑えないかも」

話は映画に移り、「昨日、『マザーウォーター』を観た。カモメ食堂のシリーズの最新作。で、舞台がほとんど北区。いまかかっている病院の半径2キロくらいで撮影されてて。しょっちゅう抜け出してコーヒーを飲んでたお気に入りの喫茶店も出てくる」「水がテーマで、加茂川べりとかいっぱい出てくる。ずーっと水の音が聞こえてるような映画で五感を刺激される」「水に関係のある人たちで、お風呂屋さん、お豆腐屋さん、バーとカフェと、それぞれの人がそれぞれの日常を生きて、カフェとかで出逢っていく」「かぜのねじゃないけど、人々が出逢っていく感じ」「水の流れ、変わっていくこと、移ろいゆくことも是として認めながら、みたいなね」

話は栄里子さんがやりたいことに。「書くこともそろそろやりたいなと思うんですけど、その前に、行動するというか。共同体をつくることを先にやりたいなと思ってます」「いまここもその一つだとは思うけど、左京区をみていて、(京都の)西には本当につながりがない。止まり根が全然ないんですね。かぜのねのような」「自分が欲しくてそこにないモノって、他にも欲しい人がいると思う。そういうモノをつくってみたいなと思い始めているところです。(発病から)7年経ったし」

病気の現状も話しました。「治療に関して言うと、また再燃していて、新しい薬を10月から飲み始めていて、それがすごく効いてくれていてうれしい。副作用はあるけど」。虫賀さんが「この間、電話した時にしんどそうだった」と心配するので説明しました。「ステロイドを2週間ごとに大量に飲むんですよ。ガツンと治療する。その時は躁状態。ステロイドハイ。仕事もサクサクできるし、体も軽い。あたしって出来るやん、って勘違いするくらい。それが体から抜けていく時に、地面に体がめり込んでいくくらいの、気圧がめっちゃ低い、みたいな状態がしばらく続いて動きが緩慢になる。その時はなかなか厳しい」

「ここ1、2年、分析機器とか顕微鏡とかが飛躍的に進化していて、医療も研究が進んでる。免疫療法もその一つ。パストゥール研究所というのが京大の近くにあって、以前に脚光を浴びたけど、『言うほど効かないやん』てペケがついた。ところが検査機器が良くなって、もっと精度の高いことができるようになっていて、それに興味を持ち始めている」「ある山科のクリニックの女性のドクターが興味を持ってくれて。今やってる治療が効いてくれたら一番いいのだけど、次の手段がまだあるんだとわかったことがすごく嬉しい。いま喜びに満ちている」「自費診療なのでお金がかかる。八方ふさがりの他に選択のない人しか来ない。『だから私はたいがいのすごい症例を診てきてるけど、安藤さんの闘病歴が一番壮絶です』『これだけフルメニューで7年もやってきて、これだけ元気な人はあり得ない。あなたは偉かった』って褒めてくれはった。すごく嬉しかった」「そんな大変なことをやってきたとは自分の中では思ってなかった。けど、その先生に言われて（略）今までやってきたことに、もうちょっと自信を持っていいのかなって」「『安藤さんはただ免疫を上げればいい患者じゃない』と言われた。私も移植を受けているし、そんなややこしい患者をやってもらえますか？って。そしたら『移植を手がけてきた私にしか、むしろ出来ないかもしれない』『挑戦させて下さい』って言ってくれはって。やってみる価値、あるかな、って思ってる」

「それと共同体づくり？」と森田さんたちが間の手を入れました。「どうしよっかな。まだ誰にも言ってないんやけどな」「何かあるんですか？」「妄想してる話があるんですよ」「具体的に？」「うん。西のかぜのね計画」。そうして初めてカフェ構想を打ち明けることになりました。「私、死んだ時にお金がいくらになるのか、とか計算してるんですよ。遺書の書き方という本も買ってきて。死亡した時に保険金をもらえるんですけど、遺す人もいないのに仕方ないでしょ。それを担保にお金を貸してくれって」「面白いことがもうひと花、もうひとつくらい花火を上げ

2010年11月13日、かぜのねで「よこいと」の集まりの後に記念撮影。左から森田さん、細見さん、栄里子さん、虫賀さん、春山さん

られるかも知れない」「そんなことを考え始めたら、できるできひんは別で、楽しいてしゃあないんですよ。毎日」

これにはみんなが「すごいなあ」と驚きました。「ああ、言っちゃった。どうしよう。初めて口にしました」。構想は広がります。「例えば、認知症の人と介護者が集えていろんな話をできる、共有できるような物忘れカフェの日。あるいはがん患者が闘病の不安を持ってくるのではなく、やってみて良かったことを共有し合えるがんサバイバー術持ち寄りカフェの日。もちろん、この間、つばめでやってきたいろんなこともやりたい。いろんなことが浮かんでくる」。虫賀さんが言いました。「そりゃあ、えりえりの人気力を持ってすれば。左京区の、この辺の界隈では安藤さんはカリスマですよ。ある人は菩薩と呼んでるし」「ははははっ」と栄里子さんが笑うと、虫賀さんは繰り返しました。「えりえりは菩薩だから、ってね」

その後も話題は絶えず、社会情勢と民主主義、日本の戦後の歴史にも。虫賀さんや細見さんが日中関係やドイツとの比較などを論じ、栄里子さんも言いました。「つくづく思うのは、加害の歴史って忘れたいし、共有してこなかったし、被害の歴史だけが残るんですよね」「加害の記憶を分かち合ってこなかった」

翌14日は「おだやかに仕事がすすむ」。前夜の「よこいと」に参加できなかった一ノ瀬さんにメールで報告しました。〈お逢いできるとばかり思っていたので、とても残念に思いました。お休みをとってくれたにもかかわらず、私に(風邪を)うつしてはいけないと思い、留まってくださったと。面目ないことでした。ごめんなさい。でも、そのお気持ち、ありがたく頂戴しておきます。

のりちゃんは少し遅れて参加。プラユキさんのところ、スカトー寺に入り、数日間を過ごし、その帰りのバスで知り合った人といっしょにメディテーションファームを始めるかもしれない、と言ってはりました。イミグラントオフィスの仕事も近く、のりちゃんはタイのブランチに派遣されることになるそうでチェンマイに移住。そして週末は、そのスカトー寺で出逢った人の農園で一緒に農業をするそうです。望んでいたことが、縁が整って実現していく。祝福したい、とても、すてきなことだと思います。

私は、えーっと、なにを話したんだろう……。まず、病を得てこの秋で丸7年を迎えたことを報告。よこいとで出逢ったころ、細見さんがくれた言葉に「ジブンの命を生き抜くために、裏側で市民もネットをつないでいく必要があろう」というような内容がありました。当時は、まだ目の粗いネットのように感じていた人と人のつながりは、最近、稠密なタペストリーのように感じることがあります。そんな感想を述べたと思います。きょうも黄砂が舞い、大気は眠たく煙っていますが、そのベールの向こうから抗うように、山の赤や黄が色を深め、秋錦の美をアピールしています。またきっと逢いましょう。あんどうえりこ拝〉

【中3で見た米軍基地】

11月19日、「朝よりプーの気配」。先代の愛犬プーの命日でした。「穏やかで愛おしい一日。山の紅もしみるほどに美しい。外を歩く人々がみんな笑顔」。西京警察署で身体障害者の駐車禁止除外証を取得。夜、メール・ラリーに書き込みました。〈松平君、藤目（ゆき）さんの『女性史からみた岩国米軍基地』の出版のお知らせをどうも。私が14歳で初めてみた外国、それは「岩国の米軍基地」だったことを聞いてください。中学3年生の修学旅行（略）岩国の米軍基地の中を見学したのです。手間な交渉をして、生徒たちに貴重な機会を与えてくれた熱心な先生がいたのでしょうね。初めてみる外国の景色。基地内はきれいに区画されていて、住宅の周りには映画で見るような芝生の庭が広がっていて、そんな中に兵士たちの官舎が整然と並んでいましたっけ。バスケットのコートや、テニスコートや、大きな免税のスーパーマーケットなんかもあって なんだか夢のような景色でした。その10年後くらいですかね。新聞社に入社した2年後の95年9月に沖縄で12歳の少女への米軍海兵隊員による集団暴行事件が起こりました。駐留米軍のためのインフラ整備についての議論が始まり、「思いやり予算」という言葉が新聞紙面に登場。岩国の米国の基地内の絵がまざまざと私の頭の中には描かれていたわけでありますが、今年5月の沖縄でもキャンプシュワブのゲート前でダンプカーの砂ぼこりにまみれながら、14歳で見た岩国の米軍基地内の絵が頭の中に浮かんでいました。クンミさんの「冬の兵士」が如実に語ってくれたように、差別をよしとし、相手の人間性を破壊できなければ、引き金を引くことなんてできないのですから、基地を擁する、ということがその地に暮らす人たちにどれほどの辛苦をもたらしてきたのか。途切れがちな思考をひと繋がりにしたときにブンと吹き抜ける風があって、そこからまた、出逢い直したり、学び直したりすることがあるように思います。藤目さんの本、出逢い直しのためにも手に入れておこうと思います〉

【伯母の帰天】

11月21日、北上田さん夫妻と食事しましたが、「咳が止まらず困った」。22日、薬局のニュースレターの編集作業に励んだものの「咳が止まらず苦しい」。24日も体調が悪く、

「消耗し、起き上がることもかなわず」。熱と悪寒もありました。25日、Yさんに依頼していた気功体操嵐山教室の見学をキャンセル。「不覚にて。ただ、時機がちがうのかもしれず。静かに縁の整うのを待とう」

26日の外来で血液データは正常ながら貧血気味。CRP（炎症反応）が7・99と高い値で気管支炎の抗生剤を処方されました。帰りは板谷祐子さんに送ってもらいました。

27日、「昨夜一包飲んだコジデールがよく効いた。鼻水と痰が止まり咳だけになった」「ただ、咳の発作が出ると辛く、何も手につかない」。それでも薬局のニュースレターの原稿を仕上げました。28日、「午前はゆっくりと家事をこなす。このような日曜が好き」。母親と松尾のカフェでランチを楽しみました。

12月2日、譲二さんから電話があり、「いよいよやもめ亭の改築プロジェクトがはじまる」。4日はそんりさの発送作業でレコム事務局長の大西さんが相生からカキを大量に持参、盛大な宴となりました。

10日の外来では腎機能に異常なし、肝機能も大きな変化はなく、2週間後のCT検査の結果を待つことになりました。11日、最初の病院で仲良くなった看護師のOさんの仲介で薬師山のホスピスを見学。病院への寄付の参考にするためでした。12日は雑務をこなし、夜はやもめ亭で元夫とトマト鍋。13日は病院への寄付について病院側と面談。副院長でもあるSC医師と事務局長、看護部長、施設部長と話し、「思いは伝えられたと思う」。

2010年12月4日、やもめ亭で古谷さん（右）、青西さん（左）と

15日、ホスピスに入っていた伯母の容態が悪化していて、父と見舞いに行きました。伯母の耳元でホワイトクリスマスを歌いました。帰宅して間もなく、伯母の血圧が降下したと連絡があり、父と姉は看取りに駆けつけました。体調を崩すまで銀閣寺のそばで美容院を営んでいた伯母で、「84歳の大往生。気ままながら孤独にもたえ、美しく見事なり。おつかれさま」。

16日、姉から看取りの詳細を聞きました。通夜でしたが、栄里子さんは自宅でナビイと留守番。「ありのままの人生」と伯母に思いを馳せ、友人たちにメールを送りました。〈独り暮らしの伯母がみまかりました。84歳の誕生日を終えて2週間。機嫌良く逝きました。そんなわけで今週は何かと事務的にはパタパタしておりますが、来週の白雲山荘、心よりたのしみにしています〉

17日、伯母の告別式に参列。「伯母、静かなよいお顔。父母の涙。あっけないが、誰もがこうして終わるのだということがわかった。自分の肩の力も抜けた。これでよいのだと思った」

【治療奏効、穏やかな日々】

12月19日。テレビでNHKスペシャルを観ました。米コロラド州にあるロッキーフラッツの核施設の話。「核を造っていた労働者たちからの告白。大変な番組だった」。栄里子さんも高校留学時代にプルトニウム汚染の影響を受けたかもしれないと、後にわかる施設でした。

この日は「一日、カラダと向き合う」。「脱ステロイド、薬物中毒の躁状態。頭中にマーチが流れドラム音が響いた。犯罪、破壊活動に連なるキケン性をまさに体験した」。翌20日は「指の痺れが辛い。指先に棘が20本ずつつき刺さっているように感じている。手背にも焦しゃく感。何をするのもおっくうに感じる」。

23日夜、メール・ラリーへの上杉さんの書き込みを受けて投稿しました。〈上杉ドンのパスのひとつひとつが着実に次につながり、裾野が広がっていることを心から嬉しく、頼もしく思って拝読しました。（ナラ枯れの原因で上杉さんが対策に奔走している）カシナガを軸にした〝革命〟は、もう種火の次の段階に入っているな、と感じます。あすは外来日。10月から使ってきた新薬治療の結果を見ます。来年は、ほんとうに病んでる場合でないくらい、たのしい妄想がすでにあれやこれやと頭の中で踊り始めているのですが、ひとまず、あすはよい子のふりをして、CTもベッピンさんに撮ってもらってきます〉

そして24日、外来でCTの結果を聞きました。不安もありましたが、何と「非常に良くなっている。治療がよく効いている。一安心です」。できれば治療を続けて病勢を抑えた上で、ステロイドをやめてレブラミドだけにする方針が示されました。この日はクリスマスイブ。やもめ亭で元夫とナビイと過ごしました。

25日、白雲山荘へ。蒔田さん母子、上杉さんと浅井さん、岡さんとイルソンさん、片岡君と藤松さん、古澤さん夫妻、蒔田さんの友人2人が参加し、にぎやかな宴。みんなにカフェ構想を打ち明けました。

27日、メール・ラリーに投稿。病気の経過と、1年を振り返る内容でした。

〈親愛なるみなみなさま。先日、クリスマスイブの日の外来検査の報告をさせてください。造影剤によるCT検査の結果、10月段階で肝臓、腎臓など体内臓器に認められた計7個の腫瘍が見事消失。この先も、地固めの投薬はさらに続きますが、おかげさまで、ふだんは沈着冷静な主治医も膝を打つ快挙となりました。ドドンドンドン。ただし、この慌ただしい師走に、あんどうの腹の中で起こっていることになどさして関心もないで、という方はこっから以降は読み飛ばしてくださりませ（笑）。改めましてご存じでない方のために。ワタクシの得た病は「多発性骨髄腫」といいます。（略）ワタクシの場合、化学療法によるイタチごっこをもう7年も繰り返しているものですから、敵は、これまでに使った薬剤群に対する〝耐性〟を獲得。同時に全身各所の臓器に「形質細胞腫」という固形がんを形成するタイプに〝変身〟しているようで、昨冬、湯たんぽ代わりに抱いて寝ていたイヌコロにふんづけられ、胸に痛みを感じたことから腫瘍が見つかり腫瘤をつくるタイプに変化していたことがわかりました。昨冬の段階では恐ろしいことに、「肝臓の3分の1」がすでに腫瘍に置き換わってしまっていたのでした（汗）。ちょうど、やより賞が終わって、ひと息ついた頃のことです。さすが「沈黙の臓器」と呼ばれるだけあって痛いとかかゆいとか、悲鳴をあげないからCTを撮られるまでわからなかったのです。そこから緊急入院。冬籠りが始まりました。

２０１０年はなんのかんのといいながら、一年の実に3分の1を鞍馬口の六尺の病床で過ごしたことになるのでした。ワタシは子規のごとく、この六尺を「余には広過ぎ」とまでは思いませんでしたが、狭いと思ったこともただの一日もなかった（略）。その入退院の間隙を縫いながら、3月にはヒロシマへ朗読劇の上演に呼ばれたり、ゴールデンウィークには沖縄で辺野古沖の風に吹かれましたし、秋にはナヌムの家にも行きました。どれもワタシにとっては免疫力が高まるようなことばかり（笑）。で、今年の10月段階で（少なくとも目で見てわかる範囲で）「腫瘍7つ」にまでこぎつけ、これと共存しながら「抗がん剤」をやめ、サリドマイドの次世代薬である新薬と漢方薬の併用に切り替え、自宅でひたすらたのしい妄想を貪りつつ、治療を進めていたのでした。その結果が今回のこれ。腫瘍消失です。なんせ、世界的にもまだ「治癒例」のない病ですから、また、そのうち、再々々々……燃もあるでしょう。でも、そのたび、手入れをし、まだ、もうしばらくはやりたいことをやらせてもらおうと思っているところです。

さて。今年もあと4日。積み残していた、志葉玲さんや足立くんらの「イラク戦争の検証を求めるネットワーク」への賛同もカンパもしたし、その志葉玲さんから、「冬の兵士」京都講演の報告集を送ってくださいと連絡もいただけたし。完璧だ。これで２０１０年を無事に畳めそうです。50人の「いまここ」な共同体の仲間たちへ愛と感謝を

込めて。安藤栄里子　拝〉

28日には同い年の患者仲間のKさんが来訪。ビタミンC療法を教わりました。最新情報を入手して教えてくれるありがたい存在で、Kさん自身もストイックな食事療法を貫いていて「見習わねば」。夜は元夫と、やもめ亭でふぐ料理。29日、鍼灸師のYさんから気功体操の詳細についてメールをもらいました。31日、大晦日。この年は実家で元夫とナビイと過ごしました。ごまみそのだし汁で作ったかき鍋を食べ、紅白も観ました。

第5章　2011年　脱原発　未来への祈り

【2011年を迎えて　舞鶴へ小旅行　友人たちと】

2011年。年頭所感を書きました。〈腹を据えて与えられた役割を一生懸命に生きる。▽毎日の食事を楽しみに作り、カラダをつくる。大切な時間に位置付ける。▽早寝早起きを心がけ、一日の流れを自ら創造すること。▽ラジオ体操。▽祈り、感謝、自分の呼吸に返る時間。▽キゲンのよい人になる（憂いの種を芽吹かせない）。▽カラダの声をきく（痛みのない健やかなカラダ。腫瘍の兵糧攻めのイメージ）。▽手入れ（カラダ、ココロ、モノモノ、人とのつながり）。▽独立した個の実践〉

1月1日、維持療法のステロイド投与を開始。3日、元夫と左京区八瀬にある九頭竜大社に参拝し、岡崎の美術館で日展を鑑賞。4日、片岡君と上杉さん、蒔田さんを招き、カフェ構想の説明も兼ねて嵐山を案内。松尾大社に初詣にも行きました。

7日、血液外来と歯科を受診。8日、2週目のステロイド開始。

9日、舞鶴へ出かけました。京都新聞の先輩Aさんを訪ねる旅で、元夫、上杉さんと浅井さん、片岡君、藤松さんが同行。海上自衛隊のイージス艦を見学し、引揚記念館を訪ね、京都新聞舞鶴支局へ。毎日新聞舞鶴支局の岡崎英遠記者も加わり、Aさん行きつけの中華料理店「東来」で夕食。地魚を使ったご馳走を堪能しました。宿泊は町外れのコテージへ。Aさんの部下のI記者も駆けつけ、持参の魚をおろしてくれました。Aさんを囲んで宴は夜遅くまで続きました。10日は地元野菜をふんだんに使ったバイキング形式の昼食。帰路も亀岡で藤松さんが借りている畑に寄るなど、盛りだくさんの小旅行となりました。

翌11日、参加者がみな、旅を準備してくれたAさんにお礼のメール。「すばらしいコールアンドレスポンス」。12日、栄里子さんも書きました。〈情熱的な応答メッセージが続きますね。おかげで旅を追体験。ほんとうに愉快な旅になりました。いつもAさんとは「行き当たりばったり」なんですがココが無理ならアソコ、アソコが混んでたら次はアッチやなと、選択肢はどこまでもつづく。ふだんからAさんが街をふなふなてくてく歩いて歩いてたくさんの引き出しを持ってはるからで、そのAさんの天性の嗅覚の恩恵を受けて今回の旅も出来上がっています。Iさん、ワタシは解体ショーの頭がスパリと落とされたのを見届け、お風呂に入ってしまったのですが、湯上りにいただいた角のピンと整ったアノ切り身の食感を忘れはしないでしょう。Aさんが作ってくれたアラ汁、よかった。うまかった。滋味あふれる、とはこのことやな、と思いながら、アラをズルズルせせりつつ、大根おろしと醤油をたらしてみたら、またいける！　もうお腹はちゃぽんちゃぽんでしたけど、おかわりが止まらんかった。岡崎さんも京都市内に来られる時は、嵐山の「やもめ亭」にお立ちよりを。いわゆる〝活動家〟に転身した、というわけでもないんですが、あの頃よりは、考動するひとりとして生きている気がします。ようやく、絶対的身体感覚が追いついてきた、という感じでしょうか。伝えることはカンタンではないですが、伝えられたときにもらう応答があればまた、あしたもがんばれそうな気がしますもんね。ああ、たのしかった。Aさん、そして、みなさん、ほんとうにどうもありがとうございました。しばらくは舞鶴の天気予報が気になることでしょう〉

14日には新川志保子さんが来訪し、岡真理さんも招いてやもめ亭でボタン鍋。2人との会話が何よりもご馳走でした。15日、4日間のステロイドの服用開始。やもめ亭でのレコムの運営委員会に参加しました。

【移植から4年】

1月19日は移植記念日。ドナーとなった姉にプレゼントを贈りました。

22日、イマジン・イラクの吉原さんにメール。長野・黒姫の写真を送ってもらったことへの返礼でした。〈前回お逢いした際にお話を伺いながら黒姫の景色を想像していましたが、青い空とのコントラストまでは描ききれていなかった！　木立の中に建ったお家のたたずまいも素敵です。こちらも大晦日から3度ばかりまとまった雪が降りまして嵐山では久々に雪かきをしました。そのたび黒姫はどんなことになっているか、よしはらさんはちゃんと食べものを調達できておられるだろうか（笑）と思いを馳せていたしだい。では、再会を楽しみに〉

4日間のステロイド服用を開始。翌23日はグアテマラの民芸品に付けるタグのたたき台づくり。24日、やもめ亭改修の参考にと真如堂そばの邸宅を見学。「すばらしいしつらえ。建具と素材。住まうことは感性を育てること。いのち育むことと実感」。その後は「パチャンガでナビイとごはん」。27日はYさんの鍼灸治療と、友人の林さんの訪問。29日は「そんりさ」発送作業で、高知の片岡さんも友人夫妻を伴って参加。31日、また4日間のステロイド投薬を始め、メール・ラリーに近況報告をしました。

〈今年もカレンダー最初の頁が変わりますね。一昨日はレコムの会報誌の発送作業に10人ばかりが集結。片岡さんの青年海外協力隊研修時代のルームメイトが訪ねてくださり、ネパールで障がい児の教育プログラムの普及活動に従事していたという女性で京都市立の小学校教師として働いているそうです。でね（略）『平和ってなんだろう』（岩波ジュニア新書／足立力也著）を指さしていうわけよ。「あ、この本、知ってます。生徒の一人が、朝礼のお気に入りの一冊を紹介するコーナーで紹介してくれ、学級文庫に入れました」と。よいでしょ？　この話。今週末はイマジン・イラク展でご存じ吉原茂さんが雪の黒姫山から下山。嵐山やもめ亭に逗留し、京都シネマのスクリーンを使った写真展「スクリーンギャラリー」にのぞまれます。こちらも応援よろしくお願いします。毎週末、こんな具合に千客万来の嵐山でございまして、ちょっと、あんどう序盤から飛ばし気味。2月のやもめ亭（築42年）は静かに雨漏りのメンテナンス工事に入ります。では。酷寒が続きますが、みなさんも風邪など召されませぬようご自愛くださりませ〉

学生向けの講演で栄里子さんのことを話したという藤井さんらから応答があり、栄里子さんも再投稿。〈お調子者のワタクシのいったいナニが講演のネタになるのやら、いまもって不思議ですが、何がしかを提供できたのなら本望。それにしても学生の感想、おもしろいですなぁ。「今回の講演で得たものは何ですか」の質問に「朝日新聞の可能性」と書いた学生には座布団をあげよう（笑）。同じ質問に「人とのつながりの大切さ」と書いた学生もいましたね。将来、自衛隊員になりたい、と書いている学生もいました。彼がいま藤井さんの話を聞いたことの意味を考えます。まだ、ガツンという何がしかの身体感覚を経験している学生は少ないのは自身の学生時代を振り返っても容易に想像はできますが、学生時代に戦場を歩いていた藤井さんの体験は学生たちには大きな衝撃をもって受けとめられた由。それは親の影響か？と質問していた学生もあったよね。どこかトンチンカンなれど、でも必死でジブンと藤井さんの距離を測ろうと、埋めようと手探りしているのがよくわかる。その作業こそが、最初のスイッチなんだと思いました。去年のバレンタイン宴（生前葬の奨励？）について、また、このいまここネットについての意義を見い出してくれた人もあり、こっちが元気づけられます。深謝。

で、足立くんよ。《みんなに「目からウロコ」と言われるのが「平和の数直線」。これは我ながらよく考えた（笑）》。これ、片岡さんとそのルームメイトのお友だちと話題にしていたところ。子どもたちから「平和ってなんですか」と問われて、一瞬答えに窮した、という話。戦争がないこと＝平和というわけではないし、三度の飯が食べられたって平和を実感していない人間はたくさんいる。（略）「平和の数直線」は、ある「点」を取り出して平和か平和でないかを論じるのではなく、平和的なものを志向すること、し続けること（数直線上のベクトル）こそに「平和」は存在するんとちゃいますか。っちゅう話でしたな。あんどうを「バツイチ」で「がん患者」で、しかも「身障者」で……という「点」でジャッジするとかなりイケてないですけど「ピースフルを志向する力は誰にも負けないぞ」と自負していることでそのすべてからどっかで解放されているピースフルなジブンがいます〉

【受け手も反応を】

2月2日、顔にむくみが出てきました。3日、Yさんの鍼灸治療。メール・ラリーに投稿しました。〈かりそめにもメディアで禄を食んでいた一人として（略）禄を食んでいる友人をたくさん有する一人として、社会に蔓延するメディアへの不信感をぬぐうための道筋というのは、ずっと気になっていることのひとつ。最近考えるのは、いい記事に出逢った時は、新聞社にその感想を返すってのどうですか。ネットでよくある「これいいね」パチパチ！みたいにクリックで済まないめんどくささはあるけれど読者から反響があるとうれしいわけですよね。お叱りだって、読まれてる、という証拠だし。ましてや、読み応えのあるいい記事、健筆に出逢った時は読者も「あたりまえ」でスルーしないで、なにがよかったかを発信者に伝えてみてはどうだろう。ワタシは2年前、主治医の異動を追いかけて、かかりつけ病院を転院しました。最初の通院日に転院先の病院の「意見箱」を見た。言いたいことはいっぱいある。でも、鉛筆は折れていて、メモ用紙はクリップしか残っていなかった。それで、ジブンのメモ帳やぶいて一筆。「聞きたかったら、鉛筆くらい削っとけ」。翌々週、病院に行くと、すべてのフロアの意見箱がまっさらになっていました。「お、やる気やん」。で、こちらも意見箱にたくさんの手紙を入れるようになりました。「点滴バーに繋がれてると、片手でも破けるミシン目の入ったトイレットペーパーだと助かります」。しばらくしてトイレットペーパーが変わるんだな。そしたら「ありがとう」もメモにして入れる。これは心がけています。おかげで、この2年で随分、過ごしやすい病院になっていると感じます〉

【インフルエンザで入院。大道寺さんのこと】

2月4日、外来でエコー検査。イマジン・イラクの吉原さんが黒姫から到着。京都シネマでの写真上映会「スクリーン・ギャラリー」に出演するためで、栄里子さんも5日、吉原さんのトークライブに参加しました。ところがA型インフルエンザにかかってしまい、11日に発熱。高リスク患者として大事をとり、13日から22日まで緊急入院。退院後の23日、メール・ラリーに投稿しました。

〈人生初めての40度超えの高熱を体験。図らずも鞍馬口の〝合宿所〟送りになっちょりました。若干の気管支炎を引きずって（このお調子モノにあって）いまだ本調子とは参りませんが、とりあえずは隔離監禁が解け、無事に帰ってまいりました。まずは杉本君。投稿ありがとうございます。ワタシの知る誰よりも沈着冷静な杉本君が綴ってくれた武井視良さん（視覚障害がありJR山手線の駅ホームから転落死した男性）への想い、鉄道各社の怠慢と世の中の無関心への憤り、行間にしかと読みとらせてもらったつもりです。いろんなメディアがこの問題を取り上げていきましたね。杉本君のおかげで、ワタシはその一つひとつをジブンの回路に引き込みながら見ることができました。杏さん、カシナガ防除の手作りチラシをありがとうございました。いろんな人のコトバで語られていくことの意味合いに気付かせてもらいました。冬枯れの山の中で、葉を落とすこともできず立ち枯れている木々の説明がふつうの会話の中でできる一人にワタシもなりたいと思います。

上杉ドンのメールにあった東アジア反日武装戦線による連続企業爆破事件で死刑囚となった大道寺将司氏と支援者との獄中書簡を冊子「キタコブシ」として発行している大道寺ちはるさんとは3年前、太秦の琉球料理店「にんじん食堂」で初めてお目にかかりました。ちはるさんは25歳の時、友人に紹介された大道寺将司さんの書きモノを読み、「どうしてもこの人に逢ってみたい」と思ったのだそうです。しかし、死刑が確定した人に直接面会できるのは親族のみ。そこで、将司さんと関係があった太田昌国さん（ラテンアメリカ屋で知らない人はいない有名人）に相談し、養子縁組を頼み、この大道寺将司さんの戸籍上の妹になり、面会を果たされたのでした。その、ちはるさんに将司さんの存在を教えた友人、最もちはるさんに影響を与えた友人、という方が、昨年、ワタシと同じ病棟に入院。彼女のお見舞いに日参するちはるさんに、ワタシは病棟で再会。獄中の大道寺将司さんが、ワタシと同じ「多発性骨髄腫」の診断を受けた、というのです。ワタシが発病した7年前は「10万人に1人」といわれていたこの病も、いまは「5万人に1人」といわれます。でも、5万人に1人の病を、ワタシと大道寺さんが罹患した、という事実は、これまで考えることを敢えて避けてきた「死刑制度」を一気にワタシの回路に繋ぎこむことになるのです。発病当初の書簡から読みとれることは医師にアクセスすることにも拘置所の職員の判断を経る必要があり難しいという現実。病舎であっても慢性的に底冷えを感じ、その寒さが骨が溶解する時の骨痛をより鋭利なものにする（すごくよく解ります）。想像すると、そのつど、ジブンにいま与えられた宿題はなんなのだろう、とワタシは混乱してしまいます。

最近、京都でドキュメント映画の上映を続けているピースムービーメントの山崎卓也さんからいただいたお報せの中で気になる記述がありました。沖縄駐留を経てベトナム戦争の最前線に出た元アメリカ海兵隊員アレン・ネルソンさんの体験談を記録した映画の案内だったのですが、ネルソンさんは２００９年１月に「多発性骨髄腫」を発症し、２カ月後に他界しています。「多発性骨髄腫は、ベトナム戦争で米軍が使用した枯葉剤に被曝した兵士に多発する病気であると、アメリカ退役軍人省も認めている」とのことでした。日本では２００４年、この病を「原発職員に対し労災と認定する」ことになりました。もうひとつ。これまでヒロシマ、ナガサキと白血病の因果関係は論じられてきましたが、先日、多発性骨髄腫の前駆症状が高確率で被爆認定者に認められる、という論文が発表された旨、ラジオで聞きました。まだ、明確なコトバを持ち合わせてはいませんが、でも、この病を得た肉体をなだめすかしながら日々暮らしているジブンがいて、そんなジブンのアンテナに少なからず触れていたいくつかのことが、いまになって次々とジブンの肉体と繋がっていく、という事実。そのたび、ワタシの骨もジリジリと騒ぎ、ギシギシときしむのです。痛みが忍び寄ってきた時は、あわてて熱い白湯を流し込み、ワタシは必死でカラダを温めます。放っておくと身動きができなくなり、冷えが痛みを増悪させることを体験的に知っているからです。その痛みは、千枚通しの先端を患部の骨膜に押しあてられるような痛み、とでもいいましょうか。大道寺さんや原発で働く人びと、ヒロシマ・ナガサキで病と向き合う〝戦友〟たちのいまを少しでも想像してもらうきっかけになれば、と思います。あんどうえりこ拝〉

（※大道寺氏は２０１７年５月24日、収容先の東京拘置所で死去しました）

【ＴＰＰを考える】

３月１日、「脱ステロイドの倦怠感。筋肉のこわばり」。２日、薬局のニュースレターの原稿を書きましたが、「倦怠感２日目。歩行困難」。３日もニュースレターの編集をしつつＹさんの鍼灸治療。「ステロイドの副作用軽減。指先のしびれはひどいが、筋力の保持力は昨日よりまし。Ｙちゃんの治療、気持ちよし」。５日、また４日間のステロイド服用を始めつつ編集の目処をつけました。６日は祖父母の写真や書道の道具の手入れ。ピアノも弾いて「充実した一日」。ステロイドで食欲が増したものの寝る前に嘔吐。７日、メール・ラリーに「ＴＰＰを考える（１）」と題して投稿しました。

〈敢えて小難しいことも、ここで考えさせてください。ゆっくりでいい。できれば多くの人の意見を聞いてみたい。最近、やっぱりとても気がかりなことのひとつに〝平成の開国〟と称されし「TPP」（環太平洋経済連携協定）の存在がございます。賛否両論あって当然なれど、もっともっと国民的議論が盛り上がっていい話だと思います。

きょうの国会の予算審議で、農水省自身もTPP導入で（このまま手を打たなければ）日本の食糧自給率は14％まで落ち込むと試算していることを、福島瑞穂議員がつまびらかにしていました。病を得て、今日の食べ物があすのカラダをつくると実感するにつけ、ワタシなんかは少々高いもんでもやっぱり安全なものを食べたい、食べさせたいと思うようになったけれど、そりゃあ、市場原理で動く外食産業なんかは、ちょっとでも安い食材を、となりますわな。食糧に関して自給率100％のフランスが言うのです。農業施策の充実こそ最強の国防政策であり、国の危機管理であると。（略）これまた今日の予算審議で防衛相から「10年以内にイージス艦（1艇1400億円やで）をもう2艇、増配備する」なんて説明もありましたが、そんなお金があるんなら（+乗組員1艇につき250人の人件費）まずは早急に日本の食糧自給率をあげること、そして医療費へのてこ入れこそが、この国の危機管理だと思うけどなぁ。

そもそも降ってわいたような、この「TPP」。松平君をはじめ、片岡さん、熊ちゃん、周さんら、農生活を実際に営んでいる専門家がおられる中、僭越ですが、それってなんですのん、から始めたい。

［「TPP」（環太平洋経済連携協定）ってなんですか？］

背景にアメリカの存在があって日本政府にTPPへの参加を求めてきている。2015年までに工業製品、農産物、金融サービスなどすべての商品について関税その他の〝貿易障壁〟を実質的に撤廃し究極的な貿易自由化を実現することを主な目標に掲げて政府間の交渉を進めていくという（略）。日本政府は「例外も認めさせながら」と苦しい答弁ですが、日本の外交に、そんな力があるとワタシには思えない。世界の経済学者、宇沢弘文さんが昨年12月に出された共著に泣く子も黙る『TPP反対の大義』を発見したので、ここにご紹介しておきましょう。

［米国とベトナムの話］

「ベトナム戦争の全期間を通じ（略）アメリカ軍がベトナムに投下した爆薬量は、第二次世界大戦中を通じて全世界で使用された量の実に3倍を超えている。その上、ダイオキシンを大量に散布して森林を破壊し、すべての生物の生存を脅かす枯れ葉剤作戦を全面的に展開した。戦争が終わってから30年以上経った現在でも、20％近い森林はダイオキシンに汚染されて、竹以外の植物の生育は難しい。農の営みに不可欠な役割を果たす森林という大切な社会的共通資本の破壊は深刻。このような極端な対照を示すベトナムとアメリカが農産物の取引について、同じルールで競争することをよしとする考え方ほど社会正義の感覚に反するものはない。同じような状況が世界の多くの国について存在する」。『TPP反対の大義』（農文協ブックレット）より。

［アメリカも後悔せざるをえない「枯葉剤」散布］

そんなことを悶々と考えていたら、昨夜、偶然、ETV特集選「枯葉剤の傷跡を見つめて～アメリカ・ベトナム次世代からの問いかけ～」の再放送を見ることに。ベトナムの大地の上を3機の飛行機がローラー作戦で枯葉剤を散布している様子が映し出されていました。この白い粉が舞った朝、1才だった子どもが30年後に母になる。生まれた子どもは無眼症。ベトナムでは、いまもたくさんの子どもたちが信じられないくらいの確率で死産、あるいは重い障害をもって生まれており、育てることをあきらめた親たちの手で医療施設に届けられています。病院には、頭の二つあるおびただしい赤ちゃんのホルマリン漬けが保管されていました。生まれることも許されなかった瓶の中のいのちを前に、枯葉剤を浴びた父親から生まれた手足に障害をもつ米国人女性が「あなた方と自分の何が違ったのか。あなたはワタシだ」と声を詰まらせました。アメリカにも枯葉剤を浴びた元帰還兵の2世たちが大勢、負の遺産を抱えて暮らしていました。生まれた時から体幹が裂け、体内に収まっているべき内臓が全部カラダの外側の袋にぶら下がり、排泄器官をもたなかった米国人女性のジェニーは、手術を繰り返しながら成長を続けていました。過酷な運命に絶望し、薬物依存になった34歳で大腸がんを発症。昨年、やせ細って亡くなりました。テレビに一瞬映った彼女の墓標をみたら、私と同い年の1969年生まれと刻まれていました。ビル・クリントン大統領は96年、ベトナムからの帰還米兵の子どもに頻発する「二分脊椎症」患者への医療保障を認め、女性兵士の子どもについては疾病を拡大して保障しています。多発性骨髄腫もそのうちの一つと推測します。注目したいのは、大統領がその根拠として枯葉剤との因果関係を認め、謝罪していること。今もすさまじい影響を及ぼし続けている強力なダイオキシンで国土を覆い尽くされた国と、それをまいた国が、その土壌で育てられる農産物の取引について関税撤廃という同じルールで競争する。させられる。それがベトナム政府の選択であったとしても、ワタシたちはその行間に、新自由主義、グローバリゼーションの圧力のなんたるかに想いを馳せていく必要があるんとちゃいますやろか。

［TPP参加の議論の前に］

もっと農村の流通システムの変革とか、てこ入れとか、先にやらんといかんことがたくさんあると思います。消費者側も、安全なものを手に入れたかったら、半年くらい前倒しで農家にお金を払って契約栽培してもらうくらいのことを考えてもいいかもしらん。TPPをきっかけに、ジブン自身もこれ以上、無自覚な消費者でいたくない、と思ったのです。国土を守る仕事だ、とか耳触りのいいことをいう前に、やっぱりね、日本の農業はタイヘンなのよ（略）政府がきちんと認めてね、それなりの手当てをせんといかん。（既存の農協任せじゃない）新しい流通システムをね、ちゃんとやらんといかんと思うのです。

［協同組合の可能性］

そんなのを待っていられない消費者たちは、もう次々と独自の流通システムを自分たちでつくっています。全国に（少なくみつもって）600ほどある生活協同組合（いわゆる生協）だったりするわけですが、ワタシの参加している生協「エルコープ京都」なんか、ガザ攻撃の後、現地への食糧の緊急援助までいつもの申し込み用紙で呼びかけてくれ、ヘタレなワタクシなんぞは玄関まで重たい食材を運んでくれるこの生協の恩恵をいっぱい受けています。（略）暗い話ばかりではなんですのでフランスの好例を。彼の国ではいま、「アルテールコンソ」と呼ばれる730人規模の小さな消費者共同組合が次々とできているそうです。基本理念は地産池消。（略）半年分の契約金を前倒しで生産者に渡し、農家に契約栽培してもらうというシステムを消費者が撰んでいるんです。エルコープもコメや豆腐、野菜に牛乳、卵などは、すでに契約栽培のシステムをとっていますが、このフランスの消費者の取り組みが大きなムーブメントとなっていることに、ちょっと感動しました。

［まとめ］

自動車や電気電子機器、機械産業などいわゆる工業製品というのは、どこまでも生産効率を追求してつくられていますよね。一方、農作物というのは、やっぱり本質的にそれとは違うものだとワタクシは思います（宇沢説の受け売りやけど）。農業とは、基本的に気候条件に左右されながら、また、土壌の疲弊を防ぐ農業者たちの創意工夫に支えられ、そして、日本の生態系の豊かさを守り、同時に都市のCO_2を浄化する仕事も担いながら日本の農村があるわけです。そんな土壌から生まれてくる農産物と、生産地も自由に動かせる工業製品を同じ市場原理の土俵にのせて「自由に闘ってください」というのは無理があるんじゃないのか。素人のにわか勉強ですが、素朴な疑問として、いま、そんなことをぐるぐると考えています。いろんな立場の人の意

見が聞いてみたいと思っています〉
これには何人かから反応がありました。藤井さんは島根の様子を発信、栄里子さんも返礼。〈そう。こういうの読みたかったよ、島根のルポルタージュ、ありがとう。永田町や霞が関、そしてアカデミズムが論じていることと、現場に吹いている風の温度差を知らなければ、全体像は見えないもんね。国会答弁でいろいろ露呈したけど、経済産業省の試算も分野ごとに前提がバラバラ。工業製品も「自動車」「電気電子」「機械産業」の3部門しか試算の対象にしていないし、「医療法人にも外資が入るのか」の質問には、まともな回答なかった。松平君の指摘で、農作物と工業製品だけじゃない、「商品」とされるサービス分野もTPPの対象になることを思い出し、「ひゃー」です〉
3月7日に患者の会の会報が届き、上甲さんと会長の堀之内さんにメールを送りました。〈社会保険京都病院には複数冊、お届けいただいているんだと思います。外来の待合にも患者さんが閲覧できるように置いてあります。でも、薬剤部や病棟看護師さんの中には「知りませんでした」という方もまだまだ多く、バックナンバーを差し上げると必ず感謝されます。「SC先生が来られて骨髄腫患者さんは増えてますけど、こんなアップデイトな勉強の機会は他にないので」と。厚かましいお願いですが、今後、発行されます折、当方にまとめて5部、お届けいただけませんでしょか？　できますれば、今号と前号も3部ずつ頂戴いたしたく。その時々、しかるべき方に責任もって手配りします。また、それとは別に以下のおふた方にもお届けいただきたく、お願いです。いずれも患者さんのご親族です。本人は東京拘置所の病舎にあって、聞けば暖房もままならぬ環境での闘病。SC先生が「患者不在でもよいから」とご親族のセカンドオピニオンを受けてくださいました。患者歴も長くなると、いろんなパスが飛んできます。誰かさんを見習って、神さまの采配には、はいはい、と応えるようにしています（笑）。春まであと少し。みなさま方もどうぞご自愛くださいませ〉

【東日本大震災と福島原発事故】

3月11日。外来の日でした。元夫の車で帰る途中のラジオで東日本大震災が起きたことを知り、メール・ラリーに投稿しました。〈余震が続いています。みなさま、ご無事でしょうか？　95年の震災の後、神戸では、人と人の絆のなんたるかを多くの人が実感しましたよね。外から見ている神戸は、傷から立ち直った復興の街、かもしれないけれど、ワタシは痛みへの想像力を内蔵する成熟した街、というイメージで神戸を見つめてきました。未曾有の大地震に対し、まだ、その被害の全容もわからぬうちに知ったようなことを言うのは我ながらいかがなものかと思いますが、日本全土で相互扶助を根っこにしたいろんな繋がりの結い直しが進むことを祈り、そのためにできることをジブンなりに考えていきたいと思っています〉

ところが被害の甚大さと原発の問題が伝わり始め、投稿し直しました。〈わかったような感想を送りましたが、その後も刻一刻と入ってくる被害報告を前にだんだんジブンの呼吸が浅くなっていくのをおぼえています。上杉ドンから、つい先ほどもらったメールをここに紹介します。（福島第一原発から）半径3キロ以内の避難命令が出てる。「今、起こっていることは冷却ができなくなっていること。それが続くと暴走を開始する。最悪には原子炉が溶ける。原発事故最悪のシナリオのメルトダウン。このとき初めて放射能が出るけど、一気に莫大に出る。想像を絶する量が出る。原爆何百発分が外に出る。広報はパニック回避のためという名目だろうけど、わざと控え目に報道している。対策はできるだけ遠ざかること。僕が近くにいたら逃げる。何キロでも逃げる。大変な事態になるかもしれない」〉

上杉さんを中心に書き込みが連日続き、栄里子さんも発信を続けました。13日。〈さきほど足立君が配信してくれたサイトでいま、外国特派員協会への原子力資料情報室の会見がライブで配信中。政府の会見とトーンがぜんぜんちがいます。怖い〉。14日。〈森沢典子さんより、初動から福島原発前で放射能レベルを測定している広河隆一さんからの続報をいただきました〉〈上杉ドン、もとい、守田敏也さん（上杉は守田さんのペンネームで、親しい人たちもこちらを使っていました。この頃から本名での発信が中心となります）。的確なウオッチ情報と再建への提案呼びかけ、ありがとうございます。ワタシは被災した方々が関西にこられた時、すぐに使ってもらえる備品の整理を始めました。リストも作ろう。これならいまのワタシにもできるはず〉

薬局のニュースレターの編集後記にも書きました。〈犠牲になられた方々、そのご家族に心からお見舞い申し上げます。そして、避難生活にある方々のご苦労が一日も早く穏やかにと願います。「CO_2を排出しない」という点のみをクローズアップし、「原発はクリーンエネルギー」と広報する電力会社にも政府にもワタシは憤りを感じてきました。その裏側で原発職員に数々の「血液がん」を労災と認めている。つまり、ある一定数の職員の発がんを織り込み済みで、それでも経済性を優先する原発推進の在り方に強い違和感を感じてきたのです。（略）原子力資料情報室の代表を務め、生涯をかけて原発問題を問い続けた故・高木仁三郎さんの遺言書『原発事故はなぜくりかえすのか』

〈岩波新書〉をいま泣きながら再読しています。哀しみでなく、憤りでもなく、これからは失われた光を見い出すことに力を注ぎたい。みなさんのお智慧をどうぞお寄せください〉

【避難に思いを巡らせる】

３月15日。福島はもちろん、関東も含めて放射性物質からの避難を考えるようになりました。〈（略）限られた情報の中で、どのようなリスクを負うのか。いったい何を引き受けて暮らしていくことになるのか。それはケアできる範疇のものなのか。それがいつまで続くのか。いのち、生活。優先順位をどう組み立てたらよいのだろう。情報には幅があって、なるべく簡潔で安心な発表に準じていたいけれど、それを本当に信じていいのかもわからない。いま多くの人たちが面している「不安」を紐解くと、そんな状況でしょうか。原発事故とはこういうこと。これを、いま、ワタシたちはリアルタイムで本当に体験しているのですね。みなさんの想いもこのネットの中で沸騰していて、ワタシはその熱を感じ、支えにして、この事態に向き合っています。このメディアを得ていたこと、みなさんのパスに心から感謝します。パスがなくても、そこにいてくださると想像する顔が50も並ぶのは実に心強い。ＮＨＫが「各国の動き」として、スイス政府とドイツ政府が原発推進方針の見直し検討を始めた、と報じました。メルケル首相が「日本のような高い安全基準でも制御が難しいのだから」と原子炉の延長使用を凍結。今後、この動きは世界中に広がっていくと信じます〉

16日。〈青西さん　安否を確認させてください。実際に揺れているだろう横浜を想像し、いてもたってもいられなくなりました。福島ではいまも暴走が続いていて、現時点で鎮静化に向かうよい材料がなにも見当たりません。この先、関西方面がどれほど安全かなんてこともわかりませんが、もし、関東脱出という選択肢が青西家で浮上しているならば「やもめ亭」も視野に入れて検討材料にしてください。そこを拠点にし、京都のみなで、よりよい安定した環境を整えるサポートも考えます〉〈守田さんが「いまここに送ってくれた「原子力資料情報室」のまとめを見ても、この先のことは腹をくくって受けとめるしかないと思います。横浜の青西さんからはまだ発信がなく、安否確認をしているところ。東京の山本慎一さんからは個人的にかなりシビアなメールが届いています。お二人とも子育てど真ん中であり、だからこそカンタンには動けない。でも、だからこそ守ってほしいとも思う。この先、関西方面もどれほど安全かはわからないけれど、もし、彼らの状況がゆるし、今後、関東脱出を選択されることが浮上すれば、ワタシは仲間がたくさんいるこの京都で彼らをサポートしたいと思います。二人に限ったことではないと思いますが、まずは「いまここ」の縁を軸にしたところから、と考えています〉

17日。〈京都市に聞いてみました。市内に5000戸あるとされる古い空き町家。なんとか活かせんもんですろか、と。回答は、「市はすでに避難者への市営住宅の無償提供を始めていますが、空き町家などの物件は申し出があれば、所有者から市が借り受けるか、仲介するかの態勢になると思います。今後、より多くの避難者を受け入れることになる可能性もあり、次の体制づくりとして情報の集約を始めたい」。行政に投げてしまうより、市民社会でこのネットワークがつくれた方がとは思うけれど〉

【高木仁三郎さん】

「市民科学者」として原発の危険性を訴え続けた原子力資料情報室の故高木仁三郎さんのことを思い返すようになり、メール・ラリーに投稿しました。〈本日の放水劇。現場の人たちは本当にがんばってんだろうけど、絵でみると「カエルの面にションベン」。そう思ったのはワタシだけやろか。使用済み核燃料を冷やすのにも再処理にもエネルギーを使いつづけなくちゃならなくて、とにかく、どう考えても矛盾だらけのこの怪物をなんで飼いつづけてしまったか。10年前に高木仁三郎さんを読んだのに、震えたはずなのに、いつの間にか馴らされてしまっていた。2000年、がんの病床で残された録音テープを起こした原稿をもとに高木さんの遺言の書を編んだのが実は山本慎一さんで、その本をワタシは長野の及川稜乙さんと町田登さんから教わって、「原発」の本質、原子力産業のなんたるかを学びました（学んだはずだったのに）。（略）この重苦しい難局から目をそらさず、勇気をもって立ち向かおうとする親愛なる「いまここ」にあるみなさんに、高木仁三郎さんの遺言書『原発事故はなぜくりかえすのか』（岩波新書）の最後の頁をお届けします。

友へ（冒頭から2段落、省略）残念ながら、原子力最後の日を見ることができず、私の方が先に逝かねばならなくなりましたが、せめて「プルトニウム最後の日」くらいは、目にしたかったです。でも、それはもう時間の問題でしょう。すでにあらゆる事実が、私たちの主張が正しかったことを示しています。なお、楽観できないのは、この末期症状の中で、巨大な事故や不正が原子力の世界を襲う危険でしょう。JCO事故（99年9月）からロシア原潜事故（2000年8月）までのこの一年間を考えるとき、原子力時代の末期症状による大事故の危険と結局は放射性廃棄物がたれ流しになっていくのではないかということに対する危惧の念は、今、先に逝ってしまう人間の心を最も悩ますものです。後に残る人々が、歴史を見通す透徹した知力と、大胆に現実に立ち向かう活発な行動力をもって、一刻も早く原子力の時代にピリオドをつけ、その賢明な終局に英知を結集されることを願ってやみません。私はどこかで、必ず、その皆さまの活動を見守っていることでしょう。いつまでも皆さんとともに〉

【何が怖い？　仲間たちと広げる】

3月18日。東日本からの友人の受け入れを相談しているメンバーにメールを送りました。〈今日、丹波篠山の細見和之さんと電話で話しました。「のがれてきた知人家族」を家のはなれで引き受け、遠慮やら気遣いやらいろいろありながらも、ひとまず生活が始まったそうです。青西靖夫さんと山本慎一さんとも連絡がつきました。青西さんは、早急な家族での移動は難しいけれど、「春休みは関西で過ごす」というくらいには考えたいと。山本さんの方は、この週末、ご家族でとりあえず京都に。もう揺れっぱなしでずっと眠れていないらしく、「とりあえず揺れないところへ行きたい」とのことです。片岡さんの同級生の妊婦さんは本人が強く希望されるようなら、ひとまず「やもめ亭」に入ってもらうことを検討中。こちらの産婦人科がちゃんと受け入れてくれるかとか、そういうことのサポートが大事だということが、早速、見えてきているところです。ワタシたちも含め、それぞれが、この先のために、ちょっと場所をかえて、風の通る環境を手に入れるのは悪くないと思います。

……なんて余裕ある軽口をいつまでたたけるかもわかりませんが、怖い怖い、いうたかて、その針の振り切れたところに居るのがワタシですから。みんな何が怖い？　たぶん得体のしれない健康被害。がんになる可能性を理不尽に押し付けられることなんじゃないだろうか。がんになると大変やでー。怖いでー。という話も、がんになってもこんなんやでー、という愉快な話も、どっちもできます（笑）。「きょうは、どっちでいけ」とか、指示してくれたら。これでも「つばめ劇団」の女優ですから。おやすみなさい〉

19日、山本慎一さん・坂本純子さん夫妻が娘のまりあちゃんを連れて京都入り。岩波書店で「冬の兵士」出版を決めたのは坂本さんだったと知って感激しながら、震災以降の東京での生活を聞きました。山本さん一家は、まりあちゃんの春休みに合わせてしばらく京都に滞在することになりました。
21日、蒔田さん、よっちゃん、上杉さんがやもめ亭に来訪。気功療法の後、よっちゃんが守護霊の話をしました。栄里子さんの後ろに24人の守護霊が見え、亡兄もいると聞いてうれしくなりました。
23日、つばめのメンバーにメール。〈伯母の遺宅整理。ヘタヘタしながら現地にコツコツ通い、再利用できそうな物品は、ひと通り拾って、すでにしかるべきところに引き取っていただきましたが、ここへきて、この緊急事態です。違う目で見てもらったら、まだ使えそうなものがあるやもしれぬと思い、25日と27日（予定）あんどうは銀閣寺そばにある伯母の遺宅（今出川通りと神楽岡通りの西南角）にいます。（略）お時間あります方は猫の手でも犬の手でも差しのべていただけるとありがたいです〉
24日、Yさんの鍼灸治療。メール・ラリーで守田さんが情報発信の拡大を決意したという書き込みに返信しました。〈重く、心強く、しかと受けとめました。内容の重要性、深刻さが刻一刻と増していくなかで、みなさんにとって顔のみえる「○○いまここ」な関係の方々にも広く、守田さんの情報をお届けください。守田さんが迷いながらも勇気をもって健筆をふるえるよう、「いまここ」のみなさんで脇を固め、支えていきましょう！〉

25日、外来の後、亡伯母の家へ。26日、守田さんのメールを転送する友人知人にメールを出しました。〈ごぶさたの方も、いつもお世話になっている方も、同報メールで失礼します。３月11日の地震発生以来、ワタシは50人の知人友人たちとこの深刻な状況に関する情報の共有、分析に努めてきました。チェーンメールなども飛び交うなか、目の前を流れていくだけの転送情報はその信憑性も含めて差し引いて読むようになり、顔の見える仲間と、科学的根拠を重視するという暗黙のルールのもとでこの二週間、パスの投げ合いを続けてきました。政府と東電からの発表報道を追っているだけでは（きたるべき、というよりすでに始まっている）深刻な危機への対策が後手に回ってしまうと強く危惧しています。ワタシたちが最も恐れているのは、将来にわたって続く得体のしれない健康被害だと思います。いま、ワタシが罹患し、向き合っている病は、２００４年から原発職員に労災と認められている「多発性骨髄腫」という血液がんの一つです。その立ち位置に立つワタシが、いま手にしている大切な「情報」をひとりでも多くの知人友人にも、ご自身の危機管理の判断材料に役立ててもらいたい。メディアの現場で不特定多数の人たちに情報発信を続ける元同僚の方々にも市民とパスを繋ぎ合う回路、判断材料の一つとして役立てていただけますれば幸甚です。（略）

地震発生直後に想定してみた〝最悪のシナリオ〟に軸足を置いています。ですから、かなり「しんどい」内容になりがちです。しかし、残念ながら実際にいま福島で起こっている現実は、このシナリオ通りに推移しているといっても過言ではなく、一日も早い終息を願うワタシたちの期待に反して深刻の度を深めています。被災地から動けない方もある中で、不安をあおる情報を配信することにもちろん躊躇があります。しかし、ワタシは、希望的観測にぶら下がり、世界から「秩序ある民」と称賛される以上にですね、この難局に対しての厳しい共通認識を築いておくことこそ、これからこの国が生まれ変わるための最も大切なプロセスだと思うのです。そのプロセスをおざなりにし、共通の認識が構築できなかったとすれば、第二次大戦の戦後処理がそうであったように人びとの間で歴史的認識に大きなギャップが生まれ、どちらに転んでもその先はつらいことになりましょう。願わくば、ここで本当の厳しさを受け入れ、不安や憤りを共有できる個々の繋がりを結い直し、互いが他者の痛みを想像し合えるような、やさしくおだやかなメンタリティを体得したい。哲学ある国に生まれ変わりたい。臆面もなく大風呂敷を広げましたが、あんどうからお顔の浮かんだ方へ、これから情報をお届けします。お顔の見える人にアナタさまの見解を添えて転送していただけるとありがたく存じます〉

つばめに依頼メールも。〈ステロイドの大量飲みのタームに入り、薬剤性ハイの状態にある真夜中（略）あす日曜も伯母の遺宅。父もガンプもいないし、搬出はなるだけオノコ手があるときにと思います。守田さん原稿の拡大転送先リストをつくっていたら、さらに70人の名簿ができてしまった。ドン引きされようが中高大学時代の同級生にも送ってみようと思っています〉

27日も亡伯母宅で整理作業。守田さんにメールを送りました。〈(転送先に）どんな人がいるかというと……Kちゃんはじめ〝戦友〟たちの一部、ちゃんと出逢ってきた医療関係者、大学の恩師や友人、元同僚や論説委員、同世代の親族たち、農業従事者、近所のおっちゃんらショートパスを渡し合う違和感のないお付き合いが、ずうっと続いている方々です。紹介文として、こんな文章をつけてみようと思う。

政府・省庁は常に万全と言えるでしょうか？　公害、薬害、アスベスト。年金問題なんてのもありました。そのたびに「最善を尽くした」と言われても、結果はどうなのか。今回ばかりは、ただ黙って待っているというわけにはいかんのです。それでは遅い。素人目に見てもですね、当初から当局の失敗・失態が続いているのは明らかで、政府も東電も今までのところ、普通に要求されるレベルの対応もできていないとワタシは感じます。現場作業員の〝特攻〟のような仕事には頭が下がりますが、そもそも、いざとなったらこうなんで、を織り込み済みで（そして原発職員に数々のがんが生じることを労災で認めながら）原子力施策を強く推し進めてきたのは誰なのか。それを黙認し続けてきたのは誰なのか。どんなに傷だらけになっても、みなで建てなおすこの国は、哲学のある国に。「こうあってほしい」というジブンの願いをしかとイメージし、はっきり掴んでおくことが、いまとても大切だとワタシは思っています。ここから原発被害と向き合うための情報、「情けあるお報らせ」をお届けします。ご迷惑という方は、遠慮なくその旨を告げる返信をください。ストレスになってほしくはありません。そして、「転送したい」という方はお顔の見える人にアナタさまの見解を添えて転送していただけるとありがたく存じます〉

28、29日、メール・ラリーに投稿。〈守田さん、特別番組「あえて最悪のシナリオとその対処法を考える」のノートテイク、拝読。最悪のシナリオ通りになれば、「原発から700キロの地域まで放射線管理区域に指定しなければならなくなる。700キロだと大阪から北海道まで入る。政府はコンパスを使って円を書いているが、実際には風下に汚染が広がるのであって、細かい対応が必要になる。今回でも40キロ離れた地域でももの凄く汚染が広がっている地域がある。多分、そこは無人にしなければいけなくなる」と。フランス公社ＩＲＳＮのシミュレーションアニメ、すばらしいですね。「２０１１年3月12日より福島第一原子炉から放出された放射能雲大気中拡散シミュレーション」（略）放射性物質が、どのように大気中で拡散されたか、ブワーっと広がっていく。まさにいま、こういうのが見たいという映像でした〉〈事態の深刻さを鑑みて、守田さんや周囲で支えるこの大切な発信を50人で読み置くこともったいなくなった、あんどうです。いまここ枠を取り払い、より多くの知人友人（＋75人）にも守田さんの「明日にむけて」を拡大送信することにしました。いずれも安藤のアドレスリストにある知人友人で、医療関係者や「患者の会」の仲間、テレビ局や新聞社で働く元同僚、そして、同窓生や「かぜのね」で出逢ってきた人たちなんかの顔ぶれもあります。「あんどうえりこ、想ひのたけ」のタイトルをつけ、以下のお手紙風メッセージで始めることに。試行錯誤ではありますが紹介させてください〉〈うちの漢方屋に来店されたお客さまに「原発ばなし」を切り出したら、その方がおっしゃる。「ずっと脳裏に焼きついていた黒澤映画の『夢』の場面が現実になってしまったと思って、ずっとこの2週間、その場面を繰り返し繰り返し、思い出しながら過ごしています」と。それぞれの想いを語らう時なんだと思いました。綾部の農家でお手伝い三昧で過ごした幼少時代の話（嘉田由紀子さんの子ども時代の話とそっくり）、循環型社会のことをもっと学んで電力依存の生活を改めることを考えたい。とか。いまこそ子や孫とそんな話をしたいという気持ちになってきた。ちゃんと立ち止まって、みんなが考えなあかん時なんかもしれませんねと。『生活環境主義でいこう』（岩波ジュニア新書）も一冊売れました〉

【レスポンスと提案】

3月30日もメール・ラリーに投稿しました。〈返信をくれる人があることまでは想定していなかった！　その後、夥しいレスポンスがあんどうのPCに返ってきています！！！　▽昨朝いちばんには、首都圏脱出をいま、まさに悩んでいる同級生から十数年ぶりの電話が鳴りました。▽「かぜのね」常連の武市さん（京都の方はよくご存じ）からも熱い連帯表明の返事が返ってきた！（抜粋）「今必要なことは、市民のネットワークを強めること、発信受信の力、対話や集会やメールなどで強めることだと思います。先日も南区のあるところで勉強会を持ちましたが、40人くらいの部屋に90人くらい集まってきました。どうぞ思うところをどんどん送りつけてください」▽また、見知らぬ方から「安藤えりこ様　岡山の○○さんより転送メールが送られてきて、あなたのことを知りました。私は徳島で女性のためのカウンセリングを仕事としているものです。（略）あなたの立ち位置や思いに共感し、このようなつながりが始まっていることに勇気づけられました。（略）」と、継続配信を希望してくださる方が現れたり。（略）それにしても驚いているのは、長らく音信が途絶えていた人たちと、しかも、そんな話をしたことのなかった友人たちとも、いきなり、この国の将来について語り合う「窓」がポンッ、ポンッ、（いや、ダダダダッかもしれない）と開いていくさまを、いま目の当たりにしていること。この国に足りないのは、やっぱり「横のつながり」と確信します。互いが立ち止まれば、こうして対話は生まれるけど、立ち止まれないくらいみんな忙しいからつながりようがなかった。でも、実はそんなに難しいことじゃないんじゃないの。きちんと想いを伝えることができたなら、いくらでも出逢い直しはできるのね、というのが、いまのワタシの実感です。大風呂敷を広げる以上は「非難を受ける覚悟」も承知で、勇気をだして「エイッ」と発信しているつもりです。確かに、ちっくと目は回っています。ステロイド剤のせいかもしれないし、事態が心身のキャパシティを超えてるからかもしれません。でも、やっぱり、このような「出逢い直し」の一つひとつが、これからのワタシをさらに太く支えてくれる予感です。いま、想いのたけをそれぞれが、それぞれの大切な人たちと熱く語り合うときになればいいな。と思っています〉

4月1日。「想ひのたけ⑥ちゃんと反原発を貫く政党を持たなくちゃ。」を送信。〈情報を交換し合っているメール共同体の仲間、足立力也さんのメールを紹介します。彼が立命館大学（国際関係学部）の院生だったころから、もう15年来のお付き合い。日本に（だけ）ない「緑の党」を立ち上げるべく粉骨砕身する彼のメッセージを聞いてください。「足立です。日本版・『緑の党』である『みどりの未来』が昨日出した声明です（以下略）」〉。

その足立君にもメールを送りました。〈声明、ばっちり。目指すところは脱原発への大きな転換をみなで見届けること。ひとりでも多く避難させるという初期の目的（担当＝守田）から、原発を実質的に止める↓レッキとした反対運動（マジョリティのうねりにする）↓（担当＝足立、守田）そして原発に代わる代替案の提示↓（担当＝古谷）……という風に、それぞれがいまマックスのチカラで発信してほしい。脱原発を本流にし、ちゃんと再生可能エネルギーまでつなぎたい。この大事な局面（とワタシが判断するところの）3カ月。生活費をワタシがなんとかするから、「いまここ」と「みどり」の「専従」のつもりで思いつく限りのことをやってみて。いまこそ、アナタの持ち得るチカラを発揮してもらいたい！〉

【プラユキさんの本】

4月7日はYさんの鍼灸治療。「想ひのたけ⑦今朝の原発1号機」を配信。〈春霞にけむる嵯峨野の里山風景に、思わず涙ぷぅのあんどうです。涙もろくなったのは齢のせいでしょうか。誰もが原発事故のすみやかな終息を祈り、一日も早く努力の報われる日を信じたいと願っているわけですけれども、事態は依然深刻の度を増しております。爆発を防ぐため、原子炉格納容器内に不燃性の窒素を注入する作業が続いているそうですが。ご判断の材料にしてください。（以下略）〉

8日は外来。「想ひのたけ⑧統一地方選『候補者のエネルギー政策を知りたい有権者の会』」を配信しました。〈（略）候補者それぞれにエネルギー政策をどう思っているのか聞いて選びたいなあ。朝から家の前を走る選挙カー。「今回もまたよろしくお願いします」なんてふざけた街宣だ。代わりに出よか？　うそやけど。（以下略）〉

プラユキさんのことも書き込みました。〈タイの僧侶、プラユキ・ナラテボー（坂本秀幸）さん、香港の森田紀子さんが、まもなく一時帰国です。プラユキさんと論楽社の虫賀さんからもらった「いまここを生きる」という言葉。この言葉がワタシに確かな縦軸を与えてくれたわけですけれども、そのプラユキさんの2冊目の著書『苦しまなくてもいいんだよ。心やすらかに生きるためのブッダの智恵』（PHP研究所）がこのほど出版されました。帯には「仏教のやさしさにつつまれる本」とある。例えば「自身を心から慈しめる人」という言葉。一部抜粋し紹介します。「……仏教は決して死者のための儀式要綱でもなく、哲学的な思索に留まるような机上の空論でもなく、また、一部の人たちのための悟りマニュアルでもありません。この世に生を享け、苦しみに直面する人間誰もが活用できる苦しみからの解放の教えであり、その道を歩み始める者は、今この瞬間から苦しみを減ずることができ、やがては完全な滅苦にまで至ることができる、そういう教えです。この本を読まれ、自分のなかに眠っている可能性（仏性＝ブッダクオリティ）に気づき、自身を心から慈しめる人がひとりでも増えていきますように。さらにその慈しみの気持ちが、まわりの人たちへ、そして『苦しみ』を絆としてつながる、すべての生きとし生けるものたちにも注がれていきますように」。背表紙に記された「自らを調え」というフレーズにもひかれました。そう。自らを調えるためには自覚的でなければなりません。無自覚を日常にたれ流しているようでは、いつまでたってもジブンを調えることなんてできないのです。ジブンを調えられたか、と問われると「うー。願わくば、その道程にあり」ですが、それでも、プラユキ語録に出逢う以前のジブンとは精神状態がぜんぜん違うと思うんです。プラユキさんに会って直接お話を聴く機会が10日（日）に京都@岩倉の論楽社にて。ワタクシも参ります〉

9日、4日間のステロイド服用開始。「想いのたけ⑨原発のこれからを国民投票で」を配信しました。〈「論楽社」@岩倉を主宰する友人、虫賀宗博さんの発信です。原発のこれからを国民投票で決める。これ、義援金に100億円を寄附した孫さんも言い出しましたね。実現させるためには法律をつくる、ないしは憲法を変える必要がありまして、それはそれで9条との絡みでハードルはあろう。でも、そこで折れない、あきらめない。論楽社、ほっとニュースより。（以下略）〉

【いまここ基金構想】

4月9日、「想ひのたけ⑩『想定外』なんて言わせないよ」を配信しました。〈京大の岡真理さんに教えてもらったサイトを紹介します。内容、要約します。２００５年２月23日、衆議院予算委員会の公聴会で神戸大学都市安全研究センター教授の石橋克彦さんが「迫り来る大地震活動期は未曾有の国難である」というテーマで発言。今回の地震と原発事故のかなり具体的な予言といっていい。「想定外」とは言わせない。ポイント▽日本列島はほぼ全域で大地震の活動期に入りつつある。▽原発について、通常の単一要因故障ではなく、地震の場合は複数の要因の故障といって、いろんなところが振動でやられる。▽東海地震が起こった途端に国際市場、日本の国債が暴落するなど、世界経済は混乱する。原発震災が起これば物理的にも社会的にも日本の衰亡に至りかねない。▽日本列島に居る限り、地震と共存する文化というものを確立しなければならない。▽全国の原子力発電所の原発震災のリスクをきちんと評価し、その危険度の高い物から順に段階的に縮小する必要がある〉

10日は「想ひのたけ⑪京都市／四条烏丸付近のガイガーカウンター Inspector+ による放射線量リアルタイム中継」を配信。〈京都の四条烏丸付近にガイガーカウンターが設置されたようでございます。調べてみましたが、いま測定器はなかなか個人の手に入らないんですよ。この情報を待っていた〉

「いまここ基金」呼びかけのたたき台も作りました。〈春山さん、青西さん、古谷さん、守田さん、足立くん。あんどうの構想をまとめてみました。忌憚のないご意見を。これからの「いまここ」が目指す大きな流れといたしましては、▽放射能汚染とどう立ち向かうかを考え、提起する回路。▽脱原発社会への国民的大議論を巻き起こし、政治を動かす回路。▽代替エネルギーの実現性を俎上にあげて推進する回路。この三つを大きな柱に立て、その実現への一翼を担いながら突き進んでいきたい。そこに「いまここ」の役割のようなものを見い出しはじめています。例えば昨晩、京都のひとまち交流館では守田さんが講師に招かれ、緊急講演会「ゆっくりとしたチェルノブイリの中を生きる―放射能の危機を見据えつつ、明日にむけて私たちは何をするべきか？」が開かれました。これは「いまここ」から転送されていった例の一連のメールを受け取った人たちが企画されたものです。すでに足立くんも地方のあちこちに呼ばれては講演をしているし、4月17日、18日の滋賀のアースデイでは古谷さんが小水力の講演をやります。これだけの役者がそろっているわけですが、いかんせん彼らにも生活がある。食べていかねばなりません。しかし、この一カ月、彼らはほとんど寝る間を削って、この作業に向き合っていた。当面、この意義ある仕事をプライオリティの最上位に組み替えていただき、思い切り力量を発揮していただける環境を保証したいと考えました。そこで3カ月（ないしは半年、ここはみなさんと相談したい）で50万円。×3人分（守田、足立、古谷）で150万円の「いまここ基金」を立ち上げたい。（略）いまから論楽社でプラユキさんのメディテーションに参加しました。〉論楽社へ向かい、プラユキさんのメディテーションに参加しました。

11日はYさんの鍼灸治療。12日、「想ひのたけ⑫原発職員への労災認定値をすでに被災地上空で超えているようです」を配信しました。〈福島第一原発の国際被害評価が最悪の「レベル7」、チェルノブイリ級になりました。ワタシたちがメール共同体で論じ、予測してきた当初のシナリオ通りに推移しています。友人の守田さんがワタシの罹患する「多発性骨髄腫」と原発職員の労災認定との関係に言及してくれました。「政府は100ミリシーベルト以下は安全だ」と広報をしていますが、労災認定されている原発職員（98年発病・07年死亡）は70ミリシーベルトの被ばくで発病されています。また、原発職員には白血病の労災認定が5ミリシーベルトの被ばくから認められてきた記録もあります。これを上回る放射線が被災者上空を広く覆っている現状の中で、それでも「安全」といえるのはなんでなんだろう？（以下略）〉

つばめのメンバーにもメール。5月にガザ朗読劇再上演の話があり、練習の相談でした。〈体力上、例えば2日間の連続参加というのは困難なこともあります。また、脱ステロイドの時機を避けているつもりではありますが、蓄積してくるとカラダの筋肉が痙攣しますので、急きょキャンセルということもご理解くださりませ〉

【三銃士からの返信】

4月13日、「いまここ基金」で支援を想定している3人から返信がありました。

〈守田です。えりえりの申し出はとてもありがたい限りです。（略）専門的知識への肉薄が問われた一カ月、（略）いろいろなことで悩みました。その一つに、信頼に足る専門家があまり表に出て来てくれないこと、特に放射能の危険性をどのようにとらえるのか、良くわからず、それを素人である僕らが調べなければならないことでした。（略）しかし（略）これは専門家に依存してきた、われわれの生きるための知恵を、自分たちの手に取り戻していく行為であるように思えました。（略）今後、私たちに何が必要かというとき、えりえりの三つの概念分けは見事だと思います。一つに少しでも被ばく者を少なくすること、二つに脱原発の流れを作ること、三つに代替エネルギー（いや代替ではないという古谷さんの提起は素晴らしいですが）を推し進めていくこと〈略〉。僕はと言えば、かなり脱原発運動にも足を突っ込み始めているのですが、やはり軸足は、未だ被ばく者を減らすこと。〈略〉このことそのものが脱原発の種をまくことになると思っています。脱原発については、市民的流れを実際に作っていくことと、脱原発のロジックを鍛えていくことの二つが必要になりますね。〈略〉京都精華大学の細川先生に指摘されたことなのですが、火力を今よりも動かせば大気汚染が広がる。原発は事故がおこると恐ろしいが、火力は通常でも身体によくない。放射線被ばくでは1ミリシーベルトで10万人に5人〜40人の割合でがんが生じるが、火力ではもっと高い割合で健康被害が出る。だから火力を動かせば原発を止められるのは事実だけれども、やはりクリーンエネルギーをたくさんかませて、火力はできるだけ稼働させないようにした方がいい。その意味で脱原発のために小水力は必要だと位置付け直す必要があると思います。そもそもこんなに電力が必要なのかということを、はじめから掲げる必要があるし、その点で、いまここに流れた古谷さんの提言はとても大事だなと感じています〈略〉〉

〈足立です。〈略〉相関性のある三つがうまく組み合わさっていると思います。〈略〉市民セクター（守田さん）、政治セクター（私）、民間セクター（古谷）にそれぞれ何が求められ、どう互いに有機的に結合するかに到達した時、脱原発の方向性と手順が初めて目に見えてわかるようになると思います。〈略〉私の手元資金は既につきかけており、行動予定が先走って入り出している。〈略〉この話がなくても、私は仕事を一切やらず、これに全力を傾注するつもりだった。〈略〉この話をすること自体、あんどちゃんの覚悟の表れだろうということで、有難く受けることにしました。〈略〉早速今日のミーティングでは、３０００万人署名活動 For 国民投票請願 till another 3.11 という具体目標ができた。詳しくは後日だけど、目標があれば人間動くもの。〈略〉我々が有機的に動けば、きっと予定以上の結果を得られると思います。「いまここ」で培った「価値観」をフルに生かせば、ね〉

〈古谷です。〈略〉原資は安藤さんが病とともに歩んだ毎日の賜物であり、「安藤栄里子の命」を分けてもらうのと同義だと理解しています。〈略〉高知での小水力協議会設立に引き続き、関西でも滋賀、京都、兵庫にならば設立が可能と思われますのでその実現に向けて準備します。〈略〉〉

【思い返す春】

４月14日、「想ひのたけ⑬いつも何度でも。」を配信しました。〈毎日の息苦しい情報群のなかで、仲間と共有していた歌メール。骨髄移植を受けた時も、「ゼロになるカラダ、充たされていけ♪」のフレーズに計り知れない力をもらった一曲でありました。繰り返し、そう、いつも何度でも、この歌に流れる祈りとメッセージを忘却せず、静かにカラダのなかに流しておきたいと思っています。▽「いつも何度でも」を歌っているナターシャ・グジーさんは子どものころにチェルノブイリ事故を経験し、ジャーナリスト広河隆一さんらの子どもの基金によって日本留学もされた方です。みなさんもご存じ『千と千尋の神隠し』の主題歌ですが、自己の経験を語られた部分について、いまいちど耳を傾けたいと思い、ここに貼り付けまーす〉。メール・ラリーにも投稿しました。〈みなさんにご提案したいことが一つあるのですが、どうせなら顔を見て話したい。いっぺん、ここいらで、お互いに顔を見てお話ししませんか。リクエストも寄せられています。4月29日（金・祝日）午後2時から京都出町柳の「かぜのね」のカフェ・スペース。前回は〝生前葬説〟もあってさ、なんか凄いことになってしまいましたが、今回はサクッとね〉

16日も投稿しました。〈グアテマラ支援でもお世話になってきました「日本カトリック正義と平和協議会」が、菅直人総理大臣に「福島第一原子力発電所事故に関する日本キリスト教協議会声明」を提出。（略）要望と併記して綴られる悔恨の念。この立ち位置なくしての再出発はあり得ない。ワタシ自身、そう考えどおしの毎日ですが、それをどんな言葉に乗せるのか、どんな言葉で伝えるのか。涙が出ます。まっとうなコトバが、まっすぐ胸に沁み込んでいきます。その一部をご紹介。

「わたしたちは悔改めます。わたしたちは原子力発電が人間の手に負えるものではないこと、環境破壊行為であることを指摘してきました。（略）原子力行政は、人々の消費欲求を作り出し、拡大することですすめられ、そのために消費能力の弱い者に負担を押しつけてきました。また一部企業の収益増加につながる原子力の軍事利用と結びついた非人間的な政策です。そのことをわたしたちはこれまで指摘してきました。それにもかかわらず原発を止めることができずにいる自らの怠慢を神に懺悔します。（略）わたしたちは改めて原発の廃止に向けて努めます。それが未来世代へのわたしたちの責任です」〉

「想ひのたけ⑭政治のチカラ」も配信。〈今年のサクラはよく持ってくれましたね。これが見納めでもよしとせんかい、と思えるくらい見事な花だったと思う、あんどうです。さて。今朝の寝覚めにラジオから流れたニュースは（略）ドイツのメルケル首相が、正式に脱原発社会に向けて動き出すことを表明した、というものでした。日本政府が、このことの重要性をどれだけ深く理解をし、足並みをそろえていくことができるのか。それは、ただひたすらにワタシたちのこれからにかかっているのだと思って聴きました。これを大きな一歩にしたいです。背景には、先月の州議会選挙で、地球にクサビを打つような、大きな一歩にしたい。ふたたび反原発派の「緑の党」(グリーン・パーティ)の大躍進がありました。ドイツ国民が、いままさに起こっているフクシマの悲劇を直視し、脱原発への強い意志を見せたということでしょう。「政治」は、やはり大切だと思います。システムが大事なのではありません。誰が、どんな志をもった人に、行く末の舵取りをゆだねるか。そこが大切だと思うのです。そして、それを見極めるのはワレワレです。毎日のごはんを作るのと同じくらいに大切なことと思います。

2004年、夏の参院選についても少し触れておきたい。中村敦夫さんが党首となり、「緑の党」の流れを組んだ「みどりの会議」という政党が誕生しました。10人の候補者の中に、ワタシの友人の足立力也さんも加わり、それまで選挙戦を取材する立場だったワタシは初めてノボリをもって練り歩く〝桃太郎〟にも参加しました。でも、「一票の格差」の前に選挙戦は敗北。その翌2005年、キャンパスプラザ京都に、アジア太平洋26カ国からグリーンズ「緑の党」を自認する政治家と市民が集まった。日本でも「緑」の芽吹きを望む地方議員らが大勢参加。「アジア太平洋グリーンズ・ネットワーク」を立ち上げ、原発はもちろん、沖縄の基地問題に安全保障。人権やお金の話にいたるまで「平和構築」への道筋を模索しながら、熱い熱い議論が交わされたのを思い出します。夜になっても議論はとまらず、京都駅前の居酒屋に散らばってメキシコの若手議員に「なんで日本にだけ緑がない? なんで君たちがつくらないのか」と詰め寄られたのが6年前のこと。この国の政治が、ほんとうに八方ふさがりなのであれば、新しい風穴を開ければいいじゃないか。何度でも言うけれど、まやかしの原発を容認し、さらに推進し、国民のいのちと財産を守れなかった大罪は、内閣総辞職どころか、既存の政党みんなに解散してもらったってバチは当たるまい。……ちょっと、あんどう、エキセントリックになってきました(熱)。ワタシは今回の原発事故のリアリティを、こんな具合に感じています。政治家になりたいと思ったことは一度もありませんが、政治を動かすひとり(一票)である自覚はもっているつもりです。グリーンズのような転換の起爆剤を立ち上げる人たちが現れたなら、いのちがけで応援したいと思う。

ワタシには夢があります。出町柳の「かぜのね」のように、京都の西の人びとが互いにつながるコミュニティ・カフェを嵐山につくりたい。そんな「西のかぜのね」計画をペンディングにしても、残りのいのちをささげてでも、原発を止めるのだ。いま、本気でそう思っています。「鉄腕アトム」を高らかに歌いながら育ったワタシたちが、「風の谷のナウシカ」で育った人たちと、いっしょに考えていく未来です（略）〉

【ＳＫ医師へのメール　米国留学での被曝】

４月16日、「想ひのたけ」の送信先の一人、ＳＫ医師からのメールに返信しました。ＳＫ医師は福島大医学部出身で、メールには被災地のことが書かれていました。〈一方的に想いのたけを送りつづけるご無礼をお赦しください、と、いつもアドレスをクリックしながらお顔を想い浮かべておりました。（略）最近は非分泌型とやらに変化したようで、ワタシの骨髄腫は形質細胞腫をつくるようになりました。臓器にカタチとして姿を見せてくれるようになったので、これはラッキー。敵の居場所がわかるんです。血液検査からエコーを重視するようになりました。（略）いまは肝臓にいくつか。最大で径３センチくらいのがあって、あとはコロコロと。治療はレブラミドとデキサートできましたが、ここへきて血小板が下がり、レブラミドが休薬に。「腫瘍が前回よりひと回り大きくなっている時なのに」とＳＣ先生は心配顔でしたが、ワタシは一喜一憂をやめました。で、先週よりレブラミドとレナディックスを減量しながらも、クラリス４００ミリを足す（メカニズム不明なれど１０００ミリグラムの併用で奏功した論文があるそうです）という神業チックな方法に挑戦中です。ＳＣ先生にも少しずつお話をしていますが、この先は、ビタミンＣの大量療法や、樹状細胞ワクチン療法なんかも考えていいかもしれないと思っています。エビデンスなんて、もう、ワタシにはどうでもいいのですから、まだやったことのないことのなかにがんのアポトーシス（自然死）・スイッチが隠れているかもしれないと考えるようになりました。（略）山科の駅前に「サンルイ」というクリニックがあるのをご存じですか。Ｍ先生という女性のドクターで（略）過日、この先生にお逢いしてきました。10年前、鳴り物入りで始まった免疫療法ではありましたが、その後、お題目ほどに効かないとペケがつき、ワタシも長年、失念しておりました。しかし、最近になって、医薬品の解析スピードが速まったのとリンクして、コンピューターでの解析技術が向上。治療の精度が上がっている、ということのようで。Ｍ先生はＳＣ先生とも連携してやっていく、とも言うてくださっています。ＳＣ先生も丁寧な紹介状を書いてくださいました。まだ、選択肢はある。そう思うだけで気が晴れました。

それより、いまのワタシの頭を占めているのは、やはりこの原発事故をめぐる一連のできごとです。発生当初からあまりの見解の甘さに身の毛がよだち、毎日、考えていたら、ぜんぶジブンのカラダとつながっていたことに気付いたのです。SK先生、ワタシはたぶん16歳の時、米国でプルトニウムの体内被曝を受けたのだと思います。ロッキーフラッツという、コロラド州ボウルダー近くにあった核兵器の加工工場。ワタシはその風下の町で1年間のホームステイを経験しているのです。16歳の被曝は、18年後、34歳のワタシのカラダに現れました。因果関係を証明できるものはありません。でも、もしかしたら、世界中が恐れている健康被害。その針の振り切れたところにワタシは立っているのかもしれません。「役割」を生きる。いよいよ、そんなところに突入です。この人生において、いまここのワタシがいちばん充実していると感じていて、それは先生との出逢いがあったからと改めて感謝しています。これからこの国では骨髄腫患者が間違いなく増えるでしょう。瀕している場合ではありません。あ、それからですね、他にもちょっこしオモシロイ話があります。あんどうが描く社保の改造計画、第二弾。事務長からもお呼び出しがありまして。ああ、話が止まりません。これは次回にいたしましょう。被災地の真に迫るレポートに感謝します。人の痛みにどれだけ肉薄できるのか。それこそが、問われているにんげんのチカラだと思いました〉

【白雲山荘で愛子さんライブ、原発作業員のこと】

4月17日、白雲山荘での田中愛子さんのボサノバライブに元夫の運転で参加。「道中の山の風景の美しかったこと。山桜、雪柳、こぶし、山つつじ。白雲山荘においてはシャクナゲの開花なり」。蒔田さん、片岡君、北上田さん、守田さん、浅井さんらの姿も。「大好きな人たち、一点のくもりもない幸せな一日だった」。翌18日朝、みんなにお礼のメールを送りました。〈白雲うかぶ青い空。道中の風景からすばらしく、いつもどこか生き急いでいる不機嫌なオタクシーの運転手（元夫）も心なしか緩み眉。エントランスで紅い椿に迎えられ、デッキからは光る湖面。目の前には石楠花と可愛らしい山ツツジ。愛子さんの唄に、繰り返し目頭が熱くなり、鼻を垂らしてむせび泣いていたら、隣で直子さんもおんなじ顔になっていて照れ笑い。素敵なライヴでしたね。言葉、音の響き、生唄の醍醐味を味わわせてもらいました。終わっての歓談。ちょうどよい琥珀色の麦酒に、すばらしいご馳走の数々。風に乗って流れてくるハミングのような生ギター。日溜まり。茶々の残像。そ

2011年4月17日、白雲山荘のデッキで片岡君と浅井さんと

して、大好きな人たち……。病の話も原発の話も支援活動に向き合う人たちの気持ちにも、方々といっしょに向き合えたと思います。一分の憂いもない至福の時間とは、きのうのことであったかな。シアワセでした。しばらく、余韻を楽しませてもらいます。〈山荘の主人の荒野さんが〉フクシマへ行かれるのは6月ですか。日が決まったら、お知らせください。微力ながら、引き続き、義援金を集めておきたいと思っています〉

SK医師からメールがあり、ベルケイドは皮下注射であれば副作用が少ないとの情報をもらって返信しました。〈画期的ですね。副作用が軽減できれば、こんな福音はないわけで。さりながら、直観的に、ワタシの場合、ベルケイドはやっぱり〝禁忌〟のにおいがするんです。いまも一番つらい副作用は、やっぱり指先の知覚過敏です。四六時中、指の腹、爪の中、いわば第一指節関節の表裏一帯にヘルペスのような水泡ができているように感じていて、何に触れても、最初は痛みから始まります。何をするにも〈洗濯バサミも、キーボード操作も〉、「エイッ」というモチベーションが必要な日常です。この物理的ハードルだけは「がんばってるよなー、ジブン」と褒めてやりたいというところでしょうか。ところで原発作業員に造血幹細胞の保存を、という、谷本、谷口医師らの提言。原子力安全委員会の一方的棄却ではなく、当事者に選択する余地を与えてほしいと思いました。ワタシは、ここへきて一般論で考えることは辞めました。せめても海外の学会誌に提言した医師グループ宛てにエールを送ろうと思います〉。メール・ラリーにも投稿。〈みなさま　原発作業員に造血幹細胞保存を、の提言記事、ありがとうございます。採取過程に多少のリスクがあるにせよ、冷凍保管にお金がかかるんだとしても、作業員にとって最低限の権利。なんの権利があって、原子力安全委員会がこれを一方的に棄却できるのか〉

4月19日、「想ひのたけ⑯実感から紡ぎだされるメッセージこそ」を配信。〈週末、湖西の山荘でボサノバのライブを聴きました。のっけから琴線に触れ、図らずもむせび泣いてしまいましたが、泣いたあと、カラダがホコホコと温かくなりました。ワタシだけではないと思います。3・11以来、日本人みんなの免疫力が下がっているんだろうと思

います。カラダが内側からホコホコするような時間をたくさん持ってくださいね。それこそ、いまできるジブン自身へのメンテナンス〉

また、この頃、論楽社ほっとニュースに原稿を送り、22日に配信されました。〈「カチッ、ボーンボーン」。柱時計が打ってまた静寂が戻ると、畳部屋を約25人の息の音が充たしていました。瞑想を包む心地よいリズム。すぐそばに、口角をキュッとあげたピースフルなプラユキさんが目を閉じて座っている。ワタシは縁側の陽だまりを吸いこみながら、光の玉が胸の中を流れていくように感じました。ここ論楽社で初めてプラユキさんに出逢ったのは2004年12月のこと。半年間におよぶ入院の病床であれこれ思いをめぐらしていたことへの答えがプラユキ語録の中に見事に散りばめられていました。そもそも自己主張の強いワタシはジブンの自我に苦しんでもいました。「不治」といわれる病を宿し、ジブンの意思ではいかようにもなり得ない状況下。そんな中にあっても、なにかのたびに「こうでなければ」の囚われが浮上する。そんな時、「手放してごらん」とプラユキさん。「諦め」と「手放し」が違うことを教わった。「諦め」には落胆のにおいがする。けれど、「手放し」は、ジブンで優先順位をつける作業を伴う。そこから始まるクリエイトな時間を予感させました。過去でなく、未来でもない、いまここ。病める人にも、健やかなる人にも、そう。すべての人にとって、自覚的にかかわれるのは、いまここという瞬間だけ。以来、ジブンの呼吸に戻る時間を心がけています。それはワタシの中で、いまここ濃度が高まっていく時間です。冬籠りの間は電気ストーブの電熱音と愛犬の寝息を聴きながら。花冷えの昨日が過ぎ、そろそろ窓を開けて風の音を感じたい。ん？　庭のシュロチクがカサカサと鳴っている。傷ついた大地もひとも愛おしく、すべてはここに繋がっていると感じました〉

20日、「想ひのたけ⑱明日に向けて58　地下水の放射能汚染が進んでいる……」を配信しました。〈しんどい話を読み続けるのは困難ですが、現実を見誤らないことしか生き抜くすべはありません。放射能による地下水汚染が進行しています。守田さんの発信です。（以下転載）〉。21日はYさんの鍼灸治療。5月に中東学会で上演するガザ朗読劇の練習が始まりましたが、さすがに欠席しました。

【厚労省への手紙】

4月22日、外来でSC医師に自らのプルトニウムの内部被曝について話しました。厚生労働省安全対策課長に手紙を書き、送る前に元夫にチェックを依頼。〈上甲さんに頼まれててん。会報誌に手記を寄せた厚労省安全対策課長に礼状を書いてくれと〉。それはこんな内容でした。

〈２０１１年4月22日　厚生労働省安全対策課□□課長さま

謹啓　平素は病と向き合う多くの患者のため、ご尽力いただきましてありがとうございます。また、このたびは「日本骨髄腫患者の会」の会報誌に患者へのメッセージをお寄せくださいましたことに心よりお礼申し上げます。□□さまのメッセージに触れ、政府機関の真ん中で、このように真心をもって仕事に向き合っていてくださる方が確かにあることを知りました。わたくしは患者歴8年目を迎える41歳の多発性骨髄腫患者です。あきらめることなく、一つひとつの道を切り開いてきたという患者としての実感は、傷ついたこの国のこれからを考えるいま、わたくしに計り知れないチカラを与えてくれるようにも感じています。

3月11日以来、原発事故の行方を見守りながら、いてもたってもいられないジブンがいます。それは、多発性骨髄腫が、わたしの罹患した翌04年に原発職員にも労災と認定された病であることと無関係ではありません。もはや手作業もいとわない〝決死隊〟のような方々が現れない限り、核の暴走を食い止めることができない深刻な事態が予想されます。政府がその作業員の「年間被ばく量の上限規定」をさらに引き上げる検討に入っていることも伝えられてきています。有事の際にいのちを守るための基準が厳しくなるならともかく、緩和されるという不可思議。まるで〝戦時〟の〝特攻〟です。危険性を正しく伝え、そのリスクを保障し、せめても造血幹細胞の事前採取を現場作業員の方々が選択できるシステムを構築いただきたい。最低限の権利だと思いますが、虎ノ門病院の谷口修一血液内科部長をはじめとする血液内科医のグループによるこの提言につきましては原子力安全委員会が即日で「棄却」しています。これは、どなたの権限やコンセンサスあっての棄却なのでしょうか。いま、わたくしたちが直面しているのは、〝ゆっくりとくるチェルノブイリ〟の様相です。仮にフクシマを収束できたとしても、この国の将来、白血病や悪性リンパ腫を含め、あの悪夢のような血液がんの告知を受ける人びとは確実に増えるでしょう。

最近になって米国の軍事機密の情報公開が進み、わたくしはどうやら86年、米国の中西部で被曝していた可能性が高いことがわかってきました。80年代、コロラド州のボルダー近くに、ロッキーフラッツというプルトニウム加工工場が稼働していたことが判明。米国のエネルギー省が管轄していながらもＦＢＩが捜査に入るほどに放射能汚染が酷く、現在は閉鎖していますが、解体もできない状態になっています。私は16歳から17歳になる一年間を、〝ロッキーおろし〟の吹きすさぶ風下の町で過ごしました。「ただちに健康に影響はない」。何度も繰り返された会見用語ですが、ここにひとつの体内被曝の症例があると仮定します。16歳で被曝したと仮定して、わたくしの発病は34歳。18年後であります。10代の体内被曝は、働き盛り、子育てど真ん中の世代のカラダに現れます。早急に手を打つべきは、体内被曝の徹底予防。もっと正しく恐れるべきです。専門書にプルトニウムは最終的に「肝臓」と「骨」に蓄積する、とありますが、わたくしは偶然か必然か、いま現在、この両方に骨髄腫由来の形質細胞腫を抱いています。フクシマの3号機がプルトニウムを使用していることは周知の事実ですが、なぜかプルトニウムに関するモニタリングデータが開示されることもありません。わたくしはこの国の将来がほんとうに心配です。すでに罹患している骨髄腫患者たちは、もしかしたら、いま、この国のみなさんが恐れている得体のしれない健康不安、その針の振り切れたところに立っているのかもしれません。どうぞ、これら患者の声を政府の真ん中で引き続き受けとめていただき、ひとりでも多くのいのちの「救済」への道が開けますように。（略）すっかりお願いのお手紙になってしまいました。お赦しください。首都圏も余震や放射性物質の飛散が深刻と聞き及びます。どうぞ、□□課長さまをはじめ、安全対策課のみなさま方もすこやかでいてくださいますようにお祈り申し上げます。敬具〉

上甲さんには25日にメールで報告。〈お電話もらって、あれから何日たったろう。3・11から、ただならぬ毎日を過ごしちょりまして、ぜんぶジブンのカラダとひとつながり、という感覚がより濃密になり、確信を得て、ジブンの立ち位置がクリアになりました。あんどう、このものがたりは16歳。85年から動き出してたんやなあ。と。ものすごく、よいお題をいただきました。ありがとうございました。（略）これから、恐ろしく骨髄腫患者、増えると思います。ますます「患者の会」の役割が大きくなると思います〉

【子どもたちを守る、いまここ基金構想②】

少し戻って4月23日、4日間のステロイド服用開始。「想ひのたけ　赤ちゃんを守るために」を配信しました。〈メール交換をしている村上麻衣さんのお母さんが呼びかけて被災地の子育て世代のお母さんたちから提供していただいた母乳の放射線検査をし、そのデータを公表されました。行政がやらないなら市民でやってメディアで公表する。拍手です。（以下転載）〉。「想ひのたけ　おススメ・ドキュメンタリー」も配信。〈この週末、京都はあちこちで原発学習会が花盛り。以下のサイトは原発を止めるための原子力研究を続けてこられた京大原子炉実験所の小出裕章さんたちのドキュメンタリー。原発を持ち続けるのか、手放すのか。ジブンの生き方そのものを問い直されてるなあ、と。▽「なぜ警告を続けるのか～京大原子炉実験所・〝異端〟の研究者たち～」〈以下転載〉。この日は「そんりさ」の発送作業で、いつものメンバーの他に石川智子さん、渡邊あづささんらも来て盛会となりました。

24日、「想ひのたけ⑲子どもたちを救うためのWEB署名」を配信。〈わたしがもっとも大事だと思っているのは子どもの体内被曝の徹底防止であります。署名にご協力ください〈以下転載〉〉。この日は朗読劇の練習に参加し、グラタンとパンを持参すると大好評。練習後はパチャンガで、久しぶりにみんなと食事しました。

25日、米国の新川さんに薬を送り、プラユキさんと古谷さんの本につける資料作り。「ひとつひとつ丁寧な仕事を」。26日は「想ひのたけ⑳広河隆一さんのチェルノブイリ取材・1994をいま一度」を配信。〈ジャーナリストの広河隆一さんはフクシマでもいち早くガイガーカウンターをもって現地で測定を続けておられました。その広河さんのチェルノブイリ取材から、いま改めてワタシたちは学び直さねばなりません。チェルノブイリから想起する。オトナたちはもちろんですが、子どもたちをどう守るのか。〈以下転載〉〉

27日、「いまここ基金」構想について北上田さん、荒野さん、蒔田さんにメールを送りました。〈大真面目でいま、「いまここ基金」なるものの創設を目論んでおります。「いまここ」の役割として描く青写真は以下のトロイカ体制。▽危機管理（ひとりでも多くの子どもたちをがんから守る）…守田担当▽脱原発を国民的大議論に。→国民投票へ。政治的転換…足立担当▽自然エネルギー構想を俎上に挙げる…古谷担当。

いま出来ないことは、この先もっと難しくなりましょう。その一翼を、小さいかもしれないけど、その一翼を「いまここ」は担っていると思います。世界の潮流は脱原発に動き始めました。でも国内だけが、もひとつピンとキテナイという印象です。ここに風穴を開けていくのは、やっぱり粘り強く、しつこい市民のチカラしかないと思います。（略）すでに150万円は確保しました。保険会社からもらった入院給付金です。ボーっと銀行に預けてるうちに、勝手に米国債なんかに運用され、知らんところでアメリカの戦争に加担してるかもしれん、と思ったら、こうやってジブンのお金が脱原発のために使えるなんて本望です。できればワタシひとりではなくみんなで支えるカタチがほしいと思います。だから、ここらであえて「いまここ基金、立ちあげます」と賛同を呼びかけてみたいのです。基金への賛同金は一口1万円。つきましては誰に支給するか、という意味で「審査員」が必要かな、と思います。このお役目を担っていただきたい〉

【かぜのねに集い】

この日はメール・ラリーにも投稿。〈子どもたちに「年間20ミリシーベルト」を強要した文科省のお粗末な顛末と、今後、見据えておくべき展望について。京都精華大の細川弘明せんせいが「京都三条ラジオカフェ」原発震災シリーズでしゃべっておられます。さすが、ようわかる。あすの「かぜのね」にも細川せんせい、ご登場の予定で〉〈あす、「いまここ」オフ会でございます。よき一日にしましょう。

・第1部　午後2時〜「いまここ基金」創設準備相談会

・第2部　午後4時半〜「いまここ」ワイワイ宴会

遠方の足立君、及川さんらのご参加も含め、第2部の宴会には20人前後のエントリーでございます。この際、飛び入りもオッケーです。（略）原発の痛みにうち震えながらも、みなでゆんたくしましょう〉。

そして4月29日、「かぜのね」でいまここのオフ会。基金の相談会も開きました。30日、その模様を紹介する「想ひのたけ」を配信しました。〈昨日は、とてもうれしいことがありました。3・11以来、時にその厳しすぎる現実を前に呼吸が浅くなったり。逃げろと求めた被災地の知人たちとの関係が悪化したり。政府や東電のあまりの危機管理の甘さや、募る疑心暗鬼も息苦しいことでした。同時に、涙が出るような感動的なこともたくさんあり、そんな想いを持ち寄って、とにかく話がしてみたい。この間、情報を投げてきたあんどうの50人ばかりのネット・コミュニティ（「いまここ」というネーミングです）の仲間からそんなリクエストをもらいまして、きのう、京都は出町柳のカフェ＠かぜのねに集いました。30人近くのあんどうの知人友人が行き交ってくださり夢のような宴が実現したのでありました。想いのたけを語り合い、どんな将来像を描くのか。この国の、という以上に、ジブン自身の人生の優先順位、なにを選びとっていくのんか、腹をくくって、それぞれがいま、ライフビジョンを問い直す時なんだな。それが結論だった気がします〉

メール・ラリーにも投稿しました。〈ご参加くださった方、また、参加できないけどメッセージを寄せてくださった方、ありがとうございました。浅かった息が、また調った感じがしました。なんといってもたのしかったです。京都精華大の細川弘明先生もご来訪でした。ご専攻は文化人類学。「今後は人類学・環境社会学・資源エネルギー論・NGO

論を融合(「統合」ではない!)させた『環境社会誌学』とご自身で書いておられますが、「このどさくさに、TPPどないなってんのやろか」とか、不安になるといつも細川せんせいのお顔がすがるように浮かびます。プロフィールを調べていてびっくり! かねてよりグアテマラ先住民族の人権や、先住民族の聖地の鉱山開発問題などを通じて「先住民族の10年市民連絡会」「アジア太平洋資料センター」の代表理事をしてらっしゃることは存じていましたが、そのプロフィールに「原子力資料情報室」とある。しかも「高木仁三郎市民科学基金理事」。おこがましいけど、ワタシは「いまここ」に、この細川せんせいにもご参画いただきたい、と目論んでいます。昨日、帰り際に「あんどうえりこの『想ひのたけ』は愛読しています。引き続き、送ってや」と握手してくださったので、脈ありか?と期待して。岡真理さんもそうだけど、京都にこういう研究者がいてくださるのは、本当にうれしい〉

【ゴールデンウイーク後半】

5月2日、メール・ラリーに投稿しました。〈守田さん、夜中に書いてますね。また寝てませんね。でも、わかります。寝てられへんわな。小佐古(敏荘)内閣官房参与の辞任(小中学校の放射線基準を年間1ミリシーベルトと厳しくするよう主張し、年間20ミリシーベルトを基準とする政府対応を批判して辞表を提出)。先般のイスラエル外務省高官の辞任劇が重なります。「ネタニヤフ政権のパレスチナ政策は国益を害している!」と外務省を辞任したイラン・バルーフさん。無責任というなかれ。辞任後はイスラエルの占領政策に反対するパレスチナ人のデモに参加しています。いわゆる勝者の「正義」ではなく、ほんとうの意味での「グローバル・ジャスティス」〉

3日、朗読劇の練習。4日は山本慎一さん一家と嵐山でバーベキューし、ナビイに加え、姉宅の柴犬ゆめも参加。「ナビイ、ゆめも楽しそう」。5日午後、やもめ亭で守田さん、山本慎一さんと「本の出版ばなしになる」。夜は守田さんと食事をし、「応答の大切さを語り合った」。

6日朝、「想ひのたけ〝御用学者〟の発言も読んでおこう」を配信しました。〈朝から批判的な文章に触れるしんどさを承知のすけで友人の中嶋さんからの配信です。甲状腺をはじめとする放射能の健康被害について長崎大学の山下俊一教授のノートテイクですが、う〜ん。ひどい。ひどすぎる。(略)あんどうは、いまから通院。きょうは2週毎の外来の検査日です。ああ緊張。いってきます。(以下転載)〉。細川先生にもメールを送りました。〈3・11より最渦中におわします細川大先生に、ワタシはなんという瑣末なお願い（メール・ラリーへの参加）をしているのかと。にもかかわりませず、最大のお返事をいただきました。ありがとうございます。恐縮です。この連休、少しはお休みになれますよう、お祈りしています。「栄里子いまここ」への参画については、どうぞ、ご放念くださいませ。今後ともよろしくご指導たまわりますよう、改めましてお願い申し上げます〉

一方、この日の外来ではＬＤＨ＊（乳酸脱水素酵素）の値が上昇。「肝臓への懸念」。それでも庶務課で病院への寄付について相談し、病棟の待ち合いスペースの改修可能性の説明を受けました。帰路、よっちゃんの気功治療を受け、「よく眠れる」。下鴨神社の糺の森を歩いて「心地よし」。７日は「ステロイドが明け、心地よい一日」で事務仕事がはかどりました。８日、４日間のステロイド服用開始。９日、「想ひのたけ　新しい復興のビジョンを携えて、いざ」を配信しました。〈古谷桂信さんが、昨年、ステキなブックレットを共著で出しています。題して『地域の力で自然エネルギー！』（岩波ブックレット）。「原発やめてどないしますねん」の問いに、まっすぐ「丹念に、こないしていきますねん」と、この国のエネルギー施策の道筋を示したマニュアル本といえる一冊だと思ってよみました。市場経済任せにしない、地域をちゃんと再生させながら描くこの国の姿がここにあります。地熱、小水力、波力、もちろん、風力、太陽光……たくさんの火山や温泉を有し、急峻な山脈が列島を貫き、おまけに３６０度を海に囲まれています。こんなに自然エネルギーを花開かせる好条件の地形をもった国は世界中をさがしてもそうあるわけではありません。守田さんが、提供のあった四駆の車を連れて、今朝から被災地に向かいました。この本をどっさり30冊届けてくると。ブックレットに添える被災地の方々に向けたメッセージを古谷さん自らが書かれました。この国の再生復興のもう一つの姿です。ぜひ、みなさんと共有したいと思います。ではどうぞ。〈以下転載〉〉

10日、つばめクラブにメール。11日、昨年亡くなった恩師のお連れ合いの一周忌に花を贈りました。12日、Ｙさんの鍼灸治療を受けました。

＊**ＬＤＨ**……糖がエネルギーに変わるとき働く酵素。この数値が高まると肝臓がんや急性肝炎などの肝臓疾患の疑いがある。

【中東学会で朗読劇】

5月14日、「想ひのたけ　朗読劇★演ります！」を配信。〈ステロイド大量療法の副作用の揺り返しの中にいます。薬剤性の躁鬱なので、もはや気持ちが引きずられることはありませんが、そんな中、今年の上半期をしめくくる大舞台が近づいてまいりました。５月21日（土）午後１時半〜京都大学で開かれる「日本中東学会」で、朗読劇「ガザ、希望のメッセージ」の再演が決まったのです。第二部のシンポジウムのパネリストの布陣も贅沢。フクシマとガザ、普天間、グアテマラ、チェルノブイリがみんなジブンの中で繋がっていくのを感じています〉

15日、京都大での朗読劇の練習に参加。16日は譲二さんとやもめ亭改修の打ち合わせ。19日、Yさんの鍼灸治療。「想ひのたけ03世界への詫び状。」を配信しました。〈みなさんにおたずねします。（略）日本が低濃度汚染水を国際社会に黙ったまま海洋投棄しましたね。あれについて日本政府はどっかで誰かに一度でも謝罪しましたか？　あの報道を聴いた時、真っ先に国際社会に向かって「まず詫びを入れなければ」とうろたえました。ワタシがこの国を代表しているわけではありませんけどね（笑）、それでも日本人の端くれとして当然のマナーであり、道理だと思いました。国際社会の信頼を取り戻せますように。切に祈り、いっしょに謝ります。海や大気でつながる世界中のみなさん、ほんとうにごめんなさい〉

20日は血液外来。よっちゃんの気功治療も受けました。朗読劇の練習にも参加し、深夜まで励みました。

21日、４日間のステロイド服用開始。ガザ朗読劇の上演日で「興奮の朝。ほとんど眠れぬまま当日に突入」。「想いのたけ04朗読劇★本日」を配信しました。〈おはようございます。朗読劇の本番の日がやってきました。国連決議でも「あれはイスラエル軍による戦争犯罪だった」と厳しく断じた２００８年12月のガザ攻撃。このガザの痛みを想像し、フクシマ、チェルノブイリへと思いっきり飛んできます〉

朗読劇は大勢の人が観てくれ、家族の姿もありました。「劇は大成功。客席１８０人」「涙の終演。父号泣。甥の姿も。うれしかった」「シンポジウムもおもしろく、太田昌国さんと話せた」

この報告は６月２日にメール・ラリーに投稿しました。〈真理さんの脚本、改めてスゴイと思いました。３回演じてみて、奇跡の構成だと感じました。（略）でね、第一部の朗読劇に続いて、第二部はシンポジウムが開かれました。お題は「抵抗の文学　世界文学の中のパレスチナ」。このパネリストが贅沢なんだなー。鵜飼哲（一橋大学、フランス文学）、太田昌

2011年５月21日、中東学会での朗読劇の舞台に立つ

国（編集者、民族問題）、岡真理（京都大学、現代アラブ文学）、細見和之（大阪府立大学、詩人・ドイツ思想）、司会・山本薫（東京外国語大学）。ワタシはよだれを流しながらシンポジウムを聴きました（笑）。その感想を書きました。ワークショップみたいな夜の練習も楽しかったし、この歳になって大学に出入りできるのも新鮮で胸がワクワクしました。はああ、おかげさまで、とびきりの5月でした。いつもは〝おかまり〟と呼び捨てにしたりして、からかっている岡真理座長と（笑）支えてくださったみなさんに心から感謝します。

2011年5月21日（土）感想用紙より

シンポジウムのパネリストのお顔ぶれを知り鼻づらにニンジンをぶら下げられた馬のような気分。朗読劇の演じ手側にいる最高潮の緊張感の中、こんな拷問とご褒美が隣り合わせかと。すべてを終えて、改めて岡真理さんに感謝しています。ありがとうございます。思考し続けるための、世界をあきらめないためのコトバの引き出しに、いくつものキーワードをいただきました。

細見和之さんの「知っている」と「わかる」の次元の違いへの指摘。カラダをくぐらせる、という理解のプロセス。ジブン自身は、この数年、「病」という絶対的身体感覚を得たことで、格段に「わかる」「理解する」領域が広がったと感じていたところであり、改めて胸に深く落ちました。太田昌国さんが「一旦固まった軍事的、経済的秩序をほどくことの難しさ」を改めて指摘され、一瞬、絶望しそうになりましたが、（メキシコの先住民族運動「サパティスタ」の）マルコス司令官の「ユニークな言葉」に希望の光を見ました。思うに、発せられる言葉というのは、その人の体験と実感から紡ぎだされた固有のものであり、そこに人の心を動かす何かをはらむ。他人任せにするのではなく、私たち一人ひとりがコトバを体得する地道な作業を決してあきらめてはいけないし、それこそが自らの魂を肥え太らせる唯一の手段でもあると改めて感じたのでありました。

岡さんが紹介された映画『アレクセイと泉』（本橋成一監督）を想起し、ひとつ閃いたことがありました。岡さんがこの作品に注目された点は「ドキュメンタリーなのだけれど文学的。そこに問題の理解への扉、可能性を開く鍵があるのではないか」と。このシンポジウムの最後にも、ジャーナリズムと文学の役割を考える質問が寄せられていたように思います。ここ数年、頭の中で捏ねているのが「脳科学」という土です。器質的に存在する「右脳」と「左脳」の役割の違い、というのが、どうも文学とジャーナリズムの違い、というのにも対応するところがあるように思いました。

僭越ながら自らの体験を少し紹介させていただきます。２００６年、骨髄移植を受ける前、治療の副作用でクモ膜下出血をきたしました。数日間、意識を失ったことはともかく、注目すべきは目が覚めた時の記憶です。ナースステーションに隣接する観察室。すべてが輝いて見え、光の中にいるように感じました。あのキラキラとした名状しがたい幸福感は何だったのか。後に繰り返し考えていたところ、自らの脳出血の過程をつぶさに観察した脳科学者、ジル・ボルト・テイラー博士の著書にめぐり合いました。彼女の脳出血は私の症例以上に深刻ではありましたが、生還の瞬間、やはり同じような幸福感を体験しています。彼女は左脳を損傷。生還した時は右脳優位の状態で、その状態で得た感覚を「ニルバーナ」（涅槃の状態）ではなかったか、と記しています。その瞬間の彼女の大脳は「思考する」以前に「感受する」能力が勝っていた、と考えられます。かなり乱暴な説明ではありますが、その体験を通じて紡ぎだされたテイラー博士の指摘は、人間は知的活動を通じて、つい左脳優位になりがちで、左脳で説明をし、左脳で議論をする。左脳優位であることに無自覚で生きていると争いが起こりやすい。右脳で感じたことと左脳で考えたことを交信させて、よりバランスよく生きることで、人間はより幸福感を身近に引き寄せて生きることができる、というメッセージであったと記憶しています。ちなみに私のクモ膜下の損傷部位も左脳であったことを後に確認しました。

そこでもう一度開きたいのが文学の可能性です。ジャーナルな記録と文学を考えた時、文学の中にある余地に注目したい。そこにただよう風の音や匂いといったものが、個々がそこから体得していく言葉に立体感を与えてくれるのだと思います。五感を伴わない言葉は文字や暗号のように通り過ぎがちですが、「想像する力」、「痛みに寄り添える人間の力」というのは、やはり独自の体験として右脳で感受したことに他ならないからです。最近、ジブンがどのような時に心の充足感を得るのかを問い続ける中で、たどりついた結論のひとつに「言いたいことを言い募った時に充たされるのではない」ということでした。そうではなく、掘ってきた想いがなにがしかに届いたと感じた時、心の充足感を得るということであります。

今回、「朗読劇」というアウトプット、表現の手段に挑戦し、たくさんの応答をいただきました。それは幸せな体験だったと思います。ふだんの生活の中ではなかなか得がたい「表現する」という機会。作品を追う過程において、たくさんの気づきの窓が開いていくのも実感させていただきました。この想いを共有する仲間をすでに得ていることは、私にとってそれ以上の喜びかもしれません。これからも五感を伴うコトバ探しを続けていきたい。世界をあきらめず、この再被曝の国にいつか哲学の根付く日がくるようにと祈りつつ、そこで生き抜くためのコトバを探していきたい。そう思いました。安藤栄里子拝〉

【体調が崩れても　旧友への誘いと「いまここ基金」構想③】

また戻って中東学会翌日の5月22日。ステロイド2日目でしたが、嘔吐で中止。23日も「不調、食欲なし、嘔吐」。Yさんの鍼灸治療を受けました。24日、メール・ラリーの「小回りグループ」にメールを送りました。〈ずっと抱えている思いとして、やはりこれから子どもをつくろうという世代の人たちにはどんな崇高な想いがあったにせよ、被災地から遠ざかってほしい、というのが本音であります。実際の体内被曝の経路は、あまりにもカンタンです。吸い込む。それだけなんだから〉

27日、蒔田さんや北上田さんが京都市の教育行政の問題点を追及してきた裁判の祝勝会。栄里子さんも招待されましたが、体調がすぐれず欠席。メール・ラリーに投稿しました。〈本日は北上田さんと蒔田さんたちが長く取り組んでこられたタウンミーティング不正国賠訴訟と、パイオニア委託研究費事業住民訴訟の両最高裁判決の連続勝訴を祝う会です！　ほんとうにお疲れさまでした。これは氷山の一角で、こういう無茶苦茶な行政による違法排除や人権侵害が見えないところで行われている可能性を全国に広く知らしめました。パイオニア訴訟については門川市長への7168万円の損害賠償命令が確定。たまたま当事者であった友人のおふたりが、ジブンに代わって闘ってくださっているのだとの思いでおりました〉

細川先生のラジオ出演の告知も。〈わォ！なお報せが細川弘明先生より届きました！　こんばん、三条ラジオカフェに出演されます。なんと細川先生と小出（裕章）さんの贅沢なダブルキャスト企画ですよ。細川先生の解説は、チキン頭のあんどうにもよくわかる。いま、やっぱり何が大切なのかをしっかり受けとめましょうぞ〉

守田さんと古谷さんにもメールを送りました。〈守田さん、古谷さん　本日、追加注文していたブックレット30冊が新たに届きました。これで100冊だっけか。（略）スイスとドイツ。（脱原発に）がんばってますね。われわれもがんばらねば。ワタシも「いまここ基金」に向けて、もうひとがんばり！〉

29日朝、友人の渡邊あづささんにメール。元夫が学生時代に始めた「中南米と交流する京都の会」のメンバーで、先日レコムの発送作業に来てくれたことへのお礼でした。

〈会えてとてもうれしかったです。あれから、けったいなメールが届いているでしょう。「想ひのたけ」です。ワタシが一方的に65人の友人に配信しているリストに了解なく、あづさちゃんの名まえを入れてしまっています。もうひとつ、「栄里子いまここ」というのがあります。これは私がこの15年くらいの間に、しっかり出逢ってきた、と胸をはって言える人たちばかりの集まりです。往年の「中南米と交流する京都の会」のメンバーもいます。例えば、藤井満、足立力也、熊谷譲、成田有子、古谷桂信、宇田有三、太田裕之（敬称略）。そして石川智子さんや新川志保子さん。ぜんぶ知ってるかな。レコムの代表だった青西さんもいます。（略）よかったら、この50人のコミュニティに入りませんか。十数年たって、いま、けっこうあの頃、出逢ったみんながいまもそれぞれの場所で井戸を掘りつづけているのを感じることができるし、互いにパスを投げ合いながら走っている感じがあって、その中に、私はあづさちゃんもいてほしいなあ〉

「いまここ基金」の関係者にもメールを送りました。〈朗読劇で燃え尽き、ちょっとへタっておりました。ペンディングになっている例の「いまここ基金」について、みんなに向けて送ろうと書き置いていたメールがあります。6月1日の告知を考えています。なにとぞお力おかしくださいまし〉

29日、渡邊あづささんからメール・ラリー参加希望の連絡があり、早速返信。〈やった！　ありがとう。うれしい。6月11日って全国デモの日だよな。レコムの発送作業のあと、渡月橋の上ででも原発反対デモ、やるんかな（笑）？来られたらおいでよ。と、カンタンにいいますけど（笑）たくさん会いたいので予定がついたらおいでませ〉

【言いたいことは言いましょう】

6月1日。基金のメールでの呼びかけ文を準備。「想ひのたけ6・11全国100万人デモ」を配信しました。〈さて。ドイツが2022年までにすべての原発を止めると言いましたね。政府見解を待っているより市民としての意思表示をあらゆるところで打っておきましょう。意思表示もせずに対応の悪さに文句を言うのも無責任なことですし。6月11日は全国一斉脱原発デモの日だそうです。各地でデモやピースウォークが予定されているようです。お近くで参加してみませんか？　ちなみにワタシは、その日、参加しているNGOの総会が嵐山であるのです。総会が終わったらプラカードをもって渡月橋に立ってみようかな。（以下転載）〉

「想ひのたけ07　言いたいことは言いましょう」も配信。

〈（略）ジブンのいのちを生き抜けるかどうかはジブンの判断と行動力にかかっている。とワタシは思っています。政治、行政を動かせることは、メディアに寄りかからなくても意外にたくさんあるものです。かくいうワタクシは発病から7年の間にサリドマイドをはじめとするいくつか薬剤の許認可を経験しましたが、その際、「妊娠可能年齢の患者」にくくられ（もう、たび重なる抗がん剤や移植治療で妊娠は逆立ちしても不可能ですけど）、「子宮と卵巣の摘出手術を受けていない」との理由で処方患者の対象から外されていました。こんな患者はどうやって救済されるのでしょうか？　厚労省にパブリックコメントを書いて寄せ、有識者検討会の議題に取り上げていただき、おかげさまで薬剤難民にならずに済みました。また、２００８年のイスラエルによるガザ攻撃を「戦争犯罪」と厳しく断じた国連決議に対し、アメリカの顔色を見ながら棄権していた日本政府。当時外務副大臣だった福山哲郎氏（現官房副長官）に手紙を書き、国政報告会で「棄権の理由がわかりません」と詰め寄ったら、翌週、「賛成」に転じました。ワタシが言ったから、ではないでしょうが、関心ある市民が有権者の中にはいてまっせ、というアピールは意外と大事なのだと実感するところであります。政治を動かすのは世論です。言いたいことは言いましょう。（以下転載）〉

レコムのＭＬに総会に合わせたアクションの呼びかけも。〈総会の後、集まったみなさんで渡月橋に立ちませんか。デモ、というより、周りの環境にも配慮して、静かに立って被災者への追悼の意を込めたキャンドルビジルを、と考えています〉。メール・ラリーにも投稿。〈「脱原発」のプラカードとキャンドルをもって渡月橋の上にみんなで立ちませんか？　「世界同時１００万人アクション」の日。参加人数を登録し、１００万人に数えてもらいましょう。（以下転載）〉

【いまここ「脱原発」基金設立】

６月２日未明。メール・ラリーに「いまここ『脱原発』基金★立ち上げます！」と題して投稿しました。

〈あー、日付変更線を越えてしまった！　片岡さん、プラユキさんの本、お買い上げありがとう。メディテーションと、お茶の刈りそろえ作業の対比、おもしろく読みました。ふむふむ。雨のおかげで、ほうじ茶がいただけず、うーん残念。でも、おてんとうさまの思し召しにはかなわぬのが農の世界。ですもんね。あづさちゃんも自己紹介をありがとう！

要約「本日６月１日、いまここ「脱原発」基金を立ち上げます！」

満を持して呼びかけさせていただきます。３・11以来、守田さんを中心にものすごい流量のメールが飛び交っている「いまここ」のメールコミュニティ。毎日、読むだけでもたいへんですが、書いて発信しつづける人の生活はどんなことになってるんだろう。人生のプライオリティをゴロリ組み替えて、これを最優先にやっている。そういう人たちが何人かいて、この「いまここ」ネットの熱と、「明日へ向かって」が配信されている。

フクシマ発の放射性物質の流出・拡散は予断を許さぬ状況が続いており、守田さんの最初の予測通りに推移。これが長期化し、放射性物質が出続ける現実を世間も受けとめざるをえない状況になってきました。けれど、〝茹でガエル〟の話じゃないですが、ゆっくり進行する非常事態に、悲しいかな、ニンゲンは慣れてしまうんですかね。西にいて計画停電の不便さをまだ知らないワタシなどは「停電してもいいから原発を止めて」と言えるけれど、実際に電車に乗れなかったり、生産ラインが止まって仕事にならんかったり、不便な生活を経験する人たちの多くは原発以外の電力供給能力についても知らぬまま「やっぱり原発止まったら不便やな」となっちまおう。それでは推進派の思うツボではないか。いまこそ、口がすっぱくなるくらい、違うんだ、そうじゃないんだ、という、この「いまここ」で共有しているたくさんの〝真実〟を世の中のマジョリティに向かってより広く、より力強く、しつこく発信し続けることが大切だと思えてきました。原発の脆弱さ、インチキさを高木仁三郎さんの本を読んだりして知っていた市民が専門家まかせにしすぎていたことへの反省がワタクシにはある。知っていたのに原発を一基も止められなかったのは、この作業こそを市民の多くが怠っていたからなんじゃないのかい。

ちょっと話を広げます。いま、藤井満さんがよく口にする「地区診断」という言葉を思い出しています。藤井さんは農村を歩いて取材を重ねているうち、いわゆる〝限界集落〟といわれる農村で、連れ合いをなくし孤立していた独居のおばあさんたちが、なにやらみんな元気で幸せそうに暮らしているのに出逢います。聞けば、地域で孤立していたお年寄りがジブンたち（当事者）でニーズを拾いあげて「独居老人友の会」をつくっていました。友の会で安否確認の電話リレーのリストをつくると、その電話で食べものや種まきの時期を相談したりと長電話を楽しむようになり、途絶えがちな繋がりがまた結い直されていった。「ミニデイ」というデイサービスも始めるんですけど、風船バレーとかやる施設のレクじゃなく、みんなで集まって、おいしいものを食べたり、お酒を飲んだり。楽しいわけですよ。その土地に暮らす人たちが、ジブンたちの置かれた状況を見つめ、診断し、解決策を見い出していく。これを「地区診断」というのだとか。

「いまここ」でいま行われていることは、地区というより日本列島全域を意識して風呂敷を広げていますが、この地区診断の根底に流れている「一人ひとりが発言する場が保証されて、一人ひとりが自ら参加して主体的に取り組む」というエッセンスは見事に体現していると思います。つまり、ワタシたちは、この原発事故の下を生き抜くために、ジブンたちの置かれている状況を正確に把握したいと思った。それを解決せんがため、守田さんが手をあげ、水野さんや中嶋周さん、足立君、古谷さんらが脇を固めて情報収集し、毎日、恐ろしい量の情報メールの連絡パスを回しながらあの投稿群が出来上がっています。また、3・11以降、この「いまここ」で見せていただいた被災地支援には、おかまりさんはじめ、蒔田さん、古澤夫妻、杏さん、ダイスケ君ら、脇を固めるつばめな人たちがですね、ダンボール40箱分の支援物資を集めたり、84人の救出を成し遂げたり。守田さんが気仙沼市に車と支援物資を届けたり、荒野さんが「みちのく応援隊」として瓦礫の撤去作業に入られたり。「いまここ」でこの間、見せてもらってきたことの意義を改めてみなさんと確認しておきたいのです。まだ「安全神話」にぶら下がりたい人たちが世の中にはたくさんいて、そういう人たちを満足させる情報も流れています。一方、歴史に学び、状況証拠を積み上げながら今起こっていること、これから起こる可能性のあることを正確に理解しようと努力を続けているわれわれがいる。右から左、ものすごく幅のある情報をどう読み解くかは、ほんとうに難しい。被災地や首都圏の人たちは雨合羽を着てマスクをしている、と思いきや、テレビで見ると、倒壊した自宅に戻っている人たちもいれば、東京では放射性物質の舞う屋外に列をなしてたくさんの若者がジャニーズのコンサートの開演を待っています。ワタシは、たくさんある幅の広い情報の中から、真実を読み解いていくための情報を取捨選択し、パッケージにして提供してくれている、この「いまここ」の方々の努力に改めて深い尊敬と感謝の念を抱いています。これらの情報をワタシは新聞社の論説委員数名に転送しています。いずれからも礼状が届いています。行間に「これをできるニンゲンが社内にいない」。

そこで提案です。これからの「いまここ」が目指す大きな流れといたしましては、

▽放射能汚染とどう立ち向かうかを考え、子どもたちの体内被曝リスクを下げる回路（守田）。

▽脱原発社会への国民的大議論を巻き起こし、政治を動か

す回路（足立）。
▽自然エネルギーの実現性を俎上にあげて推進する回路（古谷）。
従来のように、それぞれが「いまここ」で想いのたけを語り合いながら、この三つを大きな柱に立て、その実現への一翼を担いながら突き進んでいきたい。そこに「いまここ」の役割のようなものを見い出しはじめています。すでに、いまここから始まった「明日に向かって」シリーズは全国的に大きな反響を得ていて、いま守田さんは小出裕章さん級に（？）反原発集会の講師にひっぱりだこ！　いずれも、転送されていった例の一連のメールを受け取った人たちが企画されたものです。それは「ゆっくりとしたチェルノブイリの中を生きる」という立ち位置と、「明日に向かって、私たちは何をするべきか？」という、いま、いちばん人びとがほんとうに知りたいことをテーマにすえてきた証です。すでに足立くんも地方のあちこちに呼ばれては講演をしたり、風穴を開けそうな首長と会っているし、脱原発を正式に表明したドイツやスイスの「緑の党」との連携もとれる。古谷さんも小水力のプロジェクトを動かしながら講演をこなしています。古谷さんが著した未来への提言ブックレット『地域の力で自然エネルギー！』（岩波書店）は「つばめ書房」でも好評で、まもなく１００冊を売り上げんとする勢いです。

が、いかんせん、彼らにも生活がある。食べていかねばなりません。しかし、この3カ月近く、彼らはほとんど寝る間を削って、この作業に向き合っている。ワタシは、これまで専門家や行政に丸投げし、ジブンたちの「地区診断」を怠ってきた反省を込めて、この3人を核に、この間、行われてきた情報発信の意義を改めてみなさんと確認したいし、さらなる飛躍に期待しています。そして、このお三方に、当面生活の心配なく思い切り力量を発揮していただける環境を保証したいと考えました。

そこで、この6月から3カ月をメドに、50万円×3人分（守田、足立、古谷）で、１５０万円の「いまここ基金」を立ち上げたい。すでに核となる財源は確保しました。ワタクシ、繰り返してきた長い入院によって、いくばくかの入院保険給付金を得ています。このお金を銀行に預けて、スズメの涙の利子をもらって、あるいは知らぬ間にそれらが運用され、米国債なんかに化けてアメリカの戦争に加担してしまうくらいなら、そのお金で原発を止めたい。ジブンのお金がいま、本当に市民社会が必要とする仕事をしている人たちのために運用されていく様をこの目で見てみたい。そして、この趣旨に賛同して、「脱原発」という一つのゴールにむかって彼らの仕事に投資したい、ジブンのこととして応援したいという人たちあらば、その想いをカタチにできる場所をつくりたい。
ジブンたちで原発を止める。「いまここ」がその一翼を担う。そういう気持ちで出資してくださる方あらば、一口1万円で募集します。増資がかなえば3カ月が延長できるかもしれませんし、出資先を広げることだって考えられます。長くなりました。ご議論をよろしくお願いします。そして、もしご賛同いただける方がありますれば、いまここ「脱原発」基金への賛同金と、「いまここ三銃士」へのエールをよろしくお願い申し上げます。基金の設立趣意書を添付します。ご覧ください〉
〈趣意書は以下のとおり。
いまここ「脱原発」基金の創設にあたって
2009年、偶発的に立ち上がったメール・コミュニティ「いまここ」ネット。これまでたくさんの情報を共有し合い、語り合うことができていると思います。ジブンのいのちを生き抜くために大切なことをたくさん教えていただいているると日々感謝しています。東日本大震災以降、原発をめぐる一連の政府・東京電力の不誠実な情報開示のあり方に私たちは不満と不信を抱きました。その穴を埋めるべく、「いまここ」に参加するメンバーの多くが自らの問題として、この原発事故の状況把握のために動いたことは、情報開示のあり方から事故後の現場対応にいたるまで当初の状況から大きく改善されていないことに鑑みて、社会的にも一定の役割を果たす意義があったと考えます。未来の人・生き物たちに一方的にツケを押し付ける原発に対し、反対の立場をとりながらも一基も止めることができなかった私たちは、その責任をいまこそ果たすべき時だと考えます。このメール・コミュニティを活用し、この国の原子力発電所を最後の一基まで止め、真にクリーンなエネルギーへの転換を図る日を迎えるため、また、子どもたちの被曝を少しでも減らす努力を怠らないために、ここに「いまここ『脱原発』基金」を創設し、このネットワークを軸に始まる精力的な活動を資金面で支援します〉

【42歳に】

6月3日は外来で、ステロイドを吐いたことをSC医師に報告。レブラミドが2錠に減らされました。帰路、よっちゃんの気功治療。お気に入りの家具屋さんで、改修後のやもめ亭に入れるチェアを探しました。
4日、42歳の誕生日を迎えました。蒔田さんの隣人宅で朗読劇の打ち上げが開かれ、岡さん、岡さんのパートナーのイルソンさん、蒔田さん、浅井さん、守田さん、山本久子さん、古澤亭さん・みつえさん、大内さん、佐藤さん、馬谷さん、杏さん、虫賀さん、元夫と参加。朗読劇を撮影したDVDを観て感想を述べ合い、宴の後はカラオケ大会に。栄里子さんも歌いました。「42歳。ええ歳」

7日は朝から頭痛。「筋緊張性の頭痛と思われる。肩の腱が張っている」。夜はやもめ亭で元夫と11日に行うビジルのキャンドル台をペットボトルで作成。「想ひのたけ　とうとうきた。プルトニウム検出！」を配信しました。〈天安門の日から22年目の6月4日に誕生日を迎えました。20歳の誕生日にあの赤の広場の装甲車の映像を見ていた覚えがあるので、それなりの齢を重ねてきたことになります。あのときの学生指導者でフランスに亡命した民主活動家ウーアルカイシ氏が同じ1969年生まれと知り、カレの22年間に想いを馳せました。さて、とうとう昨夜から（3号機搭載の）プルトニウムの検出についての報道が始まりました。ずっとワタクシが恐れつつ、すでに漏洩、拡散しているに違いないのになぜ公表も報道もされないか、ずっといぶかっていたプルトニウム。人類が作った最も毒性の高い物質と言われ、通説でよく言われるところは「耳かき一杯の致死量2万人」。いろんなタイプがありますが、通常言われているプルトニウムで半減期はなんと2万4000年。2万4000年生き抜いて未来の人たちに謝罪のできる人間は一人もいないのに（しかも毒性が半分に減るだけ）、よくぞこんな恐ろしい物質をタービン回すお湯をわかすだけのことに導入したものだと今更ながら震えがきます。以下、友人、守田さんの分析です。深刻度としては次のステージに突入です。（以下転載）〉

【渡月橋でビジル】

6月11日未明、「想ひのたけ㊸6・11さよなら原発！100万人アクション」を配信しました。〈友人たちに触発され、生まれて初めてプラカードなるものを作ってみました。フライヤーも準備しました。題して「さよなら原発渡月橋キャンドルビジル　6・11」。被災地に思いを馳せ、追悼と祈りの灯火をともして、渡月橋の上に知友とともに並んで立ってみようと思います。きょう、たまたま薬局（実家の漢方屋）にやってきた嵯峨野のお客さまがこの話に共感してくださり、「ボクも一緒に立ちます！」と言うてくださいました。おおお、いい感じだ。以下、いつものように守田さんの「明日に向かって」をどうぞ。

《守田です。（略）滋賀県高島市でも「さよなら原発　高島パレード　6・11」が行われます。（略）見事な水郷で有名ですが、それ以外にも琵琶湖を使ったさまざまな文化の名残を宿しています。（略）日本海側に敦賀の港がある。ここがもの凄く栄えていた。ここから大陸のお宝が入ってきて、わずかな陸路を経て琵琶湖まで持ち込まれる。（略）》《（略）平安時代、いやその前ぐらい（略）今の朝鮮半島や中国との往来の要所だった。（略）初期の日本王朝はこの経路から入ってきた知恵で国家を作っていった。（略）高島を起点に琵琶湖をめぐってみると、本当にたくさんの古の縁のものに出会います。（略）しかしその高島は同時に、もんじゅの直近であり、福井原発銀座の直近です》《かつてこの国の形を作り出した文化の入り口、敦賀は（略）太平洋ベルト地帯を中心とした「成長」の中でさびれ（略）街は過疎化し、古の文化の香りにも影がさし（略）そこに「原発」が入り込んできた。（略）電源交付金が落ち、異様な駅前商店街ができあがってしまった。誰も通らない立派なアーケード、誰も渡らない立派な歩道橋、アーケードの柱には誰も見ていないテレビが埋め込まれ（略）商店はどこもシャッターが下りている。（略）高島はそんな歴史をひっくり返そうとするエネルギーにも溢れています。水郷＝クリークを大事にして誇りにかえ（略）地元の農業を大事にし、学校が地元の農家のお米で給食を作っている。そのためここの農家の方たちは本当に丁寧にお米を作ってくれています。（実は今、我が家で食べている玄米もこの地域のものです）》《（略）そんな高島を守りたい！（略）ここが汚染されたらどうなるのか。琵琶湖も同時に汚染されるのです。推定2000万人を超える人が取水している湖です。世界最大規模です》《（略）琵琶湖を守りたい。そうしてこの国の由緒、歴史、その他さまざまなものを守り、次世代に、確かに渡したいです》《そのために高島で6・11が行われる。僕も飛んでいきたいところですが、そんな思いをおさえつつ、僕は予定通り京都市内を歩きます》《歩きながらきっと高島のことを思います。いやそうやって、色々な思いを胸に歩いている日本中の人を思うのでしょうね。そうやって互いに互いを思い合うのでしょうね》《みなさま。6月11日は雨だそうです。全国的に雨だそうです。雨の中。一緒に歩きましょう》→久々にてるてる坊主もつくりました。（あんどう）〉

夜が明けた6月11日。レコム総会で、新川さんと元夫に加え、杉本さん、大西さん、佐々木さんも出席。終了後に渡月橋へ向かいました。「さよなら原発」のボードを手にキャンドルに灯をともす「さよなら原発！渡月橋キャンドルビジル」。宇田さん、山本久子さん、古澤さん夫妻、藤井さん、守田さん、岡さん、イルソンさんも合流しました。ナビイも一緒。道行く観光客たちに静かに呼びかけました。「大成功!!」

13日、やもめ亭の改修工事が始まりました。15日、Yさんの鍼灸治療。メール・ラリーに投稿しました。〈「いまここ」にお招きすべき人物登場です。山中章《やまなかあきら》さん（某国立大、人文学部教授）。京都の乙訓地域で新聞記者をしていた時、タイヘンお世話になった人です。当時、山中さんは長岡京研究の最前線、向日市埋蔵文化センターにおられ、ワタシはこの方の贅沢なレクチャーを受け、がっつり育てていただきました。いまも年一回はいっしょに呑むんですが、最近、「想ひのたけ」と題して守田さんのメールを転送していたら応答をくださり、いまここ基金にもご賛同くださいました〉

16日未明、「想ひのたけ㊹6・11のご報告」を配信。〈イタリアの国民投票。圧倒的多数で脱原発が支持されましたね。（略）6・11に「さよなら原発！渡月橋キャンドルビジル」をやりました。40年ばかり嵐山に住んできましたが、渡月橋の上で三条大橋のようなフライヤー配りやパフォーマンスをしている人をワタシは見たことがありません。地元で行動を起こす、というのはそれなりに勇気のいることではありましたが、15人が参加。人力車の呼び込みのお兄さんたちと原発の話ができたり、信号待ちの車の中から「そのチラシください」と声をかけてくださる人があったり。想ひのたけをカタチにする6・11でありました〉

2011年6月11日、渡月橋のたもとでレコムの仲間たちとキャンドルビジル

いまここ「脱原発」基金のメンバーに報告メールを送りました。〈先週の金曜に通帳記入しましたところ、計60万円の入金を確認。たとえば末尾のような激励メールが届きます。うれしいです。（略）

「安藤栄里子様　しばしのご無沙汰です。渡月橋・宴会の写真で、愛犬ちゃんを連れた笑顔を拝見しました。（略）本日、2口を振り込ませていただきました。守田さんの『僕なら、できるだけ遠くに逃げる』（だったかしら？）から今日まで、お三方をはじめ『いまここ』の皆さんからの情報や解説や呼びかけなどに知識と勇気をいただき、時には気落ちもし、私なりにこの3カ月を乗り切りました。（略）3・11以降、こんな日々を迎えてしまった時代に、『いまここ』の仲間であることを心から感謝しています。ありがとうございます。これからもよろしくお願いします」〉

【腫瘤再び増大　日本の医療への懸念】

6月16日は久しぶりの神経内科の外来。軽乗用車「おに

ぎり号」を運転して出かけました。「頚部と上腕の筋力がわずかにレベルを落としていた」。帰路、元田中にあるうどん屋さんできつねうどん。よっちゃんの気功治療も受けました。17日は血液内科の外来。エコー検査の結果、肝臓の腫瘤が増大していました。「ＳＣ先生の深刻な表情」。肝機能の数値に影響は出ていませんでしたが、直径4・5センチの腫瘤などが見え、腎臓の裏側にも再び現れていました。「やはりステロイドは再開しなければなるまい」。夜、岡さんが嵐山に来訪、12月に朗読劇の再演計画があると相談されました。むすびカフェで食事をし、近くのバーにもハシゴして話しました。18日、4日間のステロイドとレブラミドを開始。19日未明、基金の選考委員にメールを送りました。〈山羊飼い仙人の中嶋周さんから高島市での放射性物質の検出の問題が指摘されていましたね。全国で始まっている市民によるホットスポット検出調査によると、地べたに近いところほど放射性物質の値は高くなっているのに、ほとんどの既存のモニタリングポスト（あるいは、公的な調査の多く）が、もっと高いところで測定されている。地べたと1メートル、ましてや4メートル以上高くなると数値は全然違ってきます。それで安全宣言を出されてもなあ……と懸念しています。そういう意味では、地べたの草を食んでいる山羊のミルクの検査データはそれなりに意味のあることかもしれません。この調査費を「いまここ『脱原発』基金」から工面する、という案はいかがでしょう〉

19日はパソコンの整理。広島原爆で被爆しながら他の被爆者の治療に当たり、内部被曝の問題も指摘してきた医師の肥田舜太郎さんに守田さんがインタビューするとの書き込みを受け、メール・ラリーに投稿しました。〈すごいなあ。守田さん、いろいろと「縁」を引き寄せていますね。《役割の一つに、えりえりの闘病記を聞き取り、まとめることも入っています。今後、多発性骨髄腫をはじめ、さまざまながんとの闘病が不可避的に増えるだろうからです。またそれにタイアップした医療の社会的強化も必要であり、その意味で医療問題への考察を深めていくことも問われます》。ところが、「医療の社会的強化」どころか、現場はひどいことになっていますよ。若年で被曝すると、働き盛り、子育てど真ん中世代で発病する可能性が高い。その患者群の多くは社会の労働力からこぼれ落ち、ともすれば納税者にもなれない。その上、莫大な医療費を長期で消費する集団になる可能性がある。ジブンがそこにいるので、ジブンみたいな患者がわんさか増えると、国家の医療システムを破綻させてしまうのではないかと心配なのです。現場で感じるかぎり、ドクターをはじめとするスタッフの一人あたりの仕事がどんどん増え、本当にタイヘンそうです。昨日もエコーの最中のこと。冷たいジェルをお腹にしぼり、エコーのスキャナーをワタシの腹に載せたまま、ドクターは手を止めて、着信電話で15分間の会話に対応していました。腹はどんどん冷えてしまい、ワタシはトイレに行きたくなりました。でもその体勢では身動きがとれません。とほほ。ドクターの方も電話を漏れ聞くかぎり、急ぎなんですよね。電話の向こうで細かな指示を仰がれて、対応せざるをえない。こういうことが現場現場にたくさん散らばってきています。そして、そう遠くない将来、もっとタイヘンなことになると予測しているのです。右肩上がりの幻想を捨て、きちんと信頼できる政府をつくって、税金をそれなりにとられてもいいから、将来不安のない国になってくれる方が、人びとの安心感、信頼感は高まるんじゃないか。守田メールを読みながら、そんな風に感じたことであります。おまけにワタシなりの痛快な話をひとつ。最近、通院のたびに事務長室に呼ばれ、内部のミーティングに参加するはめに。どうやら意見箱に書き続けたいろんな提言が事務長の目にとまり、「この患者を見つけてこい」と末端に指令が出たのだとか? 病院改革に意見をくれ、と言われ、知らぬ間にボランティア・スタッフにされている（汗）。貴重な経験をさせてもらってると思ってたのしんでいます〉

この日はつばめにもメールを出しました。〈なんとなく、みなさんのお顔が恋しくなり、とりとめのないメールでも流そうとしたところ、がつんと後頭部を殴られるような愛さんのメールが届きました。みつえさんの問いかけもグッと息をのみました。《今年9月の国連総会で国連加盟を目指すパレスチナに対して、日本が否決もしくは棄権しないように呼びかけできないかとも思います。（略）……》。前回、イスラエルのガザ攻撃を「戦争犯罪」と断罪した国連決議を棄権していた日本の外務省。以前、つばめのみんなで手紙を書いた京都選出の旧外務副大臣は、いま官房副長官ですね。また、手紙でも書きますか？ 市民は見ているよ、というアピールはやっていいと思います。一連のこの朗読劇づくりに関わらせてもらうようになり、ワタシにとって縁遠かった中東へのアンテナが一つ、ジブンの中に立ったのは確か。革命を成したエジプトとの国境の検問所の扉が開いたこと、オバマの談話……そういうこともウオッチしていきたい、という気持ちが根付いたのはこの朗読劇に参加させてもらったおかげです。お恥ずかしながら、いまさらのように世界地図も新調しました。また、お目にかかりましょう。合宿もしたいです。そして12月には……再結成もあり得るかもしれません。あの経験を共有した仲間として KEEP IN TOUCH でお願いします〉

【小水力発電　論楽社で古谷さんを囲む】

6月20日、郵便物や医療申請書などを整理。22日、「想ひのたけ」を配信しました。〈茶人の新居万太さんから沖縄「慰霊の日」に寄せる「想ひのたけ」が届きました。（略）ワタクシも昨年の新緑のころ沖縄をたずね、普天間のフェンスに鼻を押しつけて、佐喜眞美術館の風に吹かれました。基地から「コ」の字を削るように佐喜眞さんが取り戻された土地に、基地に向かって建てられ（略）芸術が芸術として極限の状態で仕事をしている美術館でした。毎年のように、というにはあまりに乱暴です。2011年6月23日には今年の感情がワタシの中にもたくさん去来しました。（略）万太さんの「想ひのたけ」をお借りします。カラダにヒタヒタとしみこませて、また明日に向かうチカラにさせていただきたいと思います（略）（以下転載）〉

続けて古谷さんにメール。〈「いまここ基金」入金、完了。朗読劇に参加してくれた学生さんの大内雅子さん、スタッフとして働いてくださった馬谷修さんのお二人になにがしかのお礼をと思い、ブックレットを送っておいたら、丁寧なお手紙が届きました。26日に論楽社にお邪魔して古谷さんのお話を聞いてみたいと書かれていました〉

そして26日、論楽社で古谷さんの小水力発電の話を聞く集いへ。関西一円から参加者があり、栄里子さんは協議会のようなものの設立を提案しました。これは翌12年の9月、関西広域小水力利用推進協議会が発足するきっかけとなります。28日、「想ひのたけ㊿滋賀県高島市内の放射線値」を配信しました。〈小水力発電をはじめとする日本の国土に適した〝自然エネルギーの可能性〟についてがっつりお話を聴いてきました。府内はもちろん、兵庫県や滋賀県から「水」を見つめてきたたくさんの方が集い、車座で意見交換。水の力、そして共同体の再生……ただ、原子力に替わる電力としてのエネルギーのカクホではなく、食糧自給や高齢化、農村の後継者問題など、いろんな角度で地域の〝もやい直し〟と連動した近未来の資源活用の姿をアック論じ合ったのでした。持続可能、ジブンたちでコントロール可能なエネルギーを取り戻したいと模索し、また、すでにいろんな行動を起こしておられる人たちがたくさんおられることを実感し、胸が高鳴りましてございます。おとなり、滋賀の高島市内の放射線値を守田さんが測りに出かけました。この行動力。アタマが下がります。では、どうぞ。（以下転載）〉

30日、「想ひのたけ㊿広島では3年後にぶらぶら病と白血病、7～8年後にがんが目立ち始めた（肥田医師）」を配信しました。〈猛暑だ、熱中症だと大騒ぎしているけれど、「実は今年は冷夏なんじゃないの?」と姉が申します。なんでも、すでに夏毛に抜け替わっているはずの柴ワンコがまだ冬毛のまま。このまま文字通りの夏本番に突入したらどうなってしまうのか。うちの柴犬がついうっかりしている、というわけではないと思うけど。ようやく一般のメディアでも「内部被曝」について、さまざまな警告が目に触れるようになってきたと感じますが、はっきり言って遅いですね。ここではしつこく繰り返し、勉強してまいりましょう。(以下転載)〉

【入院】

7月1日の外来でのエコー検査で肝臓の腫瘤は直径6センチに増大。6日から入院となりました。「DCEPもしくはRAD(レブラミド、アドレアシン、デキサメサゾン)の抗がん剤に入る方針を検討」。新川さんからジョルダンさんと嵐山を訪れる相談メールがあり、未明に返信しました。〈新川さん　おかえりなさい。ところが、うーん。残念なおしらせがあります。入院が決まりました。肝臓の腫瘤が急速に大きくなりはじめていることがわかり、すぐにでも、というお話。新規薬剤にも耐性ができてしまった、ということなんだと思います。何が悪かった、ではなく、ここまでそれなりにうまく凌いでこられたと思っていますが、医療の限界をつきつけられるのは、いちいち残念です。もう何度繰り返した光景かわかりませんが、この瞬間だけは、慣れたくないし、慣れないです。抗がん剤はもうやりたくない、というのがホンネですが、これまでも病勢に勢いがあるときは、ほかの手段でどうなるものでもなく。悔しいです。治療効果が最大限に出るように、がんばるのみです〉

やもめ亭の改修を依頼していた譲二さんにもメールを送りました。〈残念なことに水曜からまた入院しなくてはならなくなってしまったのです。せっかく、何よりたのしみにしていたジョージさんとの改築プロジェクトが始まったばかりなのに。ジョージさんには面倒なことで申し訳なく。壁紙候補は、昨日、駆け足で寺町通りで見本に一枚ずつ調達してきました。月曜にでも持って参じます。病院にはオオタさんが2日に1日は顔を出してくれる予定なので、その折、キメを打つべしものは託していただけると助かります。入院から一週間半くらいは検査と治療で身動きがとれないと思いますが、パソコンも持ち込むつもり。取り急ぎ、平なるお詫びとお願いでございます〉

新川さんからメールがありました。〈エリちゃん、また合宿ですね。太田さんからすぐメールがありました。あなたがいつも元気そうにしているので、ついこちらも安心してしまって、また治療が始まる、という話を聞くてとてもうろたえてしまいます。私が想像できないほど大変な思いを再びしなければならないけれど、きっと今度もあなたは乗り越えて、一層豊かになり、私たちをつないでくれることを信じます。（略）私たちがいる間、お見舞いがゆるされるといいのだけれど。（略）〉

3日、新川さんに返信。〈ワタシは気分転換させてもらうつもりで気持ちを切り替えなくちゃと思います〉。「想ひのたけ㊷原発再稼働の条件は何一つ満たされていない！」も配信しました。〈お届けしたいメールがほかにもたくさんあるのですが、ジブンも読み切れなかったり、消化できてなかったりで、3・11以降、なんだか遠心分離器の中にいるような？気分。それでも「地方交付金をおくれ」という佐賀県知事には「ほんまかいな」ですが、ココは大事な押さえドコロに違いありません。ひとつ再稼働を許すことでドミノ式に、というのが推進したい人たちの青写真。そんな甘ないで、というところを見せたいものです。（以下転載）〉。続いて「想ひのたけ㊸玄海原発、現場に近いところから」も配信しました。〈先日、寺町通りの紙屋さんを物色していたら、入社当時の編集局長に声をかけられました。無防備な物色中の横顔を観察されていたやもしれぬと思うといささかオロオロ。食べ物屋さんじゃなくてよかったよかった。さて、先の守田メールに対するこれまた友人の足立力也さんの応答です。この間の玄海原発がさらされている状況を逐一、報告してくれています。（以下転載）〉

この日、入院の準備をしました。「状況を受け入れようと葛藤する自分がいる」「泣きたい気持ちも、母を、ナビイを案ずる気持ちの前では複雑にからまったまま」「ナビイのぬくもりだけが確かな手応え」

6日、午前中はナビイとゆっくり過ごし、午後に入院しました。「すべてがうまくいっている。そう言える明日を引きよせよう」

ところが翌7日になっても「治療方針が明確には定まらず」。8日、上腹部のCTとマルク検査。治療はRADの方向となり、アドレアシンとデキサを4日間継続投与することになりました。

9日はナビイの誕生日で、早速ですが外泊。ナビイと新川さん、ジョルダンさん、山本慎一さん、元夫と、やもめ亭で一緒に食事できました。ハモ、タコ、鉄板焼きをつまみました。10日、元夫の車で昼前にいったん病院に戻り、マルク後の消毒を受けて再び外出。犬連れOKのカフェでナビイも連れて食事しました。その後は蒔田さんと合流し、北白川のガーデンショップへ。元夫とペレットストーブのショップにも行き、夜は外泊して母と食事しました。

11日。朝、新川さんたちにあいさつしてから病院へ。「ガンプ（元夫）が献身的によくしてくれる」。午後、大腿部にIVHを入れました。栄里子さんの寄付でリニューアルした待合スペースが完成していました。夜、メール・ラリーに「蹴上発電所」と題して投稿しました。〈書き込みラッシュ、すごいですね。どれもこれも分厚すぎる内容。ワクワクします。先日、古谷さんを囲んだ再生可能エネルギーの学習会＠論楽社で、京都の蹴上にある水力発電所の話が出てきました。ほどなくして中日新聞文化面に『歩いて楽しむ京都の歴史』を連載中の山田邦和さん（同志社女子大学教授）から、山中章さんとワタクシに飛んできたパスがこれ！　この「蹴上発電所」を紹介する記事であります。この蹴上発電所のコンセプトは、農業用水として琵琶湖から人工的に引いた疏水の水をも発電に使っちゃおう。この徹底した有効利用の水力発電をこんな京都の街なかでやってのけ、日本初の路面電車まで走らせた、と。しかも、その赤煉瓦の発電所は120年後のいまも現役で仕事をしている。戦時国家体制の下で電力会社は9つの大きな配電会社に統合されて現在に至りますが、昔は日本各地に小さな発電所が点在し、その土地その土地に適した発電が行われていたのでしょう。いまより発電所自体が人びとの暮らしに近いものであったと推測します。造った技師が束になっても制御不能なんて代物ではなかったろうと思います〉

【治療開始】

7月12日、抗がん剤治療のRAD開始。「初日、上々。食欲もOK。ステロイドのおかげもあり、元気あり」。SK医師が見舞いに来られました。13日は「胃に膨満感はあるものの食事はよく入る」。パソコンに向かって「想ひのたけ」を配信。夜に痺れが増しましたが、譲二さんにメールを出しました。14日顔、まぶたのむくみと痺れがひどくなりましたが、食欲はあり。「テレビは祇園祭の宵宵山。パソコンに向き合い一日が暮れた」。15日、RAD4日目。顔と足の浮腫が進み便秘も。患者仲間のHさんと元夫が来訪。窓の外は満月でした。「おだやかな一日。シャワーをあびたい」

16日、午前10時35分にRADが終わり、丸4日間の点滴から解放。外泊が認められ、元夫の迎えで帰宅するとナビイが飛びついてくれました。

17日夜、病院へ。痺れはひどく「何もかもが空に浮いたよう」「確かな感覚がほしい。確かなコトバ、確かな実感」。18日はパソコンに向かうものの「所在なく、どこかに苛立ちの種」。19日、指先の痺れを緩和する薬、リリカの服用を開始。20日は朝からぼんやりして、リリカの副作用と思えましたが、「指先の痛み痺れを分類して認識できている気がする。痛みに一枚ベールができたよう。これならガマンできそう」。21日、お店のニュースレター原稿を執筆しました。

22日、エコー検査で肝臓の腎臓裏の腫瘤はほとんど縮小しておらず、「残念。この先、1コースの終わりまでにどう推移するのか、しっかり見極めたい」。

24日、胸肋部に骨痛があり、温湿布で対処。元夫の迎えで外泊し、25日はニュースレターの編集作業とシャワーに洗濯もして「帰院準備にパタパタ」。夕方、蒔田さんが迎えに来て、互いの母を交え4人でお寿司を囲む夕食。病院へはドライブ気分で戻り、「楽しい夜になった」。

26日、ステロイド投与を始め、ニュースレター編集に専念。27日、薬局桂店の薬剤師の香世さんが見舞いに訪れ、「たくさんの話を聞いていただく」。ステロイドで元気があり、「想ひのたけ㉛ボランティアさん大募集@京都YWCA」を配信しました。〈京都YWCAで働いている友人の井上依子さんが発信してくれました。夏休みに入った福島の子どもたちを招いて約2週間にわたる京滋でのホームステイをするそうです。で、ボランティアさん大募集。何かできることをと思ってチャンスのなかった方、お時間のあります方、ございましたら、ぜひ！　また、7月30日の京都YWCAでのイベントのご案内も。あんどうもビビン麺を食べに行きたいけど、合宿明けはもうちっくと先になりそう。（以下転載）〉

28日、北上田さんが来訪。京都新聞の先輩のH記者が新聞労連委員長に選ばれ、元社会部長が定年を迎える話などを感慨深く聞きました。「時間は流れているのだな」

29日。体調は安定していましたが、次も同じコースでいく方針を示されて戸惑い。「効いてこその続行。1コースの全体評価が待たれる」。「想ひのたけ㉜放射線の健康への影響について（児玉龍彦教授国会発言）」を配信しました。〈友人の守田さんの渾身のノートテイクを紹介します。国会での児玉教授の提案は実に具体的な内容です。いっしょに再検証してみましょう。（以下転載）〉。30日は外泊し、薬局のニュースレターを完成。口内炎がひどくなり、食事が辛くなっていました。31日は実家で母とナビイと過ごしました。

8月1日、「想ひのたけ㉝児玉龍彦さん発言の補足資料です……」を配信しました。〈口の粘膜が口内炎で腫れ上がっています。免疫力が低下している一番わかりやすいサインです。治療の副作用なので仕方がありませんが、みなさんも、この夏、口内炎ができるようなことがあったら、しっかり睡眠をとって英気を養ってくださいね。放射能禍の中を生き抜くには、やすやすと口内炎なんぞ作ってたらあきませんで。さて、児玉教授の発言が大変注目されています。続報、お届けします。〈以下転載〉〉

2日は母が来訪。「桃をむいてくれた。話は繰り返しばかりなれど、こういうとりとめのない話の相手がほしいのだと思った」

【米国留学での被曝について】

8月3日、松平さんのメール「放射性物質によるコメへの影響と国内外の食料問題を考える」に返信しました。〈たいへん貴重な情報をありがとうございます。安全な食の確保、ほんとうに深刻です。勉強させてもらいます〉。4日、米国留学時代の被曝のことを書きました。自らの骨髄腫の原因に迫る内容でした。

〈2011年8月4日　どこかで書かねばと思っていたことを今日は書きます。1985年9月のことでした。当時、高校1年生。16歳だったワタシは、なんだか心許ない小さなプロペラ機でアメリカ中西部の小さな田舎町に降り立ちました。乾いた風。広がる地平線。まっすぐに伸びる地道は車が通るたびに土埃でかすみ、どの車もフロントガラスには潰れた羽虫がたくさん張り付いていたのを鮮烈に憶えています。英文法の関係代名詞もまだ理解していないワタシを最初に受け入れてくれたのはちょっと愉快なモルモン教徒の6人家族。この子ども部屋の二段ベッドの一段を借りてワタシのホームステイが始まりました。

まもなく新学期が始まり、ワタシは生徒数100人足らずの地元の州立ハイスクールに通い始めます。幼稚園から高校までが一つになったスクールゾーンは家からわずか1ブロック先にあり、ワタシは毎日、歩いて通学していました。しかし、学校は初めての留学生に戸惑い、どう対処してよいかわからず、といったパニックぶり。間違いなくワタシの方がパニックであったとは思いますが。集落のメインストリートには紺色のペンキで外壁を塗られた小さな小さなポストオフィスと、キャンディーや洗剤などの生活雑貨を並べた小さな共同ストアが一軒。そして西部劇に出てくるような薄暗いBARが一軒。本屋もビデオ屋もない、ティーンエイジャーには退屈な町でした。

1985年10月、留学先のアメリカで

ただ、その町の夕暮れの美しさといったらなかった。遠くに見える山の端が紫に染まり、その周りを、光を抱いた濃淡の橙色が覆うのです。身動きできないくらい鮮やかな夕焼けでした。やがて漆黒の闇がやってくると満天の星が降り、その中を飛行機の赤いランプが点滅しながら飛んでいくのが見えました。時折、〝六甲おろし〟ならぬ〝ロッキーおろし〟が砂埃を巻き上げて、突風のように吹きすさぶその乾いた町でワタシはクリスマスを迎え、チャレンジャー号の打ち上げ事故に悲鳴をあげ、チェルノブイリのニュースに言葉をなくし、フットボールとバスケットボールの応援バンドに参加しながら一年を過ごしました。近くの酪農家でミルキングの仕事をしていたホストファーザーの持ち帰るミルクを飲み、地元産のアイダホポテトとビーツの塩漬けを食べながら。

あれから25年が経ちました。昨年（2010年）12月の深夜、ワタシは偶然にNHKスペシャルの再放送にチャンネルを合わせます。タイトルは「私たちは核兵器を作った」。アイダホ州に隣接したコロラド州のボルダーの近くにロッキーフラッツというプルトニウムの加工工場があったことが淡々と紹介されていました。ワタシが過ごした80年代には工場で爆発寸前の危険な事故が多発していたことが当時の工場の責任者の証言として語られていました。米国のエネルギー省の管轄ながらFBIが捜査に入った事実もあったほど、深刻な土壌と大気の汚染が指摘されていたとも。

これらの事実は当時はトップ級の軍事機密。情報が公にされたのはずっと後のことで、施設は閉鎖され、解体するしかないのですけれども、それもままならずと。番組は、当時そこで働いていた労働者たちの多くが現在、さまざまながんと闘いながら「負の遺産を記録しなければ」と博物館の創設運動を始めた、ということを丁寧に伝えていました。

ワタシの過ごした町は、このプルトニウムの加工工場のあったロッキーフラッツから600キロばかり離れています。しかし、同じくロッキー山脈の西側に位置し、時折、頭髪が砂埃でガシガシになるような突風が吹き、雨も雪もたくさん降りました。

放出されたプルトニウムは、雨や風によって、どこまで運ばれたのだろう。兵器工場から漏れ出したプルトニウムの核種と16歳のワタシの内部被曝の可能性を証明する手立ては何もありません。でも、ワタシはそこで「多発性骨髄腫」という骨髄の病を得たことに初めて「合点がいった」のです。日本で多発性骨髄腫を発症する患者は「10万人に3人」といわれ、現在1万3000〜4000人の患者がいるといわれています。いまでこそワタシと同世代の患者も少なくはないようですが、発病した8年前、ワタシは34歳。「日本骨髄腫患者の会」にアクセスした患者の中の最年少患者だったことも気になりました。

東日本大震災後、収束からほど遠い福島を見守りながら、改めて放射性物質のプルトニウムの特性についておっかなびっくり紐解いてみました。他の放射性物質と同様、呼吸器または消化器から取り込まれたプルトニウムが代謝されずに体内に残留してしまった場合、その核種の破片は最終的に「骨」と「肝臓」に蓄積する、とありました。ワタシのがんは骨髄腫。いわゆる血液をつくる「骨」内の骨髄液に腫瘍をつくり、骨溶解と免疫不全を引き起こす難解な病です。しかし、同時にワタシはなぜか肝臓にも〈骨髄腫由来の〉腫瘍を抱いています。偶然なのか必然なのか。これも因果関係を立証する手立てはありません。でも、ワタシの直感を否定する手立てを持つ人もまた誰一人いないいんじゃないか、と思ったのです。

「ただちに健康への影響はない」とは繰り返し耳にした言葉なれど、ワタシは米国の田舎町で過ごした年から18年後、突然、全身各所に圧迫骨折を起こして倒れました〉

【8月の日々】

8月5日、エコー検査を受けました。腫瘍は「全体的にひとまわり縮小しているが、数は減っていない。現在10個以上ある」とのことでしたが、「週明けの帰宅は叶いそう」。「想ひのたけ⑥⑤原発は核開発の副産物（上）」を配信しました。〈守田さんが以下に紹介するNHKスペシャル、ワタクシも本放送で見ました。ヒロシマ、ナガサキの原爆投下後、いろんな科学者がやってきて克明に被害調査を行った。けれど、被害者の治療にそのデータが生かされることはなかった、と。あすは8月6日。（以下転載）〉。メール・ラリーにも投稿。細川先生が講演するイベントの案内で、元夫が書いた新聞記事を貼り付けました。〈7月上旬から鞍馬口御殿で〝夏の強化合宿〟に入っています。少なくとも9月半ばまでは「籠の鳥」（袋のネズミ説も）で、合宿所の8階フロアから京都の街を眺める生活が続きそうです。どこにあっても、取るに足らないことながらも困ったことはあるもので……時々、隣の部屋（男性部屋）のおっちゃんがトイレの後に間違えて入ってきては、ざざっとカーテンを開けるのが目下、ワタシのいる6人部屋に浮上している問題。ちょっと認知症が始まっているらしく、何度看護師に叱られても間違えて入ってきます。きょう、目印に熊ちゃんのぬいぐるみを入り口にぶら下げてみました。これでもおっちゃんは入ってくるか、実験中。ワタシは病棟でもパジャマは着ませんが、見知らぬパジャマンボの人びとと洗面所でいっしょに歯磨きしている時などはとても不思議な感覚。ほんと、合宿なんですよね。さて、下界のことが気になりながらも飛んでいけないもどかしさ。とはいえ、想像力の翼を強く鍛えるそんな合宿になればと思います。あすは8月6日。行けないけど、ピースムービーメントの上映会、細川先生登場でーす。

［映画＝豪先住民族の生活、鉱山開発が破壊　6日上映／京都］関西電力など日本の電力会社が間接的に出資したオーストラリアでのウラン鉱山開発が、現地の先住民族アボリジニの土地と生活を傷つける問題を描いたドキュメンタリー映画の上映会が6日午後6時半から京都市下京区の「ひと・まち交流館京都」である。この問題に90年代から取り組み、映画の日本語版を監修した細川弘明・京都精華大教授（文化人類学・環境社会学）が上映後に講演する。映画は「ジャビルカ～私たちの電気がアボリジニの大地を壊す」（98年、53分）。同国北部のアボリジニの領土で、世界遺産に指定されたカカドゥ国立公園内のジャビルカ地区で90年代後半から始まったウラン鉱山開発に対し、「聖地と人権の侵害だ」と訴え反対するアボリジニの活動を描く。採掘されるウランは日本へ輸出され原発で使用されることもあり、日本でも細川教授らが反対運動を展開してきた。上映後に細川教授が「ジャビルカとフクシマに向き合う　なぜ私たちはヒロシマ・ナガサキを生かすことに失敗したのか」と題して講演する。（略）〉

6日は広島の原爆の日で「平和記念式典からテレビを見呆ける一日」。7日は「オープン・ホスピタルの日」で理学療法士にリハビリ相談。「足をそろえて立つ、座るの動作が歩行筋を鍛えると。1日30分の歩行が理想。上腕は負荷をかけラジオ体操第一。頸筋は仰臥位でへそ見でOK」。8日、薬局の店番のため外泊許可を得てタクシーで帰宅。急いで洗濯をし、母と過ごしました。

9日、元夫と琵琶湖畔にあるペット連れOKの温泉旅館「きくのや」へ。ナビイを連れて何度目かの訪問で、大原を抜け、途中越《とちゅうごえ》を通って琵琶湖岸の和邇へ降り、松の浦の浜へ。「ナビイと元夫が泳ぐのを見守る。うれしそうな彼らをみながら幸福感」「よく飲み、よく食べる。やはり琵琶湖はいいなあ」

2011年8月9日、琵琶湖の浜でナビイと

10日、京都に戻り、いったんやもめ亭へ。夜に片岡君と藤松さんが日本海の魚を持って来訪し、栄里子さんも少し食べてから元夫の車で病院へ戻りました。11日、RADの2クール目開始。「副作用は特になし」。患者仲間のKさんが来訪し、ビ

タミン療法の話を聞きました。

12日、「想ひのたけ㊻岩手県大槌町に自転車を届けに行きます!」を配信。〈口内炎が収束し、おかげさまでまた食事がいただけるようになりました。治療の合間を縫って、気分転換にイヌコロと湖西でちょこっと遊ばせてもらい、一昨日より2コース目の点滴治療が始まりました。96時間の持続点滴ですので、15日の朝までは点滴ルートとそれを送るポンプの電源コードにつながれた少々不自由な環境ではありますが、予防的な嘔気止めの投与や細やかなバイタルチェックで、副作用はいまのところうまくコントロールしてもらっていると思います。守田さん、こんどは被災地に自転車を届けるプロジェクトの呼びかけです!(略)被災地に自転車を送るプロジェクトがいよいよ第2回目の活動に入りました。提供できる自転車がおありの方、ぜひ、13日、14日にお届けください〉

13日、RAD3日目。むくみが出て利尿降圧薬のラシックスを服用。肥田医師への守田さんのインタビューが岩波の雑誌『世界』に掲載されたことを紹介する「想ひのたけ㊾腹を決める!開き直る!覚悟を決める!(肥田さん談—『世界』9月号)」を配信しました。〈今朝も〝下界〟は暑そうですね。6000人の被爆者を診察してこられた肥田舜太郎医師(94歳)へのインタビュー記事が8日から書店に並んだ岩波の『世界』9月号に掲載。インタビュアーは守田敏也さんです。米国の軍事機密として過小評価されてきた放射性物質による「内部被曝」。しかし、どんなに米国とこの国の政府が隠そうとも、肥田さんは臨床で6000人を診る中で、その兆候と推移を否応なく見てこられた人です。そして、それらと同じことがすでに福島第一原発事故以降、被災地を中心に見られています。肥田医師は米国の核兵器工場や核実験による放射性物質禍をつぶさに調査した米国の研究者の著書を翻訳する中でたくさんの共通点を見いだし、裏付けを実感されていくのです。内部被曝のなんたるか、から急ぐべき日本の医療の課題、「差別問題」、そしてワタシたち日本中の市民の心構えに至るまで、その指針が丁寧に綴られていました。ぜひ、みなさんにも、とっくり読んでいただきたいなあと思う記事でした。(以下転載)〉

14日、まぶたの重さやだるさは解消しましたが、「モチベーションあがらず、一日ふなふな」。「想ひのたけ⑳子どもの白血病を乗り越えてきたお母さんから」を配信しました。〈半径3メートルの話題で恐縮です。夜中に点滴の輸液ポンプのアラームが鳴って周りの人の安眠を邪魔せぬようにと気を遣います。が、見渡すとどのカーテンの向こうも大いびき。ジブンも知らないだけで寝ている時はガガガッってやってたりして（汗）。守田さんが紹介してくれる白血病の子どもさんも見守ってきたお母さんの言葉、どれもワタシの胸に落ちました。ジブンも経験した治療を、まだ十分な「免疫」を獲得していない小さなカラダで受けとめ、立ち向かってこられた。二人三脚で乗り越えられたお母さんの生の声です（以下転載）〉。「想ひのたけ㉑こんな友人もいます」も配信。〈福島第一原発の事故を受けて、いち早く政治に動きを見せたのがドイツとスイスでしたね。国のエネルギー施策の方向を「脱原発」に転換する、と国際社会に明言。牽引したのが「緑の党」でありました。ワタシの理解によると、「緑の党」は、とどのつまり「平和構築」を理念のど真ん中に置いている政党で、その理念は世界中の「緑の党」が共有しています。でも、日本にはまだ、ないんです。なぜか、日本にだけ、このグリーンズの理念を掲げる「政党」が。足立力也さんとは20年近くのおつきあい。先日、オーストラリアの「緑の党」に乗り込み、19日夜、出町柳のカフェ「かぜのね」で報告会が組まれました。（以下転載）〉

15日、「想ひのたけ㉒日本の森と環境破壊と放射能汚染」を配信しました。〈しばらく夏休み？をいただいておりました。なんて言っている間に季節は変わろうとしてますね。紫明通りの並木の銀杏が枝を揺らしながら早くも黄色くなりたがっています。急に配信が止まり、ご心配いただきました方々にお詫び申し上げます。次の治療方針をドクターと相談し、そのことで頭がいっぱいになっていて、たくさん届く知人友人の大切な配信にも目を通しきれずにおりました。その間にも提供された１６０台もの中古自転車を10トントラックに積み、仲間とともに東北の被災地に届けた守田敏也さんの胸を打つ報告なども多数受け取っているのですが。ま、今後も可能なところでおつきあいくださいませ！（以下転載）〉

16日。病棟から送り火をみました。８階からの眺望は素晴らしく「正面に左大文字。妙法も堪能。静かな美しい夜だった」。17日、外泊で帰宅しましたが、「痺れと硬直がひどく、何もできないのがもどかしい」。それでも18日は軽自動車「おにぎり号」を運転して母を連れ出しました。「骨に痛みがあろうが、気分を変えて買い物には行ける。どんな日常の中にも楽しみは見い出せる」

19日、田中愛子さんに病院に来てもらい、いまここ基金について相談。20日、微熱があり、痺れも増悪。21日、元夫の迎えで外泊。やもめ亭に寄ってから上桂にあるお気に入りのレストランへ出かけ「満足なり」。24日、エコー検査。浅井さんが見舞いに来訪。25日、治療と病勢が拮抗しているとの検査結果でSC医師はベルケイドの追加を提案し、ステロイド投与を始めました。そんな中でも世界へのアンテナは張り続けました。「リビア、首都トリポリを国民評議会が制圧」

26日、母と元夫が来訪。27日、よっちゃんが出張治療、蒔田さんも見舞いに来てくれました。リリカを2錠に増やしたところ夜に転倒。28日は元夫が親子丼を差し入れ、一緒に食べました。

29日、IVHを抜き、点滴から解放されてシャワーを浴びました。この日は民主党代表選で野田氏が新首相に選ばれました。「組閣が楽しみ」。30日、クリーンルーム措置が解除されました。31日、譲二さんの迎えで外泊。「体調ふわふわ。筋力低下」ながらも途中でうどんを食べ、亀岡にある輸入材ショールームへ。やもめ亭改修用のテラコッタを購入し、帰りに喫茶店で見積もりの内訳を説明してもらいました。「丁寧な人。感謝。疲れたが充実した一日になった」

【腫瘤増大、再びベルケイド】

9月1日、おにぎり号を運転して買い物へ。夜、元夫に送られ病院へ戻りました。2日、CTの結果、肝臓の腫瘤は増大。GOT53、GPT108。ベルケイドを加える可能性が高まりました。「考えることが辛く、眠ってしまいたくなる。夜、元夫が来訪。話をきいてくれた」。SK医師にもメールを送りました。

3日夕方、プリンを持って元夫が来訪。夜、母に電話してランチに行く約束をしました。4日、泊まり勤務明けの元夫の迎えで外泊。実家で母と合流し、買い物に出かけました。

5日、元夫とナビイを連れて再び琵琶湖畔の「きくのや旅館」へ。台風一過で、和歌山で甚大な被害が出ていました。京都に豪雨被害が少ないのは紀伊山脈が壁となってくれるからだと思いを馳せました。また、その晩、元夫に「なぜそこまでしてくれるの?」と問うと、「君が一番大事やと思っているからや」との答え。「とてもうれしいと素直に思えた。ありがとう」

6日、胸椎を圧迫すると違和感がありました。7日、入院中の担当のO医師と面談。元夫も同席しました。レブラミド、アドリアマイシン、デキサメサゾンのRADを2コースした結果、右の腎臓の横の後腹膜にあった腫瘤は縮小しましたが、左の腎臓の横の後腹膜にあった腫瘤は若干拡大。このまま大きくなると胆管を圧迫したり、肝臓の末梢で詰まったりする(黄疸が出てくる、肝機能の数値が上がる)。すでに肝臓の半分近くが腫瘤になっているかもしれないとのことでした。今後の選択肢はサリドマイドかベルケイド、レブラミドとエンドキサンの併用。ＳＫ医師に教えてもらっていた新薬のベンダムスチンについて尋ねると、低悪性度ＢＥ細胞性リンパ腫とマントル細胞性リンパ腫に7月か8月に保険適用になったばかりで骨髄腫は適用外。ドイツから個人輸入で取り寄せられるが、時間がかかるとのことでした。一方、ベルケイドは副作用を弱めるため皮下注射（普通は静脈注射）もありえるとのこと。ビタミン大量療法は自由診療なら可能とのことでした。

8日、個室に移動。ＳＣ医師の回診でベルケイドを減量して皮下注射することに決まりました。

9日、朝にシャワーを浴び、午後は4時間かけて洗濯。10日、元夫の迎えで外泊しました。「治療方針が定まり、気分的には覚悟をかためる処にたどりつく」。帰路、ホテルの中華に寄って2人でランチ。実家に戻り、母と姉と話をしました。夜はナビイを連れてやもめ亭へ。「ナスの煮びたしを作った」。11日、やもめ亭から実家へ戻り母と朝食。夕方、元夫に送られ病院に戻りました。

12日、避け続けてきたベルケイドを右上腕に皮下注射。ステロイドも投与しました。

13日、ステロイド2日目。脱毛が強まりました。「新たなゆるい手の痺れ。手背にも同様」。それでもパソコンを開いてメールの返信などをしました。14日、シャワーを浴びました。15日、またベルケイドの皮下注射。夜、指先の痺れが増大。見舞いに来た知人からうちわとコトバをもらいました。「岩あれど　木の根あれど、ただださらさらとただださらさらと　水は流れる」

16日、ステロイド4日目。ベルケイドでは抑えが効いておらず、エンドキサンも加わることに。辛い経過でしたが、日記にはこう書きました。「決めたことは粛々とのぞむのみ」

17日、元夫の迎えで外泊。お気に入りのレストランで食事をし、夕方に実家へ。両親とスーパーに買い物に出かけ、実家で一緒に食事しました。18日は実家で休養し、冷蔵庫の掃除も。午後7時まで眠ってしまい、あわてて病院に戻りました。

19日、エンドキサンとベルケイド、ステロイド投与。そんな中でもメール・ラリーに投稿しました。〈親愛なる「いまここ」のみなさま、守田さんが「必読」と紹介してくれたＴＵＰ（Translators United for Peace・平和をめざす翻訳者たち）の仕事（前書き）、拝読。すばらしい仕事してますよね。クンミさん、ハロー。書籍になるといいですね。その中にあった段落を少し紹介させてくださいね。チェルノブイリの本当の被害と向きあってきた科学者の決意がこめられている。どんな中でも人は絶望の中から希望を見い出し、救済への道を模索するのだと勇気も湧いてきました。それぞれの場所で、それぞれの役割をせいいっぱい生きよう、という呼びかけでもありますね。ジブンもそうありたいと思って読みました。

「生物学および医学の急速な進歩は、慢性的な核放射線被曝によって引き起こされる多くの疾病をいかに防ぐかを見出すうえで希望の源である。ウクライナ、ベラルーシ、ロシアの科学者と医師がチェルノブイリの大惨事後に獲得した経験を踏まえたならば、そうした研究ははるかに急速に進むはずだ。（略）私たちは、偏りのない客観性が勝利を収め、その結果としてチェルノブイリ大惨事が人と生物多様性に及ぼした影響を見きわめようとする努力に全面的な支持が寄せられ、さらには私たちが今後、技術の進歩と、広く道義を重んずる態度とを身につけていく際、そうした客観性がよるべとなる――そんな日を目指さなければならない。（略）」〉

「想ひのたけ㊹必読！　チェルノブイリ被害実態レポート」も配信。〈怖い話はそれだけでストレスですね。でも、何も終わっていない、放射能漏れの続くこの国で生きていく以上、目を背けてたらジブンや家族のいのちは守れません。問われているのは、そんな現実の中を腹をくくって生きていけるかどうか、ということなのでしょう。以下、とても大切な情報だと思います。文献の翻訳を手がけたのは「平和をめざす翻訳者たち」（ＴＵＰ）。ワタシの友人も参加しています。（略）ぜひサイトを開いてアクセスしてみてください。（以下転載）〉

【打ちのめされても】

９月20日、ステロイド２日目。血液検査でＬＤＨ（乳酸脱水素酵素）の値が１６２５と高まっていました。肝臓の状態の悪化を示す数値です。「今日もバッドニュース。治療するもＬＤＨ値が高まる。効いてないか、壊れた腫瘍による酵素なのか」。薬剤師さんが元気づけてくれたのが救いでした。元夫が冷やし中華とパンを差し入れ。実家からの漢方薬、牛黄清心丸を飲みました。

21日は足の浮腫が増大したうえに「朝から打ちのめされた」。回診の際に「『今の医療保険にできることはここまでです』と、いつ投げ出されるのか。患者はシミュレーションしながら闘病している」と口にしたところ、担当のＯ医師に「そうです。状況からして（アンドーさんには）最も現実味のある場面ですからね」と言われたのです。患者の気持ちを慮ることのできない言葉。「打ちのめされたくやしい一日」。日記にそう書きました。

それでも、そんな思いをしながらも「想ひのたけ㊺『さよなら原発』武藤さんのスピーチ」を配信しました。〈大江健三郎さんや内橋克人さん、澤地久枝さん、鶴見俊輔さんたちの呼びかけで行われている「さよなら原発」（1000万人署名）アクション。先日19日、明治公園を埋めたアノ集会（6万人）から福島の武藤類子さんの話されたスピーチが届きました。友人のMさん（女性）がワタシのところにも届けてくれたメッセージです。ワタシ自身のいのちとも重なりゆく言葉たち。そう思って読みました。署名にもぜひ応答してほしいと思っています。（以下転載）〉

22日、ベルケイドとステロイドの投与に加え、血小板と赤血球を輸血。朝、SC医師の回診で「想いのたけを語る」。新薬ベンダムスチンの個人輸入の可能性を尋ねると「調べます」との返答。「元夫も動いてくれる。まだもう少し頑張りたいと訴えた」。日付けが変わってメール・ラリーに投稿しました。〈古谷さん、高知の講演会、お疲れさまでした。200人もの関心がそこに集まったのですね。その地に暮らす人たちが盛り上がって、よいカタチになっていくといいなあ。たくさんの人の縁に支えられながら、また生まれる新たなつながり……。こういうつながりに抱かれながら、ジブンの頭で考え、五感で受けとめられる体力ある市民社会をもう一度、足もとから作っていきたいものですね。森沢典子さんがね、先日、教えてくれた「ハイロアクション福島」の武藤類子さんのメッセージの中でも、最後はつながりの大切さを的確なコトバで表現しておられました。

武藤類子さんのメッセージより（抜粋）

私たちは誰でも変わる勇気を持っています。奪われてきた自信を取り戻しましょう。そして、つながること。原発をなお進めようとする力が垂直にそびえる壁ならば、限りなく横にひろがり、つながり続けていくことが私たちの力です。たったいま、隣にいる人と、そっと手をつないでみてください。見つめあい、互いのつらさを聞きあいましょう。怒りと涙を許しあいましょう。今つないでいるその手のぬくもりを、日本中に、世界中に広げていきましょう。私たちひとりひとりの背負っていかなくてはならない荷物が途方もなく重く、道のりがどんなに過酷であっても、目をそらさずに支えあい、軽やかにほがらかに生き延びていきましょう。

肥田医師と最終的に同じことを言うておられる。胸にギュンと来ています〉

23日はシャワーを浴び、洗濯も。手足の痺れ、こわばりは強まっていて「ベルケイドの影響とみる」。それでも薬局のニュースレターの編集作業を開始。よっちゃんの気功治療を受けました。「物理的な腫瘍は残るが、病勢のイメージは地下へ。この気の流れを求める」

【ゆるやかに外泊が張り合い　ベルケイドの影響】

9月24日、元夫の迎えで外泊。夜はやもめ亭で元夫が鶏の手羽元の鍋を作ってくれ、ナビイと泊まりました。25日午後、やもめ亭の片付けをし、ナビイと中之島公園を散歩。夜は両親と姉一家と食事に出かけ、そのまま病院に戻りました。

26日、採血でLDHは1606から687に下がっていました。エンドキサンを投与。O医師からベンダムスチンの個人輸入が認められたと聞きました。27クール分をドイツに注文するとのこと。「LDH値が下がり安堵。牛黄清心丸の効果も実感。うれしい」

27日はエンドキサンの翌日で倦怠感。「つい眠ってしまうことが多くなる」。ラジオ体操をしました。「部屋をもう少し明るくしたい」「気を長くもってがんばりたい」。「想ひのたけ⑯守田さん講演会◆出町柳、信楽、乙訓、ひとまち、ベジフェス、亀岡でお話します……」を配信しました。〈週末、自宅に帰り、イヌコロと過ごしました。めっきり涼しくなりましたね。渡月橋の下流では川鵜たちが楽しげにサカナを追い、台風で運ばれたらしい大きな流木が浮いたり沈んだりしていました。慣れ親しんだ川音が心地よく、しばし時の経つのを忘れました。発信を続けてくれる友人の守田さんを囲んでの講演会や学習会がたくさん企画されています。どこか、お近くで一度、つかまえてお話を聞いてみようという方がありましたら。とてもわかりやすいお話と評判です。（以下転載）〉

28日、よっちゃんの気功治療。薬局桂店の香世さんが見舞いに来訪。29日の採血でLDHは460に下がっていました。薬局のニュースレターの編集について姉と相談。つばめのメンバーにメールを送りました。〈みなさーん、お元気ですか。呼びかけ、どうもありがとうございます。いろいろとご心配をおかけいたしております。〝強化合宿〟（入院生活）が殊のほか長引いておりまして、不肖未熟つばめ、なかなか〝下界〟に降りていくことが叶いません。ご報告をいただくばかりで恐縮です。今回も不参加となりますが、何とぞよろしくお願いいたします〉

30日、京都新聞時代に敬愛した元上司が定年退社を迎え、蒔田さんに頼んで花を贈りました。薬局のニュースレターを脱稿。中本さんがちりめん山椒をもって見舞いに来てくれました。

10月1日、元夫の迎えで外泊。帰路、京都地裁そばの人気ラーメン店で昼食。実家に戻って薬局のニュースレターを完成させ、やもめ亭へ。テラコッタを床に敷く作業が完了しており「少しずつ前へ進む」。改修が進むのが何よりも楽しみでした。ナビイとも再会し、夕方、近くのスーパーで買い物。夜、元夫とナビイと食事しました。2日は元夫が出勤後、実家で薬局の手伝い。両親と夕食。ナビイはずっと一緒で「毎週帰ることが張り合いになっている」。3日の採血ではLDHは460から362に低下。一方で貧血は改善せず、治療再開は4日後に延期となりました。一人で近くの銀行まで行き、スーパーまで足を延ばしました。

4日も外泊で、蒔田さんの迎えでキッチンハリーナへ。よっちゃん、田中愛子さんも一緒にランチを取り、いまここ基金の今後も相談しました。結論が出ないことを謝ると、愛子さんは「『ごめんね』と申し訳なく思うことは何もない」。『ありがとうでいこう』とのコトバがうれしい」

6日、LDHは362から297に低下しましたが、骨髄抑制による貧血は改善されず、治療再開はさらに翌週に変更。「週末は帰ろう」。7日、足のむくみが恒常化。腎愈の辺りにカイロを貼る手当てを積極的にすることにしました。8日、元夫の迎えで外泊し、やもめ亭へ。嵐山の中の島公園の茶店でナビイも交えチャンポン麺の昼食。この日は「そんりさ」の発送作業で、嘉村早希子さんが娘のリオちゃんを連れて来訪し、一緒に「さつまいもを食べる」。成田さんや古谷さん、佐々木さんらも来て、にぎやかな宴になりました。

9日、やもめ亭で新調された洗面台で初めて洗髪。元夫が前日の鶏鍋のスープでラーメンを作ってくれました。夕方、病院に戻って検温した後、実家へ。東京の「キューバに鍼を送る会」の高斎房子さんに栗の渋皮煮を送ってもらったお礼状を用意しました。10日、「橙色、ネーブル色の朝日を拝む」。実家で用事を済ませ、ツバメのメンバーにメール。12月のチャリティー朗読劇についての連絡でした。

11日、ようやく治療再開。ベルケイド、ステロイドとエンドキサン。点滴する血管を確保するのに苦労しました。「たび重なる治療が血管を細くし、痛めている。改善策がほしい」。のどに痛みもあり、風邪の症状で葛根湯を飲みました。「3日で治すぞ!」。12日は倦怠感でシャワーをキャンセル。お腹と背中などをカイロで徹底して温め、葛根湯も飲んでのどの痛みや鼻水が軽減。よっちゃんの気功治療も受けました。元夫も来訪。13日は休薬日で、訪れた父と病院近くのカフェでランチを共にしました。

14日、血液検査でLDHは318と若干上昇。「誤差の範囲?」。ベルケイドとステロイドの投与の後、頑張って洗濯しました。15日、午前中にステロイドの点滴を終え、元夫の迎えで外泊。ナビイとやもめ亭に泊まりました。

16日、いったん病院に戻り、蒔田さんに送られ嵐山へ。両親も加わり、昼は近くのそば屋で食事をし、カフェへもはしご。「気温高く、陽光ゆたか。外気が心地よい」。「想ひのたけ⑱『プルトニウムは重いから飛ばない』というのはウソ!」を配信しました。〈きょうは実によい天気でしたね。ワタシは逢いたかったお友だちと冷たいお蕎麦を食べました。うーん。うまかった。みなさんの休日はいかがでしたか? さあ。また勉強です。東電福島第一原発の3号機。そこから飛散しているはずの「プルトニウム」については、どうしても気になっていて、ここはウオッチを続けたい。おつきあいください。(以下転載)〉

17日、朝、ナビイと散歩。実家で用事を済ませ、銀行にも行きました。午後は元夫と一緒にやもめ亭の片付け作業。「これをやりたかった‼」。両親も来て一緒にコーヒーを飲みました。

18日、ベルケイドとステロイドを投与。LDHが287に下がっていたためエンドキサンは急きょキャンセルしてもらいましたが、そのためにO医師とひと悶着。「意思を伝えることの大切さ、むずかしさ。何がベストか、わからぬ中での格闘がつづく」。血小板の輸血も受けました。夜、回診に来たSC医師はエンドキサンとの相乗効果を強調。一方でLDH低下を喜び、エンドキサンのキャンセルは容認されました。「私の意思を尊重してくださった。うれしい」。19日、ステロイド投与とエコー検査。肝臓の腫瘤は直径5センチから3・6センチと縮小しましたが、腎臓裏の腫瘤は増大。「肝臓はこの間、カイロで温め続けたことと、漢方を与え続けたことが勝因と考える。よっちゃんの治療も」

20日、両親が来て一緒にランチに出かけました。手足の痺れは「明らかに1ステージ増強」。薬のフィルムもめくれなくなり、「明日のベルケイドの結果が心配。そろそろ限界か」。21日、ベルケイドを減量。LDHは352と再び上がっていました。

22日、ステロイドの投与後に外泊。「生活動作と身体能力の折り合いをどこでつけるのか。ベルケイドの影響を見極める」。元夫と嵐山のそば屋で食事。夜はやもめ亭で「マツタケの土瓶蒸しと豚キャベツ」。23日は朝からパソコンを開き、つばめの12月公演のチラシ案の作業。昼はまた元夫と中の島公園に出かけ、ナビイも一緒にチャンポン麺と焼きおにぎり。夜は元夫がカキ豆腐の鍋を作ってくれました。

24日、血液検査でLDHは443に上昇。25日は外泊し、

26日に帰院。27日、ＬＤＨは４６０に上昇していましたが外泊。28日、蒔田さんの迎えで病院へ戻る前、荒野さん、林有希子さんも加わって三条室町の人気フレンチで食事を楽しみました。「材料のとり合わせの妙。すばらしく感動。再訪を願いながら後にする。夢のような時間」

29日も外泊し30日に帰院。つばめのメンバーにメールを送りました。〈昨日のマラライ・ジョヤさん講演会（略）みなさん大集合の大活躍だったそうですね。早速、会場にいた人から報告をもらいました。ジョヤさんの断固としたパワフルさとチャーミングさに引き込まれたとも。しばらくＰＣが開けず、チラシへのリアクションができずにごめんなさい。馬谷君、つばめ印、ありがとう。とてもかっこいいと思います。（略）〉。31日、ＬＤＨは４１６と少し下がっていました。

【深まる秋】

11月1日も外泊。2日夜、蒔田さん方で脱原発いまここ基金の運営委員会を開きました。春山さん、愛子さん、荒野さんらも集まり「おいしい料理をいただきながら相談」。守田さんに追加融資していた35万円はブックレット出版のカンパに位置づけ、残金でガイガーカウンターを購入してシェアできないかとも提案しました。途中から元夫も駆けつけ、夜はやもめ亭へ。3日は結婚記念日で元夫とナビイの散歩。「河原でたこやき、やきそば、だんごとケーキの昼食」。その後はやもめ亭で片付けやパソコン作業をし、ペレットストーブも焚きました。夜は元夫がご馳走を準備。「『どうしたん？』との問いに『記念日やんか』とのたまう。夜、帰院。感謝」

4日、投薬の３クール目開始。エンドキサンは止め、ベルケイドとステロイド。ＬＤＨは３５４に低下していました。「免疫力で下がったと考えたいが、ドクターは否定的。エコーで腫瘤の退縮はみられないとの説明だった。小さくするのはエンドキサンが必要なのかもしれない」。5日、つばめのメンバーにメール。12月に東日本大震災のチャリティーを兼ねたガザ朗読劇の上演が決まり、出演の可否の返答でした。〈出演はやはり難しいとご理解ください（今頃なにいうてんねん、ですが）。治療終了と退院の目処がたっていないことと、仮に終了していても回復に時間が足りないだろうと思います。マラライ・ジョヤさんの講演会、すばらしかったそうですね。とても話が明快で、自分の混沌にも風穴が空いた気がした、とか。いろんな人から報告メールが送られてきて「ああ、ともだちっていいな」です。12日の映画会とお話は、なんとしてでも見たい聴きたい！前日に化学療法が入る予定で、これを拒めるならば抜け出

ご購読ありがとうございます。
今後の本づくりの参考にさせていただきます。
ご協力よろしくお願いいたします。

本の名前

ご購入書店名

この本を何でお知りになりましたか？

この本についてのご意見ご感想、今後読んでみたい企画やテーマなどありましたらお聞かせください。

ご注文書	本状でご注文くださいますと、郵便振替用紙とご注文書籍をお送りします。（送料無料）
	書名 ＿＿＿＿＿＿ 冊

★ご感想を匿名で当社のホームページやチラシなどに掲載させていただくことがあります。ご了承ください。

★ホームページ http://san-san-sha.com でも本の注文やご意見・ご感想を承っております。

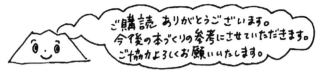

おそれいりますが切手をおはりください。

〒891-1201

鹿児島市岡之原町

1138-2

燦燦舎

編集部 行

ふりがな

お名前

〒

ご住所

tel

新刊のご案内などをご希望の方はお書き下さい。

E-mail

ご職業

学年

ご記入いただいた個人情報は新刊のご案内や、今後の企画の参考として以外は使用しません。

したい。しかし、治療効果を上げないと退院は叶わないのが歯がゆいところ。ここは一喜一憂せず、腹をくってやりなさい、ということかもしれません。あんどうえりこ@止まり木つばめ〉

昼、両親がナビイを連れて来訪。車中でナビイと面会し、近くのカフェでランチ。夜、「想ひのたけ㉛原発検査の手抜き実態を毎日新聞が暴露」を配信しました。〈きょうは雨空になりましたが、皆さんの窓からはどんな景色が見えていますか。こちら鞍馬口御殿の天上界（旧鞍馬口病院の最上階）からは、比叡山が間近に迫り、眼下に色づきはじめた紫明通りのケヤキとイチョウが続いていて。ちょっといいでしょ？　その後も守田さんから怒濤のごとく配信が続いていますが、ワタシ自身が読み切れずフリーズしていました。（略）毎日新聞が一面で打った記事に関する守田コメントをビハインドですが配信します。市民の目、ジャーナリズムの目、研究者の目……専門家任せにせず、いろんな目でウオッチし続けることが大切と思います。（以下転載）〉

6日は安静日で「体調OK」「静かな朝。パソコンを開き、〝手入れ〟の日」。「想ひのたけ㉜足立力也さんの福島再訪レポート……その1」を配信。〈きょうもアスファルトがぬれていますが、静かな休日になりました。いろんな「手入れ」ができる、こんな日が週に一度、最低でも月に2日は欲しいですね。（略）友人の足立力也さんが福島を訪問。仲間うちに送ってくれた、そのリポート。読み応えがあるのでみなさんにも……と願っていたら、早速、守田さんが配信できるカタチにしてくれました。（略）（以下転載）〉

7日、午前8時半にシャワー。「脱毛はゆるやかながら、しっかり」。身支度をしてベルケイドとステロイド。看護師に移植時の経験を話しました。「卵子、精子の保存の説明がおろそかであったり、放射線から生殖器を守らない現実など」。夕方は元夫が総菜を差し入れ、一緒に食事。8日、ステロイドでむくみが増しましたが、ラジオ体操をしました。「今朝より気温低下（立冬）。平年なみ。紅葉がすすみそう」。この日と9日は外泊し、10日夕、血液検査のため病院へ。LDHは452に上がっていました。

11日、ベルケイドとステロイドにエンドキサンも投与。メール・ラリーに「国会中継を聞きながら」と題して投稿しました。〈参院予算委、TPP審議の国会中継中です。中身は「（これからの交渉の）手の内をここで明らかにできない」の答弁。中身のわからないことを、この内閣に任せてくれといわれてもなあ。「国民を愚弄するな！　国会で表明しないで、なんでAPECで表明するのかっ！」。福島みずほ議員が噛みついています。守田隊長はともかく、足立君も。みなさん、飛んでますね。その翼の力に励まされます。12月16、17日に「蹴上」の京都市国際交流会館で朗読劇「The message from Gaza―ガザ 希望のメッセージ―」(脚本＝岡真理)の再演が決まりました。売り上げ金は東北の被災地へ送られます。(略)私は(名ばかり)プロデューサーですが、練習も始まりました。(略)〝強化合宿〟継続中〉

「想ひのたけ㉝足立力也さんの福島再訪レポートその2」も配信。〈きょうは参議院予算委員会のTPP審議を聞きながらパソコンとにらめっこ。朦朧とするチキン頭で音声を追いかけながら、これまた濃密なメール群の内容をチェックする。両方できたらいいけど、ワタクシの能力を超えています(汗)。さて。全身全霊で発信してくれる知人友人に敬意を表し足立力也さんの福島再訪レポートの続編です。(以下転載)〉

【晩秋……つばめチャリティ公演】

11月12日、蒔田さんの出迎えで外泊。元田中でカレーうどんを食べ、キッチンハリーナでデザート。夜は映画会「ぼくたちは見た」に参加し、岡真理さんの話も聴きました。「パレスチナから沖縄、福島。65年の日本人の怠慢を貫いた」。13日は実家で過ごし、ナビイの散歩。夜は甥も一緒に外食し、病院に戻りました。

14日、ベルケイドとステロイド投与。ＬＤＨは５４９に。「一喜一憂はしない」。つばめメンバーにメールを送りました。〈馬谷くん、(朗読劇の)ホームページの作成ありがとうございます。チラシもインパクトのあるものになりましたね。練習もスタートし、みなさんの白熱する様子があれこれ伝わってきています。チラシを手渡す時に、その想いがいっしょに届けられるといいですね!〉。先日の映画と岡さんの話の感想も送りました。〈練り上げられたコトバ。「エンドレスフィルムを観るかのような」パレスチナの状況と、福島、沖縄、戦後65年の日本人の無反省を見事つないで会場70人の心をわしづかみ。濃密な時間となりました。そして懇親会。「どんな社会であるべきか」を切り出すおいちゃんに向かって、すくっと立った杏さん。「もはや社会がどうなのではなく、一人ひとり、ワタシがどう生きるかってことなのではないですか」。かっこよかったなあー。もらったばかりのチラシを部屋のロッカーに貼っていたら、きょう、担当の看護師さんが驚いて「もらっていい?」とひっぺがして持っていかれました。早速、控え室に貼ってくれてあるそうで、「チラシ、もう少しありませんか?」と別に声をかけてくれる方も現れ、うれしかったです〉

15日、ステロイド投与。メールの整理。治療をめぐりＯ医師と衝突。「お互い、しんどいところに向き合ってベストを尽くしているのだから、これ以上、手詰まりな閉じる話はしたくないと要望」。16日、岡さんから朗読劇のチラシが届きました。友人知人に送る宛名書きをスタート。夕方、元夫がシュークリームを差し入れ。よっちゃんの気功治療も受けました。

17日、よっちゃんの治療の後で熟睡。深夜に患者仲間のＫさんが来てサプリメントについて教わりました。「このようなしんどい場所に敢えて足をはこんでくれたことに感謝」。18日、エンドキサン投与でしびれが増強。患者仲間のＨさんが外来の際に顔を見せてくれ、洗濯を手伝ってもらいました。「よく眠ろう。全身の声をよく聞こう」

19日、元夫の迎えで外泊。高島屋に寄ってからやもめ亭へ。「眠っている間に元夫がそうじ。サイドボードのかびを拭き取りそうじしてくれる」。夜は鶏肉と鮭の寄せ鍋を作ってもらい、「ねぎらいのコトバをかけると『それがやり甲斐やんか』と返してくれた」。20日、昼は元夫と嵐山公園のそば屋でぶっかけうどん。姪が訪ねてきて近況を話してくれました。

26日、外泊。元夫とナビイと嵐山を散歩。紅葉を背景に写真撮影。27日も散歩して晩秋を満喫しました。

2011年11月27日、嵐山でナビイと紅葉を愛でる

28日、ベルケイドとステロイドの投与開始。ＬＤＨは３８８でした。29日もステロイド投与。30日、よっちゃんの気功治療。つばめのマネージャーの津久井淑子さんが杏さんと来訪。クッキーなどをもらいました。偶然ですが、津久井さんは勤務先がパストゥール研究所で、栄里子さんが検討していた温熱療法を実施しているクリニックと関係があり、紹介してもらうことになります。「縁をつないでいただく。おどろきと感謝」。また、音楽を詰め込んだＣＤを贈ってくれた古澤みつえさんにメールを送りました。

〈またまたのＣＤ便をありがとうございました。週末に外泊で嵐山に帰り、父に預けられていた荷を受け取りました。お、ユーミンだ。「卒業写真」は合唱コンクールだったたかなんだかで歌ったよ。おのずと、それこそ30年近く前に練習したハモりの旋律をくちずさみ、スピーカーのユーミンと気持ちよくハモりました。なつかしくて、涙ぷぅでした。体幹にもジーンときました。たくさんのお手間に感謝しています。ありがとちん〉

12月1日、ベルケイドとステロイドの投与。ＬＤＨは

293に低下。2日もステロイド。つばめのメンバーにメールを送りました。〈届けていただいた300部のチラシは、本日までにその多くを発送することができました。つくマネさんに追っつけ200部お願いしましたので、これは週末に予定しているNGO（日本ラテンアメリカ協力ネットワーク）の会報誌に同封させてもらう予定です。チラシは病院の職員組合前のディスプレイコーナーや、看護師さんたちの控え室にも置いていただいているようで、時々、病院スタッフの方に声をかけられます。「出入りの教会に持っていくと、牧師さんがちゃんとチラシに目を通してくださった上でたくさん預かってくださった」とも。みなさんのご努力に感謝します〉

3日は外泊し、薬局のニュースレターを仕上げました。脱ステロイドのだるさと、しびれは増大。4日、倦怠感はさらに増しましたが、やもめ亭で夕方まで不要品の整理。「体力が欲しい。皆への感謝を態度で返せるように」「温熱療法とビタミン大量輸注に挑戦したい」。5日、ベルケイドとステロイド、エンドキサン投与。LDHは353に上昇。6日、ステロイド投与。「カラダは動かず、一日かべにもたれてパソコンとうたたねをくり返す。頭はステロイドで冴えてしまっている」

7日、元夫の迎えで外出。北山通りでランチの後にショッピング。元夫が青いハーフコートを買ってくれ、それを着て下鴨神社の糺の森へ。まだ紅葉は美しく、檜皮葺の新調作業も見学。さらに、よっちゃんのお宅で気功治療を受け、蒔田さん方へ。夜、ニューヨークのクンミさんにメールを送りました。〈お誕生日だね、と、さっき直子さんとお噂してました。どんなお誕生日をおすごしかなっ？ きょう、私は病院の外出許可をもらい、ガンプ（元夫）といっしょにインド料理のカジュアルなランチをとり、紅葉の糺の森のお散歩を堪能しました。そのあと、よっちゃんのところで治療をしてもらい、夕方、ステキ長屋の蒔田邸へ。小一時間でお総菜やらシジミ汁やら、パパパっと7皿？も作ってしまう直子さんの台所の立ち回りをあんぐりして見守りながら4人で野菜たっぷりのおいしいおいしいご飯をいただきました。大好きな人たちに囲まれ、とてもステキな一

2011年12月7日、元夫が買ってくれた青いハーフコートを着て下鴨神社の糺の森で

日になりました。クンミさんの豆乳鍋を思い出し、そんなことあんなことで盛り上がった夜のこと、ちょっと報告したくなりました。クリスマスシーズンの街は賑やかですか？　何かプレゼントしてもらったのかなー？　では消灯を過ぎたので、この辺でたたみます。おやすみなさい〉

８日、ベルケイドとステロイドを投与。ＬＤＨは４４１に上昇。温熱療法の医療相談の予約を担当医が入れてくれ、「おどろいた。日程を決めよう」。９日、新川さんと蒔田さんに薬を送る手配。夕方、父が来訪。続いて元夫がおでんを差し入れ。書家の関口香奈恵さんにメールを送りました。〈29回目の献血、というくだりに手を合わせています。なんどとなく、その差し出された血液を輸注してもらって命をつないでいただいています。「週末は自宅に帰り」という前日にも、大事をとって輸血をしていただくこともあり。めぐりめぐって、やっぱり支えられ生かされているわたしです。血液疾患というのは、どうしても点滴による全身への化学療法になりますので、治療の後半は、根っこから叩かれてしまった骨髄の機能がまた戻るのを「待つ」、という時間が必要なのです。１サイクルの治療に長くかかるのはそのためです。どうぞご心配くださいませぬよう〉

この日はメール・ラリーに投稿もしました。〈朗読劇の再演が来週12月16日（金）、17日（土）に迫りました。夏からこっち、いまも〝強化合宿〟の途にありまして、残念ながら、この制作にいっちょかみさせてもらいながら、今回はベンチ入りかなわず。外野席から見守るばかりですが、ぜひ会場に足を運んでいただきたい！　京都市国際交流会館が立派なホールを提供してくださることになり、また、つばめ劇団（正式には平和をめざす朗読集団「国境なき朗読者たち」というカッコイイ名前があるんだよ）が、おか座長のもとに集まりました。震災と原発で日本人の関心が海外どころじゃなくなって……なんてことを耳にする一方、人の繋がりと社会問題に目を向ける人たちが増え、裏側で静かに大きく潮目が動き始めている、という希望の声もたくさんメールに届きます。塀に囲まれたガザの街はワタシたちの沖縄であり、原発でもあったことをいまチリチリと五臓で感じながら、このおしらせを送ります〉

10日、外泊予定で午前7時に起床。「比叡の朝焼け。雲は低い」。元夫の迎えで高島屋へ。愛用の料理ばさみ、ウクライナの小さなサンタの飾り、姉へのギフトカードなどを購入。「ステロイドの副作用でハイ」状態で、両親のための総菜や黒七味も買いました。

12日、つばめのメンバーにメール。秋にパレスチナを訪問した片岡君に元夫がインタビューし、朗読劇を紹介する新聞記事を書いたことの報告でした。〈いまこの時間にも、と稽古場の様子を想像しています。ダイスケ君のパレスチナ訪問の記「彼らの思い伝えたい」がくっついて大展開した記事をA3版で拡大（115％）コピー。週末に外泊で帰らせてもらい、チラシといっしょに何軒かのご近所さんにポスティングを試みました。つくマネさんから毎日配信される予約者リストに早速、ご近所さんのお名前を発見！ポツリポツリですが、そんな応答もありました。夜道は冷えましょう。みなさん、風邪ひかれませぬよう、ご自愛を〉

14日朝、クンミさんにメールを送りました。〈みんな一生懸命です。今回、私は外野から見守るだけですけど、なんかね、つばめの一員であることを幸せに思うし、誇りにも思います。杏さんにダイスケ、アダムは、ど真ん中でみんなをひっぱってくれています。ちょろっとでも激励してあげてくださいませぬか。おねがいっ〉。岡さんと古澤みつえさんにも。〈検査を終えて部屋にもどってパソコンを開いて一連のメールを拝読。おふたりのダイスケへのメールを拝読し、「つばめ」ってステキ。改めてそう思います〉。この日はよっちゃんの治療。翌15日、百万遍北側にあるパストゥール研究所でのつばめの最終練習を見学。「頭の先から足の先までつばめの一員であること、大好きな人に囲まれている幸福感を味わう」

16日、いよいよ初演の日。病室で無事の上演を祈りました。また、同い年の患者仲間のKさんが来訪、サプリメントのことなどを教わって「支えられていることに感謝。結果を出さなければ」。17日は元夫の迎えで病院を出て、岡崎にある京都市国際交流会館へ。客席で朗読劇を観ました。両親や友人知人たちも大勢、来てくれていました。終了後、夕方からやもめ亭へ向かい、今度は「そんりさ」の発送作業に参加。新川さんとジョルダンさん、古谷さん、大西さん、成田さん、杉本君らと相生のカキを堪能しました。

【新たな治療も】

12月20日、温熱療法の相談に元夫と百万遍クリニックへ。多発性骨髄腫への実施例はなく、学会でも報告例はありませんでしたが、肝臓や腎臓の裏側、膵臓の裏側の腫瘤に行うのは可能とのことでした。

24日は外泊。「元夫、やもめ亭の大そうじ」「網戸を洗う。もくもくとがんばる」。夕方、病院に一時戻り、北大路のショッピングセンターで買い物。夜はやもめ亭に戻り、買ってきた総菜でクリスマス。ペレットストーブを導入した部屋で初めて食事しました。新たに購入していたテーブルは、これまでのちゃぶ台と違って高さがあり、「ナビイはテーブルをのぞけず不満そう」。25日は朧谷先生を囲む10年会に元夫と参加。一条堺町の割烹で食事後、元夫が病院へ送っ

2011年12月24日、やもめ亭でペレットストーブ（左後方）を入れた部屋で、新しく買ったテーブルで食事。ひざの上に抱いたナビイの目隠しをする

てくれました。

26日、万年筆のインク交換のため一人で北大路の文房具店へ。「意を決して地下鉄にのる」「たくさん見たいものがあれど、欲ばらず用事のみすませて帰る。くたびれたので帰院はタクシー」。温熱療法を受ける百万遍クリニックに治療スケジュールをファクスしました。治療費を銀行で引き出しもして、つばめのメンバーにメールを送りました。〈みなさま、遅くなりましたが、本当におつかれさまでございました。朗読劇をご覧になった知人友人から、たくさんのお礼の言葉をもらいました！「ガツン、ときました。何をやっていたんだ！」なんて言葉もあったし「何かをせずにいられないモノが胸に残りました」と思考を止めない決意を改めて確認し合う場面もあって、みなさんのおかげで、こちらもその余韻の中を泳がせてもらっています。ところで、馬谷統括チーフの名台詞、どこかにメモしておきたいですね。「解決できない問題が山積みだと、私も気鬱になります。でも、私は状況を整理したうえで、これらは解決できると確信しています。解決の見通しがついた問題なんて、所詮さばかれるだけの魚にすぎないですから、もう不安ではないですよ」。世間はほどなく御用納めを迎えますが、こちらは明日27日から次の化学療法を始めることになりました。この治療薬は、3カ月前にドイツに発注し、以降、どういうわけかなしのつぶてで、どうなることかとドクターはやきもき。私も気鬱に陥りそうでしたが、「待たされていること」にもなにか意味があるのかもしれない、と納め、これらは解決できると信じ続けていました。そして、この治療薬、朗読劇が終わった途端に届いたんですよ（笑）。こうして次になすべきことが決まったのだから、ん？　あとは、さばかれる魚？　まな板の上の鯉？　この先は不安なく、粛々と次の治療に挑んでまいります。みなみなさま、今年もお世話になりました。どうぞよきお年をお迎えくださいまし。えりこつばめ〉

27日、個人輸入のベンダムスチンの投与を開始。ステロイドも併用です。「治療再開。食欲、バイタルOK。眠気、倦怠感あり」。投与後、数秒で口に苦みを感じ、ステロイドで入眠が困難となりました。28日、昼、父と蒔田さんがほぼ同時に訪れ、病院そばの店でランチ。31日は板谷さん

と元夫と一緒に金閣寺近くの店でパスタ。夜は例年と同じく、やもめ亭でナビイと元夫と過ごしました。

第6章　2012年　あー面白かった！

【2012年が明けて】

1月1日、いったん病院へ戻り、夕方、実家へ。3日、元夫とナビイと松尾大社に初詣。夜には片岡君も加わり、やもめ亭で鍋を囲みました。

この頃から日記に書くことが少なくなりました。身体的に、書くことが大変になっていました。

10日、百万遍クリニックで初めての温熱療法。烏丸鞍馬口の病院から元夫が送迎してくれました。11日、よっちゃんの気功治療。12日、友人にメールを送りました。〈やっぱり、ナビコロの面倒をみるためには何がなんでも退院を勝ち取りたい！と週末に帰るたびに思います。帰るとナビイは世の多くのイヌたちのごとく全身で喜んでくれるけど、ぴっちょりくっついてくれるのは眠るときだけ。ちょっとさびしいけど、時々、抱きしめて、そのお尻をテーンテンとやさしく打ち、腕のなかでこちらをナビイが見上げてくれた時なんかは「確かに私、この子を生んだかも」な錯覚をすることがあります〉

13日、元日からトラブルに巻き込まれた足立君にメール。〈お疲れさまでした。いっしょに〝出所〟祝い、と目論んでいたのに。先を越されちまったね。ひとまずゆっくりして〉

17日、温熱療法の2回目を受けました。23日、外泊で実家に戻りました。

【黄疸でステント】

1月26日。CTの結果、十二指腸に流れる胆管と、膵管が合流する部分に腫瘤があり、閉塞していることがわかりました。胆汁の出口がふさがって2倍にはれ、胆汁のビリルビンの色素で黄疸が出ていました。このままでは肝機能が悪くなり肝不全につながる恐れ。膵頭部の腫瘤は3・8センチと、想定していたより大きくなっていました。肝臓の腫瘤も、腎臓の裏側は7・6センチになるなど増大傾向にありました。

閉塞を改善するため、急きょステントを入れることになりました。胆管炎が起きるリスクもありましたが、猶予はありませんでした。クモ膜下出血を起こした時以来の差し迫った状況です。一緒に説明を受けた元夫と相談し、両親に心配をかけないよう姉にだけ伝えることにしました。

27日、ステントを入れました。幸い、無事に成功し、元夫の携帯電話にメールを送りました。「いま終わり、部屋に戻りました。後半、麻酔が切れかけ、さすがのえりこもグロッキー。ま、それでも医師もがんばってくれました。これでしばらくは本体治療に専念できます」

28日、前日に2・0だったトータルビリルビンの値はステントの効果で1・1に低下。ひとまず安堵し、午後、元夫にメールを送りました。「血圧がいつもより高いらしいけど、ゆっくりしてます。夜から食事はくるようです」

夜、差し入れを持ってきた元夫と病室で食事をし、ゆっくり話しました。病状がいよいよ厳しくなっていることを受け止めた上で、いや、だからこそか、社会との関わりについて語りました。「蒔田さんや北上田さんの運動、裁判を見て、やっぱり意見する、市民がちゃんと声を上げることの手応え、それこそが国を変える原動力になっていくと思う」「見ている市民がいる、ということやな。それを実感するから頑張れるんやと思う」。親しい友人たちの市民運動に思いを馳せ、自らも振り返りました。「時々、クンミさんとダイスケと、広河隆一さんの(パレスチナの)講演の時に前の壇に出てしゃべらせてもらった時の高揚感とかを思い出す」。目下の最大のテーマは脱原発で、「これだけの人が集まってこれだけのことを感じているのに形になっていかないもどかしさ、をずっと感じていた。今、大江(健三郎)さんたちがやってる脱原発署名も、入院してなかったら、外の世界にいたらもっともっと集めたかった」

【元夫との対話】

1月30日の夜も病室で元夫と話しました。残された月日がもう長くはないこと、いよいよエンディングが近づいていること、それをすでに受け入れていることを、共に了解し合っていました。

「洗濯とかも、頑張らなくていいよって、看護師さんたちが言うてくれはる。安藤さんの段階でそこまでやらなくていいよって。でも、今日も抗がん剤が終わったし、着てた服を全部脱いで、自分で洗濯に行きたいと。洗ったものを取り出して乾燥機に移し替えたり、チェックしたら生乾きだったり。乾燥機のフィルターがほこりだらけで、外して拭く作業も私にとっては結構大変。一回転倒したこともあるし。でも、半日かけてでも、それができたって思うこと、人任せにせず自分でできたことが大事。動ける間は動きたい」

幸い、ステントの効果は順調で、トータルビリルビンの値は0・8で正常範囲に。ステロイドの影響はあるものの抗がん剤の影響はそれほどなく、出来れば温熱療法を再開したいと元夫に伝えました。ちょうど洗濯が終わった頃で、「一回付き合ってくれる?」と元夫と一緒に取り入れに行き、戻ってまた話しました。

「あと、思うのは急変の可能性があること。肝機能が悪化して昏睡に入ること」「平均年齢まで生きるからこうこうというライフデザインは、あまり意味がないのかもしれない」

元夫は言いました。「僕はキミと一緒に死ぬことになっても、ああ楽しかったって言える」「やりたいことをやってきたし、やらせてもらったし、キミのおかげで楽しい思いもいっぱいさせてもらった」「40年間が寿命だと思えば十分。これ以上なくても別にいい」

話題は少子高齢化による医療の圧迫から、福島原発事故による被曝問題へと展開し、栄里子さんは言いました。「私らの世代を含めてこれから病気の人はすごく増えると思う。こんだけ放射能を浴びたら。そうなった時に本当に（医療制度は）立ちゆかないと思う。医療レベルが絶対に下がる。それが辛いなあ。自分はいろんな恩恵を受けてきたけど……」「だから守田さんがやってること（被曝を減らす取り組み）に対する共感、連携。あの人がやってることはすごく意味のあること。一番大事なことをやってると思う」「3号機のプルトニウムはどうなったのか。飛んでるはずなのに誰も言わない」「瀬戸内寂聴さんが言ってたように、残りの人生をちょっとでも（脱原発に注ぎたい）。若い人、まだ生まれてない人も含めて、ものスゴイ環境汚染をして去っていくわけでしょ。今の私たちは」「ある一定の年齢の人、私たちもそうだけど、国策を許してきた人たちが無関心であってどうするんだと」「でも、そんな怒りをもってサヨナラはしたくない。やはり、どこまでも希望の光を見ていたい」

31日。温熱療法は翌週まで保留となりました。「残念だけど仕方ないね」。夜、また病室で元夫と話しました。

「しゃべり言葉より、書き言葉の方が好き。その方が自分を伝えられるような気がする」「人との手紙、書簡の中、大事な人とのやりとりの中でそういう言葉を書いてきた」「私が一番やりたかったのはコミュニケーションだったんやと思う。マスでもミニでもなく、いまのフェイスブックでもなく。やっぱり人と人がつながることで発生する醍醐味みたいな。そこから次のモチベーションが生まれていくことをいっぱい見せてもらった」「不正義に対してモノ申すだけではなく、平和学的な、人とつながることを楽しさの中で継続していく。人と人とのつながり、消費しない関係。それをどこまでも追求したかったのかな」「だから、西のかぜのね（カフェ）計画は今でも夢やで。当初考えてたような大きなことは考えてないけど。やもめ亭で、私のいまここルームで（やってみたい）」

しばらく間を置いて、元夫は言葉をかけました。「これまで良く頑張ってきてくれた。これからも頑張ってほしいと思うと同時に、しんどい思いはもうあまりしてほしくない、というのもある」

「うん……」。栄里子さんも応えました。

元夫は続けました。「京都に僕が帰ってきて8年。いい時間を過ごさせてもらったと思う。キミが生きている方が、世の中にとって僕が生きているより価値があると思う」

栄里子さんが「ははは。そんなことはないやろ」と話すと、元夫は言いました。「何をしてきたっていうのはないと言ってたけど、これだけ人の背中を押してチアアップしてきた。みんなキミの存在に感謝していると思う」「もうキミの人生がこれで終わっても十分。よくやった、よく生きたと思っていい。僕はそう思う」

「ありがとう」と、栄里子さんは応えました。「社会の、なんて大きな風呂敷を広げる気はないけど、誰かのモチベーターになりたいという気持ちで生きてきたのと、必ず出逢った人の持つ軸、中心と出逢いたいとの思いで出逢ってきた」「後は、ああ面白かったって言って終わりたいと常から思っていて、そんなにそれてはいないと思う。まさにそう言って逝ける気がする」

「医療人の端くれとしては、ここまで自分の病態を客観視できるのかと（驚いている）」「でも、わかるって、辛いこともあるね。最期まではわかりたくはない、との思いもある」

「もっと楽しい時間を過ごしたいという気持ちもある。面白おかしい時間ではなく、自分を整えていく時間」「もうちょっと穏やかな時間を、もうちょっと過ごしたいなとの気持ちはありますねえ」「（元夫と交際を始めたころによくやった）バドミントンもしたかったけど、体はそこまで動かへんし。ナビイとも走りたかったけど、それもかなわへんし。だけどもそういう時間がものすごく愛しいなと思います」

元夫が「せっかく（やもめ亭に）整えた書斎でもっとゆっくり過ごしてほしい。そのためには頑張ってほしい」と言葉をかけると、栄里子さんは言いました。「まだできることはあるよね」「でも、今日はちゃんと、十分やってきたよ、ってほめてもらえたから、それで満足やわ」

【放射線治療　レコムとつばめの集まり】

2月1日、エコー検査と、よっちゃんの気功治療を受けました。2日、腫瘤を少しでも小さくするため放射線治療を受けることになり、府立医大の放射線科の診察が6日に決まりました。3日、投開票日が迫った京都市長選に関連して「想ひのたけ㊻脱原発俳優・山本太郎さんは訴える！〈京都衣笠小学校にて〉」を配信しました。〈ご無沙汰でございます。昨日、京都市長選挙の期日前投票を〝合宿所〟で済ませました。選管職員が部屋の前までやってきて仁王立ちで立ち会ってくれるんですが、これがたまたま長身の方だったので見降ろされながら妙な威圧感を感じつつ（汗）。でも、どんな環境にあっても自分の意志があれば、ちゃんと「一票」を行使できる。それが保障されていることを大切に思い、意中の候補者の名前を書きました。私が以前に見せてもらったグアテマラの選挙では、そもそも（貧困層の多い）農村部に投票所が作られなかったり、お金をもっている政党が投票日の公共交通機関（バス）をすべて借り上げて自分たちの支持者だけ投票所へ運んだり……とても公正とはいえない状況がまかり通っていました。しかし、それでもその年の選挙は、農村部に暮らす人たちが自分たちの代表である初の先住民族の国会議員を誕生させました。候補者は（右翼の暴力に備え）民族衣装の下に防弾チョッキを着込んで街頭でマイクを握りました。あきらめなかった人びとの姿をいま一度思い起こしています。友人の春山文枝さんが、俳優の山本太郎さんの入洛、三条河原町での脱原発アピールをコーディネイト。風が吹いています。やっぱり選挙はおもしろいなあ。〈以下転載〉〉。この日はベルケイド。「自宅でおとなしくしてる、を条件に土曜の外泊許可がでました」

4日の外泊で、やもめ亭で元夫と食事。ナビイも一緒。元夫に話しました。「今そんなつもりは全然ないけど、今からまっさらな恋愛していいいって言われたら、家の中で機嫌が良く、言葉遣いのキレイな人を探します。言葉にちゃんと意識がいっていて、言葉選び、自分の発する言葉も大事に発する人、良き言葉を口にする人。自分が行き着いた結論やわ」「言霊というけど、本当に言葉に魂がやどる。良き話は良き言葉で良き友から聞きなさい、っていう仏陀の教えもあるし」

5日、京都市長選の投開票。元夫は少し離れた小学校での出口調査へ。昼に一度戻って一緒にそばを食べました。6日午後、病院で緩和ケアの専門ナースと面談し、元夫にメール。〈ちょっと疲れた。眠いかな〉。翌日の温熱療法も可能と確認し元夫に報告。〈きょうのデータ良かったので大丈夫と思います。GOT59、GPT145、LDH814、トータルビリルビン0・6。とりあえず、肝臓がんばってるよ！〉。7日、元夫の送迎で温熱療法。終了後は北白川のそば屋でランチ。8日朝、元夫にメール。〈おはようさま。指先と足にベルケイドの影響を自覚。加えて昨日はステロイドの脱力で筋肉に力入らずヘタヘタでした。（9日から府立医大での放射線治療が予定されていま

したが〉今日もこの調子なら、ちょいと厳しいかな。できるだけ一緒にいてほしいです。都合がつくといいなあ〉

9日、午前中に両親が来訪。午後、元夫の送迎で放射線治療。古澤みつえさんにメールを送りました。つばめの12月のチャリティー公演の打ち上げが11日に計画され、案内をもらっていたことへの返信でした。〈お誘い、ありがとうございます。実現すればうれしい。けれど、お約束ができないんだな。血液検査の結果でスケジュールが日々刻々。体調も日々刻々です。実は今週から府立医大での放射線治療も始まりました。輸血しないと外出許可が出ないこともあるし、その血液を日赤の血液センターからもらうのにも半日以上かかったりするのでね。成分献血をしてくださる善意の方々にひたすら感謝の日々ではあります。ところで、実は11日（土）午後は「やもめ亭」でレコムの発送作業の予定です。私は当日も治療があるし、その「やもめ亭」に帰れるかどうか。心配かけっぱなしだもんね。みなさんにちゃんと現状を報告したいと思っています。ま、無理をせずとも、しかるべきタイミングで鐘がなる気がしてんだけどね〉

そして11日。やもめ亭での「そんりさ」の発送作業に参加できました。夜はパチャンガでのつばめのメンバーたちの宴に、元夫やレコムのメンバーと共に合流。久しぶりにみんなと顔を合わせ、近況を話しました。昨年12月の朗読劇のポスターを病棟で配ると看護師さんが掲示してくれたこと、当日も臨床薬剤師さんらスタッフが何人か来てくれたことなど。「入院が長くなって、ほとんど鞍馬口の社会保険庁病院に住んでいる状態だけど、そこを拠点に府立医大病院に放射線治療に通ったり、百万遍へ温熱療法に通ったり。まだできることがあるかもしれないなと思って」「少しずつ、とても大事な時間を、もう少し確保できるなら、その時間を大事に、自分を整えるために使いたいなと思っています」

【自分の宿題　みんなに伝える】

2月11日夜はやもめ亭に宿泊。翌12日の午前中、元夫と話しました。「生き物は食糧をとって子供に食べさせる。人間も同じ生き物として一番やらないといけないことは、国のためとか国力のためではなく…。動物の子育てで親が子に教えていく過程は、短いけど素晴らしいものがあるでしょ」「人間として生まれて遺伝子を遺すことが私にはできなかった」「で、私がすぐに立ち直ったのは、それは私には与えられなかったチャンスであると」「言ったよね。抗がん剤が落ちていく時の悔しさとか」「それを経て、あ、ここに私の役割はなかったんやって思ったわけさ。私にはこの役割は与えられなかったんやな、って納得した」「だから次に行けた」「じゃあ、他に子育てをやってくれている人たちができないことで、社会に対しオトナとしてやらなければならないことがあるのなら、それが私の宿題なんじゃないか、って思えた。そんなことをぼんやり考えている時にいろんなパスが飛んでくるようになって」。グアテマラ支援からメール・ラリー、朗読劇、脱原発へとつながる活動でした。

元夫は話を聞きながら足をマッサージ。栄里子さんは自分の身体の現状を話しました。「客観的にこれだけの条件の中を満身創痍で生きています。初めて自分で満身創痍なんて大げさな言葉を使っています」「本当は自分で使いたくない。でも、それ以上の言葉はないなっていうくらい、満身創痍やなっていう気がしてる」「この状態を淡々と人に伝える。今の状況として記録しておいてほしい」「最後に始まったVAD療法の、26日から始まったかな、そこで打った2回のベルケイドの影響は思いの外大きくて。ほとんど周りの人には理解してもらえませんけど、24時間叫んでいたいくらい指先は痛いし、知覚過敏は高まっていて、できることが少なくなっています。できることも時間がとてもかかるようになっていて、モノを落とす、薬が自分で飲めなくなっているとか」「筋力が衰えているので歩きにくくなっている。ハンデがワンステージ上がっている。介助の時もそのことを意識してもらえるとありがたいな」

12日夜、元夫に送られ病院に戻りました。13日未明、元夫にメール。〈夜にステロイドが入ったので、やっぱり天井が拍動しています。いま、眠剤をのみました。パソコンにメールしました。けど、まずはほっこりしてください。パタパタと大変な一日、おつかれちんでした〉。14日は温熱療法。夜、病室で元夫に自分の状態、「いまここ」のみんなに伝えたいことを話しました。夜遅く、帰宅した元夫にメール。〈いっぱい聞いてくれてありがとう〉〈人は想いが届いた時に心の充足感を得る。よかった〉

15日、元夫からメール・ラリーに現状を報告してもらいました。自分でパソコンを操作するのが難しく、前夜までに伝えたことを要約してもらっての投稿でした。

〈これまでの経過と現状をみなさんに改めてお伝えします。昨年7月から入院生活が続いています。治療の副作用で指先にきたしていた痺れも以前以上に強くなり、携帯電話とパソコンのキーボードを操作するのが容易ではない状態です。みなさんからメッセージを寄せていただいておりますが、個々への返信がままならず、たくさんの不義理に心を痛めています。と同時に、たくさんの方に見守っていただいていることを、このうえなく心強く思い、感謝しています。

　もともとは２００３年秋に発症した多発性骨髄腫という血液のがんですが、09年12月に肝臓などに大きな腫瘤（形質細胞腫）を形成していたことがわかり、抗がん剤治療（化学療法）を受けました。いったんは腫瘤が小さくなって退院できたのですが、再燃により11年7月に入院し、現在に至っています。抗がん剤治療には、がんが耐性を獲得するため、限界があることは重々承知はしていました。しかし、がんの勢いが強く展開が速いため、腫瘤が大きくなるのを薬で抑えるのが精一杯で、なかなか小さくするには至らず。海外からの輸入薬剤もチャレンジしましたが、芳しい成果は得られませんでした。もちろん、漢方や鍼灸による日頃からの手入れをおこたらなかったゆえ、この丸８年、日常生活を手ばなさず、ここまでＮＧＯ活動や朗読劇などにも取り組めたのだと思います。それがなければ、数え切れない薬剤や放射線の投与に耐えてこられなかったでしょう。

　年末年始は外泊でき、嵐山で元夫と一緒に過ごせたのですが、腫瘤が膵臓にも転移していたことが判明。１月下旬には黄疸が認められ、重篤を回避するため、急遽、ステントを入れることになりました。それにもリスクはあったのですが、幸いにもうまく入れていただき、ひとまず危機は脱しました。とはいえ、一時しのぎに過ぎないため、先週から化学療法と並行して放射線治療も始まりました。過去に骨髄移植を受けた際、放射線の全身照射を受けています。過去膵臓は周りに消化管があり、副作用を考えれば通常は放射線は選択肢に入らないのですが、「まだ出来ることがあるのなら」と、本人、元夫、主治医、放射線医の４人が合意し、異例の治療が始まっています。一方、ガザ朗読劇でお知り合いになった津久井さんのご紹介もあって「温熱療法」も始めています。こちらは副作用が少なくて化学療法などとの相乗効果が期待されるということで、前向きに臨んでいます。

　小さな身体はすでに満身創痍でしたが、さらにダメージを受ける治療に挑むことを選びました。ここから先は体力勝負です。頑張ることが目的なのではなく、もう少しだけ、自分を整える時間がほしいと考えてのことです。そのためには、日本ラテンアメリカ協力ネットワーク（レコム）やガザ朗読劇も含めて、これまで関わってきた対外的な活動と一旦、物理的な距離を置こうと考えています。「みなさんと一緒に取り組み学んできたことのすべてが今の自分をカタチづくり、その精神を血肉化して生きている。それは途切れようなどない。いまも頭の中は閃きでいっぱい」。しかし持ち得る身体エネルギーを自らのために温存したい、というのが今の本人の状況です。現在のところ、治療の影響で体調の悪い日もありますが、病院でも寝たきりでいるわけではありません。いったん消耗すると取り返しが難しいのですが、元気に話もします。しかし、健常人と異なり、いったん消耗すると取り返しが難しいのです。先日（2月11日）もパチャンガでレコムやガザ朗読劇の皆さんと楽しい時間を過ごさせていただいたのですが、翌12日は自分で立ち上がることもままならない状態でした。そして、いつ急変してもおかしくない爆弾を抱えています。今後また、機会に恵まれて、皆さんとご一緒することができるかもしれませんが、当面は静かに見守ってやっていただければと思います〉

【元夫に終末期の宣告　姪と蒔田さんへのメール】

2月17日、血液データにより放射線治療は休み。20日は少し回復して受けられました。21日は温熱療法。その後、元夫が主治医や緩和ケアの担当看護師らに呼び出され、今後の見通しを説明されました。放射線の効果があっても余命2～3カ月。なければ1～2カ月と告げられました。もう効果を期待できる薬剤はないこと、長期間の投薬による副作用（骨髄の造血作用が害され、すでに輸血を受けています）が大きいこと、本人が自宅での生活を希望していることから、退院を選択することになりました。

夜、SK医師が見舞いに来てくれました。元夫は職場に介護休職を願い出ました。24日、元夫から介護休職申請を知らされ、メールを送りました。〈とにかく、おどろきました！　人生最高級のプレゼントです。うれしくてたまりません。まだ信じられへん。ありがとう〉

25日、輸血を受けました。28日、温熱療法。29日、食事を大事にしようと、入院でしばらく遠ざかっていた玄米を届けるよう元夫に頼みました。パソコンが不調だったため元夫に新しく買ってもらい、初期設定を頼んでいた片岡大輔君にメール。〈一生懸命、PCをさわれる時間を確保しようとしていますが、「ほれシャワー」「ほれ、点滴」「回診です」「臨床薬剤師ですが今お話よろしい？」とか。ひとりになれる時間なんてありゃしない。愚痴になりますね。ごめんあそばせ。（略）よく使う機能から、有効な使い方など一つひとつ。教えにきてください。そして、教えたことを箇条書きでいいからりすとにもしてほしい。これだけ打つのも50分。必死のパッチです〉

自宅での生活に備え、たくさんの人から介助の申し出があり、姉にメールを送りました。〈きっとお世話になることもあろうかと思います。（略）私からのさよならはここ2、3年、全部が一期一会。済んでいる。まだ会っておきたいひともあるが、何故かかならずあえそうなきがします。やもめ亭で過ごせる時間が客観的にみて何日くらいなのか。ひろのすけ（元夫）は自分でどこまでできるんやろう、といろいろシュミレーションしてるところなんだと思います。煮詰まったころに「こんなお助け玉もあるでー」というてみま。困ったときのお助けびとリストとか（笑）。知っておいてもらうだけで心じょうぶなものですね〉

放射線治療への移動などの介助を兼ねて会いたいと言ってもらった古谷さんと、お連れ合いの里枝さんにもメールを送りました。〈お申し出、痛み入ります。放射線治療も後半に入り、いろいろこちらの予期せぬことが起こります。今日は着衣して歩いた途端、照射部位に立ち止まらずにはいられない痛みが走り、しばらくソファで休みました。データによっては治療自体がキャンセルになることもあるのです。可能な限り、ガンプが同席してくれるはずですので、もっぺん仕切りなおさせてください。えりこ拝〉

3月1日、照射部位が痛み、放射線治療はキャンセル。夜、姪にメールを送りました。「従軍慰安婦問題」について伝えたことへの応答でした。〈アンテナに届きましたか。嬉しいよ。大事なことは「知ってる」ことじゃなくて、「知って想像し、何を感じたか」。すべてにおいていえることだと思います。その連行された女性たちの気持ちを（とてもとてもつらいけど）、一度はちゃんと想像してほしい。聞いただけで目をそらせたくなる気持ちは当然です。そんな体験、絶対したくないからね。（私がナヌムの家に）滞在中、おばあちゃんたちとオイルマッサージし合っていたら、ふくらはぎに刀傷のようなのがあってね。「これどうしたの？」と問う、その答えは「二度と逃げ出せないように足を切断してやるって偉い軍人に追いかけられた。思い出したくない」って。そらそやわ。でも要らんこと聞いたとは思わない。滞在し、一緒にごはんも食べて親しくなってようやく聞かせてもらった証言でした。ちなみに、えりねえは「慰安婦」という表現は男性の勝手な目線でつけられた呼び名だと思うので、今は「旧日本軍による性奴隷」と事実を伝える形で表記するようにしています。ちょっと小難しいけど、メッセージの一つです〉

2日、放射線科の医師から電話があり、痛みについて問診の上で「無理せず週明けまで痛みの推移を観察しましょう」と言われました。夜、蒔田さんにメールを送りました。〈ガンプは最近、随分努力をしてくれていると思う。やもめ亭に帰った夜は、足湯から足裏マッサージまでしてくれるし、ナビイをお風呂にも入れてくれる！　あなたの喜ぶことならなんでもします、の姿勢。彼が今の想いを綴ってくれた一本のメール（略）。2度にわたる（元々希望していた）海外特派員の人事も蹴り、丸8年、京都支局への残留を希望し続けてくれました。この先は介護休暇までとってくれるという。えりこは本当に果報者だね。ちょっとない果報者だね。「幸せすぎて、休暇以上に生き延びてしまった時はどうしよう?」って意地悪な質問をしたら「なんでもいい。京都新聞に拾ってもらえないかな」と真顔でした。あ、もうこんな時間。たたまねば。ベッドの上は紙類の山。明日の外泊に備えて、休むことにするよ。そうそう。大貫さんのライブラリー2枚目に入っている「ただ」を聴いてみて。こんなピュアな気持ちで「やもめ亭」に帰りたいえりこです〉

【藤井さんへのメール】

3月3日。帰宅に備えてやもめ亭の追加改修を依頼している譲二さんと、元夫も一緒に河原町荒神口北のうどん屋で昼食。夜はやもめ亭に泊まり、4日も元夫とナビイと過ごしました。5日、シャワーを浴び、6日、温熱療法へ。深夜、藤井満さんにメールを送りました。

〈「いまの医療保険でできる化学療法はここまで。自宅での緩和ケアを選ばれますか、あるいはホスピスを希望されますか」。これを先に担当医に言わせたくなかったので「化学療法はこれで終わりにして、家に帰ります」と自分から言いました。「やもめ亭」に帰ることを選びました。ガンプが介護休暇をとってくれるというのです。さすがにね、これには泣きました。発病から丸8年。2回のメキシコ駐在の話を蹴って京都支局に残留。この私をよく支えてくれました。いろんなゴタゴタもあったけれど、なにがあろうと、私がどこを向いていようが、私はこの人に赦されて生きてきたのだな、と最近感じるところです。

もう化学療法では抑えがきかないから放射線治療を受けています。後半戦に入り、やっぱり照射部位の焼き縮れているだろう部分に痛みを感じたり、嘔気がきたり、いろいろ副作用には見舞われてます。それより、しびれが明らかに増悪し、このメールも氷で指先を冷やしながら、必死のぱっちで打っています。

ラストミニッツに入っていると思います。でも怖いとは思いません。「あーおもしろかった!」と言って終わりたいけど、いまの状態ですでに9割方、そう言えそうな気がします。3月の下旬までは、この〝鞍馬口御殿〟の天上階ですごしますが、その後は嵐山やもめ亭へ帰るつもりです。どの方々とも一期一会のつもりで会ってきたし、生前葬まででやっているし、さびしくはなく、すでに自分の中ではお別れもできているのですが、周りはなかなか赦してくれません。会いだしたら、きっと際限がないし、私もギリギリのところで治療を進めているので、一応、そのほとんどをお断りしています。でもリクエストしておこう。藤井さんには会いたいです。こちらに来ることがあれば教えてください。急ぎません〉

7日、右腹部の放射線照射部位が朝からずきずき痛みましたが、譲二さんにメールを送りました。〈（略）トイレはシンプルなのが好きですが、それにしても仕事が早いとオオタ氏がおどろいていました。きょうもお互いがんばりませう〉。8日朝、元夫にメール。〈おはよう。配食案内の資料が届いたら、こちらに届けてね。というかいっしょに見てほしいけどなー〉。病院などの勧めで検討していた配食サービスのこと。〈これからやっと新婚生活がはじまるみたい。たのしみです。そのためにも放射線がんばるよ〉

午後、藤井さんから返信があり、応答しました。〈早速のお返事ありがとう。《人の命は限りがあり、死を意識しながら生きることで、かけがえのない今という時間を生きることができる（略）レコムの集まりで会うたびに、一時的にせよ、わが歩みつつある日々を反省し、なにかに踏み出す勇気をもらえるような気がしているよ》→負け惜しみみたいに聞こえるかもしれないけど人の命は長さじゃない、とつくづく思うところです。それはオオタさんもそう言うてくれました。比較的若くして「いまここ」なんてこれからの自分にしっくりくる言葉にも出会えて、いまここを生きた積み重ねがやがて昨日になり、明日につながっていくことを学びました。「いま」が格段に広がっていく感じがしたんだよね。《そういう意味で、太田が一番たくさんのバトンを受け取り、一番たくさんの勇気をもらって、この8年間で一番成長したんだろうな》→確かにオオタさんは変わったと思う。ここへきて、ようやくあのぶっきらぼうな彼が（私の要求に応じてですけど）書き言葉と口頭で「なぜ、ここまで大事にしてくれるのか」の問いに答えてくれました。献身的なサポートを「義務感なのかな」というぶかりもあった私には、その実がよく理解できるものので安堵したのです。そしてこの愛情に報える時間がもうちょっとだけほしいと思うようになりました。《「生きかわり死にかわりして打つ田かな」という思いで生きてきた代々のばあちゃんたち（ロサリーナたちも）の死生観は宗教や科学の本質を突いていたのであり、科学を至上とする現世主義のほうが「一時の気の迷い」「あだ花」でしかなかったんだなあと思うわけです》→「生きかわり死にかわりして打つ田かな」。いいですね。（略）アユトン・クレナック（アマゾン先住民族）さんが、記念碑（生きた証？）を残そうとするのは西洋の発想だが、われわれはなるべく地球に負荷をかけず「鳥のように去っていく」ことを望んでいる。……というようなことを話すのを（テレビのノートテイク〉聞いたのですね。以来、鳥のようにもよいなあ、と思っています。しかし、まだ見ぬ未来の人にまで一番大事な土壌と空気を汚してしまったおとなの責任は感じ続けています。どうすればよいのか。そのひとつが「いまここ」基金だったわけですが、ここから出た35万円が今月6日（きのう）発売の岩波ブックレット『内部被曝』に繋がりました。いつかバトンをつないでくれる人が現れると信じています。《なにかの途上であることが大切だと思えるのは、バトンタッチをする人がいることを信じ、命のつらなりとしての命を信じられるからなんだよな》〈略〉〉

【田中愛子さん、友人たちへのメール】

3月9日。昼前、元夫にメール。〈今日は朝から頑張って入浴。車いすで運んでもらうほどではなかったけど、とりあえず上がって、いま、ベッドに倒れ込んでパソコンを打ってます。まもなく両親がナビイの出前にやってくる。今日も忙しいことです。なびすけに会えるのはうれしいけどね〉

10日、田中愛子さんにメールを送りました。〈病と生きた8年をずっと見てくれてたガンプがおびただしい治療歴を一つひとつあげ連ね、「ここまでがんばってくれてありがとう」。と言うてくれたのです（メールでしたけど）。化学療法（抗がん剤）は色々やってはみたけど、もう何を組み合わせても病勢を抑え込むに至らず、それらが腹腔内につくる腫瘍たちが大きくなっては大事な胆管を圧迫したり、腎臓を圧迫したり。おまけに膵臓に腫瘍が浸潤し始めたことがわかり、さすがにそろそろ本気で腹をくくる時がきましたわね、と思ったわけです。おまけに最後の化学療法でドカンと手の指と足の痛み痺れが増悪。一気に足と手指の筋力が落ちてしまったことは残念なことでした。これ以上、化学療法の副作用で疲弊するのはおわりにしたい。これでも、このまま帰っても腫瘍が大きくなるのを待つだけなので残された時間はそう長くないな。と。そこへ化学療法の主治医から、放射線治療をやってみてはどうか、との提案。

私に心残りがあるとすれば、やはりガンプのこと。放射線治療で稼ぎ出す時間を彼とゆっくり向き合う時間にしたい、ちゃんと彼の無償の愛（?なんていうと恥ずかしいけれど）になにがしか報いたい、と。残された人には、「もうこの人と話ができないんだ」「いなくなるんだ」という喪失感が残るかもしれません。でも逝く側としては、「これでよかったのかな」という後悔を相手に残さぬよう感謝や愛情を言葉でちゃんと（何度でも）伝えておくのがよいと思うので、できればそうしたいなと思っています。

いまのところですけどね、私は「死ぬこと」をそんなに怖いとは思っていません。苦しいのかな、と想像することはあるけれど、それより医療が怖い。「まだ、これなら効くかもしれない」や「もう打つ手はありません」など、患者以上に苦しそうな顔をして告げる医師、彼らも辛かったろうけれど、そうやって追い詰められていくのが怖かった。なので、「化学療法はここまでと決めました。つきましては（今の放射線治療が終われば）家に帰りたいと思います」と自分から切り出しました。

するとね、これまたあわただしくなってきてね、たちまち、「訪問診療をしてもらうクリニックのドクターとの面談日はいつにしましょうか？」「訪問看護ステーションは、こちらの機関でよろしかったですか？」とか、「介護認定のケアマネさんとの面談日はいつにしましょうか？」「家に帰ってから配食サービスなども利用されると便利ですよ、パンフレット見ておいてね」……と、決めなくちゃいけないことがいっぱい。来週は、府立での放射線治療に加えてすべての平日がこの「面談」とやらで埋まってしまい。再来週の半ば（21日？）には退院したいと思っていますが、愛子さんと、もし、社保でもう一度ゆっくりお話する機会が取れなかったら……と思い、ちょっと頑張ってパソコン打ってます。時々、父が母といっしょに「ナビィの出前」に来てくれます。車の中で抱きしめて頬ずり。83歳にもなってまだ人並み（？）に車を運転できる父にも、たくさん助けてもらっているな、と思うこのごろ。父にもちゃんとその気持ちを言葉で伝えないとね。

庭先に割く一輪の水仙。写真どうもありがとう。香りがここまで届きそうです。花も樹木もそこに宿る鳥たちもみなけなげですね。ハリーナの知子さんがBGMにかけているというアルバム「めがね」はご存じでしたかいな？　一度、ハリーナで私が赤っ恥をかきながら三線で歌った歌です。そのアルバムに一曲だけ大貫さんの歌が入っています。歌詞はね、以下のとおり。

「めがね」（大貫妙子）

迷わずに鳥は海を渡る／あたたかな月は人を照らす／そして季節は色づき／この場所に立ち／風に吹かれよう／大地も人も愛しく／すべてがここにある／そして自由に生きている／私がここにいる／You live freely only by your readiness to die ／悲しみの人に出会った時／私には何ができるのだろう／たったひとつのことだけ／あなたと並び海へと向かおう／大地も人も愛しく／すべてがここにある／そして自由に生きている／私がここにいる

この歌詞の英語の部分、愛子さんならどんな日本語に訳しますか？　いつか聞いてみたいなーと思っていたことでした。この曲を自分の2人乗りの小さな車（通称・おにぎり号）の中で聴くと必ず涙があふれてきて「そう。そうやねん。私もそこにいるよ」と助手席のナビイに話しかけていました。

（必死のパッチで）のたのたメールを打つくらいなら、お会いできた方がよかったのかもしれないけど、なぜか返事を書きたくなってがんばりました（笑）。ではまたね。そうだ、まだ、「いまここ」な人たちにお金の使途の報告ができてない！　書きかけのメールがあったのですが、前のパソコンに残っているか、確認するね。ひゃー〉

中高時代の友人たちにもメールを送りました。〈なみは京都マラソンにでるのかな、さっちゃんたちはどうするのかな…最近、顔がチラチラしていました（笑）。さすがに年度末だしね、いよいよ退院することにしたのですが、それに伴い、ガンプ（元夫）が介護休暇を取ってくれるという！　最近になって、8年間に及ぶガンプの献身的なサポートの理由をようやく彼自身が自分の言葉で話してくれ、ちょっと泣きました。カラダはへたへたですけど、そんなわけで大事にしてもろてます〉

気がかりになっていた「いまここ基金」の出資者への報告文の準備も。〈メール・ラリーに報告するメール、書きさしになっていたのに少し肉づけし、愛子さんが前に作ってくださった報告文を引用。あすが3・11かと思うと、あれから1年先の未来をいまも生きてるなあ、と感慨深いものがあります。あすのうちに、みなさんに報告できたらよいかな、と思っています〉

【退院の準備　いまここ基金報告】

3月12日は放射線治療。ＣＲＰ（炎症反応の数値）は順調に下がっていました。胸の腫瘤も縮小。退院後に訪問看護を依頼する看護師と、訪問診療を依頼する医師と、元夫と姉も交えての打ち合わせが予定されていて、元夫に携帯メールを送りました。〈今日はスゴイことになるかもよ。担当医、訪問ドクター、訪問看護師2人、ソーシャルワーカー、ケアワーカー、緩和ケアのナース、看護師長。具体的にどんな生活がしたいかを語れるようにしておいてくださいね、と。板谷さん曰く「今日の面談をウェディングセレモニーの打ち合わせと思うべし」「なんだそれ」「それだけの人たちが智慧を絞って、えりこちゃんの今後がうまくいくように考えてくれはんねんで」「なるほど」〉。そして打ち合わせ。輸血は訪問医、血液検査は訪問看護で可能。安定すれば血液検査は週1回くらい。食事の脂質コントロールは解除されていましたが、免疫が下がっているので生モノは避ける。介護ベッドや車いす、手すりを揃えた方がいいとのことでした。

13日朝、姉にメール。〈昨日は来てくれてありがとう。いろんなことがあれよあれと進んでいくのに、泡を食ってるうちに終わったよ〉。この日は温熱療法を受けました。

15日、古澤みつえさんにメール。口紅のプレゼントへのお礼でした。〈新作マキアージュ。どこまでも女子力あきらめたらあかんで、のメッセージもらいました。ありがとね〉。この日は介護保険の要介護度調査と放射線治療。元夫と一緒に栄養士から脂質コントロール食の説明も受けました。卵は加熱して1日1個まで（脂質は卵黄の方が高い）。炒め物は油を使わずテフロン加工のフライパンで。油は使うならオリーブオイル。サーモンの刺身は3切れまで。椎茸は1枚まで。しめじは少しだけ。玄米は食物繊維が多いので、お腹が重い時は控える。低脂肪牛乳はOK。ヨーグルトも小さいものはいい。カルシウムも取れるので。コーヒーは1日1杯まで。紅茶の方がベター。緑茶は控え、ほうじ茶、玄米茶の方が無難……などなど。夜、姉にメールを送りました。〈（略）こちら本日は、午前中に介護認定の審査、府立への放射線治療、夕方は栄養士さんとの面談（ひろぽんが録音してたよ）……と目白押しでさすがにくたびれました。あすもエコー検査に放射線治療です。なんとか松籟（ニュースレター）に向き合う時間を捻出しないとね〉

16日、メール・ラリーに投稿。いまここ「脱原発」基金の「その後」の報告でした。

〈親愛なる「いまここ」のみなさんへ

こんにちは。ご無沙汰と、たくさんの不義理をおゆるしください。昨夏から、なかなか〝強化合宿〟をたたむに至らず、ご心配をおかけしています。時に想いを馳せ、みなさんがそれぞれの場所で静かに見守っていてくださっていることに改めて感謝の気持ちでいっぱいです。お話ししたいことは、たっくさんあるのですが、今日のところは、ご報告をひとつ。昨年6月に立ちあげた「いまここ『脱原発』基金」についてです。この「いまここ」つながりの中で呼びかけさせていただき、創設基金150万円に加え、80万円のご寄付をいただきました。事務作業は事務局を引き継いでくださった田中愛子さんが担当してくださっていますが、運営委員（春山、加藤、安藤）、選考委員（荒野）、事務局（田中、蒔田）というのがございまして、運用についてはこちらで相談してすすめ、ご寄付をいただいた方それぞれに愛子さんより昨年11月に書面で「中間報告」としてご報告させていただきました。「いまここ」のみなさんにも改めてご報告させてください。

▽収入の部　創設基金150万円、一般寄付80万円（いまここメンバーより）　合計230万円
▽支出の部「活動資金、生活援助金」として50万円×3（守田敏也さん、古谷桂信さん、足立力也さん）、「ブックレット制作・出版資金」として35万円（守田さん）→これにつきましては先週、岩波書店から岩波ブックレット『内部被曝』（矢ヶ崎克馬／守田敏也）として出版されました（みなさん買ってね！）、切手代900円　現在残高44万8050円（2012年3月16日現在）
今後新たに寄付金を募ることはせず、残高がゼロになった時点で終了いたします。残金44万8050円については運営委員会の席で安藤、春山の合同提案による「ガイガー・カウンター・シェアリング」などの構想が挙げられました。15万円前後で購入し、「かぜのね」で貸し出しの取り扱いを行うというもの。入手したデータを既存のサイトなどとリンクし、情報を社会資源として活用できたらという意見が出ました。しかし、現時点ではこの事業（仮）に関われる人材がいないということもあり、保留になっています。みなさんからのご意見、新しい提案も募集します。通帳に並ぶご寄付をくださったみなさんのお顔を思い浮かべる時、できればここから先は使途をみなでシェアできる何かであってもよいのかな、というのが安藤のホンネです〉

17日、藤井さんが翌日の日曜に見舞いに来ることになり、メールしました。〈この週末は嵐山に帰らずカラダを休めています。平日は全部、他院への治療に通う日々なのでけっこう、くたくたになっちゃうんです。裏口を入って右側にエレベーターがあります。それで8階まで。日曜で売店も休みです。でも珈琲だけは、ドリップ式の機械が動いている。お酒がいいのは百も承知ですが、そういうわけにはいかんのでね〉。姉とも店のニュースレター編集でメールを交わしました。

【藤井さんとの対話】

3月18日、藤井さん来訪。病室でゆっくり話しました。最初に具合を尋ねられ、現状を説明しました。

「ちょっと調子が悪くって。病勢があって、こっちの胸に放射線を当ててんねんけど、（反対側の）おんなじこっちにまた出来てくんねん。腫瘍が」「この辺（胸の辺り）でウロウロしてくれてる分にはいいけど、肝臓の中にかなり大きな腫瘤があって。胆管を閉塞してしまうから、黄疸が出てきて危ないことになるわけね。一回は胆管を補強するステントを口から入れて難を逃れた」「いつ急変してもおかしくないっていうのがいよいよわかってきた。だから、そろそろ締めにかからないかんなって」「悲観的な意味じゃ

なくて思う」「明日もし急変したとしても、『あー面白かった』って言えるような気がすんねん。なんか言えそうやし」

元夫のことも話しました。「そういえば彼から手紙をもらったことがなくて、何を考えてるのか、今の気持ちを字にしてほしいって頼んだのね。そしたら、ここまでよく頑張ってくれましたって。そう言ってくれる、頑張ってくれてありがとうって言ったくれたのが大きかったかな」「あもう降りてもいいのかなって。抗がん剤から。これ以上体を疲弊させたくない」「(元夫と) やっと家族になれた感じ。周りは長年連れ添った夫婦みたいとか言ってくれんねんけど、良くしてくれるのはホントに感謝してるけど、それこそ義務感じゃないのかと、どこかに引っかかってて。やっと言ってくれたから、ちょっとほっとしたかな」

藤井さんは近況報告で、勤務地の能登半島で原発に反対してきた高齢者を取材した話など。「自分の人生死んだらしまい……と思っている人でなくて、長いスパンで考える。大きな生命体と自分がひとつにつながっているんだなという感覚のあるひとが地域や文化とか環境・農業を守っていって。そういうことができるんだなというのを、取材していて思った」

栄里子さんも反応しました。「自分が生きてるうちに結果を見ないかもしれないけど、でも、やる。バトンでつないで行くってことよね? そういうことを信じて出来るっていうのは、いいよね」「宗教で言うと、結局自分の中に一番すとんと落ちたのは自分の先祖なわけね。沖縄の人たちが先祖をものすごく大事にするというか、あの感覚かな。ここ (病室) からでも、朝一番水を取ってコップで窓際に置いて、比叡山を見ながら、自分の知っているじいさん、ばあさんから亡くなった人の順に名前を呼んでる。そういう時間を持つことが大事かなと思って、何十年も続けている。そうしたら、なんか落ち着くのよね。つながっている感じがする」

「私が17の時に22歳だった兄を亡くしているんやけど、その彼がこの辺 (自分の周囲) にいる気がする。よっちゃんという気功やる人、そういう (霊的な) 勘がかなり強い。彼女にそういう話はしていなかったんやけど、『あれ、えりこさんお兄さんなくしている?』『いるよ~。そこにいるよ』とか言うわけよ。『やっぱり』とか、その時思って」「これは私の力じゃないなと思うことがよくあって。確かに私がやりたかったことではあるけれど、こんなにうまくいきすぎるなんて、ちょっとおかしいわって思うことが結構相次いだ。もしかして、それは彼らがやりたかったことでもあるのかも」「梅ちゃんの名前も毎日呼んでんねん。梅ちゃんも人をつなぐことをやっぱり望んでいた。だけど口下手やから、なかなか横糸な動きができない人で。ひたすら本や重たいリュックを持って本を並べるしか。そう思ったら、これは梅ちゃんがさせてくれているのかな、と、横糸に関しては思っている」「兄は早くに逝っちゃったから、私が力を借りているんじゃなくて、私のおかげで、いろんな体験ができたって、すごく面白がって喜んではるから安心した方がいいよって（よっちゃんが言ってくれた）」

友人が集まる機会を持てれば、との話になりました。「そういう機会も、ちょこちょこあるくらい、家に帰って余裕があればいいな」「放射線治療が終われば退院しようと思っていて」「それまでに次の治療、ステロイドの大量投与をという話なんやけど、しんどいのね。ドカンって入った時に幻聴幻覚があって、『お願い、もう私のそばに寄らんといてくれ』って感じ」「抜ける時は体中に力が入らなくてね。身体が地面にめり込んでいく感じ。それが抜けたと思ったら、またドカンといく。ホントに何にもできなくなる。だから、先週末に提案を受けたんやけど、その前に、すたこらさっさと退院したいな〜と思う」

「ベルケイドという薬を２００７年に使ったけど、痺れてダメで。朝から晩までできること、できないことを全部書き出して神経内科のドクターに見せた。これは大変って身体障害者手帳をもらえた。中毒性ニューロパチーと多発性筋炎。筋力低下も移植の後の後遺症で、姉細胞が盛んになった時に、腕とか首とか、近位筋ていう体幹に近い筋肉を線維化していく。これも特定疾患で難病指定されているんやけど、それを併発した。まあ、移植受けているから、免疫疾患は何が出てもおかしくないと思ってた」

「ベルケイドは一回ちょろっと使ってやめたから、今回使ってもいいんじゃないかと提案があった。絶対使いたくないってだいぶごねたんやけど、他に選択肢はないよって言われて」「結果的に２ステージくらいは痛み、しびれが上がった。でも、それだけのリスクを払っても、その場しのぎというか、病勢と拮抗している。それを止めたら、また出てくるわけで。でもこれ以上ベルケイドはできません、歩けなくなるし、字も書けなくなるし、そんな状態で家に帰りたくはありませんって」「『化学療法はこれで終了したい。最後は家に帰りたい』って言った。ドクターはどこかホッとしてはって」

「帰れることをすごい楽しみにしてんねんけど、いつも機嫌のいい人でいたい。それこそ、常きげん（藤井さんが紹介した能登の酒の銘柄）じゃないけど。それは、わりとうまくいっているかな〜と思う」「ふふふ。自分でそう思っているだけかもしれないけど」

藤井さんに「たぶん、そうなんやろ」と言われ、栄里子さんは続けました。「なんか不足ある？って言われたら、別にないんよ。今の状態、今の自分、今の自分が置かれている環境に。むしろすごい感謝している。こんだけいろんな人に守ってもらって、（現状報告の代筆をした）太田さんに（栄里子さんへの）返事がいっぱい返って、転送してもらって読んでたりしたら、涙ぷーやし。ありがたいな～って思います」

藤井さんは言いました。「人の一生は長さじゃないっていうのは、ほんとそうだよな。これだけ濃いのはなかなかないよな」。栄里子さんが「何したってわけじゃないねんけどな」と言うと、藤井さんは続けました。「いまここがあって、実際に守田さんの内部被曝のブックレットができちゃったわけ。それはブックレットというものだけじゃなくて、こういうネットワークができたから。みんなが集まることで、ああいうのができてくる。今回は原発のことだったけれど、何かができる基盤になったわけ。小水力もそうやん。その一つ一つのものを生み出すような大地っていうか、ネットワークができたというのが一番大事だよな。あんたがおらんかったら、できなかったことや」

「は～」ととぼける栄里子さんに、藤井さんは「まあ、一番のおしゃべり人間が」と声をかけ、「ふふふ」と笑いました。栄里子さんも「ふふふふ」と笑いました。

藤井さんは夕方までいてくれました。その夜は宇田有三さんと会うとのことで、栄里子さんは「よろしくお伝え下さい」と見送りました。しばらくして元夫が病室に戻り、一緒に夕食。夜、藤井さんにお礼のメールを送りました。〈お忙しい中、ありがとう。ゆっくり話ができました。このメールは「返信不要」扱いで。（元夫と）久々の同居。彼の変貌ぶりがちょっと楽しみ。退院まですみやかにたどり着けるよう願っていてください。あすから、もう一週間、放射線治療、頑張ってきます。ありがとう〉

【軽やかに　友人や家族へメール】

3月19日は放射線治療。左胸は終了、膵臓はあと2回。右胸もあと2回とのことでした。シャワーを浴びました。自宅介助の練習に元夫が脱衣所の隣で待機。夜、姉にメールで報告しました。〈毎日、スケジュールをこなすだけでけっこうめいっぱい。府立の放射線治療から戻り、シャワーもしたので電池切れ。今後の練習にもなろうと、ひろぽん（元夫）は看護士さんに「アンドーさんがお風呂の中で転んでないか、耳をそばだててここに座っていてください」と指示を出され、風呂の外で「待て」之図。一応、新聞を読んではいたけれど、なんか安否を伝える手段はないもんかと、ふだん歌うことのない鼻歌をうたってみたりして。

なんか、毎日、笑けること、いっぱいです〉。元夫にもメールを送りました。〈本日もたくさんの愛をありがとう。おやすみ〉。ビルマに取材に行く宇田有三さんからのメールにも返信。〈藤井さんとは楽しい時間を過ごさせてもらいました。やっぱりどこまでも聞き上手ですな、あの人は。オオタぬし（元夫）、これからの半年を丸々、私にくださるという。介助なしでは立位になることもままならないわたくしの手となり足となってくれるというのですから大変です。「なんでそこまでよおしてくれるのんえ？」と過日聞いてみました。そこで、ようやくオオタさんの想いが聞けました。結構、ストレートで驚きました。今だから言えることなんかな……どうなんでしょうね。無事のお帰り、願っています。ちゃんと待っていられるようにがんばります。あんじょう拝（えりがとんじゃった）〉

20日、元夫は職場の送別会で、栄里子さんは田中愛子さんと逢って話しました。翌21日朝、元夫にメールを送りました。〈ひろぽん（元夫）のおかげで、直接返信しなければならないメールが来なくなり随分助かってます。本当に必要な人は、きのうの愛子さんや直子さんみたいに直接電話してくるしね（汗）。おかげで〈店のニュースレター〉「松籟」は、ぼちぼちながらなんとか進んでいるし、助かっています。あとは要るものはひろにお願いします（※欲しいのはルミン。（略）白血球の中のマクロファージを活性化する細胞賦活剤なので放射線の前後に贅沢のみして内部の傷の治癒が早まれば、癒着が防げたら、というのが狙いです）。愛子さんとの話はピーターさんとのささやかなれど、心温まるエピソードなんかを聞かせてもらい、夫婦って……というところを、たくさん教えてもらった気がします〉

姉にもニュースレターの編集でメールを送りました。〈父のコラムの打ち込みが完了。字数もほどほど。（略）自分の写真はナビィといっしょのしかなくてジブンで呆れてます〉

この日、元夫の介護休職がスタート。訪問介護サービスのケアマネージャーと面談しました。

22日はニュースレターの編集で桂店の香世さんにメール。〈昨日、原稿は私の手を離れていきました。ホッとしています。私も（渡月橋の下流の）松尾橋をこちらに渡った対岸から、ずっと続く緑の風景が大好きで、時々、オオタさんにわざと迂回して走ってもらうことがありました。新緑の季節は、もっと迫りくる命のパワーを感じ、本当に山が笑っているよう。ぜひ、今年はご覧あれ！〉。23日は放射線治療。積算量は腹部が39・5グレイ、左胸が39グレイ、右胸が15グレイ。副作用はないと思うとのことでした。24日、岡真理さんと、つばめのマネージャー、津久井さんにメール。〈車いすを押してもらって府立医大の放射線治療に毎日通っています。さすがに毎日、病院から他の病院へ通うだけでも疲れます。放射線治療は平日火曜日だけお休みをもらって、その日は百万遍クリニック（パストゥール研究所内）に通っています。今度の火曜27日も参じる予定でおりますが、お会いすることは可能でせうか。大学がまもなく始まるからお忙しい時期かもしれませんね。いつも温熱療法が終わるのは正午すぎ。その後、職場で控えるガンプの迎えを待ちながら、パストゥールのソファに座らせてもらってしばし休憩しています。そのあと、元気な日はガンプと昼食のうどん屋めぐりをしていますが（笑）、例えば、まりまりが参上できるならつくつくさんといっしょに食事ができたらいいなあ、と思ったわけでございます。えりえり拝〉

古谷さんにもメール。次男の健人君が中学校を皆勤賞で卒業したとメールをもらったことへの返信でした。〈皆勤賞、ケント君がんばりましたね。放射線治療もあと少し。なんとか乗り越えます〉

この日は元夫と北山通りで食事をし、植物園の入り口で写真を撮りました。夕方、高知の片岡桂子さんがお連れ合いと一緒に見舞いに来訪。結婚後の片岡さんに逢うのを心待ちにしていたので、元夫も一緒に4人で、とりとめのない会話を楽しみました。

25日、春山さんにメール。パートナーの中嶋周さんが作ったお米が準備できたとの連絡への返信でした。〈ありがとうございます。「いまここ」、田中愛子さんとこに新たな提案もあったもよう。また相談しましょ。えりえり拝〉

片岡桂子さんにもお礼のメール。〈先日はありがとう。おふたりの仲睦まじいお姿に会えました。あんどう、満足です。毎日たのしいでしょう？（笑）聞くだけ野暮でした。あはは。（桂子さんの活動が掲載された）季刊高知、拝読。思わず返信せずにはいられない感動をいただきました。私が曖昧にしかしらなかった高知でのキャリアや、その間の苦労にも思いをはせて読みました。守田さんが紅茶を愛飲しているのは知っていたけど、桂子さんの紅茶を注文されていたのでしたね。私は、寒い間は、家に帰るとほうじ茶を楽しんでいるのですけれど、紅茶も温もりますよね。帰ったら、それを楽しみにします。降り注ぐ陽光の下で、お茶畑に立つ桂子さんの写真もいいショット。桂子さんてこんな人っていえる時の更新版にさせていただきます〉

【元夫、患者仲間や友人へ】

3月26日、元夫にメール。元夫が再び送ってくれたメールへのお礼でした。〈ありがとう。前から（蒔田）直子さんが私のことを好いてくれ「すぐにえりえりの顔が見たくなる」と言ってくれます。彼女に少し下駄をはかせてもらっているかもしれないけど、この年齢になっていろんな人から「大好き」と言ってもらえるのは考えてみれば稀有なことかもしれないね。ひろのすけがそんな私の「美徳」を掘り当ててくれ、前回の手紙でも教えてくれました。そして、それを自身も理解しようとし続けてくれている姿は私の精神的支えに他なりません。そばに居続けてくれたこと。本当に感謝しています。ずっと一緒に外来を受けてくれたこと。本当にありがたいと思っています。人生におけるジブンの役割（一人ひとりに与えられる宿題）に「私」を支えることを選んでくれてありがとう〉

この日も放射線治療。胸の放射線は深さ1センチで、2センチの肺には当たっていないとのこと。放射線治療は28日で終え、4月6日に経過を診ることに。27日は温熱療法。そして3月29日、退院しました。

31日、やもめ亭でT医師の往診。血圧は102と54。水分はできるだけとるよう助言されました。次回は4月11日の予定。差し入れを元夫に託してくれた藤松さんにお礼のメールを送りました。〈昨日はどうもありがとう。電池切れにて眠っちまいました。いただいた例の「でんぶ」、やさしい味でおいしくいただきました。こちら、改めて「新婚生活」に毛が生えたような感じの毎日です。介護休職とあって、その名の通り、誠心誠意を尽くしてもらっていると思います。ごはんは準備してくれるし、うどんも作ってくれるし、ノンアルコールビールも用意してくれているし、ナビイをお風呂に入れたり、歯磨きもしてくれるし、足湯もしてくれるし、その上、頸部から足裏までマッサージもしてくれる。洗濯もしてくれるし、背中にカイロも貼ってくれる。はっきり言って極楽です〉

4月2日、メールをもらった患者仲間に返信しました。〈昨年7月から今年の3月後半まで200日以上、社保に入院し、化学療法を受けていました。さすがに発病から9年目に入ると、抗がん剤も耐性を獲得し、芳しい成果をあげられず、使いたくなかったベルケイドにも再挑戦。やっぱり痺れはひどくなった気がします。これ以上だと自力で歩けなくなると判断。そこで、「化学療法終了」宣言をしてつい先日、自宅に帰ってきたところです。いまは訪問診療のドクター、看護師さん、ケアマネさんらが入れ替わりたちかわり自宅を訪問してくださり、忙しいことでございます。2週に一度、SC先生の外来には参りますが、基本的には、積極的治療はもうしない、という選択をしたのです。病との闘いを諦めたというわけではなく、手放して、気持ちが楽になりました。人生は長さではないと思います

し、もちろん辛いことがありながらも、これまでの人生に満足しているし、「あー！　面白かった」と言えそうです〉

あとがき

２０１２年3月末に退院した安藤栄里子さんは、しばらくたった4月14日に亡くなりました。退院後も、訪問看護で初めて逢った看護師さんと会話が盛り上がり、グアテマラのこと、朗読劇のことなど、たくさん話を聞いてもらって意気投合。行きつけの美容院で髪を切ってもらったり、近所の友人とメールを交わしたりと、穏やかな時間を過ごしました。蒔田さん、虫賀さん、田中愛子さんが花見を兼ねて見舞いに来てくれ、互いの恋愛話などで盛り上がり、声を上げて笑うこともありました。

しかしながら、肝機能の低下により、間もなく病院に戻ります。その夜のうちに意識混濁となり、家族や私との会話ができなくなってしまいました。肝不全を起こしていたのです。脈は１６０～１７０に上がっていて、医師は「マラソンを走り続けているようなもの。若い心臓の呼吸機能だけで持ちこたえている状態」と話しました。本当に満身創痍の状態で頑張って生きてくれていたのです。

最期はやもめ亭に帰りました。彼女が望んでいた通り、田中愛子さんが唄って録音してくれていた「Beautiful Beautiful songs」を、枕元のオーディオで流し続けました。そして、私が見守る朝、静かに息を引き取りました。「あー面白かった」との言葉を発することはありませんでしたが、この上のない「生き終わり」だったと思います。

発病から8年半、肉体的にも精神的にも厳しい月日を何度も乗り越えてこられたのは、医療面ではSC先生とSK先生、細やかな配慮をしてくださった看護師の皆さんら優れた病院のスタッフのもとで受けられた治療に加え、両親や姉をはじめとする家族のおかげもあって漢方と鍼灸の東洋医療による日頃の手入れに恵まれたことが大きいと思います。そして、骨髄腫という病に囚われず、あるいは骨髄腫を宿した身体を受け入れたうえで積極的に社会への参加を続けたことが、生きる力と意味を与えてくれたのでしょう。栄里子さんが「人生のチームメイト」と呼んだ友人たちとの交流は何よりの支えであり、それは彼女の方もチームメイトたちを支えたことと一体でした。いろいろな思いを分かち合い、共に生きていることを感謝し合うチームメイトであることが、何よりの力になったと思います。

栄里子さんは「言葉と想像力」を大切にしていました。チームメイトたちと築いたメール・ラリー、「いまここ」のコミュニティーで、彼女はたくさんの言葉を交わしました。彼女がこの世を去ってから5年が経過しましたが、いまも多くの人の心に響く言葉や智恵がたくさんあると思います。彼女が「自分だけで読み置くのはもったいない」と考えてメール・ラリーを始めたように、彼女のことを直接知らない人たちにも彼女の言葉を届ける機会を作りたい。そう考えて本書を出版しました。

本書は栄里子さんのメール、「10年日記」、遺品のパソコンに残っていた文書などで構成しています。彼女の丁寧な生き方も紹介したいと考え、日常の細かな記録も盛り込みました。もっとも、元夫の私を含めて「いまここ」に関わる内容が中心です。他に彼女の親しかった方々からは「違う面もあった」というご指摘もあるかと思いますが、どうぞご容赦ください。

最後になりましたが、栄里子さんと親交を結ばれ、本書でも多くの言葉を引用させていただいた岡真理さん、守田敏也さん、足立力也さん、古谷桂信さん、藤井満さん、終末期まで支えていただいた蒔田直子さん、田中愛子さん、虫賀宗博さんをはじめ、「いまここ」やレコムの仲間、チームメイトの皆さんに改めてお礼を申し上げます。SC先生とSK先生をはじめとする医師や看護師の皆さん、患者の会の上甲恭子さんには長期にわたり支えていただきました。また、栄里子さんのご両親と姉上には私自身も常に温かく見守っていただきました。ありがとうございます。本書の出版に尽力していただいた燦燦舎の鮫島亮二さまにも感謝を申し上げます。

２０１７年８月　ガンプ太田

著者：安藤《あんどう》栄《え》里《り》子《こ》とチームメイト

1969年生まれ。京都市出身。京都女子中・高校、同志社女子大を卒業。京都新聞の記者から鍼灸師に転身。1995年に中米グアテマラを訪れたのを機にＮＧＯ「日本ラテンアメリカ協力ネットワーク」（略称レコム）に参加。2009年9月11日、岡真理さんと共に朗読集団「国境なき朗読者たち」を設立。関連の「つばめクラブ」のプロデューサーを務めた。「チームメイト」はレコムの活動や朗読劇などを通じて親交を結んだ仲間たち。

編者：ガンプ太田《おおた》

1971年生まれ。京都市出身。京都大学法学部在学中に休学して中米を歩く。卒業後の1996年に全国紙の記者となり、現在に至る。

いまここを生きて
骨髄腫を抱えて８年半　あー面白かった！

2017年11月20日　第1刷発行

著　者　安藤栄里子とチームメイト
編　者　ガンプ太田
発行者　鮫島亮二
発行所　燦燦舎
〒892-0875　鹿児島市川上町904
電話 099-248-7496
振替口座　01740-8-139846
http://www.san-san-sha.com
info@san-san-sha.com
装　丁　オーガニックデザイン
印　刷　株式会社朝日印刷
ISBN978-4-907597-04-7　C0095